Maintenant que tu le dis…

Déjà parus chez HarperCollins

Si seulement... la vie s'apprenait dans les romans d'amour
La vérité sur l'amour (et autres petits mensonges)

dans la série « Blue Heron »

À un détail près
Sans plus attendre
Repartis pour un tour
N'y pense même pas !
Ton âme sœur (ou presque)

KRISTAN HIGGINS

Maintenant que tu le dis…

roman

Traduit de l'anglais (États-Unis) par
MICHÈLE YAP

Harper
Collins

Titre original :
NOW THAT YOU MENTION IT

Ce livre est publié avec l'aimable autorisation de Maria Carvainis Agency, Inc.

HARPERCOLLINS FRANCE
83-85, boulevard Vincent-Auriol, 75646 PARIS CEDEX 13
Tél. : 01 42 16 63 63

www.harpercollins.fr

ISBN 979-1-0339-0237-9

Ce livre est dédié au Dr Stacia Bjarnason
– la gentillesse incarnée, d'une intelligence incomparable, courageuse et drôle en plus d'être une amoureuse des chiens.
C'est un honneur d'être ton amie.

1

La première pensée qui me vint à l'esprit après ma mort, c'est : *Comment le chien va-t-il supporter ça ?*

La deuxième : *J'espère que j'aurai quand même droit à un cercueil ouvert.*

La troisième : *J'ai rien à me mettre pour mon enterrement.*

La quatrième : *Maintenant, je ne rencontrerai jamais Daniel Radcliffe.*

La cinquième : *Est-ce que Bobby vient de me larguer ?*

Bon, laissez-moi revenir une ou deux heures en arrière.

Au Boston City Hospital, le plus grand et le plus fréquenté des hôpitaux de Nouvelle-Angleterre où je travaillais en tant que gastro-entérologue. C'était une nuit calme. En tout cas, pour moi. Comme souvent. La plupart de nos patients avaient été diagnostiqués par leur médecin de ville avant que les choses ne tournent mal (après tout, ne pouvoir ni manger ni faire caca stresserait n'importe qui). Donc, mises à part les urgences occasionnelles (hémorragies ou ruptures de la rate), c'était une spécialité relativement plan-plan où on enregistrait un taux de mortalité assez bas.

Je venais d'examiner les quatre patients arrivés dans le service : deux vieilles dames souffrant l'une comme l'autre d'un fécalome, que leur maison de retraite nous avait envoyées, grosso modo pour un lavement ; une petite occlusion intestinale dont une diète hydrique viendrait facilement à bout ; et un cas de colite ulcéreuse sur lequel un collègue chirurgien allait intervenir dans les prochaines heures.

— Donc, plus de fibres, madame DeStefano, d'accord ? On arrête les pâtes et on insiste sur les légumes verts, conseillai-je à une de mes fécalomes.

— Ma chérie, je suis italienne. Arrêter les pâtes ! Je vous en prie. Autant mourir.

— Bon, mangez davantage de légumes verts et un peu moins de pâtes.

Elle avait quatre-vingt-seize ans…

— Vous n'avez pas envie d'être de nouveau toute bouchée, pas vrai ? C'est pas rigolo, l'hôpital.

— Vous êtes mariée ? me demanda-t-elle.

— Pas encore.

J'eus l'impression de faire une drôle de tête, comme chaque fois que je me fends d'un sourire forcé.

— Mais j'ai un petit ami très chouette.

— Un Italien ?

— Irlando-Américain.

— On ne peut pas tout avoir. Venez me voir à la maison. Vous êtes trop maigre. Je vous ferai des pâtes aux haricots, vous en pleurerez tellement c'est bon.

— Ça m'a l'air super appétissant.

Je ne lui fis pas remarquer qu'elle ne vivait plus dans sa maison. Par ailleurs, elle avait beau être adorable, je n'allais pas chez des gens que je ne connaissais pas, même s'ils me trouvaient trop maigre, merci bien.

— Reposez-vous bien cette nuit, ajoutai-je. Je passerai vous voir demain, d'accord ?

Je quittai la pièce dans le claquement de mes talons sur le sol aux dalles brillantes. Ayant développé une fibre de modeuse sur le tard, je m'habillais toujours avec soin pour aller travailler. J'ajustai ma blouse blanche, ce qui me procurait toujours un vif plaisir, avec sur mon cœur, mon titre :

Dr Nora Stuart,
Service de gastro-entérologie.

Je pouvais toujours boucler un peu de travail administratif sur l'ordinateur, me dis-je. Les infirmiers et infirmières m'en seraient reconnaissants. J'avais terminé mes visites et ne faisais que tuer le temps, en espérant que, pour une fois, Bobby serait prêt à partir dès la fin de sa garde. Il travaillait aux urgences, donc c'était souvent impossible.

Notez, je n'avais vraiment pas envie de rentrer seule, même si Boomer, notre bouvier bernois géant, m'attendait. Boomer, le rayon de soleil de ma vie de plus en plus grise.

Non. Tout allait bien. J'avais une vie géniale. Mieux valait ne pas se regarder le nombril. Peut-être que j'allais appeler Roseline, ma meilleure amie à Boston, obstétricienne de son état ? Mieux encore, peut-être qu'elle serait de garde et que je pourrais l'aider pour un accouchement ? Je lui envoyai un SMS, mais elle m'annonça aussi sec qu'elle était en train de dîner chez ses beaux-parents et envisageait un homicide.

Dommage. Roseline comprenait la grisaille. Cela dit, peut-être que je me reposais trop sur elle. Par retour de SMS, je lui suggérai différentes façons de se débarrasser des cadavres, puis fourrai mon téléphone dans ma poche.

Je me rendis sans me presser au bureau des infirmières. Ah, génial. Del, un de mes infirmiers préférés, était là. Une sucette à la bouche, il feuilletait une pile de documents.

— Salut, mon vieux, lui lançai-je.

— Docteur Nora ! Comment ça va ?

— Très bien. Et toi ? Et le rendez-vous, l'autre soir, c'était comment ?

Il se rejeta en arrière sur son siège, et un grand sourire éclaira son visage.

— C'est la bonne, me confia-t-il fièrement. Je l'ai compris à la seconde où elle m'a souri.

— Sans blague ?

— Sans blague. Elle a levé la tête, et c'est tout juste si je ne suis pas tombé à genoux pour la demander en mariage. C'était comme si on se connaissait depuis toujours. Comme si on était faits l'un pour l'autre, du sur-mesure, tu vois ?

— Bien sûr, répliquai-je avec un peu trop d'emphase. C'est pareil pour Bobby et moi.

Le sourire de Del se flétrit un peu.

À ce moment précis, une annonce sonore retentit.

— Attention, attention, le Dr Stuart, le Dr Nora Stuart est attendue aux urgences, salle 11. Immédiatement.

Je bondis.

— C'est moi !

Il était tellement rare qu'on réclame un gastro-entérologue aux urgences que c'en était d'autant plus électrisant.

— Bon, je file. À plus, Del.

Une main plaquée sur mon stéthoscope pour éviter qu'il bringuebale, je parcourus en courant le couloir avec l'impression d'être une vraie dure à cuire. De quoi s'agissait-il ? Un corps étranger dans un œsophage (en d'autres termes, quelqu'un en train d'étouffer) ? Une hémorragie digestive, toujours excitante ? Ou, plus banal pour une urgence en ville, des varices œsophagiennes dues à une cirrhose ou à une hépatite (des vaisseaux sanguins de la gorge qui éclatent, saignent et peuvent entraîner la mort du patient).

J'adore être appelée aux urgences. Les gastro-entérologues sont aussi importants que les urgentistes, mais personne n'écrit de série télé sur nous, pas vrai ?

Les urgences étaient le domaine des mecs branchés, dont mon

petit ami faisait partie. Bobby répétait souvent qu'il y avait peu de choses que son équipe ne pouvait régler, mais si on m'appelait, eh bien… c'était *moi* la patronne à présent.

Je descendis quatre à quatre l'escalier et me précipitai chez l'infirmière d'accueil.

Ellen leva la tête et me lança :

— Douze ans, ventre douloureux, apparemment mal en point, salle 11.

— Merci, Ellen !

Elle ne me retourna pas mon sourire. Bobby l'adorait, mais avec moi elle était à peu près aussi aimable que les Détraqueurs de *Harry Potter*, toujours à l'affût d'un bonheur à saboter.

Je m'élançai d'un bon pas, mais sans courir, vers la salle 11. Les urgences étaient relativement calmes ce soir ; les clients habituels (des personnes âgées, quelques enfants, quelques drogués, un homme la main en sang qui sourit en me voyant passer).

Gastro-entérologie… bon. Il fallait bien que certains s'y collent, non ? Et, dans l'ensemble, ça me plaisait. 90 % de mes patients se remettaient. Les colonoscopies… vous me croirez ou pas, mais ça a quelque chose de relaxant. Cela dit, on est d'accord, c'est pas le meilleur sujet pour briller en société. Les gens ont toujours un mouvement de recul en découvrant ce que je fais, mais, le jour où ils ont un ulcère, ils font moins les fiers, pas vrai ?

Jabrielle, une des nouvelles internes urgentistes, apparut sur le seuil de la salle de consultation. Elle était un peu trop sous le charme de Bobby à mon goût, et me l'avait démontré à la dernière soirée où on était allés et où elle avait planté son regard dans le sien, style, on se dit des trucs tellement profonds que c'est impossible de rompre le contact visuel. En plus, elle était d'une beauté exaspérante.

— C'est toi, le gastro ? me demanda-t-elle, sans me reconnaître une fois de plus.

— Oui, je suis Nora. On s'est déjà rencontrées. Trois fois.

Ça ne lui disait toujours rien.

— La petite amie de Bobby ?

— Oh ! je vois. Bon, je soupçonne une appendicite, encore que la douleur soit localisée un peu haut. On attend les résultats du labo. J'allais lui faire un scanner, mais mon responsable préfère qu'un spécialiste nous dise si on peut lui épargner une exposition aux radiations.

Le patient, livide et les traits tirés par la douleur, faisait moins que ses douze ans. Dans la mesure du possible, on allait le ménager.

— Bonjour, mon grand, lui lançai-je. On va bien s'occuper de toi, d'accord ?

Je souris à la maman tout en me lavant les mains.

— Je me présente, Dr Stuart. Désolée que votre fils soit souffrant.

Je me penchai sur son dossier médical. Caden Lackley, pas de traumatisme, mangeait normalement ou presque jusqu'à ce jour, douleur abdominale aiguë, fièvre, nausées et vomissements.

— Tu as eu de la diarrhée ou des cacas mous, Caden ?

Comme je l'ai dit, pas le meilleur métier pour briller en société.

— Non.

— Bon. On va t'examiner.

Je palpai son abdomen. Il était dur, un signe en faveur d'une appendicite. Mais la douleur n'était pas localisée là où elle aurait dû se situer, en bas, dans la fosse iliaque droite.

— Ce n'est pas l'appendice, déclarai-je.

Dépitée, Jabrielle fit la moue. Les urgentistes réagissent toujours de cette manière quand nous, les spécialistes, les contredisons.

Quant au petit garçon, il sursauta vivement lorsque je pressai son côté droit, juste sous les côtes. Aucune douleur à gauche. Je lui demandai de se tourner et lui tapotai le dos pour m'assurer qu'il n'avait pas de problèmes rénaux. Aucune réaction.

Il était probablement trop jeune pour un calcul biliaire. Une pancréatite peut-être, mais là encore, vu son âge, c'était peu probable. Sans diarrhée, ça ne pouvait pas être une maladie de Crohn.

— Depuis combien de temps as-tu mal au ventre, Caden ?

— Dimanche.

Voilà qui était net et précis. On était jeudi, il souffrait donc depuis cinq jours.

— Est-ce qu'il y a eu des moments où la douleur s'est calmée ?

— Non. Elle a pas arrêté.

Je réfléchis une seconde.

— Tu as mangé quelque chose d'inhabituel au cours du week-end ?

— Ma sœur avait organisé une petite fête, intervint la maman. Il y avait beaucoup à manger, mais rien qu'il n'ait déjà goûté.

— Aucun plat avec de petits os ? Poisson, poulet ?

Ils se consultèrent du regard.

— Non. Pas d'os.

— Pas de cure-dents ? insistai-je.

— Si, répondit le gamin. Des coquilles Saint-Jacques enroulées dans du bacon.

Bingo.

— Tu n'aurais pas avalé un cure-dents par hasard ? lui suggérai-je.

— Je pense pas.

— Il a mangé ses saint-jacques comme du pop-corn, déclara la maman.

— C'est vrai que c'est délicieux, fis-je avec un sourire. Seulement, on avale parfois des trucs sans même s'en apercevoir. Caden, je vais te faire une endoscopie. On va commencer par te donner un médicament pour te détendre, puis j'introduirai une toute petite caméra dans ton ventre pour voir ce qui s'y cache et peut-être que j'y découvrirai un cure-dents. C'est pas rigolo ?

Pour moi, ça l'était.

Je demandai à Jabrielle de lui administrer un peu de Versed pour le tranquilliser, puis lui vaporisai un peu de Lidocaïne dans la gorge afin de prévenir les haut-le-cœur. Assise à côté de lui, sa maman lui tenait la main.

— Ça ne te fera absolument pas mal, lui promis-je.

Puis je me mis au travail, fis glisser la caméra dans sa gorge tout en bavardant gentiment. Sur l'écran apparurent son œsophage et son estomac. Tissus sains, beau réseau de vaisseaux sanguins, parois stomacales frémissantes de vie.

Et là, dans la partie inférieure de l'estomac, je repérai le cure-dents, à présent noirci par les sucs gastriques. Il avait percé la paroi du duodénum. Je le saisis en douceur avec ma pince endoscopique et le dégageai patiemment.

— Voilà, dis-je en le montrant à mon patient. On l'a eu, Caden. Tu te sentiras drôlement mieux demain.

— Bien vu, murmura Jabrielle.

— Merci. Je vais lui prescrire un peu d'antibiotiques, mais il ne devrait pas avoir le moindre problème. À l'avenir, mon grand, fais plus attention à ce que tu manges, d'accord ? Ce cure-dents aurait pu causer de gros dégâts. S'il s'était fiché dans ton foie, ça aurait été vraiment embêtant.

— Merci beaucoup, docteur, s'écria la maman. On n'imaginait pas du tout ça.

— Je vous en prie. Il a l'air formidable, ce garçon.

Je retirai mes gants pour serrer la main de Caden, lui ébouriffai les cheveux et sortis rédiger mon ordonnance.

Je me sentais assez héroïque.

Sans intervention, ce cure-dents aurait pu provoquer une grave infection abdominale. Potentiellement fatale. Même si ce n'était pas fréquent, je me sentais en droit d'affirmer que, ce soir, j'avais sauvé une vie.

À ce moment précis, les portes d'accès des ambulances s'ouvrirent à la volée, et un groupe de gens surgit dans le couloir en poussant un brancard.

— Blessure par balle au cou, brailla quelqu'un (Bobby, mon chéri !). Perte de sang massive dans l'ambulance. Préparez une transfusion avec quatre culots de O négatif. Appelez la banque du sang pour obtenir une mégaréserve de culots afin de voir venir et l'équipe de trauma pour qu'on ait la salle 1 sur-le-champ ! Bougez-vous, les gars ! On s'agite !

L'endroit était le théâtre d'une activité débordante, les soignants couraient en tous sens pour obéir aux ordres de leur seigneur. Hypnotisée, je m'approchai doucement de la pièce où tout le monde était mobilisé. Mon Dieu. On aurait cru que le gars avait perdu la moitié de sa gorge, laquelle n'était plus qu'un trou sanguinolent de la taille d'un poing où Bobby avait la main enfoncée.

— Bordel, je lui clampe la carotide avec mes doigts ! hurla Bobby. Où est ce foutu chirurgien ?

Le bras de Bobby, sa blouse stérile étaient trempés de sang. Le reste de l'équipe s'activait autour du patient, un infirmier découpait ses vêtements, un autre s'apprêtait à l'intuber.

— Mais non, tu ne peux pas lui mettre un tube, imbécile ! beugla Bobby à l'adresse d'un interne. Tu ne vois pas que j'ai la main dans sa gorge ? Colle-lui plutôt un masque à oxygène, crétin !

Franchement, ça ne me manquait pas de ne plus être interne. En plus, les urgentistes étaient des brutes.

Là-dessus, le Dr McKnight, la chirurgienne, déboula. Le visage masqué pour se protéger d'éventuelles maladies transmissibles par le sang, elle enfila ses gants. Quelqu'un l'aida à passer sa blouse.

— Clamp, ordonna-t-elle d'un ton sec. Tout de suite.

S'il y avait des gens plus sûrs d'eux que les urgentistes, c'était bien les chirurgiens.

— Bouge pas d'un iota, Bobby. Si tu relâches, il se vide de son sang en cinq secondes. Comment a-t-il réussi à tenir jusqu'ici ?

Une infirmière, me voyant bouche bée devant ce tableau, repoussa la porte. Après tout, je n'appartenais pas aux urgences.

Je me secouai pour émerger de ma stupeur et refermai le bec. Les agents d'entretien étaient déjà en train d'éponger les traces de sang sur le sol, et la moitié des internes (dont Jabrielle, qui me décocha un regard mauvais, vu que mon endoscopie assommante l'avait empêchée de suivre un épisode palpitant) tournicotaient devant la fenêtre de la salle de consultation pour voir si le gars allait s'en sortir.

Quant aux patients, ils se faisaient discrets dans leurs salles respectives, impressionnés, semblait-il (un blessé digne d'un film télévisé venait de passer au milieu d'eux).

Je retournai auprès de l'infirmière.

— Re-bonjour, Ellen, dis-je. C'est quelque chose…

— Tu as terminé avec ton malade ?

— Oh ! oui. Euh… il avait avalé un cure-dents. Je lui ai fait une endoscopie et…

Elle me regarda d'un sale œil et décrocha son téléphone. Compris. Elle était très occupée, et j'étais un médecin agaçant qui lui compliquait la vie… Ce qui était vrai pour beaucoup d'infirmières, en particulier celles des urgences. Autant de raisons qui faisaient que je me pliais en quatre pour leur montrer combien je les appréciais. Mais Ellen n'était pas du genre à se laisser amadouer, de sorte que je me faufilai vers l'ordinateur pour taper mon compte rendu.

Juste comme j'achevais ma tâche, la porte de la salle de Bobby s'ouvrit sur l'équipe. Ils allaient vers l'ascenseur pour monter en chirurgie. Derrière eux, le scope signalait un rythme cardiaque régulier. Allez savoir comment, ils avaient sauvé leur patient ou lui avaient au moins donné une chance de s'en tirer.

Le Dr McKnight accompagna l'équipe dans la cabine. Les portes se refermaient quand elle cria :

— Bon boulot, les gars. Bobby, génial !

Des applaudissements retentirent dans tout le service.

La prochaine équipe d'urgentistes arrivait, déjà informés que leurs collègues avaient rattrapé un blessé in extremis, et jaloux de ne pas avoir participé à cet événement.

Pas du tout pressés de passer à autre chose, Bobby et son groupe échangeaient high-five et checks, et commentaient bruyamment leurs tenues couvertes de sang, leurs rôles respectifs dans cette péripétie, la rapidité et la précision avec lesquelles le Dr McKnight avait refermé la plaie du blessé.

Bobby, lui, ne disait pas grand-chose, il n'en avait pas besoin (il était leur dieu, c'était clair).

Son regard s'arrêta enfin sur moi. Je lui souris, fière de lui, malgré la petite voix irritante qui me soufflait qu'il lui avait vraiment fallu beaucoup de temps pour remarquer ma présence.

— Oh ! hé, s'écria-t-il.

Il avait oublié que j'étais de garde, moi aussi. On était ensemble depuis suffisamment longtemps pour que je ne sois pas dupe.

— Euh… on va rester dans les parages et se commander une pizza pour voir comment le gars va se comporter.

— OK. Dis donc, Bobby, c'était impressionnant. J'ai suivi de loin.

Il haussa les épaules avec modestie.

— Tu m'attendais ? me demanda-t-il.

Mon irritation reprit le dessus.

— Non, j'avais un patient. Un gamin de douze ans qui avait avalé un cure-dents. Je l'ai examiné, et ça n'avait pas l'air perforé. En plus, je pense qu'on l'a récupéré avant qu'il ne démarre une méga-infection.

— Cool. Tu veux traîner un peu avec nous ?

Je réprimai un soupir. Non, je ne voulais pas. Je rêvais de rentrer, de faire une balade avec Bobby et Boomer, puis de commander des *Pad Thai*. Sinon, il faudrait que j'appelle Gus, pour qu'il aille promener le chien. J'avais envie de parler de ma consultation à Bobby, de l'intuition qui m'avait permis de poser un juste diagnostic, ce qui distinguait un bon médecin d'un médiocre.

Mais, lui, il avait plongé la main dans la gorge d'un blessé.

— Bien sûr, m'écriai-je.

— Cool. Laisse-moi juste me nettoyer.

Il s'éloigna, mais stoppa devant l'agent d'entretien qui voulait lui serrer la main.

Cinq minutes plus tard, on entrait dans la salle de repos du personnel où le reste de l'équipe discutait fébrilement. Boostés à l'adrénaline, ils continuaient à se féliciter, à se toper dans les mains, à plaisanter.

— Qui va chercher la pizza ? s'écria Jabrielle.

Tous les regards se tournèrent vers moi, l'intruse, la gastro-entérologue rasoir (qui avait également sauvé une vie cette nuit, même si personne ne risquait d'en parler).

— Je m'en charge, répondis-je. Qu'est-ce que vous voulez ?

Malgré un diplôme obtenu avec mention bien à Tufts, des études médicales au même endroit et un emploi me rapportant un tiers de plus que mon petit ami, j'avais l'impression d'être revenue aux jours où j'étais serveuse au Clam Shack, la cabane aux palourdes, de Scupper Island.

— Merci, Nora, dit Bobby.

Deux autres personnes cessèrent de se congratuler pour lui faire écho.

— Pas de souci.

Je traversai les urgences en m'efforçant de ne pas soupirer.

Un brancard était en attente dans un couloir. Allongée dessus, une jeune femme avec une minerve autour du cou tenait la main d'un jeune homme de son âge ou presque, lui aussi affublé d'une minerve. De jeunes étudiants sans doute victimes d'un accident de voiture. Il se penchait en avant de façon à ce que son front touche celui de son amie tandis qu'elle lui caressait les cheveux. Ils ne se parlaient pas. Ils n'en avaient pas besoin. Leur amour était incroyablement tangible.

Bobby et moi avions vécu ça dans le temps, juste après le Sale Truc.

Sauf que ça n'avait pas duré très très longtemps.

À cette idée, je sentis la grisaille me tomber dessus.

Dehors, la nuit était glaciale, typique de Boston en avril (éclaboussures de pluie, rafales de vent froid au large de la baie, odeur de l'océan mélangée à celle des poubelles, les éboueurs étant en grève). Il était 20 h 30, ce qui était synonyme de soirée calme partout dans notre belle ville, sauf à Soho.

Je descendis du trottoir et jetai un coup d'œil sur ma gauche.

Là, juste là, une gigantesque fourmi verte chapeautait le toit d'un van baptisé Beantown Bug Killers, les exterminateurs de Boston. Je vis en un éclair que le conducteur avait une horrible barbe de bûcheron constellée de miettes et une casquette à la gloire des Red Sox et remarquai des serviettes en papier Dunkin' Donuts sur le tableau de bord, puis le van me percuta. Au début, je ne sentis rien, mais j'allais avoir mal, je le savais, et c'est fou le nombre de pensées qui vous traversent l'esprit en l'espace d'une seconde, est-ce qu'on a déjà quantifié ça ? Il y eut un crissement de freins, et je valdinguai dans les airs à la manière d'une poupée de chiffon, vaguement consciente que ça ne serait pas joli joli. Je n'avais même pas eu le temps de m'écarter d'un pas. Puis j'atterris par terre brutalement, ma tête rebondit contre la chaussée. Durement. Une portière claqua, et quelqu'un doté d'un fort accent du Sud s'exclama :

— Bon sang, c'est pas vrai, ma petite dame. Je vous ai même pas vue, bon sang ! Ça va ? Oh ! merde !

La voix se dissipa.

Ne resta plus que l'odeur des ordures, aigre et écœurante. Je gisais à côté d'une poubelle débordante de cochonneries. Est-ce que ce serait la dernière chose que je verrais dans ma vie ? Des ordures ? Je voulais Boomer.

Je voulais ma mère.

La poubelle s'estompa. Je ne voyais plus rien.

Je suis en train de mourir, me dis-je. *Cette fois, je vais vraiment mourir.*

Et je m'évanouis.

2

Comment le chien va-t-il supporter ça ?

Mon âme n'était apparemment pas tout à fait prête à partir et demeurait encore très attachée aux préoccupations matérielles de notre bas monde.

Pauvre Boomer, le Roi des Chiens, mon adorable toutou de cinquante kilos, mon ange gardien qui m'accompagnait à la salle de bains quand je prenais ma douche au cas où quelqu'un aurait voulu m'agresser, Boomer qui m'aimait de tout son grand cœur, posait le museau sur ma jambe en quémandant un gratouillis sur la tête, tremblait devant les pigeons mais adorait les canards... Personne ne l'aimerait comme moi. Il serait triste et perdu jusqu'à la fin de ses jours.

Je n'aurais pas dû attendre cet idiot de Bobby ! Je le savais ! Et pourquoi était-ce moi qui m'étais chargée de cette pizza ? Pourquoi n'avais-je pas eu le bon sens de me protéger et de dire à cette belle snobinarde de Jabrielle d'aller se la chercher elle-même ? Elle était encore interne, elle ! Moi, j'avais passé ma thèse, merci !

Hélas ! c'était trop tard, maintenant j'étais morte.

J'espère que j'aurai quand même droit à un cercueil ouvert.

J'avais souvent imaginé mes funérailles, moi, sublime sur un lit de satin rose avec, en fond sonore discret, les chansons les plus tristes de U2 et d'Ed Sheeran et, autour, mes amis pleurant et riant en évoquant nos meilleurs moments ensemble. Que j'aie été fauchée par Beantown Bug Killers ou pas, un cercueil fermé n'allait pas faire l'affaire. Est-ce que j'avais la figure esquintée ou pas ? Beurrkk.

J'ai rien à me mettre pour mon enterrement.

D'accord, je suis une dingue de fringues, du moins depuis une quinzaine d'années, mais pour mon enterrement j'aurais souhaité quelque chose de spécial. La robe bleu marine à pois blancs de chez Brooks Brothers sur laquelle je louchais depuis un moment ou la rose à fleurs de chez Kate Spade. Notez, ce serait peut-être trop festif.

Maintenant, je ne rencontrerai jamais Daniel Radcliffe.

Il n'y avait jamais eu beaucoup de chances que ça arrive, je vous l'accorde, mais j'avais imaginé lui coller aux basques après une de ses représentations sur Broadway, l'attendre à la sortie des artistes, croiser son regard, découvrir son sourire inimitable, puis aller prendre un verre avec lui, discuter de *Harry Potter*, de nos passages préférés, et je découvrais que, lui aussi, il détestait la destruction de Poudlard : on tombait d'accord sur le fait que Ron était loin d'arriver à la cheville d'Hermione. Maintenant que j'étais morte, c'était cuit.

Il est vrai que personne ne se comportait comme si j'étais morte, mais moi j'en étais quasiment certaine. Peut-être qu'ils ne s'en étaient pas aperçus. Ces urgences n'étaient peut-être pas le top de la médecine moderne, pas vrai ? Je crus entendre les mots « luxation de la rotule », « orthopédiste » et « traumatisme », n'empêche, j'étais assez sûre d'avoir vu le tunnel de lumière et mon esprit décrochait fréquemment.

Et ces bips, c'était quoi ? Ils me donnaient vraiment mal à la tête.

J'avais lu des trucs sur ce genre de phénomènes. Expériences de sortie hors du corps. L'âme qui s'attarde encore un peu avant de mettre le cap sur la vie après la mort. Est-ce que je connaissais quelqu'un qui m'accueillerait au paradis ? Mon père, peut-être, s'il était mort ? Ma peste de grand-mère qui n'arrêtait pas de me répéter que j'étais trop grosse ? J'espérais bien ne pas la revoir. Qui d'autre ? Peut-être cette adorable patiente morte d'un cancer du pancréas durant mon doctorat. Seigneur, qu'est-ce que je l'avais aimée. C'était la première de mes patientes que j'avais vue mourir.

— C'est ta copine ? s'enquit quelqu'un.

Je reconnus Jabrielle. Impossible de se tromper sur ce soupçon de mépris dans la voix.

— Ouais, répondit Bobby.

Est-ce qu'il allait pleurer ? Attendez, Bobby avait-il été obligé de leur demander de renoncer à tout acharnement thérapeutique ? Ou bien s'était-il montré hystérique ? Avait-il hurlé mon prénom avec tant de désespoir que deux malabars d'agents hospitaliers avaient dû l'éloigner *manu militari* ? Dans un cas comme dans l'autre, je le plaignais, le pauvre. Zut. Qu'est-ce que j'aurais aimé m'en souvenir ! Je suppose que je m'étais pointée un peu tard à ma mort. Dans les films, c'était fréquent.

Les bips persistaient, agaçants.

— Ça fait combien de temps que vous êtes ensemble ? demanda Jabrielle.

— Un peu plus d'un an. Mais c'est drôle, je comptais justement rompre avec elle, ce week-end. Elle n'est pas au mieux de sa forme, de toute façon, lança Bobby avec un petit rire.

Je faillis sourire.

Attendez. Il avait dit quoi ?

Est-ce que Bobby vient de me larguer ?

Je n'étais même pas encore froide ! Est-ce qu'il…

— Qu'est-ce que tu vas faire alors ? lança Jabrielle.

— Je pense que ce serait sacrément dégueulasse de la plaquer maintenant.

Ronronnement féminin.

— Entendu, fais-moi signe quand tu seras libre.

— J'espère que je n'aurai pas à attendre trop longtemps.

Tu te fiches de moi ?

Non. Non, non. J'étais morte. Toutes ces histoires, je n'en avais rien à cirer. Encore un peu et je migrerai vers les étoiles ou va savoir.

Mais au cas où… je me résolus à tenter d'ouvrir les yeux.

Et merde ! Je n'étais pas morte. J'étais aux urgences. Et le bip venait du moniteur cardiaque, un joli bruit régulier, 78 battements par minute, 98 de Sp02, TA de 13/8,9, un peu élevée, mais, compte tenu de la douleur, ça n'avait rien de surprenant.

Et Bobby était en train de tripoter une mèche des cheveux de Jabrielle.

— Je vous dérange pas ?

Ils s'écartèrent dans un sursaut.

— Hé ! Tu as repris conscience ! Pas d'énervement, chérie, ça va aller.

Bobby me prit la main (aïe, mon épaule !) et m'adressa un sourire rassurant. Il avait vraiment de très beaux yeux bleus.

— Tu as été renversée par un van.

— Beantown Bug Killers, les services de désinsectisation, précisa Jabrielle.

— Je suis morte ?

Bobby afficha un sourire suffisant.

— Il a fallu t'administrer un sédatif. Tu es commotionnée, on t'a fait un scanner, mais tu vas bien. Reins contusionnés, fracture de la clavicule et luxation de la rotule. On t'a fait une réduction, on t'a mis une attelle, et un orthopédiste va venir t'ausculter. Tu as des sensations dans les pieds ?

Tout mon corps était endolori. Mon dos, ma tête, mes épaules, mon genou. Je n'étais qu'une énorme boule de douleur. Mais, vu ce qu'on m'avait administré, ça ne me tourmentait pas plus que ça.

Et, mon tunnel de lumière, ça devait être le scanner qu'ils m'avaient fait passer.

— Je veux voir un autre médecin, décrétai-je.

— Chérie, ne réagis pas comme ça.

— Va te faire voir. Tu flirtais devant mon cadavre.

Je dégageai ma main. Aïe.

Il roula des yeux.

— Tu n'étais pas morte, Nora.

L'espace d'une seconde, la fureur balaya la douleur.

— Eh bien, je pensais l'être. Sors d'ici. Sortez tous les deux. Et ne t'étonne pas si je porte plainte pour manque de professionnalisme. Et appelle Gus pour qu'il aille promener Boomer.

Le sédatif ou la commotion eurent raison de moi, la porte n'était pas refermée que j'avais replongé dans le sommeil.

À mon réveil, j'étais dans une chambre d'hôpital standard, et Bobby dormait dans le fauteuil à côté de moi. Dans un vase tout près, des œillets blancs fatigués aux pétales striés de brun. Si ce n'était pas une métaphore de notre relation… Devinant que tout mouvement me serait très douloureux, je respirai avec prudence et procédai à un état des lieux.

J'avais le bras gauche en écharpe. Une attelle à la jambe droite. J'avais mal au dos, à l'abdomen, la tête m'élançait et, à chaque battement de cœur, de petits éclairs de lumière perturbaient ma vision périphérique.

Mais j'étais vivante. Et, apparemment, la sensation d'être hors de mon corps était due à la commotion et aux médicaments qu'on m'avait administrés.

Bobby, qui ne dormait jamais très bien, remua. Ouvrit les yeux.

— Hé. Comment tu te sens ?

— Ça va.

— Tu te rappelles ce qui s'est passé ?

— J'ai été renversée par un van.

— C'est ça. Tu traversais, et il t'a heurtée. Tu as la rotule luxée, une fracture de la clavicule gauche et deux côtes cassées à gauche aussi, la sixième et la septième. Plus une commotion cérébrale assez sérieuse. Le service de trauma va te garder une ou deux nuits en observation.

— Tu as appelé Gus ?

— Hein ? Oui, bien sûr.

Il se tut un moment, puis se pencha vers moi.

— Je suis désolé pour Jabrielle.

À ma grande surprise, ma gorge se serra, et des larmes se massèrent sous mes paupières avant de rouler le long de mes tempes et de se perdre dans mes cheveux.

— Au moins, tu m'auras facilité les choses, murmurai-je.

— Comment ça ?

— Pour rompre. Je vais avoir du mal à oublier le fait que tu dragues une autre fille alors que je suis en morceaux, aux urgences, non ?

Il afficha une mine honteuse.

— Je suis vraiment désolé. Ça manquait d'élégance.

— Oui.

— Roseline est venue. Je l'ai appelée. Elle est dans le service d'obstétrique, mais elle va redescendre.

— Super.

On se tut durant quelques minutes.

À une époque, j'avais cru que je me marierais avec Bobby Byrne. Je me disais même qu'il avait de la chance de m'avoir. Mais dans le courant de notre année ensemble, de notre évolution (après le Sale Truc), je me suis aperçue que j'étais paumée. La belle histoire magique avait perdu de son lustre et s'était révélée terne et stérile. Il était temps que je l'admette.

Bobby ne m'avait pas aimée très longtemps.

Or, j'allais avoir besoin d'aide et de soutien dans les semaines à venir. Les commotions, c'était du sérieux, et avec mon bras et ma jambe esquintés j'allais avoir des problèmes de mobilité. Il me faudrait de l'aide, et je n'étais pas disposée à rester avec Bobby.

L'ennui, c'était qu'on vivait ensemble. Quant à Roseline, elle venait de se marier, sinon je serais allée chez elle. Pas chez d'autres amis. Non.

— J'ai envie de rentrer chez moi, balbutiai-je.

— Bien sûr. Demain. Je vais prendre quelques jours.

— Non, chez moi. Sur l'île.

Bobby cilla.

— Oh.

Aussi curieux que cela puisse paraître, j'avais envie de retrouver ma mère. Les pins et les côtes rocheuses. J'avais envie de dormir dans la chambre que j'avais fuie pendant quinze ans.

J'avais envie de revoir ma sœur.

Oui. J'allais retourner chez moi, comme on fait quand on a vu la mort de très près. Je prendrais un congé pour rentrer à Scupper Island, je ferais la paix avec ma mère, je passerais du temps avec ma nièce, j'attendrais le retour de ma sœur et… bon… je ferais le point. Je n'étais peut-être pas morte, mais il s'en était fallu de peu. J'avais droit à une seconde chance. Je pouvais faire mieux.

— Et j'emmène Boomer, ajoutai-je.

Une semaine plus tard, encore endolorie, au ralenti et m'appuyant sur une béquille (j'avais toujours le bras en écharpe et une attelle souple à la jambe), je jetai un ultime coup d'œil sur notre appartement. Sur l'appartement de Bobby, pour être plus précise. Roseline était passée la veille au soir et on avait versé une petite larme, mais elle m'avait promis de venir me voir à Scupper.

Bobby avait eu la délicatesse de se faire rare et avait dormi sur le canapé toute la semaine.

Je n'aurais jamais dû m'installer chez lui juste après le Sale Truc. Ça ne faisait que deux mois qu'on était ensemble. C'était bien trop prématuré. Malheureusement, je ne pouvais absolument pas réintégrer mon propre logement. Bobby avait décrété qu'on allait vivre ensemble, et j'avais dit oui. Et puis on était amoureux.

Et n'oublions pas que Bobby adorait jouer au sauveur. Dans la semaine qui suivit l'accident Beantown Bug Killers (ils m'envoyaient des fleurs tous les jours), je réfléchis énormément. Je ne voulais plus vivre dans la peur, je ne voulais plus me contenter de l'amour au rabais de Bobby, je ne voulais plus me débattre dans la grisaille. L'heure était venue de passer à autre chose.

Debout près de la porte, Boomer au bout de sa laisse, Bobby avait les larmes aux yeux, ses beaux yeux aigue-marine.

— C'est plus dur que je ne pensais, m'avoua-t-il.

— On se reverra. Garde conjointe et tout ça.

Il sourit et caressa la tête de Boomer.

— Merci pour ça.

Oui, on se partageait le chien. Après tout, on l'avait adopté ensemble.

— Tu veux aller faire un tour, Boomer ? lui proposai-je en prononçant les mots magiques pour tout chien. Tu veux monter dans la voiture ?

Bobby nous conduisit à l'embarcadère d'où on prenait le ferry pour Nantucket, Martha's Vineyard, Provincetown ou, dans mon cas, Scupper Island, mon île natale, une petite île à cinq kilomètres au large des côtes accidentées du sud du Maine. Le ferry, qui venait à Boston quasiment tous les jours, transportait également le courrier et pouvait accueillir trois véhicules.

Bobby sortit ma valise et acheta mon billet. Notre rupture lui avait rendu sa sollicitude : il s'était comporté en vrai prince ces derniers jours, m'apportant mes analgésiques, me faisant la lecture quand je m'endormais et me mitonnant même quelques petits plats.

Ça ne me faisait ni chaud ni froid. Il avait tripoté les cheveux d'une autre dans ma chambre d'hôpital, et je n'étais pas près de l'oublier.

Le ferry accosta, petite affaire brimbalante qui n'avait pas changé d'un iota. Jake Ferriman, le capitaine éponyme du ferry de Scupper Island, était une institution. Il ne me salua pas, se contenta d'amarrer son bateau et sauta à terre, en serrant un petit sac de courrier.

J'avais espéré que ma mère viendrait me chercher à Boston : je l'avais appelée à ma sortie de l'hôpital et lui avais annoncé que j'allais revenir à la maison, que j'avais eu un accident, mais que ça allait (je crois avoir utilisé la formule « je devrais m'en remettre », en m'efforçant d'obtenir un peu de son attention). Sa réaction s'était limitée à un soupir suivi d'un « Je te prendrai sur le quai à ton arrivée », et j'avais ravalé toutes les choses que j'avais eu envie de lui dire. Ça pouvait attendre. Après tout, je repartais de zéro.

Jake revint après avoir échangé son sac contre un paquet de lettres pour Scupper. Il consulta son écritoire.

— Vous voyagez seule ? me demanda-t-il en lorgnant Boomer.

— Avec mon chien.

Il fronça les sourcils, me jeta de nouveau un coup d'œil, puis cocha la feuille posée sur son écritoire.

— J'imagine que ça y est, alors, bredouilla Bobby. Appelle-moi quand tu seras installée, d'accord ?

Il m'enlaça précautionneusement, puis boutonna mon manteau par-dessus mon bras en écharpe. Je sentis ma gorge se nouer.

— Porte-toi bien, chuchotai-je.

On avait été amis longtemps, puis en couple pendant plus d'un an. Maintenant, tout ça était fini et bien fini.

Bobby avait les yeux humides, lui aussi.

Jake monta mes valises à bord, puis se saisit de la laisse de Boomer. Mon chien sauta joyeusement sur le pont et huma le vent. Je le suivis avec moins de fougue.

Je gagnai la cabine du ferry, m'assis et rangeai gentiment ma béquille à côté de moi. Regardai Bobby derrière la fenêtre et lui fis coucou de la main. M'efforçai de sourire.

— Vous êtes déjà allée à Scupper ? me questionna Jake.

Je battis des paupières, étonnée qu'il ne m'ait pas reconnue. Mais bon, j'étais une adulte à présent et non plus la gamine obèse, boutonneuse et toute voûtée.

— J'y ai grandi. Je suis Nora Stuart, monsieur Ferriman.

— La fille à Sharon ?

— Oui.

— Celle qu'a la gamine ?

— Non. L'autre.

Le médecin, manquai-je préciser, mais ç'aurait été arrogant, et les gens du Maine n'aimaient pas ça.

Jake grogna, et je devinai que notre conversation était terminée.

Puis il lança le moteur, ramassa ses cordages, et on appareilla. Les belles silhouettes des immeubles de Boston s'amenuisèrent à mesure qu'on avançait sur les flots couleur d'argent sombre. Des nuages se massaient à l'horizon.

J'avais des fourmillements dans les doigts et caressai le crâne de Boomer qui leva la tête vers moi pour me décocher son bon sourire de chien.

— Désolée pour tout ça, mon beau, murmurai-je. Personne ne va être trop heureux de nous voir.

3

Scupper Island devait son nom à Jedediah Scupper, un capitaine baleinier qui, après avoir perdu les élections au conseil de l'église de Nantucket, décida de quitter son île natale pour fonder sa propre congrégation. Sur ce formidable bras d'honneur à Nantucket, qui n'en parut pas plus affectée que ça, le capitaine Scupper débarqua avec femme et enfants (cinq pour être précise), lesquels se dénichèrent des conjoints, si bien que Scupper eut vite fait d'abriter une authentique communauté.

Avec les années, ses habitants finirent par vivre de la même manière que les gens des autres îles du Maine – malmenés par le déclin de l'industrie baleinière, ils se tournèrent vers la pêche au poisson et au homard.

Soudés par les ouragans et les tempêtes, les noyades et les coups durs, les insulaires s'enorgueillissaient de leur résilience et de leur capacité à survivre. L'âge d'or américain, de 1865 à 1901, fournit à Scupper une industrie nouvelle avec le développement du secteur tertiaire : ménage, jardinage, restauration, menuiserie, plomberie, garde d'enfants, autant de travaux au service de riches propriétaires.

Et rien n'avait changé depuis.

Je grandis avec la conviction que, même si les riches (les envahisseurs, comme on les surnommait) débarquaient en juin, Scupper Island était à nous, les Yankees coriaces. Nous, on s'occupait des estivants, qui possédaient de grandes baraques sur les falaises rocheuses et ancraient leurs voiliers dans nos criques pittoresques. Les enfants, beaux et polis, ne devenaient jamais de vrais amis, vu qu'ils portaient du Vineyard Vines et du Ralph Lauren, qu'ils avaient des nounous européennes et mangeaient dans les restaurants où nos parents travaillaient.

Mais les envahisseurs représentaient notre gagne-pain et un grand nombre d'entre eux étaient des gens réellement sympas. Ils contribuaient à la bonne marche de nos écoles, payaient les taxes et les impôts qui nous permettaient d'entretenir nos routes, alimentaient l'économie locale. Néanmoins, nous étions heureux lorsqu'ils repartaient, le premier lundi de septembre, lors de la fête du Travail. C'était un peu usant de jouer les cautions du déroulement harmonieux de leurs vacances d'été.

C'était à nous que Scupper appartenait. À ma sœur, à moi, à notre père et à notre mère surtout.

Ma mère, Sharon Potter Stuart (son nom de jeune fille est une source de grande joie pour la Moldue que je suis, vous pouvez me croire), était une insulaire de la quatrième génération, née et élevée à Scupper. C'était une femme forte, typique du Maine, capable de vous abattre un chevreuil, de le dépecer et d'en faire un chili dans la foulée. Elle coupait le bois elle-même, l'empilait, faisait toujours à manger, car pour elle c'était du gaspillage que d'aller au restaurant. Elle savait tout faire : pêcher, naviguer, réparer une voiture, préparer des biscuits, recoudre nos vêtements. Un jour où l'unique médecin de Scupper avait été retenu par un accouchement difficile, c'est elle-même qui s'était chargée des points de suture.

Scupper n'était pas seulement le nom de notre père fondateur. En anglais, *scupper* désigne, entre autres, un élément de bateau – un trou d'évacuation permettant aux eaux en surplus de s'écouler dans l'océan plutôt que de s'accumuler dans le navire. Il était donc assez normal que des tas d'habitants de Scupper soient allés rejoindre des eaux plus vastes. Pour les gens ne vivant ni de la mer ni du tourisme, il était difficile de rester à Scupper Island.

Maman n'est jamais allée à l'université, n'a jamais pris de vacances. Un jour, je commis l'erreur de lui demander si on ne pouvait pas descendre à Disney World, comme n'importe quelle famille américaine.

— Pourquoi diable irait-on là-bas ? Tu crois que c'est mieux qu'ici ? me répondit-elle avec son fort accent du Maine.

Mes plus vieux souvenirs de ma mère étaient tous bons. Elle était solide et fiable, comme toute maman doit l'être. Si nos repas ne brillaient pas par leur créativité, en tout cas, ils étaient nourrissants. Elle tressait mes cheveux rebelles tous les jours et, quand il y avait des nœuds, elle en venait patiemment à bout sans jamais tirer. Elle veillait à notre hygiène. Toute la sainte journée, elle buvait un café noir qu'elle laissait infuser dans une cafetière sur la cuisinière et nous regardait jouer en souriant pendant qu'elle s'occupait du ménage et des corvées domestiques.

Notre maison, bien que simplement meublée, était propre et rangée. On faisait nos devoirs à la table de cuisine, sous ses yeux. Elle ne ratait jamais une seule réunion de parents d'élève. Quand on traversait un parking ou bien le carrefour de la grand-rue et de la rue d'Elm, elle me prenait par la main, mais à part ça elle n'avait pas beaucoup de gestes affectueux. Quand j'étais petite et qu'elle me donnait mon bain, il lui arrivait de me mettre le gant de toilette sur la tête en prétendant que c'était un beau chapeau. Sinon elle se contentait d'être là. Ne vous méprenez pas, j'avais bien conscience que c'était le plus important.

Elle m'aimait, c'est certain. Quant à ma sœur… eh bien, Lily était merveilleuse.

Ma sœur avait un an et un jour de moins que moi et était en tout point différente. J'avais des cheveux bruns et épais, pas vraiment bouclés et pas vraiment raides ; ceux de Lily étaient noirs et fins. Mes yeux étaient d'un brun-vert trouble, les siens d'un bleu clair très pur. J'étais grande et charpentée comme notre mère ; Lily était une petite princesse, aux coudes noueux et à la peau d'un blanc bleuté. Maman portait souvent Lily, calée sur sa hanche costaude. Quand je réclamais la même faveur, maman me répondait que j'étais sa grande fille.

J'adorais ma sœur. C'était mon bébé à moi aussi, alors que nous n'avions qu'une année de différence. J'adorais ses cheveux doux, ses yeux, son petit corps gracile niché contre le mien lorsqu'elle se faufilait dans mon lit après un cauchemar. J'adorais être plus vieille, plus grande, plus forte.

Ces premières années… quel bonheur ! Lorsque j'y repense, je suis encore bouleversée par leur simplicité. À l'époque, Lily m'aimait. À l'époque, mes parents s'aimaient. Avant que le cœur de maman ne se retrouve enfermé dans une chape de béton.

À l'époque où papa était encore ici.

Mon père avait un travail mystérieux. Lily et moi le qualifiions d'homme d'affaires, faute d'en savoir plus. Papa n'était pas un insulaire ; il était né à New York, la cité magique, mais avait grandi dans le Maine. Il avait un bureau et une secrétaire en ville. J'appris plus tard qu'il vendait des assurances.

J'avais à peu près six ans et commençais à fréquenter l'école primaire quand il se mit à travailler de la maison. Il s'appropria notre petit bureau où il passait ses journées à taper sur un ordinateur, le premier que nous ayons eu. Il écrivait un livre, nous expliqua-t-il, et il serait beaucoup plus présent pour nous. Lily et moi en fûmes ravies. Nos deux parents à la maison ? Ce serait les vacances tous les jours.

Sauf qu'il n'en fut rien. Entre mes parents, les échanges tournèrent à l'aigre ; de notre chambre, Lily et moi ne pouvions entendre ce qu'ils disaient, mais on devinait leur humeur, leur irritation, leur tension derrière les non-dits.

Maman prit un emploi de manager à l'Excelsior Pines, le grand hôtel à l'autre bout de Scupper. Elle s'était toujours occupée des comptes d'une demi-douzaine d'entreprises locales, ce qui lui valait de s'activer jusque tard dans la nuit sur son ordinateur, mais là elle se mit à quitter la maison avant notre départ pour l'école et ne revenait qu'à l'heure du dîner.

Notre vie changea radicalement. Avant, nous ne voyions papa qu'une heure ou deux par jour. À présent, il paraissait disposé à se consacrer totalement à l'amusement de ses filles. Après l'école, il attendait le car scolaire, nous installait à l'arrière de son pick-up et nous partions à l'aventure. Pas de « Lavez-vous les mains », « Il est temps de faire vos devoirs », « Tenez, voici une pomme ». Non, monsieur.

À la place, on escaladait Eagle Mountain comme si on avait la police à nos trousses. On explorait les grottes marines sur la côte sauvage de l'île en se demandant rêveusement si on ne pourrait pas y vivre, en nous nourrissant de moules, comme les Indiens Passamaquoddy.

À la fin du printemps, papa nous emmenait tout au bout du Deerkill Rock, un escarpement de granit surplombant l'océan et dont le nom était synonyme de mort pour les daims et chevreuils.

— Elles sont prêtes, mes braves petites walkyries ? nous demandait-il en nous prenant par la main.

Et on s'élançait en courant pour sauter le plus loin possible, aussitôt séparés par la gravité, en une chute tellement sévère que j'avais l'impression de m'envoler. L'air me fouettait le visage, se faufilait entre mes cheveux emmêlés tandis que je me préparais à l'étreinte glacée et excitante de l'océan. Après, on remontait à la façon de deux petits bouchons, Lily et moi, toussant, hurlant, les jambes déjà engourdies alors même qu'on regagnait la berge à la nage, accompagnées par le rire orgueilleux de notre père à côté de nous.

Il nous emmenait tout en haut d'Eastman Hill Road avec ses dos-d'âne et ses nids-de-poule et déchargeait nos vélos installés à l'arrière de son pick-up. Et on dévalait la rue, dans le claquement des banderoles attachées à nos guidons. Le vent m'arrachait des larmes, et mes bras, crispés pour garder le contrôle de ma bicyclette, tremblaient sous l'effort. Nous n'avions pas de casques, il n'y en avait pas en ce temps-là. Lily était trop petite et trop chétive pour cet exercice, de sorte que papa l'installait sur son guidon, puis tous deux me dépassaient en laissant dans leur sillage l'éclat de leurs rires qui m'arrivait en pleine figure.

Papa nous préparait aussi des repas merveilleux. Des petits plats de baroudeurs, disait-il (des ragoûts mitonnés au-dessus d'un feu de camp, comme sa grand-mère hongroise le lui avait appris). Il nous racontait des histoires sur des personnages magiques qui avaient le don de vous faire voler après une séance d'hypnose, des personnages qui pouvaient se rendre invisibles, parler aux animaux et enfourcher des chevaux sauvages. Là, à la lueur du feu, avec l'océan qui clapotait contre les rochers de granit de l'île et une petite nyctale qui lâchait son drôle de sifflement sur une seule note, ce n'était pas seulement possible, c'était vrai.

Puis maman, les lèvres pincées, nous criait de rentrer, secouait la tête devant nos pieds crottés et nous expédiait au bain.

L'été, on se construisait des forteresses, on dormait dehors, puis on revenait couvertes de piqûres d'insectes, crasseuses, heureuses et pleines de démangeaisons. Dans la journée, quand maman était partie travailler ou faire des courses lorsqu'elle avait son après-midi de congé, papa nous lâchait dans la nature, Lily et moi, pendant qu'il réfléchissait à son livre. Alors, on se baladait, libres et folles de joie, on épiait les maisons des riches, on écumait la côte rocheuse à la recherche de possibles trésors et on regagnait la maison, Lily avec un bon coup de soleil et, moi, toute brunie.

Et pendant ce temps la colère de ma mère montait. Elle n'en montrait rien sinon qu'elle nous donnait des ordres sévères pour qu'on fasse nos devoirs ou autre corvée. Mais vu l'attrait de toute cette liberté, validée par l'approbation souriante de papa qui nous accompagnait souvent... on apprit à ne pas tenir compte des remarques de notre mère.

Parfois quand même, j'essayais de l'amadouer (je lui apportais des lupins ramassés sur le bord de la route ou un bout de verre dépoli par la mer, mais j'adorais le fait que papa ait pris la responsabilité de la maison). Et plus maman se montrait cassante, plus on aimait papa. Mes amis (Cara Macklemore et Billy Ides) ne venaient plus jouer chez nous, et de mon côté je déclinais toutes leurs invitations. C'était plus rigolo à la maison. On n'avait pas besoin d'amis, Lily et moi. On était toutes les deux et on avait papa. Et maman. Oui bien sûr. Elle aussi.

Je faisais donc comme s'il n'y avait aucune tension entre nos parents. Maman travaillait avec acharnement, papa écrivait son bouquin et jouait avec nous, et dans l'ensemble la vie était fantastique.

Sauf quand maman se lançait à nos trousses. J'ignore comment elle réussissait à nous retrouver, mais de temps à autre sa voiture surgissait à l'endroit où on s'exerçait à jouer les casse-cou, puis maman descendait et hurlait à l'adresse de papa :

— Qu'est-ce que vous fabriquez ? Tu as perdu la tête ou quoi ?

— Sharon, du calme ! répliquait papa, souriant et haletant. Elles s'amusent. Elles sont dehors, elles jouent et respirent le bon air.

— Un de ces jours, c'est dans un cercueil qu'elles finiront si tu n'arrêtes pas !

Le sourire de papa se figeait instantanément.

— Tu penses que je mettrais mes enfants en danger ? Tu penses que je ne les aime pas ? Les filles, qu'est-ce que vous en dites ? Papa vous aime ou pas ?

Bien entendu, on répondait par l'affirmative. La bouche de maman se crispait, une lueur dure brillait dans ses yeux, et soit elle nous ordonnait de grimper dans sa voiture, soit, pire, elle repartait seule après nous avoir gâché notre journée.

— Vous êtes tellement courageuses, mes petites, disait papa. À quoi bon vivre si on ne peut pas prendre de risques, pas vrai ? Qui a envie de passer son temps dans la crispation et la colère ?

Pour souligner cette profession de foi, on repartait nager, sauter dans la mer ou on dévalait Eastman Hill encore une fois. On passait une demi-heure de plus dehors et on s'offrait une glace en guise de dîner.

Lily était particulièrement douée pour appliquer la philosophie de papa. Elle qui avait été la chouchoute de maman se mit à l'éviter, à l'ignorer ou pire à expliquer devant elle pourquoi papa était tellement rigolo.

Mes fleurs et mes bouts de verre dépoli ne risquaient pas de l'apaiser.

— Merci, Nora, disait-elle.

Malheureusement, je ne pouvais gommer sa douleur (après tout, je n'étais pas Lily, sa belle et merveilleuse petite fille).

Aucun de mes efforts ne semblait avoir beaucoup d'impact sur ma mère, ni les A de mon bulletin scolaire, ni le petit pot de terre jaune à pois bleus que je lui avais fait pour la fête des Mères. (Lily déclara avoir oublié le sien à l'école et on ne le vit jamais à la maison.)

J'appris à embrasser maman quand elle rentrait, à lui raconter ma journée et pouvoir ainsi cocher la case mentale *Parler à maman*. De temps à autre, elle me lançait un regard éloquent me signifiant qu'elle n'était pas dupe. Elle n'avait rien d'un petit nuage noir, maman, mais ses cieux étaient perpétuellement gris.

Papa riait énormément, lui, et tous les trois on partageait des tas de moments drôles, de jeux rigolos, d'aventures, de repas créatifs avec, en prime, de longues histoires à l'heure du coucher ou dans la voiture quand on allait se balader Dieu sait où. Bien sûr que c'était lui que j'aimais le plus.

C'est à peine si la culpabilité me tourmentait. Lily était méchante avec maman. Pas moi. Enfin, j'essayais de ne pas l'être.

J'avais onze ans quand, un jour au printemps, en revenant de l'école, Lily et moi, on trouva maman assise à la table de cuisine. Curieusement, elle était rentrée du travail et buvait son café. Lily passa devant elle en courant, grimpa l'escalier, puis jeta son sac à dos par terre et se laissa choir sur son lit.

— Coucou, maman, dis-je d'une voix faussement joyeuse. Tu sais quoi ? Brenda Kowalski a vomi pendant notre interro de maths, et ça a failli gicler sur mon bureau ! Elle a été obligée de repartir plus tôt.

— Eh bien, ça, c'est embêtant pour elle.

Elle ne leva pas la tête, continua à regarder droit devant elle, les mains serrées sur sa tasse. Elle avait troqué le pantalon noir et la chemise blanche qui lui servaient d'uniforme de travail contre un jean et une chemise en flanelle.

On ne dit rien d'autre. Maman, toujours figée, tripotait son alliance.

— Il est où, papa ? lâchai-je à brûle-pourpoint, incapable de supporter le silence plus longtemps.

Ses yeux se posèrent une seconde sur moi, puis se perdirent de nouveau dans le vide.

— Il est parti.

— Où ça ?

— Je ne sais pas. Il a quitté l'île.

Sans nous ? C'était bizarre. D'habitude, il nous attendait, et on prenait le ferry pour Portland où il y avait une pâtisserie pleine de gâteaux tous plus beaux les uns que les autres et il nous laissait choisir tout ce qu'on voulait.

— Quand est-ce qu'il va revenir ?

— Je n'en sais rien.

Mon cœur se mit à battre sourdement dans ma poitrine.

— Comment ça, tu n'en sais rien ?

— Je ne sais pas, Nora. Il n'a pas jugé bon de me le dire.

Quelque chose clochait. Quelque chose de grave. En une seconde, je sentis mon enfance chanceler.

Je gravis les marches d'un pas lourd. Lily et moi partagions une chambre mansardée divisée en deux ; mon coin était net et bien rangé, comme maman l'exigeait, alors que celui de Lily était dans un désordre indescriptible. Couchée sur son lit défait, les écouteurs sur les oreilles, ma sœur attendait que maman s'en aille et que papa se manifeste et nous soumette notre programme de divertissement de l'après-midi, parce qu'il avait toujours quelque chose d'amusant à nous proposer. Tous les jours.

Je fonçai dans la chambre de nos parents et sentis le souffle me manquer.

Le placard était ouvert, et les deux tiroirs supérieurs de la commode (les siens) aussi.

Ouverts, et vides. Les chaussures de papa (il en avait plus que maman) avaient disparu. Ses chaussettes aussi. Des cintres nus pendaient pareils à des ossements.

Sur le bureau, en plein milieu, son alliance.

Je courus à la salle de bains et vomis, le corps secoué par l'expulsion brutale de mon sandwich jambon tomate, des deux biscuits à l'avoine plus ma pomme dont des petits bouts flottaient ici et là.

— Ça ne va pas chez toi ? me lança Lily.

Déjà, à dix ans, elle savait être un peu sarcastique.

— Papa est parti, répondis-je en larmes.

Et je vomis de plus belle, les sinus en feu.

— Qu'est-ce que tu racontes ? Parti ? De quoi tu parles ?

— Je sais pas. Ses vêtements sont plus là. Il a emporté toutes ses affaires.

Pendant que je restais plantée là, secouée de nausées, ma sœur se rua dans la chambre de nos parents, puis dévala l'escalier furieusement. Elle balança des questions brutales et accusatrices à maman, qui lui répondit d'une voix morne et implacable. Un objet en céramique se brisa (la tasse de maman, me dis-je, en vomissant de nouveau à la simple évocation de l'odeur du café).

— Je te déteste ! hurla Lily. Je te déteste !

La porte claqua, et le silence retomba.

J'attendis que maman monte s'occuper de moi. Elle ne bougea pas.

Plus tard dans la soirée, Lily me raconta ce qui s'était passé. Sa version à elle en tout cas. Notre mère, qui était tellement ennuyeuse, odieuse et mesquine, avait poussé papa à partir. Il en avait eu marre de la supporter, avait embarqué son roman et était allé s'installer à New York, la ville où il était né. Il allait sans doute devenir célèbre et nous appellerait, nous demanderait de faire nos bagages (New York était l'endroit idéal pour des aventuriers), nous on partirait, et maman pourrait toujours rester ici à Scupper, son île à la noix.

Si c'était vrai, si papa ne pouvait plus supporter maman, honnêtement, il m'était impossible de le lui reprocher. Lui, c'était un piranga écarlate, ce bel oiseau rare que je n'avais vu qu'une seule fois, d'un rouge flamboyant et dont le chant vibrait de joie et de lumière. Elle, c'était une tourterelle triste, grise et terne, qui répétait les mêmes notes à l'infini.

Mais je n'avais pas du tout envie qu'ils divorcent.

Dans ma version à moi, que je n'osais confier à Lily, papa allait revenir avec un bouquet de roses. Maman aurait mis sa fameuse robe blanche à fleurs rouges, sa seule et unique robe, ils s'enlaceraient et on irait vivre à New York, sauf que l'été on reviendrait à Scupper, comme les riches.

Les jours passèrent. Lily refusait d'aller à l'école, et moi il fallait que je m'occupe du petit déjeuner pendant que maman travaillait à l'hôtel. La nuit, j'écoutais les bruits effrayants de notre maisonnée, les sanglots étouffés de Lily. Je tentais de me glisser dans son lit pour la réconforter, elle me repoussait.

J'attendais que papa appelle. Au bout d'une semaine, il ne s'était toujours pas manifesté.

En plus, il n'avait pas laissé de numéro de téléphone. Il avait un frère en Pennsylvanie (Jeff, de huit ans son aîné, un homme que nous n'avions rencontré que deux fois). Un après-midi où maman avait rendez-vous à l'école (Lily avait fait des bêtises), je lui téléphonai. Il y eut un long silence au bout du fil quand je lui demandai s'il avait une idée de l'endroit où papa pouvait bien être.

— Désolé, mon poussin, dit-il. Je ne sais pas. Mais s'il me contacte, je te préviendrai.

À sa voix, je compris qu'il n'y comptait pas trop.

Une autre semaine passa. Un samedi matin, maman revint à la maison et nous annonça qu'elle avait changé ses horaires pour que nous ne soyons pas seules après l'école.

— Personne n'a envie que tu sois là, lui lança Lily d'un ton si froid et cruel que je tressaillis.

— Personne ne t'a demandé ton avis, répondit maman avec calme.

Et ce fut la fin de notre grande discussion familiale.

Et si maman avait tué papa ? Était-ce possible ? Elle était capable de trancher la tête d'un bar, de l'éventrer avec son couteau et de le vider en quelques secondes… elle savait manier une arme… or, on habitait une île, elle pouvait donc se débarrasser de son corps n'importe où et laisser la marée et les vagues l'emporter au loin. Je regrettais d'avoir lu les romans de Patricia Cornwell que j'avais sortis en douce de la bibliothèque, sans parler de Stephen

King, le saint patron du Maine. Papa était-il au fond d'un puits, comme le mari de Dolores Claiborne ?

On n'avait pas de puits. Maman ne parlait pas aux policiers.

Il avait embarqué ses bagages. Il avait retiré son alliance. D'accord, maman aurait pu monter une histoire, mais, non, elle n'avait pas fait ça. Je le savais.

Il était juste… parti. Or, Lily et moi, on était ses rayons de soleil. Il n'arrêtait pas de nous le répéter. Il ne pouvait pas nous avoir abandonnées aussi brutalement. Il allait revenir nous chercher, c'était évident.

Pourtant, non. Il ne revint pas, n'écrivit pas, n'appela pas.

Les semaines se transformèrent en mois. J'essayai de consoler Lily, lui proposai de faire des trucs ensemble, mais, enfermée dans son chagrin, qu'elle jugeait manifestement plus profond que le mien, elle m'ignorait. J'avais perdu mon père et, avec lui, son amour si gai et grisant. Et, apparemment, j'avais perdu celui de Lily par-dessus le marché.

La nuit, dans mon lit, j'étais là, le cœur battant, rongée par une souffrance qui occultait tout le reste, les cheveux mouillés de larmes, à les regretter tous les deux. Mon enfance avait pris fin sans que j'aie pu lui dire adieu.

4

Jake m'aida à débarquer. La traversée en ferry durait trois heures, et j'avais un peu souffert du mal de mer. Mais peut-être était-ce dû à mon genou douloureux ?

Ou bien à mon retour à Scupper ?

Sans un mot, Jake se saisit de mes bagages et emmena Boomer en me laissant me débrouiller de ma béquille pour descendre la passerelle et rejoindre le quai.

Bien qu'on fût à la mi-avril, le printemps n'avait pas encore touché l'île. Et ma mère n'était toujours pas arrivée. Le centre-ville était calme. Un vent glacial transportait des odeurs de poisson, de sel ainsi que les effluves des beignets de la boulangerie de Lala, ce qui me renvoya à des souvenirs d'enfance. Le dimanche en hiver, papa nous réveillait à 5 heures, Lily et moi, et on courait chercher les premiers beignets de Lala, presque trop chauds pour qu'on puisse les tenir, leur sucre nous collait aux joues et leur chaleur dégageait de la vapeur dans l'atmosphère glaciale.

Je n'allais pas tarder à la revoir, ma sœur. J'allais faire en sorte que les choses s'arrangent. C'était une chance que Beantown Bug Killers m'avait offerte, et je comptais bien en profiter.

Et je découvrirais ce qui s'était passé entre mes parents. Où était mon père. S'il était encore en vie, je le retrouverais !

Durant ma première année d'internat, je m'étais tournée vers un ex-flic de Boston qui effectuait des enquêtes privées. Je l'avais chargé d'enquêter, mais, vu la banalité du nom de mon père (William Stuart) et le fait que nous n'avions eu aucune nouvelle information à son sujet depuis son départ, il était revenu bredouille. Il était temps de réessayer et, cette fois-ci, en partant de zéro.

Pour l'heure, on allait prendre les problèmes un à un : j'allais déjà rejoindre le quai.

Avec mon bras en écharpe, mon attelle au genou et ma béquille, chaque pas me demandait un instant de réflexion, et les lattes fragmentées et irrégulières du pont ne m'aidaient pas. Lancer la jambe, traîner le pied, manœuvrer la béquille. La jambe, le pied, la béquille. C'était une avancée des plus périlleuses.

Jake avait déjà attaché Boomer à la rambarde du parc à vélos et repartait vers le ferry alors que je n'avais parcouru que la moitié du chemin.

— Merci beaucoup, monsieur Ferriman, lui dis-je quand il passa devant moi.

Il émit un grognement, mais ne me regarda même pas, le charmeur !

Un peu essoufflée, je finis par arriver au bout du quai et caressai la tête de mon chien. Une mouette se posa sur un pieu en bois, et Boomer poussa un petit aboiement. Sinon, il régnait un silence quelque peu menaçant, à la Stephen King. Saisie de nostalgie, je repensai aux petits bateaux pimpants des jardins publics de Boston Common, aux élégantes boutiques de Newbury Street. Ici, tout était fermé.

Le Clam Shack de Scupper Island, où j'avais travaillé deux étés de suite, se situait à l'extrémité de la grand-rue, tout au bord de l'eau. Et, si le calendrier n'avait pas changé, il n'ouvrirait pas avant Memorial Day, où, le dernier lundi de mai, le pays commémorait les soldats tombés pour la patrie.

J'y avais travaillé avec Sullivan Fletcher, un des deux fils Fletcher. On était tous les trois dans la même classe. Sully avait été victime d'un accident de voiture au cours de notre dernière année, peu avant que je ne quitte Scupper, et je me demandai comment il allait. C'était une question que je m'étais souvent posée au fil des années. J'avais entendu dire qu'il s'était remis, mais n'avais jamais cherché à avoir plus de détails (et ma mère n'était pas du genre à m'en fournir).

Je jetai un coup d'œil sur ma droite et aperçus alors la vieille Subaru de ma mère qui s'engageait dans la grand-rue. J'agitai la main, même si ça aurait été difficile de me rater : il n'y avait personne à part moi. Elle s'arrêta, coupa le moteur et descendit. Elle n'avait pas changé et, à mon grand étonnement, l'émotion me noua la gorge.

— Bonjour, maman, dis-je en m'avançant pour qu'on s'embrasse.

Au lieu de quoi, elle me fit un signe de la tête et rangea mes deux valises dans son coffre.

— Je ne savais pas que tu allais venir avec ton chien.

Boomer, ne se rendant compte de rien, agita sa queue touffue.

— Il a intérêt à ne pas embêter Tweety.

Tweety était la perruche de maman (et sa créature préférée).

— Tweety est toujours vivant alors ?

— Bien sûr. Et où est-ce qu'il va dormir, ce chien ?

— Moi aussi, ça me fait plaisir de te voir, maman, dis-je. Je vais bien, merci. En réalité, je souffre beaucoup, mais ça va. Je me suis fait renverser en pleine rue. Par un van. J'ai été gravement blessée, au cas où tu l'aurais oublié.

— Je n'ai pas oublié, Nora. Monte dans la voiture.

En entendant les paroles magiques, Boomer sauta dans la Subaru où il s'appropria toute la banquette arrière.

— Bonjour, Sharon. Mais qui donc que t'as là ? s'écria alors une femme solidement charpentée et aux cheveux blonds et rêches.

L'accent du Maine se portait toujours bien, ça faisait plaisir. La nouvelle venue n'était autre que Mme Hurly, la mère de Carmella

Hurly, une des garces du lycée qu'à l'époque je surnommais collectivement les Cheetos (pas tout fort, bien sûr), en référence aux snacks orangés. Ces peaux de vache patentées et très populaires se concoctaient un cancer de la peau dans divers centres de bronzage de Portland où elles acquéraient un teint garanti cent pour cent artificiel.

— C'est ma fille, expliqua ma mère.

— Lily, t'es revenue, ma jolie ?

— Euh, non, moi, c'est Nora. Bonjour, madame Hurly. Contente de vous voir. Comment va Carmella ?

Son visage se ferma. Compris, je n'étais pas quelqu'un dont ma ville pouvait s'enorgueillir. J'étais celle qui avait volé la couronne du prince. En prime, je ne ressemblais plus à la grosse adolescente boutonneuse, empotée et aux cheveux ternes.

— Carmella va très bien, me répondit Mme Hurly d'un ton mordant. Eh bien, bonne journée, Sharon. Nora.

Toute la ville n'allait pas tarder à savoir que j'étais de retour.

Maman se glissa derrière le volant tandis que je me laissais choir lourdement sur le siège passager, les fesses en premier, manœuvre qui me rapporta un bon coup de béquille dans la figure.

— Et du coup comment va Carmella ? redemandai-je en attachant ma ceinture.

— Bien. Cinq enfants. Elle fait le ménage dans un hôtel l'été et sinon elle travaille au bar Red's. Elle bosse dur.

Encore une fois, l'accent du Maine me surprit. Le mien avait dû s'estomper plus que je n'en avais conscience. Ça, plus le fait que je n'avais pas beaucoup parlé à ma mère ces dernières années. Des coups de fil pour la forme et, tous les ans, sa visite à Boston, laquelle n'excédait pas douze heures.

— Tu vas partager ta chambre avec Poe, ajouta-t-elle.

— Ah oui ?

— Où tu crois qu'elle dort ? me lança-t-elle en s'écartant du trottoir.

Bien vu. Je réprimai un soupir et me tournai vers la fenêtre. La grand-rue s'était un peu embourgeoisée. Je repérai une librairie que je ne connaissais pas, L'Écume des jours. Un chouette nom. En revanche, il n'y avait guère de monde devant la boulangerie de Lala, où en été les clients se bousculaient. Un magasin d'ustensiles de cuisine. Bof.

— Comment va Poe ?

Ça faisait cinq ans que je n'avais pas vu ma nièce.

Ma mère haussa les épaules.

— Maman, tu pourrais me répondre ? insistai-je sèchement.

À peine cinq minutes et j'étais déjà irritée.

— Elle est ronchon. Elle n'est pas du tout contente d'être ici.

Elle s'engagea dans Perez Avenue, ainsi nommée en l'honneur d'un monsieur qui, depuis un quart de siècle, envoyait tous les ans un enfant de Scupper Island à l'université. Dont moi. On passa devant le classique magasin de souvenirs fabriqués en Chine banalement appelé Scupper Island Gift Shoppe (j'ai toujours détesté cette orthographe), un restaurant que je n'avais jamais vu, une galerie d'art, un autre restaurant.

On ne risquait pas de devenir aussi chic que l'île Martha's Vineyard (trop loin, trop froide, trop petite), mais ma ville natale semblait s'être sacrément transformée.

— Tout s'est bien passé à Seattle ? demandai-je.

Ma mère était allée y récupérer Poe.

— Quelle ville crasseuse, répondit-elle. Des tas d'ordures. Et de mendiants.

Naturellement. Souligner le négatif, c'était typique d'elle. Ayant connu la pauvreté dans son enfance, elle n'appréciait pas les gens qui faisaient la manche. Et elle avait une vision parcellaire de ladite pauvreté. Pour elle, s'il fallait se nourrir, on pêchait, on chassait, on cultivait ses légumes, on séchait son poisson, on fumait sa viande. Si on manquait de quelque chose, on se contentait de ce qu'on avait.

Pour ma part, je m'étais rendue à Seattle à quatre reprises. J'y serais volontiers retournée plus souvent, mais Lily n'était jamais très disponible quand il s'agissait de me laisser rencontrer ma nièce. Une fois, Roseline m'avait accompagnée et heureusement, car Lily s'était subitement décrétée *trop occupée* pour me voir et je n'avais eu qu'une petite heure pour profiter de Poe. Moi qui nous avais imaginées toutes les quatre dévorer des pâtisseries, flâner dans le marché de Pike Place, dîner tout en haut de la Space Needle ! Rosie avait pris les choses en main, et on avait quand même passé un bon moment ensemble (on avait mangé du crabe et du saumon à en devenir roses de la tête aux pieds, fait du kayak à Puget Sound, failli faire pipi de peur et poussé des cris mi-hystériques mi-émerveillées, quand un banc d'orques s'était approché à moins de cent mètres de nous).

Mais, dans un coin de ma tête, je n'avais cessé de me dire : *Si seulement Lily était là. Ça, c'est de l'aventure ! Si seulement on revenait au bon vieux temps.* À l'époque, ce bon vieux temps remontait déjà à plus de dix ans.

— Et comment va Lily ? demandai-je lorsque je compris que ma mère ne parlerait pas de ma sœur.

Le regard de ma mère ne dévia pas de la route devant elle.

— Elle est en prison, Nora. Comment crois-tu qu'elle aille ?

Je pris une longue inspiration avant de poursuivre. Je savais bien qu'elle était en prison. Ce n'était pas la peine de se montrer aussi désagréable.

— Est-ce que ça va ? Tu l'as vue ?

— Oui. Elle a l'air en forme.

En forme. Vraiment ? Était-elle effondrée ? Désespérée ? Rongée de remords ? Furieuse ? Oui, elle était sans doute furieuse. Elle l'était depuis vingt-quatre ans. Depuis le départ de notre père.

Trois mois après avoir débarqué à Seattle alors qu'elle n'avait que dix-huit ans, Lily s'était retrouvée tatouée, truffée de piercings et enceinte. Elle avait eu toute une kyrielle de petits amis ; je n'avais jamais rencontré le père de Poe et, à ma connaissance, Poe non plus. En matière de boulots, Lily avait bossé comme barista (forcément, on était à Seattle), manager d'un groupe local, intérimaire, barista une fois encore, tatoueuse.

Ma sœur s'était également rendue coupable de délits mineurs. Usurpation d'identité, fraude à la carte de crédit et trafic de drogue, bien que la légalisation de la marijuana eût mis à mal son petit commerce. Je n'avais rien su de tout cela jusqu'au mois dernier lorsque ma mère m'avait annoncé qu'il fallait qu'elle aille chercher Poe à Seattle parce que ma sœur avait été condamnée à deux ans d'incarcération avec une éventuelle sortie en août pour bonne conduite.

Beantown Bug Killers m'avait fourni un plan. M'installer à Scupper jusqu'à la libération de Lily. À ce moment-là, soit elle viendrait chercher sa fille sur la côte Est, soit je lui ramènerais Poe. Et j'arrangerais les choses.

De quelle manière ? Je n'en savais trop rien.

On s'engagea sur le chemin de terre menant à notre maison, et je plaquai le bras contre ma poitrine pour atténuer le choc des secousses. Ma clavicule me faisait souffrir. Maman me jeta un bref regard, mais ne fit aucun commentaire. Devinant que nous étions tout près d'arriver, Boomer poussait des gémissements surexcités à l'arrière. La voiture brinquebala sur un nid-de-poule, et je retins mon souffle sous le coup de la douleur qui irradia mon genou et mon épaule. J'avais aussi très mal au dos, il me pesait, et je ressentais une douleur sourde au niveau de mes reins contusionnés. J'espérais bien ne pas uriner du sang un peu plus tard.

Puis soudain elle surgit devant nous. La maison. Une modeste demeure typique de Cape Cod, bardeaux gris et véranda protégée par une moustiquaire, presque telle que je l'avais laissée, les buissons qui l'entouraient plus grands que dans mon souvenir.

Il y avait si longtemps que j'étais partie.

Ma mère s'arrêta dans l'allée non pavée (nous n'avions pas de garage) et coupa le contact. Puis elle descendit, ouvrit la portière à Boomer, lequel s'élança pour renifler les lieux et marquer son territoire.

Autrefois, pour Lily et moi, la maison était un endroit totalement magique (les chants des mésanges, les croassements des corbeaux, les piaillements des mouettes, le clapotis de l'océan glacé contre les rochers quelques centaines de mètres plus loin, les phoques grisâtres qui abordaient la grève avec leurs petits). Constamment ou presque, le vent ratissait le ciel avec des rugissements et, en hiver, des hurlements. La cour n'était qu'un tapis d'aiguilles de pin et, plus loin, on distinguait la forêt et l'océan. Les Krazinski, nos voisins les plus proches, habitaient à sept cents mètres de chez nous. Lily et moi, et parfois papa, passions des heures perchés dans les arbres ou tapis dans des forteresses de bric et de broc pour observer des tas de bêtes, renards, daims, faisans, tamias, porcs-épics et ratons laveurs.

J'ouvris ma portière sur une riche et puissante odeur de pins et de fumée de bois.

Même si je n'étais pas prête à dire que c'était bon d'être de retour (pas encore), je compris que c'était bien l'endroit qu'il me fallait en ce moment.

J'essayai de m'extraire de la Subaru, mais, vu l'attelle qui m'immobilisait le genou, je ne pus le plier et retombai sur mon siège, ce qui me déclencha une telle douleur au niveau de la clavicule que j'en eus mal jusqu'au bout des doigts.

Et c'était vraiment pénible d'être incapable de se débrouiller toute seule.

En plus, ma mère, déjà à mi-distance de la maison, n'était pas la plus tendre des gardes-malades.

— Maman ? Tu peux m'aider ?

— Poe, cria-t-elle. Viens aider ta tante !

Et elle disparut à l'intérieur.

Le vent qui soufflait en rafales traversait ma veste et me plaquait contre le dossier de mon siège alors que je bataillais pour mettre pied à terre. Le Roi des Chiens vint évaluer la situation, et je lui tapotai la tête de ma main valide. Les chiens sont toujours plus gentils que les hommes.

— C'est toi mon beau toutou ? lui demandai-je.

Il me répondit par l'affirmative en agitant la queue, puis repartit en trottinant.

Finalement, la porte se rouvrit et ma sœur apparut.

Non. C'était Poe, mais la ressemblance était frappante.

Ma nièce était très belle. Elle avait les cheveux teints en bleu, rasés d'un côté, et de différentes longueurs de l'autre. Elle portait un legging déchiré et un T-shirt avec un crâne imprimé dessus. Quand elle s'approcha, je vis qu'elle avait une ribambelle de bracelets en caoutchouc noir, plus de piercings à l'oreille que je ne pouvais en compter, et un tatouage sur le cou.

Elle faisait bien plus que ses quinze ans. Mais elle avait le teint pur et frais, et des yeux du même bleu intense que Lily.

— Bonjour, ma chérie. Que tu as grandi, dis-je d'une voix rauque.

La dernière fois que je l'avais vue, cinq ans auparavant, elle m'avait suppliée de la porter sur mon dos, et je m'étais exécutée avec joie. À l'époque, elle avait les cheveux longs et noirs, et je lui avais appris l'art de la tresse africaine.

Elle me décocha un regard vide qui accentuait encore davantage sa ressemblance avec sa mère.

— Euh… pourrais-tu juste…

Je tendis la main vers elle.

— Prendre ma béquille. Là.

Elle obtempéra tandis que je m'extirpais du véhicule, sautillais jusqu'à elle, me cramponnais à son bras de ma bonne main et récupérais ma béquille.

— Merci, Poe.

— Qu'est-ce qui t'est arrivé ?

Je cillai.

— Mamie ne t'a pas dit ?

Ça ne méritait donc pas d'être mentionné ?

— Un van m'a renversée.

— C'est grave ?

— Ouaip. Fracture de la clavicule, commotion cérébrale et luxation de la rotule. Et reins contusionnés.

— C'est moche.

— Oui.

— Tu peux les attaquer ou quelque chose ? s'enquit-elle avec une vague lueur d'intérêt. Comme si c'était FedEx ou les flics ?

— C'était Beantown Bug Killers, et non : je ne traversais pas dans les clous.

Son intérêt se dissipa, et elle reprit son masque écœuré.

On entra dans la maison, sauf qu'elle se révéla plus rapide que moi, forcément, et ne prit pas la peine de me tenir la porte.

— Viens, Boomer, dis-je.

Il obtempéra et faillit me faire tomber. Il n'avait guère conscience qu'il ne pesait plus six kilos. Je suivis tant bien que mal. Affalée sur le canapé, Poe était déjà absorbée par son téléphone. Maman s'activait dans la cuisine, la perruche jaune juchée sur son épaule.

L'intérieur de la maison n'avait pas changé. Je jetai un coup d'œil vers le petit bureau, m'attendant presque à y voir mon père en train de taper furieusement sur le clavier de son ordinateur ou bien, par terre dans le salon, Lily en pleine discussion avec ses Barbie. Le poêle à bois trônait au milieu de la cheminée en pierre : pour chauffer, c'était ce qu'il y avait de mieux. Le même canapé en tissu marron pour plaid, le même vieux fauteuil inclinable, la même petite table où Lily et moi avions fait tant de coloriages en papotant.

Naturellement que rien n'avait changé. Maman n'était pas du style à jeter et elle réparait tout.

Je songeai à mon appartement (pas à celui de Bobby, mais au mien, à celui que j'occupais avant le Sale Truc). Le canapé vert pâle, le balcon, les jolis coussins sur le lit. Tous ces objets ravissants que j'avais mis au garde-meuble quelque part dans Brookline.

— Hé, le chien, lâche-moi, cria Poe. Il va vraiment vivre avec nous ?

— Il s'appelle Boomer. Il adore tout le monde.

En écho à mes explications, il gémit et lécha la main de Poe qui s'écarta sans lever le nez de son téléphone.

Je me dirigeai tant bien que mal vers la cuisine. La même table grinçante où j'avais si souvent fait mes devoirs.

Maman se versait un épais breuvage marronnasse dans une tasse.

— Tu en veux ? me proposa-t-elle.

La perruche était juchée sur une étagère. Près de la nourriture.

— Il lui arrive d'aller dans sa cage ?

— Des fois. La nuit. Dans l'ensemble, il va là où bon lui semble. Un café ?

— Volontiers.

Pendant mes études de médecine, un jour où ma mère était montée à Boston pour sa visite annuelle, elle m'avait annoncé qu'elle avait pris un oiseau. Tweety. Ce n'était pas très original comme nom. Elle lui avait appris quelques tours, si bien qu'il mangeait un biscuit sec coincé entre les lèvres de sa maîtresse ou se posait sur son crâne pendant qu'elle buvait son café. Il lui donnait aussi des baisers, ce qui me faisait frissonner quand j'imaginais ma mère succombant à une mort atroce des suites d'une encéphalite d'origine aviaire. Lorsque je l'appelais, deux fois par mois, j'entendais souvent Tweety en fond sonore, Tweety dont les piaillements me rappelaient beaucoup les crissements d'une lame contre une assiette.

Mais maman adorait sa perruche et me décrivait parfois en riant ses performances intellectuelles. En quoi pouvais-je la juger ?

Maman plaça une tasse *Chambre de Commerce de Scupper Island* devant moi, plus rasoir et plus banale que ça, tu meurs, et je revis mes belles affaires (mes tasses à café vert et bleu, emballées, je l'espérais, dans un plastique à bulles). Je n'avais pas pu m'en charger personnellement.

Je m'assis, le genou irradié de douleur.

— Maman, est-ce que je peux avoir une poche de glace ?

— Un sachet de petits pois, ça ira ?

— Encore mieux.

Elle en sortit un, plaça mon pied sur une chaise, puis appliqua les pois congelés sur mon genou.

— Comment c'est ?

— Génial. Merci.

Je pris une gorgée de café (noir : maman ne croyait pas aux mélanges ni aux boissons sucrées) en m'efforçant de ne pas grimacer.

Elle s'assit en face de moi.

— Alors, que comptes-tu faire, Nora ?

— Je me suis dit que je pourrais rester ici jusqu'à ce que je sois un peu rétablie. Après… eh bien, sincèrement, je ne sais pas.

J'aimerais qu'on se rapproche. Lily me manque. J'ai envie d'apprendre à connaître Poe. Ce van m'a renversée et, si j'en crois la chaîne familiale Hallmark Channel, je suis censée revenir auprès des miens.

J'ai envie de savoir pourquoi papa nous a quittées et où il est depuis toutes ces années… s'il est toujours en vie.

— Combien de temps il va te falloir pour te remettre ?

Autrement dit, combien de temps avant que je débarrasse le plancher. Tweety poussa un cri perçant, il devait se poser la même question. Je le regardai avec méfiance.

— Je vais sûrement avoir besoin d'aide pendant une semaine ou deux.

Elle hocha la tête.

— Entendu. Et après ? Tu retournes à Boston, j'imagine ?

— J'avais envisagé de passer l'été ici. J'ai pris un congé exceptionnel.

— Pourquoi ça ? Tu es médecin, Nora.

— J'en ai bien conscience, mais, maman, je t'en prie, j'ai été renversée par une voiture. J'ai failli mourir.

— Ce n'est pas ce qu'a dit Bobby.

— Oh ! je suis désolée. Donc, pour toi, j'aurais dû être encore plus gravement blessée ? Avoir perdu connaissance et m'être retrouvée amochée au milieu de la rue ne suffit pas ?

L'espace d'une seconde, je songeai à lui parler du Sale Truc, mais je n'étais pas sûre que ça la touche vraiment. Après tout, je m'en étais sortie. Ça ne pouvait donc pas être si grave que ça.

— Écoute, c'est juste qu'on n'a pas beaucoup de place ici. Avec Poe et tout.

— Je louerai quelque chose d'ici à une quinzaine de jours, OK ?

Je pris une longue inspiration et me rappelai mes résolutions, ma nouvelle approche de la vie. J'allais renouer avec la bonne humeur, merde !

— Tu m'as manqué, maman. J'ai envie qu'on passe du temps ensemble.

Je sentis qu'elle se retenait pour ne pas lever les yeux au ciel.

— Donc, on va se tenir par la main et chanter *Kumbaya* ?

— Oui. C'est ma chanson préférée.

Ma réponse lui soutira un minuscule sourire.

— Je vais prendre une douche. Et un cachet de Vicodin.

— Fais attention à ne pas devenir accro à ces machins, me conseilla-t-elle.

Elle n'allait quand même pas faire un cours sur la toxicomanie à un médecin !

— Merci pour le conseil.

Je me relevai, m'appuyai sur ma béquille et m'élançai en sautillant vers le salon.

— Poe, pourrais-tu monter mes valises ?

Celle-ci prit une très longue inspiration, puis poussa un grand soupir et leva les yeux au ciel.

— Bien sûr.

Je gravis l'escalier, une marche à la fois. Boomer, désireux d'aider, n'arrêtait pas de monter et de descendre, manquant de me tuer. Quant à Tweety, il fonça droit vers ma tête, soit pour m'attaquer, soit pour nicher dans mes cheveux.

— Merde alors ! ! Dégage, Tweety !

Il repassa à toute allure à ma hauteur, et Boomer bondit.

— Boomer, non ! Au pied.

Imaginez un peu si mon chien boulottait la créature préférée de ma chère mère le jour même de notre arrivée.

— On ne mange pas l'oiseau.

Il prit un air extrêmement honteux. Par chance, ma mère appela Tweety et la sale bestiole recommença son manège, mais à l'encontre de Boomer cette fois. Mon malheureux chien n'eut que le temps de s'aplatir, tandis que la maudite perruche filait vers la cuisine.

Quand j'arrivai enfin en haut de l'escalier, j'étais en nage et sous le coup de douleurs tous azimuts. Seigneur, mes côtes me tuaient. Et mon dos ! Et mon genou ! Et ma clavicule. Je n'étais qu'une boule de douleur.

J'entrai dans ma chambre. À en juger par les draps en désordre, Poe avait réquisitionné mon ancien lit. L'autre, celui de Lily, disparaissait sous les vêtements, les revues et le maquillage.

Poe entra avec mes valises et les posa à terre.

— Il va falloir que tu débarrasses ce lit, dis-je.

— Mais où est-ce que je vais ranger mes affaires ?

— Dans la commode ? Dans le placard ? À la poubelle ? Je ne sais pas, ma chérie, mais il faut que je dorme quelque part. On va essayer de bien s'entendre, d'accord ? Je vais passer l'été ici.

— Je vais devoir partager ma chambre tout l'été avec ma vieille tata ? Est-ce qu'il faudra aussi que je te frictionne les pieds avec de la lotion et les épaules avec du baume du Tigre ?

— J'espérais que tu me débarrasses de mes cors.

— Oh mon Dieu !

— Poe, je blague. Et je ne suis pas vieille, d'accord ? J'ai trente-cinq ans. Je louerai quelque chose dès que je serai en mesure de me débrouiller toute seule. Si je dors bien et que je ne me casse pas autre chose en trébuchant sur tes cochonneries, je dégagerai plus vite. Compris ? Débarrasser le lit servira nos intérêts respectifs.

— Si tu le dis.

Un tic me contracta l'œil.

— Pourrais-tu, s'il te plaît, m'apporter un verre d'eau ? lui demandai-je gentiment. J'ai des médicaments à prendre.

Je dégageai un bout du lit, puis attrapai mon sac à l'aide de ma béquille tandis que Poe allait à la salle de bains. Elle revint avec un verre un tantinet crasseux rempli d'eau qui, d'après mon expérience, avait toutes les chances d'être tiédasse, vu qu'elle n'avait pas fait couler l'eau.

Elle était en effet tiédasse, mais j'avais le genou en feu et mon bras gauche me pesait comme du plomb. J'avalai une pilule. Poe s'empara du flacon.

— Pas mal, s'exclama-t-elle. Pas de génériques pour vous, les médecins, je suppose. Je peux en avoir un ?

— Repose ça. Pas touche.

— Oh là là, c'était qu'une blague…, marmonna-t-elle avant de redescendre bruyamment l'escalier.

Boomer vint me fourrer son museau dans la main.

— Tu m'aimes, hein ?

Une léchouille me le prouva.

Le voyage, le stress lié à mes blessures me rattrapèrent. Je m'allongeai sur les vêtements de Poe et fermai les yeux. À ma grande surprise, des larmes m'échappèrent. Même s'il ne le méritait pas, Bobby me manquait. Boston me manquait. Roseline, l'hôpital et ce vieux charmeur de Dr Breckenridge me manquaient.

Mon ancienne vie me manquait, ainsi que nos débuts à Bobby et moi, quand la vie paraissait tellement parfaite, simple et pure.

Ici, on ne voulait pas de moi. J'avais vraisemblablement fait une grosse bêtise en revenant.

5

La première semaine s'écoula. À la vitesse d'une limace sur le retour. Poe s'était choisi une alarme qui avait l'art de ne pas la réveiller (une charmante chansonnette où un individu braillait à se faire péter une varice œsophagienne), et j'étais obligée de lui balancer mon oreiller dessus tous les matins.

— Hein ? Oh merde ! grognait-elle invariablement.

Ensuite de quoi, elle faisait le tour de la chambre en chancelant, retournait des piles de vêtements en pestant et clamait que j'avais dérangé ses affaires, puis vidait toute l'eau chaude en se prenant une douche interminable. Elle descendait l'escalier avec la légèreté de Hagrid le demi-géant, refusait d'avaler un petit déjeuner et montait dans la voiture de ma mère qui la déposait au lycée en allant travailler. Le bonus, c'était qu'elles sortaient Boomer.

Mon chien se plaisait énormément à Scupper Island. Il revenait à la maison, la fourrure truffée de bardanes et de brindilles, après une demi-heure de batifolage à travers bois. Je le brossais du mieux possible avec mon bras valide, et il grognait de plaisir tout en entrant en transe canine.

Mon genou allait nettement mieux, même si je voyais toujours des étoiles lorsque je lui infligeais un poids trop lourd. Ma clavicule nécessiterait davantage de temps, mais la douleur s'était atténuée.

Je dormais, je lisais et avais regardé trois saisons de *House of Cards*. Je me remettais d'un choc, me disais-je, ce n'était pas de la paresse.

Tweety surveillait chacun de mes faits et gestes et, si mon intuition ne me trompait pas, il rapportait discrètement mes activités à ma mère un peu plus tard dans la journée.

Cette paresse se révélait assez jouissive. En plus, je commençais à me sentir en… sécurité. Depuis le Sale Truc, il m'avait fallu déployer énormément d'efforts, en particulier avec Bobby pour ne pas me montrer trop déprimante, trouver des choses intéressantes à dire, réserver mon pyjama à la seule heure du coucher, prétendre que les virées nocturnes de Bobby avec ses copains ne me dérangeaient pas, alors que Boomer et moi fermions toutes les fenêtres quel que soit le temps et bloquions la porte d'entrée avec une chaise.

Ici, c'était étonnamment agréable de ne rien faire. Être seule dans la maison de mon enfance ne m'angoissait pas, contrairement à notre appartement de Boston.

Le soir, après un dîner simplissime, Tweety picorant à l'occasion un bout de pain entre les lèvres de ma mère tandis que je luttais contre la nausée à l'idée des maladies transmises par les oiseaux (mais je me gardais de tout commentaire), je proposais à Poe de jouer au Scrabble, au Monopoly ou à Apples to Apples. Bizarrement, elle n'en avait pas du tout envie et montait dans sa chambre s'offrir un rab de musique assourdissante. Quant à moi, je m'avalais un comprimé de Vicodin au lieu d'un verre de vin, me collais une poche de glace sur le genou et regardais *La Roue de la fortune* avec ma mère. Il était interdit de bavarder, mais on avait le droit de hurler la réponse. Maman me battait chaque fois.

À la huitième soirée de cette nouvelle vie excitante, alors que Boomer et moi étions installés sur le canapé, Bernard de Duluth, en Géorgie, trouva enfin, bien après ma mère, que les lettres à sa disposition correspondaient à La ville qui ne dort jamais, gagnant ainsi des vacances à Hawaï. Maman éteignit la télé pour aller s'installer dans le bureau, et Tweety, surgi d'on ne sait où, se posa sur son crâne. Beurk.

La fête était finie. Je partis à la recherche de compagnie et de distraction dans le cyberespace.

Merde. Mon ordinateur était à l'étage.

— Poe ? beuglai-je plus fort que la musique. Pourrais-tu avoir la gentillesse de m'apporter mon ordinateur, ma chérie ?

Rien. Je patientai dix secondes.

— Poe ?

— J'arrive ! Je t'ai déjà répondu. Punaise.

Huit pas furieux ébranlèrent la maison quand elle descendit l'escalier. Elle me jeta pratiquement mon portable à la figure.

— Merci beaucoup, ma puce.

Elle remonta à l'étage avec fracas.

Était-ce un péché grave que d'avoir envie de botter les fesses de sa nièce ? Probablement. Je me forçai à sourire, caressai les oreilles de Boomer, inspirai à fond pour me purifier l'âme et me rappelai que Poe traversait des moments difficiles. Et ce, depuis sa naissance, sans doute. Peut-être. Je n'en savais trop rien, pas vrai ?

Mais ma sœur était en prison, Poe était loin, très loin de ses amis et, la nuit dernière, j'avais oublié de prendre une serviette en allant à la salle de bains, de sorte qu'elle avait été obligée de me voir allongée dans la baignoire couverte d'un simple gant de toilette. Le pire des cauchemars pour une adolescente, on est d'accord.

N'empêche, un de ces jours, je finirai par l'apprivoiser. (Pause pour les rires.)

J'ouvris ma messagerie. Ah, il y avait un mail rigolo de Roseline me demandant si j'avais croisé des pêcheurs de homards sexy (niet) et comment allaient ma mère, Boomer et ma nièce. Elle m'avait également envoyé une photo d'elle tout sourires et tenant une petite poupée vaudoue de Bobby (on le reconnaissait parce qu'il portait une blouse verte et un masque et qu'elle avait écrit Bobby sur sa chemise). Et, adorable attention, elle l'avait bardé d'aiguilles.

Mes ancêtres veillent sur toi ! Bobby ne devrait pas tarder à se taper une mégadiarrhée explosive.

Je pouffai de rire et lui répondis :

Waouh ! Tu es géniale. Et Harvard veut que tu lui rendes ton diplôme. Ici, tout va bien. J'adore le Vicodin ! La perruche de ma mère cherche à me tuer. À l'aide, stp.

Je me mis à écrire, mais me rendis vite compte que je n'avais pas grand-chose à dire. Si je lui avouais la vérité sur maman et Poe, elle allait s'inquiéter (on se parle à peine, mais elles me tolèrent !). Et puis, je m'appliquais à garder le sourire désormais. Je ne m'apitoyais pas sur mon sort, je ne me plaignais pas, car j'avais la chance de ne pas avoir été réduite à l'état de grosse tache sur la chaussée avec un bouquet de fleurs en prime pour marquer l'endroit où j'aurais rendu l'âme. J'étais vivante ! Youpi. En plus, ça ne faisait qu'une semaine (et un jour) que j'étais ici. Je me bornai donc à lui poser des questions sur Amir, sa vie de femme mariée et à lui demander si elle avait eu des accouchements croustillants ces derniers temps.

Mon ordi fit un ping. Un autre mail. De Bobby, cette fois.

Hé toi. Tu me manques. L'appart me paraît bien trop grand sans toi et Boomer. Tu vas bien ? Tu travailles ta rééducation ? Tu dors correctement ? On pourrait peut-être se parler demain ? Bobby.

Merde. J'avais à la fois envie et pas du tout envie d'entendre sa voix. Est-ce qu'il sortait avec Jabrielle maintenant ? Pourquoi disait-il que je lui manquais ? J'espérais bien que je lui manquais.

J'étais super heureuse de lui manquer. Il méritait d'être malheureux et victime d'une diarrhée explosive.

Mais, non. J'avais mûri à présent. Expérience de mort imminente, et tout ça.

Ici, ça va bien, **répondis-je.** Boomer adore l'île et trouve presque tous les jours un truc mort à rapporter. Je me sens bien mieux et suis vraiment heureuse de pouvoir redécouvrir ma nièce. Elle est fantastique ! **(Faux, archi-faux.)** Tu manques à Boomer aussi **(c'était vrai)**. Maman te salue **(faux)**. Bien sûr, appelle-moi demain. J'ai prévu quelque chose pour le dîner **(un repas ultra-fade avec maman et Poe)**, mais dans l'après-midi je devrais être libre.

J'envoyai.

L'époque où Bobby et moi formions un vrai couple me paraissait remonter au déluge. Un vrai couple comme celui aux minerves que j'avais aperçu aux urgences (d'accord, ce n'est pas l'image la plus romantique qui soit, mais vous voyez ce que je veux dire). Un vrai couple lié par une énergie chatoyante. Un amour qui gomme toutes les autres personnes alentour au point qu'il n'y a plus que deux êtres sur Terre.

Il t'a plaquée juste après qu'un van t'a renversée, Nora, me rappela ma moitié de cerveau la plus futée.

Il y avait de grandes chances qu'il zappe notre coup de fil de demain. Si je me fiais à notre vécu, il aurait un patient ou un collègue pour le réclamer urgemment.

Je soupirai, jetai un œil vers le bureau de ma mère, allai sur Google et tapai des mots que j'avais déjà dû taper des centaines de fois.

William Stuart, Maine, nécrologie. Dans le petit bureau, Tweety poussa un cri strident qui n'était pas sans évoquer le corbeau d'Edgar Allan Poe. Boomer gémit. L'autre jour, Tweety lui avait collé un coup de bec sur la tête, de sorte qu'il était à présent terrifié par cette fichue perruche. Tel maître, tel chien.

Allez savoir pourquoi, mon père n'avait pas de second prénom, c'était regrettable, car ça aurait sans aucun doute facilité mes recherches.

Les William, Bill ou Will Stuart décédés étaient légion. Mais ceux nés la même année que mon père ne correspondaient jamais à ce que je recherchais.

Cette fois encore, il n'en alla pas autrement. S'il était mort, je n'avais aucun moyen de le savoir.

Assise dans la maison où je m'étais sentie tellement aimée et protégée, j'avais du mal à accepter qu'il ait pu ne jamais revenir.

Et qu'il n'ait même jamais appelé.

Mais, à présent que j'étais de retour sur Scupper, peut-être que je découvrirais ce qui s'était passé.

6

Le soir de mon neuvième jour de convalescence, ma mère nous demanda, à Poe et à moi, de lui laisser le champ libre.

— J'ai quelque chose ce soir, déclara-t-elle. Vous pourriez pas aller vous prendre une glace quelque part ou je ne sais quoi ?

— Je suis éclopée, protestai-je. Et je viens de prendre un Vicodin, je ne peux pas conduire.

D'autre part, la télé diffusait un épisode de *Game of Thrones* et, comme toute bonne téléspectatrice, j'étais amoureuse de Jon Snow.

— Si c'est ça, monte et ferme ta porte, me dit-elle.

— Je suis un peu vieille pour qu'on m'envoie dans ma chambre, non ?

— Crois-moi, sinon, tu regretteras de ne pas y être, me lança Poe.

— Pourquoi ?

— C'est un boulot à moi, poursuivit ma mère, les joues cramoisies.

Voilà qui était curieux. Ma mère ne rougissait jamais. Ja-mais. Rien ne la gênait. Un jour, j'étais encore au lycée et elle se tapait une préménopause particulièrement horrible, elle avait perdu tellement de sang à l'épicerie qu'elle y avait laissé une traînée rouge. Elle avait ouvert un paquet de serviettes en papier, nettoyé et ajouté dans notre chariot une boîte de couches pour adultes. Le tout sans un battement de cils.

Alors, qu'elle rougisse maintenant… De quoi s'agissait-il ? D'une soirée sex-toys ?

— C'est quoi ce boulot ? demandai-je.

— Un nouveau truc, grommela-t-elle en enfermant Tweety dans sa cage.

C'était déjà un point positif.

— Et c'est quoi ce nouveau truc ?

— Nora, monte, ça suffit, marmonna-t-elle.

— Ils font de la câlinothérapie, m'expliqua Poe.

Je pouffai, mais je fus bien la seule.

— Sans blague ?

Silence.

— Maman, si tu as besoin d'un câlin, je suis là.

J'essayai de me rappeler à quand remontait la dernière fois où on s'était prises dans les bras. Sans succès.

— C'est moi qui prends les autres dans mes bras. Pas le contraire.

— Quoi ?

— Les gens payent pour ça, ajouta Poe.

— Comme pour une prostituée ?

Ma mère se rembrunit.

— Il s'agit d'une thérapie reconnue…

— Par qui ?

— … et les gens font pitié, ils paieraient pour n'importe quoi ou presque, poursuivit ma mère.

— C'est beau.

— Il leur arrive même de s'endormir ici.

— Tu rigoles ?

— Fais pas cette tête et monte. Et emmène ton chien.

— Tu ne veux pas qu'il t'aide pour une cynothérapie ? Ça, c'est *vraiment* reconnu.

— Nora, monte.

Je jetai un coup d'œil à Poe qui, pour une fois, ne détourna pas la tête.

— Est-ce qu'elle se transforme en statue de sel quand on la touche ? lui demandai-je.

— Monte, répéta ma mère, encore plus cramoisie.

Boomer grimpa les marches à toute vitesse, redescendit, puis repartit à l'étage tandis que je montais en sautillant tant bien que mal. Plutôt que d'entrer dans notre chambre, je m'arrêtai sur le palier.

— On va l'espionner.

— C'est dégueu.

— D'autant plus intéressant.

Je me positionnai juste sur le côté de l'escalier, à une place où on ne pouvait pas me voir mais d'où je pouvais suivre ce qui se passait. Poe alla chercher le pouf poire en velours rose dans notre chambre et s'installa dessus. Après quoi, elle me regarda, soupira, puis se releva et le poussa vers moi.

— Tu es vraiment adorable, murmurai-je.

Elle leva les yeux au ciel.

— Donc, mamie fait ça toutes les semaines ?

— Juste depuis un mois.

Quelques minutes plus tard, quelqu'un frappait à la porte d'entrée.

— Bonsoir, Hazel, dit maman. Bob. John.

C'était qui, ces deux-là ? Je jetai un coup d'œil vers le rez-de-chaussée. Pas possible ! Il y avait huit ou neuf personnes. Pour des câlins ! De ma mère !

— Combien elle prend par séance ? chuchotai-je.

— Vingt dollars.

C'était tout juste si Poe ne souriait pas.

Ma mère allait empocher près de deux cents dollars pour des câlins ? Eh bien. Peut-être qu'elle avait découvert un bon filon.

— Vous êtes tous les bienvenus ici, dit-elle.

Oh là là, il y avait Amy, la copine de Sullivan Fletcher au lycée ! Elle avait besoin que ma mère la serre dans ses bras ? Et Mme Downs, qui avait la plus belle tronche de garce méprisante que j'aie jamais vue. J'éprouvai une pointe d'inquiétude pour ma mère : a priori, Mme Downs était du genre à arracher la tête d'un ourson polaire d'un coup de dents et à la manger. M. Dobbins, conseiller municipal à Scupper Island depuis vingt ans. Un veuf, si je ne me trompais pas.

Une idée me traversa l'esprit.

Ma mère avait besoin d'un homme.

— Elle a quelqu'un, mamie ? chuchotai-je à l'oreille de Poe.

— Qu'est-ce que tu veux dire ?

— Elle a un copain ?

— Oh ! mon Dieu, Nora. Non.

Le téléphone de Poe se mit à vibrer, et elle fila s'enfermer dans notre chambre. Pour ce qui était de nouer un lien via une bonne rigolade sur la câlinothérapie, il allait falloir repasser.

Je soupirai, puis reportai mon attention sur ce qui se passait au rez-de-chaussée. J'étais à l'endroit précis où on se postait, Lily et moi, quand on attendait le Père Noël. On n'avait jamais réussi à résister à l'envie de dormir.

La nostalgie de ma sœur me saisit avec une violence telle que j'en eus le souffle coupé. Ma petite sœur fluette avec sa peau d'un blanc laiteux et ses grands yeux bleus, tellement affectueuse et câline (toujours à se blottir contre moi, à me tenir la main, à glisser le bras autour de mes épaules avec sa douce odeur de sommeil qui remplissait mon cœur d'amour).

Lily. Ma petite fleur.

Comment avions-nous perdu ça ? Comment tant d'années avaient-elles pu s'écouler dans la distance et la séparation ?

Ma mère prit la parole, ce qui m'arracha à mes souvenirs.

— Bon, vous êtes tous ici pour que je vous serre dans mes bras, alors, commençons.

Là-dessus, l'accent de ma mère se fit plus marqué.

— Amy, ma chérie, viens donc.

Je vis des jambes minces serrées dans un jean skinny et une paire de ballerines se diriger vers les solides Naturalizer de ma mère. Je baissai la tête, ce qui me déclencha une vive douleur dans la clavicule, mais il fallait que je voie.

Oui. Ma mère serrait un être humain dans ses bras. Et longtemps en plus.

— Tu es quelqu'un de bien, dit-elle. Tu es une chouette femme.

En réalité, Amy avait été une salope patentée (la reine des Cheetos) et m'avait rendue profondément malheureuse ! Enfin, peut-être que les gens changeaient. Probablement pas, mais bon.

Elles continuaient à s'enlacer. Amy recevait à travers cette étreinte plus d'affection que ma mère ne m'en avait accordé au cours des vingt dernières années. Si j'étais jalouse ? C'est le moins qu'on puisse dire !

— C'est quoi, son problème ? chuchotai-je à l'oreille du chien.

Il n'en savait rien non plus.

Maman la relâcha, Amy renifla et s'écarta vers la cuisine.

Ensuite, ce fut le tour de M. Dobbins.

— Bob. Tu es un homme bien. Tu as bon cœur.

Il se pencha pour enlacer ma costaude de mère, et elle le serra dans ses bras, tendrement, fermement.

C'était vraiment étrange. C'était sûrement le Vicodin. Peut-être qu'il allait falloir que je crache vingt dollars pour avoir mon câlin, moi aussi.

Je regardai Boomer, qui baissa la tête et me lécha la main. Qui avait besoin d'une mère quand on avait la version mâle de Nana dans *Peter Pan* ? En plus, j'étais assez sûre que le manuel à l'usage des mamans stipulait bien que vos gamins n'avaient pas à vous payer pour que vous les câliniez.

Ma mère circulait au milieu de l'assistance en étreignant les uns et les autres, et en leur adressant des mots gentils. Je tirai mon téléphone de ma poche et textai à Roseline que soit j'hallucinais grave à cause des analgésiques, soit ma mère offrait des câlins à vingt dollars à une tripotée d'amateurs agglutinés dans notre salon.

Prends une vidéo, sinon personne te croira, me répondit-elle.

M. Dobbins demanda du rab.

Oui. Ma mère avait besoin d'un mec. Ça me paraissait très clair. Peut-être que ce truc l'aidait. Après toutes ces années de solitude (bonjour Culpabilité, ça va bien depuis le temps ?). Et, vu que j'allais passer l'été sur l'île, je pouvais bien tenter de lui dénicher quelqu'un. Pourquoi pas, hein ? Nouveau texto à Roseline.

Je vais chercher un copain pour ma mère.

Sa réponse arriva quelques secondes plus tard :

Quand on prend de puissants narcotiques, mieux vaut éviter les décisions hâtives. Va te coucher.

La tête me tournait méchamment. Et, même si j'avais vraiment envie de voir ma mère border des gens enroulés dans des couvertures sur notre vieux canapé et dans nos fauteuils, je savais aussi que j'étais trop jalouse pour suivre cette scène jusqu'au bout.

7

Le lendemain de la câlinothérapie, j'allai faire ma promenade quotidienne, laquelle m'entraînait tous les jours un peu plus loin, armée de ma béquille. Un soleil vif brillait, des nuages duveteux de bourgeons vert pâle auréolaient le sommet des chênes, et l'air marin m'emplissait les poumons et réveillait des parties de mon âme que j'avais depuis longtemps oubliées. Certes, Boston était au bord de l'eau, mais on ne pouvait pas comparer avec Scupper. Ici, l'air était pur et vibrant de senteurs, parfois chargé de promesses de pluie, et d'effluves de tabac pour pipes provenant sans doute de Burke Hollawell, un pêcheur de homards de mon enfance (mec potentiel pour ma mère ?). La semaine précédente, j'avais surpris d'odorantes fragrances de myrtilles : quelque part, une tarte sortait tout juste du four. Et, toujours, l'odeur des pins.

Je m'approchai en clopinant d'un rocher au bord de la rive et m'assis pour reprendre mon souffle. Boomer se rua vers moi en affichant son grand sourire de chien et déposa une pomme de pin à mes pieds.

— Oh le bon chien ! m'écriai-je en la lui jetant.

Il repartit d'un bond, mais oublia sa mission pour traquer un écureuil qui se réfugia dans un arbre.

Je dégageai les bretelles de mon sac à dos afin d'y récupérer ma bouteille d'eau et me désaltérer. Puis je sortis un carnet de notes et un stylo, et écrivis un mot à ma sœur.

Chère Lily,

J'espère que ça va pour toi. Je ne sais pas si maman ou Poe te l'ont dit, mais je suis revenue passer un moment à Scupper, car j'ai été victime d'un petit accident. Poe et moi partageons notre ancienne chambre. Tu l'as élevée de manière formidable. Elle est vraiment super et intelligente, et j'adore discuter avec elle.

Ça, c'était un mensonge. Je déchirai ma feuille, la froissai et la fourrai dans mon sac.

Chère Lily,

Je suis revenue passer quelque temps à Scupper et je veux que tu saches que je vais essayer de garder un œil sur Poe. Tu as beau avoir cessé de répondre à mes mails, à mes messages et à mes lettres, je t'aime toujours et essaierai d'aider Poe dans la mesure de mes possibilités.

Trop condescendant avec de solides relents d'amertume. Je chiffonnai cette feuille aussi.

Chère Lily,

Tu ne devineras jamais où je suis assise à cet instant précis. Sur le Rocher du Guet. Je suis revenue passer un moment à Scupper, quelques mois sans doute : je me suis mise en congé à l'hôpital après avoir été renversée par un van. La maison n'a pas changé. L'oiseau de maman essaie d'avoir ma peau. C'est flippant à voir, comment ils s'aiment tous les deux.
Un cormoran vient d'émerger devant moi, mais il a replongé.
Aujourd'hui, la mer est agitée et les vagues font beaucoup de bruit en s'écrasant contre la berge.
Maman et Poe vont bien. Toi aussi, j'espère.
Bisous,

Nora.

Celle-là, je pouvais l'envoyer. À présent, j'avais une adresse au moins. Centre de détention pour femmes de l'État de Washington.

Pour des raisons que j'ignorais, ma sœur m'avait laissée tomber il y a longtemps. D'accord, je n'avais pas été très drôle après le départ de papa, mais elle non plus. Pourquoi n'étions-nous pas devenues encore plus proches après cela ? Dieu sait que c'était ce que je souhaitais. Cela dit, des sœurs qui ne s'entendent pas, ce n'est pas très original. Il y avait bien sûr le clivage entre la belle et la moche. Entre la mince et la grosse. Le fait que j'avais quitté l'île pour aller au-devant d'un avenir meilleur, alors qu'elle… eh bien. Elle avait opté pour la maternité solitaire, la quasi-pauvreté et, à présent, la prison.

N'empêche, elle avait Poe. D'après ce que je pouvais en déduire des rares visites qui m'avaient été accordées, ma sœur adorait sa fille.

Cette même nuit, alors qu'on était toutes les deux couchées, Poe et moi, je décidai d'y aller carrément. Il faisait noir, et la nuit était froide et claire. À travers la lucarne, j'apercevais la large traînée diffuse et lumineuse de la Voie lactée.

— Tu as parlé à ta maman ces derniers temps ? fis-je.

Il fallut à Poe une bonne minute pour répondre :

— En quoi ça te regarde ?

— Je me demandais juste comment elle allait.

— Ça va bien, marmonna Poe en se tournant vers le mur.

— Si jamais tu veux parler d'elle, je suis là, ma chérie.

Elle grommela quelque chose.

— Pardon ?

— J'ai pas besoin de te parler, répliqua-t-elle d'une voix forte en articulant clairement, comme si elle s'adressait à une pleine assemblée de demeurés un peu sourdingues. Même si je traverse des moments compliqués, je m'adapte très bien.

— Tant mieux, j'en suis heureuse, affirmai-je.

Je pris une longue et lente inspiration en continuant à fixer les étoiles.

— Ta mère et moi, on était très proches dans le temps.

— Je m'en fiche.

— J'aimais ta mère plus que n'importe qui d'autre.

— Je suis contente pour elle.

— Et je t'aime, quoi qu'il arrive. J'aimerais qu'on soit plus proches et je…

— Tu pourrais pas arrêter maintenant ? J'essaie de dormir.

Je tendis la main pour caresser Boomer qui dormait par terre à côté de moi, car on ne tenait pas à deux sur mon petit lit. Sa queue tapa bruyamment le plancher en témoignage d'affection.

Que Dieu me donne la sérénité nécessaire pour ne pas dire à ma nièce que c'est une sacrée peste.

— Bonne nuit, Poe. Dors bien.

Lors de mon deuxième week-end à Scupper, ma mère me demanda si je voulais quelque chose en ville. On était samedi, son jour de courses.

— Je peux venir avec toi ? S'il te plaît ? S'il te plaît ?

— OK, mais seulement si tu te calmes.

Elle embrassa Tweety sur le bec (je réprimai un hurlement) et alla se poster au pied de l'escalier.

— Poe, tu as besoin de quelque chose ?

— Non.

— Envoie-moi un message si tu penses à quoi que ce soit.

Pas de réponse.

— Donne-moi quelques minutes, demandai-je à ma mère. Il faut que je me brosse les cheveux.

Et que je me change, et que je me maquille. À tous les coups, j'allais rencontrer quelqu'un que je connaissais.

Une demi-heure plus tard, j'étais fin prête.

— Va voir Poe, ordonnai-je à Boomer.

Avec le temps, il finirait par gagner son affection, je le savais. Il obéit et grimpa les marches au grand galop, le malin.

J'avais désormais l'honneur de porter une vieille genouillère de sportif qui me faisait une articulation énorme, mais c'était un grand progrès par rapport à l'attelle. Ma mère m'attendait à côté de la porte d'entrée, la mine fumasse, les bras croisés.

On prit la direction du centre-ville, ma mère se plaignant tant et plus de la foule qui ne manquerait pas de se presser au marché maintenant qu'il était 10 heures. Elle évoquait bien entendu les quatre à six personnes que nous allions croiser.

On se gara sur le parking du magasin.

— Je crois que je vais faire un petit tour, si ça ne te dérange pas, lui dis-je.

— À toi de voir.

— Tiens, attends que je te donne de l'argent pour les courses, ajoutai-je en sortant mon porte-monnaie.

— Garde ton argent.

— Maman, je gagne bien ma vie. Laisse-moi participer.

Elle me décocha un regard furieux, puis coupa le moteur.

— J'ai les moyens de nous nourrir, Nora.

— Oui, mais je représente un couvert de plus et…

Elle descendit de voiture et s'éloigna dans le claquement indigné de ses sacs en toile.

— Merci, criai-je.

Elle ne se retourna pas.

Il allait vraiment falloir que je me dégote une location rapidement. Sinon, ça risquait de saigner. Je n'aimais pas utiliser ce genre d'expression, mais entre Poe qui passait des coups de fil à 3 heures du matin, puis vidait l'eau chaude dès son réveil, et ma mère qui refusait de sortir plus de deux phrases d'affilée, je commençais à avoir des envies de meurtre.

Je manœuvrai tant bien que mal pour m'extraire de la voiture. L'épicerie Chez Sammy's se trouvait derrière la grand-rue, cœur de notre centre-ville, et il était sans doute temps que je m'oblige à marcher sans ma béquille.

En plus… je n'avais pas envie de me montrer dans un état aussi pitoyable. Ma boiterie me suffisait bien assez comme ça.

Lentement, prudemment, je remontai en vacillant la légère pente. En mon absence la ville avait planté des pommiers sauvages dans la grand-rue et, en cette fin avril, de petits bourgeons roses, bien que toujours fermés, répandaient un parfum délicieux. Un restaurant (le Stone Cellar) exhibait des caissons plantés de pensées. Je jetai un coup d'œil à l'intérieur de l'établissement. Poutres en bois, sols en parquet foncé, joli bar. Et, incroyable, c'était ouvert le week-end même durant la saison creuse. Ça alors ! Dans mon enfance, seul Red's, le bar des buveurs, était ouvert à l'année.

Je m'arrêtai à l'angle. Le bâtiment au toit de bardeaux gris qui se dressait là était, ô miracle, une agence immobilière, laquelle exposait dans sa vitrine toute une batterie de photos de maisons à louer.

L'heure était venue de renouer avec l'indépendance et tout le bla-bla.

Subitement, je m'aperçus que Bobby me manquait. Il me manquait si fort que ce sentiment me tomba dessus comme une chape de plomb. Il avait appelé l'autre jour, à 14 h 15 et, en entendant sa voix, mes yeux s'étaient mouillés. On s'était parlé gentiment, tendrement, comment allait le travail, que fais-tu ? On s'était écoutés respirer, et ça avait été agréable.

S'il sortait avec Jabrielle, il ne m'en avait rien dit.

Il y a longtemps, je me voyais épouser Bobby. Avant même qu'on ne sorte ensemble, je n'imaginais pas petit ami plus parfait, et, après, n'en parlons pas. On s'amusait tellement tous les deux. La vie me paraissait alors incroyablement merveilleuse.

Puis il y avait eu le Sale Truc, mais même cette épreuve m'avait montré à quel point Bobby était formidable. Environ trois mois après, il m'avait lancé en passant « Le jour où on officialisera », remarque qui m'avait plongée dans un état de bonheur tel que j'avais eu l'impression d'évoluer en apesanteur. Je m'étais confiée à Roseline, qui venait de se fiancer, et elle m'avait emmenée dans une boutique de mariage extrêmement chic où elle avait acheté sa robe et, en l'espace d'une heure, on avait joué à essayer différentes tenues.

Et à présent je me cherchais un logement à moi dans la ville où j'avais cru ne jamais revenir.

Par chance, je n'avais pas à me souvenir de moments heureux partagés ici. Bobby n'avait jamais mis les pieds à Scupper, j'y avais veillé. Et, de mon côté, j'avais évité l'île, me débrouillant chaque fois pour que maman vienne à Boston, ce qu'elle faisait, stoïquement, sans grands chichis, sans jamais y passer plus d'une journée.

Me voyant plantée devant sa boutique, l'agent immobilier ouvrit sa porte.

— Puis-je vous aider ? me demanda-t-il.

— Je cherche un logement pour deux mois environ.

Jusqu'à ce que Lily revienne. Jusqu'à ce que j'aie arrangé les choses.

— Entrez ! s'écria-t-il avec un tel entrain que je devinai aussitôt que ce n'était pas un natif de l'île. Je me présente, Jim Ivansky. Nous négocions beaucoup de locations. Qu'est-ce qui vous amène à Scupper ?

Je le lui expliquai, mentionnai Boomer, et il afficha un immense sourire, comme tout bon agent immobilier qui se respecte.

— On a de beaux produits. Comme vous louerez pendant

l'été, les prix augmenteront après Memorial Day, mais je suis sûr et certain que nous vous trouverons quelque chose.

Il commença par me montrer les grandes demeures classiques pour estivants (cinq chambres à coucher, six salles de bains au bord de l'eau, sans oublier le hangar à bateaux).

— Je suis seule avec mon chien, lui expliquai-je.

Je m'interrompis une minute avant de reprendre.

— Peut-être quelque chose avec deux chambres, au cas où ma nièce voudrait rester dormir de temps à autre chez moi.

Il parcourut ses listes.

— Que pensez-vous de ça ? me dit-il en tournant son écran vers moi.

C'était la maison des Krazinski, un ranch très banal sur la Route 12, lesquels Krazinski étaient les plus proches voisins de maman. Je me demandai pourquoi leur maison était vacante. Les photos montraient des lieux sans intérêt, assez fatigués et une cuisine qui, à en juger par ses appliques dorées, avait dû être rénovée dans les années 1970.

— Auriez-vous quelque chose ayant un peu plus de caractère ? lançai-je avec une pointe de culpabilité.

Lizzy Krazinski (surnommée Lizzy Krizzy) était dans la classe en dessous de moi. On prenait le car scolaire ensemble. Elle était sympa, Lizzy.

— Je vois ce que vous voulez dire, déclara Jim.

Il continua à consulter ses listes.

— Hé, attendez, c'était quoi, ça ?

— Ça ? Un house-boat.

— Dans le Maine ? La mer n'est pas un peu trop agitée ?

— Oui, mais il est ancré dans Oberon Cove, reprit Jim. Un grand bêta qui a fait fortune dans les nouvelles technologies a demandé à Woodenboat de le lui construire, puis il a acheté la majeure partie d'Oberon Cove. Ensuite, il a aménagé un ponton pour l'amarrer. À ma connaissance, il n'y a encore jamais habité. C'est un de ces gars qui a des propriétés un peu partout dans le monde.

— Vous croyez qu'il le louerait ?

— Il n'est pas proposé à la vente ; je l'ai sur mon listing pour des raisons fiscales, et c'est tout. J'appartiens à l'office d'évaluation de la ville. Laissez-moi lui passer un coup de fil. Il me semble qu'il est en Nouvelle-Zélande dans le cadre d'une quête spirituelle.

— Bien sûr, répliquai-je en souriant.

C'est, en effet, tout à fait le genre d'expériences dont raffolent les mecs ayant fait fortune dans les nouvelles technologies.

Jim tapota sur une kyrielle de touches et, comme par magie, le propriétaire décrocha.

— Collier, Jim Ivansky de l'agence immobilière de Scupper Island. J'ai en face de moi une belle jeune femme qui est tombée amoureuse de votre house-boat.

Il plaça l'appel sur haut-parleur.

— Vous voici en ligne avec Nora Stuart. Nora, Collier Rhodes.

— Bonjour, dis-je de ma voix la plus charmeuse. Ravie de vous entendre. Jim a raison, je suis follement amoureuse de votre house-boat. Quel endroit fantastique !

— Merci beaucoup. Donc, vous cherchez un toit et de l'inspiration, c'est ça ?

Pas vraiment, mais…

— Vous avez vu juste.

Je lui racontai mon histoire, mon retour sur mon île natale après mon accident, l'appel de la mer, la beauté sauvage du Maine.

— Je me demandais si vous accepteriez de me le louer. C'est un logement tellement attirant et j'en prendrais grand soin. Il a quelque chose qui me parle.

— Je vous comprends. Revenir à vos racines, vous accorder le temps de vous nourrir des forces cosmiques qui vous ont sauvé la vie. Je saisis totalement. C'est un honneur que de vous le louer. Vous savez quoi ? Vous n'êtes même pas obligée de me payer.

Jim tressaillit. Sa commission !

— Non, non, protestai-je. Il n'en est pas question.

— Parfait, je respecte votre choix. Entendu. Je laisse à Jim le soin de régler les détails. *Namaste*, Nora Stuart.

Et il raccrocha.

— Ah, ces génies de la tech ! m'écriai-je.

Jim éclata de rire.

Dix minutes plus tard, le house-boat était à moi jusqu'à la mi-septembre, alors que je comptais regagner Boston en août. Mais peut-être Lily et Poe aimeraient-elles y passer quelque temps après la libération de Lily. En attendant, ce serait mon chez-moi. L'endroit était même meublé. Je brûlais d'impatience de le visiter. Peut-être que Poe et ma mère seraient heureuses de m'accompagner. Peut-être pas.

Boomer adorerait, j'en étais certaine.

Je sortis de l'agence, les clés à la main, et descendis la rue, assez contente de moi. Tweety ne me lancerait plus ses regards sournois.

J'allais recommencer à vivre seule. Pour la première fois depuis le Sale Truc.

Mon cœur se mit soudain à battre la chamade, tel un colibri piégé dans ma poitrine, affolé, obsédé par le désir de s'échapper. J'avais la bouche pâteuse, les paumes moites.

Allez, pas de panique, tout irait bien. Il n'y avait pas de problème. J'avais Boomer maintenant. Et on était à Scupper Island. C'était un endroit très sûr.

Merde. Je ne pouvais pas faire ça. Je resterais chez ma mère. Elle ne me flanquerait pas à la porte. Je fis demi-tour pour regagner l'agence, puis me ravisai encore.

Non. C'était maintenant ou jamais. Fini la grisaille, fini les peurs. Et puis, quand Lily reviendrait, elle pourrait habiter avec moi.

— C'est l'heure d'un beignet, marmonnai-je.

J'inspirai profondément, puis expirai lentement. La boulangerie de Lala était quatre magasins plus loin. Un petit remontant sucré ne me ferait pas de mal, vu que ma mère était contre les desserts, une faiblesse morale, s'il fallait en croire ses ancêtres calvinistes. La pauvre. Enfin, bien sûr, j'étais gastro-entérologue et croyais aux vertus d'une bonne alimentation, mais j'étais aussi un être de chair et de sang.

Voilà. La perspective des beignets m'avait aidée. J'étais plus calme.

— Laissez-moi vous ouvrir la porte, déclara un monsieur d'un certain âge, qui arrivait, un journal calé sous le bras.

C'était M. Carver, qui travaillait comme homme à tout faire pour les estivants. Il ouvrait leur maison, tondait leur pelouse, les alertait quand un arbre était tombé au cours de l'hiver.

Mon père lui avait donné un coup de main de temps en temps.

— Bonjour, monsieur Carver.

— Ah... bonjour, jeune demoiselle.

— Nora Stuart. La fille de Bill et Sharon.

Je jetai un œil sur sa main gauche. Il était marié, ce n'était donc pas un candidat intéressant pour maman.

— Ça alors ! Dieu du ciel, tu as grandi. Bonne journée à toi.

Il sourit et s'éloigna.

Tout le monde ne me détestait pas. Voilà qui faisait plaisir.

— Hé, monsieur Carver ! m'écriai-je. Auriez-vous une minute à m'accorder ?

— Bien sûr.

Des volutes de vapeur émanaient de son café.

— Euh...

C'était embarrassant de devoir poser une question profondément intime à quelqu'un que je n'avais pas vu depuis près de vingt ans.

— Vous vous rappelez mon père, monsieur Carver ?

— Bien sûr. C'était quelqu'un de bien.

— Avez-vous jamais eu de ses nouvelles ? Après qu'il a quitté l'île ?

Moi, il n'a jamais pris la peine de me contacter. J'avais l'impression d'avoir le visage en feu.

— Peux pas dire que j'en ai eu, mon petit.

Il réfléchit encore une seconde ou deux.

— Non, je pense vraiment pas.

Ses yeux bleus fatigués irradiaient une telle bienveillance que je dus détourner mon regard.

— Oui, je me disais bien qu'il y avait peu de chances, mais merci.

— Je t'en prie. Ça m'a fait plaisir de te revoir.

Soit. Ce premier essai n'avait pas été couronné de succès. Ce n'était pas vraiment une surprise, mais… bon.

L'atmosphère embaumante et humide de chez Lala's me fit l'effet d'un gros câlin.

Dans la file des clients qui patientaient, je remarquai une maman accompagnée de trois jeunes enfants. Les deux plus âgés ne pipaient mot et consultaient leur téléphone, tête baissée en une posture qui disait : *Me dérangez pas, je suis mort à l'intérieur.* Le plus petit, âgé de six ans environ, un blondinet vêtu d'un gros manteau d'hiver, tirait sa maman par la main.

— Je veux un cookie, disait-il.

— Non, tu n'en auras pas, je te l'ai déjà dit.

Elle rajusta la bandoulière de son sac et soupira.

Le petit garçon fit la moue, puis nota mon intérêt.

— Qu'est-ce que tu t'es fait ? me demanda-t-il en désignant mon bras en écharpe.

— J'ai traversé la rue sans regarder et je me suis fait renverser par une voiture. Donc, veille à bien regarder des deux côtés et ne lâche pas la main d'un adulte.

La maman se retourna.

C'était Darby Dennings, la grande copine d'Amy Beckman, reine des Cheetos et amateur de câlins. Aussi étonnant que ça puisse paraître, je reconnaissais tout le monde sur-le-champ, à croire que je n'avais pas été absente pendant quinze ans.

— Désolée s'il vous embête, me dit Darby avec un sourire.

Ses yeux s'arrêtèrent sur mes différents bobos, s'attardèrent sur mon sac.

— Quel beau sac ! Puis-je vous demander où vous l'avez trouvé ?

— Oh… euh… je crois que c'était à…

Je l'avais acheté dans une boutique très tendance sur Newbury Street, juste après avoir été embauchée. Roseline, très accro au shopping, estimait que toute femme se devait d'avoir un sac hors de prix. Grisées par la perspective des salaires qu'on allait percevoir, on y avait consacré la journée et on avait fini par choisir celui-ci, dont le cuir noisette avait une texture tellement exquise que j'aurais volontiers dormi avec.

J'étais, encore aujourd'hui, à la fois gênée et ravie du prix que j'avais payé.

— Je l'ai eu chez T.J. Maxx.

— Ils ont des trucs bien là-bas. Celui de Portland ?

— Boston.

— C'est de là que vous êtes ?

Elle ne me reconnaissait absolument pas.

— Maman, je veux un cookie !

Toujours souriante, elle ignora le petit bonhomme et, l'espace d'une seconde profondément gratifiante, je me vis à travers ses yeux. D'accord, il y avait le bras en écharpe. Mais j'avais les cheveux brillants grâce aux bons soins du fer à défriser et aux luxueux produits dont je me servais pour les discipliner. Mon maquillage venait de chez Chanel. Je portais un pull en cachemire bleu, un jean Lucky et des ballerines en cuir souple de chez Kate Spade.

— En fait, je suis d'ici. Nora Stuart. Comment vas-tu, Darby ?

Elle me fixa bouche bée, s'empourpra et son sourire s'évanouit.

— Oh ! ben, merde alors.

— Ce sont tes enfants ?

— Oui. Euh, Matthew, Kaylee et Jordan.

— Bonjour, les enfants, m'écriai-je. J'étais en classe avec votre maman.

Les gamins ne réagirent pas, ils s'en fichaient totalement.

— Tu as fondu. Oh là là. Je ne t'ai même pas reconnue.

Elle plissait les yeux, comme si je lui avais joué un sale tour.

— Qu'est-ce que tu veux, Darby ? s'enquit Lala.

Là-dessus, la porte s'ouvrit de nouveau sur un homme séduisant qui entra, dans un tourbillon d'air frais.

Darby, elle aussi, jeta un coup d'œil dans sa direction.

— Salut, Sully.

Seigneur. Sullivan Fletcher. Le jumeau de Luke, le dieu du lycée. Durant une seconde, je crus que mon genou blessé allait se dérober sous moi.

Il me regarda à deux fois, puis s'écria :

— Nora ! Salut. Comment vas-tu ?

Il ne me souriait pas, mais ne me faisait pas la tête non plus.

— Bonjour, fis-je en inspirant profondément. Je vais bien, merci, Sullivan. Euh… Comment vas-tu ?

Il avait l'air en forme, Dieu merci. Je n'avais jamais su précisément ce qui lui était arrivé dans l'accident de voiture dont il avait été victime en dernière année, sinon qu'il avait souffert d'une lésion cérébrale. Je me souviens qu'on disait qu'il allait se remettre, mais allez savoir ce que ça voulait dire au juste.

Les années s'étaient montrées généreuses avec Sullivan Fletcher. C'était autrefois un jeune homme au physique banal, cheveux bruns, yeux marron. L'âge lui avait donné du caractère. Ses traits avaient perdu leur rondeur juvénile, et il avait la mâchoire et les pommettes bien marquées. Il était un peu échevelé, bouclé, grand, élancé et… intéressant.

Et il se comportait normalement. Après une montée d'adrénaline, je me sentais soulagée. Ces termes de lésion cérébrale m'avaient hantée. Chaque fois qu'il nous en arrivait une à l'hôpital, je songeais à Sullivan Fletcher.

Mais voilà qu'il m'apparaissait en pleine santé et… euh… plutôt pas mal. Mon soulagement était tel que j'en avais la bouche sèche.

— J'avais entendu dire que tu étais de retour, fit-il.

— Oui, c'est vrai.

Quel sens de la repartie !

Je me demandai si Luke s'en était aussi bien sorti. Autrefois, dans une autre vie, j'avais été amoureuse du jumeau de Sullivan jusqu'au jour où je m'étais mise à le détester.

— Darby, qu'est-ce que tu veux ? Je n'ai pas que ça à faire, s'exclama Lala.

— Un pain de seigle. Enfin ! Tu m'as déjà vue prendre autre chose ?

— Maman, je veux un cookie, insista le petit garçon.

Ses deux frères étaient toujours vissés à leur téléphone.

Lala plaça le pain dans la machine à trancher, l'enveloppa, puis le tendit à Darby et l'encaissa.

— Et pour vous ? me lança-t-elle.

— Pourrais-je avoir un beignet ?

— Un seul ?

— Oui, s'il vous plaît.

— Tu es à Boston maintenant ? me demanda Sullivan.

— Oui. Je suis ici pour un petit moment. Tu achètes des

beignets ? Je les adore. Mais qui ne les aime pas, hein ? Les beignets devraient représenter le signe universel du bonheur. On pourrait gagner des guerres avec des beignets. Et personne ne fait des beignets comme Lala, pas vrai ?

Tu es médecin spécialiste, me souffla mon cerveau. *Arrête tes conneries.*

Sullivan afficha un air perplexe.

— Et tu fais quoi comme boulot ? s'enquit Darby qui ne semblait pas disposée à quitter la boutique.

Je détachai mon regard de Sullivan dans l'espoir de parvenir à me ressaisir.

— Euh… je suis médecin.

— Médecin ? s'écria-t-elle. En vrai ?

— Oui. Je suis gastro-entérologue.

— C'est quoi ?

— Estomac et système digestif.

— Beurk, décréta Darby.

En général, j'avais une réponse pour ce genre de commentaire, une citation, en principe attribuée à Mark Twain, sur le plaisir que procure un bon caca, mais j'avais l'esprit vide. Sullivan m'en voulait-il ? Qu'était-il arrivé à Luke ? Habitait-il toujours ici ? Fallait-il que je présente des excuses ? Peut-être que je pouvais commencer par sortir de chez Lala.

Oui, c'est ça.

— Voilà, me dit Lala à qui je remis deux dollars avant de sortir en clopinant, ma jambe blessée raide comme un I et l'autre en coton.

Sully me tint la porte.

— À la prochaine, me lança-t-il.

— Oui, marmonnai-je.

Encore une réponse éloquente.

Là-dessus, avant de me ridiculiser davantage, je descendis la rue avec raideur. Je gardai la tête basse, à batailler contre la peur qui m'avait submergée un peu plus tôt et qui revenait au galop.

À présent, Luke Fletcher saurait vraiment que j'étais revenue.

8

Quand il devint évident que mon père ne risquait pas de revenir de sitôt, je fis comme toutes les filles malheureuses partout dans le monde et, en particulier, aux États-Unis : je me mis à manger.

Un premier été sans joie s'écoula avec une lenteur désespérante. Une nouvelle année scolaire commença. J'avais constamment faim. Face à l'absence de mon père, le manque avait des allures de gouffre, et je ne trouvais jamais assez de nourriture pour le combler, même en boulottant en quelques secondes tout ce qu'il y avait dans mon assiette que je raclais bien consciencieusement.

Ensuite, je me mis à manger en cachette, me faufilais à la cuisine, la nuit quand maman était couchée, pour chaparder une boulette de viande, froide et sans saveur, que je mâchais sans plaisir, la main tendue vers la prochaine alors que je n'avais même pas terminé celle que j'avais dans la bouche. Je dis à ma mère que je pouvais désormais me préparer mon sandwich pour le lycée et y ajoutais quelques tranches de fromage supplémentaires, tout en en pliant une en quatre pour l'enfourner pendant que je tartinais mon pain de mayonnaise.

Au lycée, je chapardais des desserts à la cafétéria alors que je venais avec mon propre déjeuner. Du pudding ou de la *jelly* rehaussée de similicrème fouettée, de gros cookies qui répandaient des miettes partout. Je me glissais au milieu des élèves qui faisaient la queue en prétextant avoir besoin d'une autre serviette en papier et piquais mine de rien une petite coupelle de quelque chose, un cookie ou une génoise à la crème, puis m'éclipsais vers le gymnase, toujours désert à l'heure de midi, et avalais mon butin en ne savourant que la première bouchée, car j'engloutissais le reste à la vitesse de l'éclair.

Je n'avais plus d'amis. Après toutes ces années où je m'étais précipitée à la maison pour voir ce que papa, Lily et moi allions faire ensemble (forcément, c'était mieux que n'importe quoi d'autre), je n'appartenais plus à l'univers impitoyable du lycée où les cliques sont figées dans le marbre et où la répartition des sièges à la cafétéria est plus codifiée qu'une cour royale.

À la maison, je ne manquais jamais de me resservir, même si maman nous proposait invariablement les mêmes repas assommants. Lundi soir : poulet, pommes de terre au four, carottes et petits pois. Mardi soir : pain de viande, purée de pommes de terre, haricots verts. Mercredi soir : côtelettes de porc, riz, petits pois à nouveau. En résumé. N'empêche, je mangeais, je mangeais, je mangeais.

— Tu deviens trop grosse, me lançait Lily d'un ton accusateur.

Elle restait mince comme une liane. Elle n'allait pas tarder à devenir belle, je le savais.

— Arrête de manger, Nora. C'est dégoûtant.

Elle repoussait sa propre assiette, intacte, avec une lueur de supériorité et de dégoût dans ses prunelles myrtille. Parmi les corvées que nous nous partagions, il fallait débarrasser la table et faire la vaisselle. Je proposais toujours de m'en charger seule. Ça me permettait de récupérer sa part.

— Lily, va faire tes devoirs, lui ordonnait maman sans me quitter des yeux.

Apparemment, mon père n'était pas le seul à être parti. L'amour de ma sœur aussi s'était volatilisé.

Je mangeais et me faisais aussi invisible que possible, comptant les semaines qui nous séparaient de la fin de l'année scolaire et de l'été où, je l'espérais de tout mon cœur, Lily et moi renouerions avec les moments magiques que nous avions vécus avec papa. Où elle m'aimerait de nouveau. Où je retrouverais une place dans le monde.

Quand enfin l'été arriva, j'essayai de recréer certaines des choses que nous avions partagées avant (dessiner dans le sable et la terre les plans d'anciennes villes mexicaines secrètes dont papa nous avait parlé, construire des nids pour les oiseaux, grimper dans les jeunes arbres qui bordaient les côtes rocheuses, bâtir des forteresses).

Peine perdue.

Lily ne voulait rien savoir. Une fois, je tentai de parler de papa et glissai le bras autour de son épaule pour la rassurer (j'étais la grande sœur, après tout). Elle me repoussa d'un geste, comme si mon contact l'avait brûlée.

— Passe à autre chose, Nora, me dit-elle avec amertume avant de rentrer à la maison.

À bien des égards, Lily paraissait plus mûre que moi. Elle possédait une vivacité, une complexité qui me manquaient. Alors que j'avais passé mon année de sixième à me cacher, Lily avait entamé la sienne en se liant avec les filles les plus jolies et les plus riches de notre établissement, sans peur, sans hésitation, comme si elle était des leurs. Et ces dernières l'avaient acceptée.

Tout le monde savait que notre père était parti. Du coup, Lily se posait en dure à cuire qui assurait, tandis que, moi, je me rangeais du côté des losers.

Ma solitude se poursuivit l'année suivante. Je travaillais dur, parce que mes devoirs meublaient un grand nombre d'heures et qu'en me penchant sur ma feuille de maths je ne voyais pas le regard noir de ma petite sœur. Ma petite sœur tant aimée. Je réclamais des projets supplémentaires afin de pouvoir m'enfermer à la bibliothèque où, assise dans l'obscure fraîcheur des livres, je lisais et prenais des notes, loin d'un foyer où mon père ne vivait plus. Ma seule joie était le A de moyenne que j'obtenais tous les semestres.

Je me tracassais à l'idée que papa appelle Lily et vienne la chercher en me laissant seule avec maman. Tous les jours en rentrant, je surveillais le répondeur, tous les jours il affichait « 0 message ».

Une fois, alors que maman m'emmenait chez le dentiste, je rassemblai mon courage. Allez savoir pourquoi, c'était toujours plus facile de parler en voiture.

— Tu crois que papa reviendra ? demandai-je, la tête vissée vers ma vitre.

Après un silence, elle me dit :

— Je ne sais pas.

Et notre discussion en resta là.

J'avais donc mes devoirs, et toutes les cochonneries dont je me bourrais en secret (ce qui n'était pas vraiment un secret). Puis arriva la puberté. Du jour au lendemain, j'eus l'impression que mon corps était victime des sept fléaux d'Égypte. La fillette rondouillarde se métamorphosa en une adolescente avec des seins, un gros ventre, des cuisses épaisses qui frottaient l'une contre l'autre, un derrière large et plat. Et j'avais sur les jambes des poils épais comme mes cheveux. Il fallut que je me rase les aisselles. J'avais une moustache, de l'acné. Et j'eus même des verrues plantaires sur les genoux.

Aucune ignominie ne me fut épargnée. Mes premières règles : pantalon blanc. Pour les deuxièmes, je laissai une flaque de sang sur mon siège pendant le cours de maths. Dans ces moments-là, je transpirais autant que si je venais d'achever le marathon de Boston en pleine canicule. J'avais une haleine de cheval inexplicable alors que j'utilisais un fil dentaire et me brossais les dents trois fois par jour. Parallèlement aux seins qui m'avaient poussé, une maladresse nouvelle s'empara de moi, laquelle me déséquilibrait et me valait de trébucher plus que n'importe qui, me semblait-il.

Je me lançai dans des recherches sur la sorcellerie pour tenter de découvrir qui m'avait jeté ce mauvais sort.

Et, comme je l'avais prédit, ma sœur se mua en une adolescente ravissante.

Durant quelque temps, je me contentai d'exister, les yeux rivés sur Lily qui vivait sans moi, alors qu'on partageait la même petite chambre. Ma mère naviguait entre l'hôtel et la maison, faisait le soir les comptes de clients indépendants, préparait nos dîners et autres tâches ménagères. Elle ne disait rien sur mes kilos en trop. Si elle avait conscience de mon désespoir, elle ne le montrait pas. Elle se bornait à déclarer que j'avais un très bon bulletin, en posant les mains une seconde sur mes épaules, si bien que je manquais de fondre en larmes chaque fois.

Tous les jours, je priais pour que mon père appelle. Qu'il revienne. Qu'il ramène le bonheur dans notre quotidien.

Puis, en troisième, je tombai amoureuse.

C'était franchement ridicule. Moi, la bouboule au milieu de toutes ces sylphides, affublée de ma robe chasuble cousue main (le jean mordait trop sur mes bourrelets), de mes cols roulés, histoire de dissimuler le plus de peau possible, de mes grosses chaussures et des chaussettes montantes qui cachaient mes verrues, lesquelles avaient maintenant atteint mes pieds. Mes cheveux se résumaient à un vilain panel d'éléments frisés, rêches, bouclés et lisses à la fois et, comme les boulettes de papier s'y perdaient facilement, je les attachais le plus souvent en queue-de-cheval. Je n'avais que quatorze ans, mais j'avais tout de la vieille fille.

Bien entendu, Luke Fletcher ne risquait pas de me remarquer.

Mais l'amour est stupide, n'est-ce pas ? Mon cerveau ne pouvait freiner les fols élans de mon cœur. J'avais beau savoir que cette idée était totalement absurde, j'avais les tripes nouées et l'estomac qui faisait des bonds chaque fois qu'il passait devant moi. Il avait toujours été craquant (c'était lui le plus séduisant, le plus drôle et le plus athlétique des jumeaux Fletcher). Sullivan n'était ni moche ni quoi que ce soit… il était moyen, c'est tout.

Luke, en revanche, avait un physique à vous couper le souffle. Quand je le voyais, je suffoquais littéralement. Il avait des cheveux blond foncé, des yeux verts, des fossettes. Un sourire éclatant, détendu, et un rire qui résonnait haut et fort dans les cavités désertes de mon cœur.

Déjà très grand, il excellait en sport et avait pris des muscles au cours de l'été. Il était bronzé, car il travaillait en plein air (son père était propriétaire du chantier naval de Scupper Island où les deux garçons travaillaient), si bien que Luke avait à présent une peau dorée, parfaite, hypnotique. Il faisait partie de l'équipe de foot, qu'il avait intégrée à son entrée en troisième.

Mes sentiments étaient horribles, absurdes, gênants. Je souhaitais sincèrement qu'ils se fanent et s'éteignent, en vain. Ils ne firent que croître et embellir. On aurait cru un virus.

Et, comme si Luke n'était pas suffisamment béni des dieux, il était intelligent en plus. Aussi intelligent que moi, plus même, vu que je devais mes notes à mon travail incessant alors que lui réussissait sans effort. Nous étions les deux seuls élèves de notre classe à avoir choisi l'option algèbre avancée. Les deux seuls élèves inscrits au tableau d'honneur en anglais. Les deux seuls élèves qui avaient décroché un A+ au contrôle de biologie du milieu du trimestre.

Et il était sympa.

Quand ça l'arrangeait, il était sympa.

Je savais que je n'avais pas la moindre chance avec un garçon pareil. C'était certain. Mais mon cœur stupide, ridicule, vivait quand même dans l'espoir de la moindre miette. Un jour, par je ne sais quel miracle, je me retrouvai assise à côté de lui lors d'une réunion scolaire et, l'espace d'une heure entière, je transpirai et rougis, ivre de son odeur (shampoing et sueur mêlés). Quand son bras m'effleura, tout mon corps se crispa de désir.

Deux fois par semaine, notre prof d'anglais, M. Abernathy, nous obligeait (comme si c'était un sacrifice pour moi !) à rester après les cours pour réfléchir à des phrases d'amorce dans le cadre de projets d'écriture. Le prof de maths nous demanda quant à lui de faire équipe pour l'Olympiade de mathématiques et, durant les deux glorieuses semaines précédant l'événement, on dut passer quatre soirées à la bibliothèque. J'affrontai ce concours à côté de lui, à gribouiller des notes et à échanger des regards ravis quand on avait la bonne réponse… ce fut un épisode magique. On termina troisième de l'État. Quand le directeur proclama nos résultats lors des annonces matinales, je rougis si fort que j'en eus mal aux joues.

— Félicitations, Fletcher, brailla Joey Behring. Dommage qu'il ait fallu que ce soit avec le troll.

J'ai déjà parlé de mon surnom ? Oui. Mon apparence physique n'avait pas échappé à mes camarades de lycée.

— Ça va, elle est cool, protesta Luke.

Je m'empourprai encore davantage devant cette défense galante.

Sullivan Fletcher s'arrêta devant mon bureau alors que la classe sortait.

— Bravo, Nora, dit-il.

— Merci, marmonnai-je.

Et c'est ainsi que je vécus mes études secondaires. En étudiant d'arrache-pied et en savourant toutes les secondes que ma réussite scolaire me permettait de partager avec Luke. Plus que le lycée, plus que le désir de bien faire, c'était sa présence qui me motivait.

L'été d'après la troisième, je décrochai un petit boulot au Clam Shack, de sorte que j'avais à frire beaucoup de poissons et de fruits de mer. J'en mangeais aussi beaucoup. Ce travail était une vraie échappatoire ; la plupart des clients étaient les envahisseurs de l'été, et je me montrais gaie, enjouée et les servais comme si je n'étais pas obèse et que tout allait bien. Je remettais mon salaire à ma mère (on était toujours assez justes financièrement), qui ne manquait pas de me remercier.

Sullivan Fletcher travaillait sur le chantier naval de son père, mais aussi au Clam Shack. Il n'était pas aussi doué que son frère sur le plan sportif et n'était pas particulièrement brillant sans être idiot pour autant. Il n'était pas méchant, ne parlait pas beaucoup et peut-être que j'aurais eu de l'affection pour lui s'il n'avait pas eu Amy Beckman pour copine, une des belles Cheetos, du clan de Lily. Amy faisait l'impossible pour se moquer de moi, et Lily se comportait comme si elle ne remarquait rien ou s'en moquait.

Lily… la langue acérée, l'œil bleu, gracieuse, d'une sensualité insouciante, était passée maître dans l'art de transmettre un message d'un simple regard. Elle avait des notes épouvantables, mais elle s'en fichait. Lorsque maman suggérait que je l'aide, Lily prenait un air tellement dégoûté que les larmes me piquaient les yeux.

En plus, on partageait notre espace. Notre maison n'avait que deux chambres. Tous les jours, Lily s'habillait sous mes yeux, sans la moindre gêne ; ses côtes pointaient sous sa peau, ses vertèbres saillaient lorsqu'elle enfilait son pantalon. Elle était menue et parfaite, à mes yeux toujours aussi belle que lorsqu'elle était toute petite. J'essayai de ne pas la regarder, mais son corps me fascinait. Quel effet ça pouvait bien faire de se pencher sans sentir la masse de son ventre ? De ne pas avoir à porter de soutien-gorge ? D'avoir de longs bras minces de ballerine, des fesses rondes et galbées qui rentraient sans problème dans un jean de taille 34 ?

La nuit, il m'arrivait de pleurer en me vautrant à fond dans mon malheur. Je n'avais pas le pragmatisme à toute épreuve de ma mère, ni l'instinct de conservation de Lily. À la place, je me drapais dans la mélancolie et repensais à l'époque où on était enfants, où on était proches, où on était heureuses. Mon père me manquait, je le détestais et l'adorais et le détestais encore un peu plus pour avoir tout saccagé. Les larmes me coulaient jusque dans les oreilles tandis que j'écoutais le souffle régulier de Lily.

Ou lorsque je l'entendais se faufiler dehors, ouvrir la fenêtre, grimper sur le toit, puis sauter sur la pelouse avec la légèreté, la discrétion et la beauté d'une libellule.

Elle me manquait tant que j'en avais mal. En fait, ma sœur était devenue une peste, et ça m'aurait fait du bien de le lui dire et de m'affirmer un peu, comme le répétait ma mère… mais ça, on en prend conscience plus tard. En réalité, je me languissais de son amour, de l'amitié qu'on avait partagée et dont je n'avais jamais douté avant le départ de notre père. « Quand est-ce que tu sors des toilettes ? » représentait la phrase la plus longue qu'on pouvait échanger.

Donc, Luke Fletcher incarnait mon paradis et mon enfer. Les seuls moments où j'étais heureuse se résumaient aux rares interludes où le lycée nous associait. C'était chaque fois une expérience mitigée. On avait un calcul à résoudre au tableau, le mérite revenant à celui qui terminait le premier, moi totalement consciente que mes bras tremblotaient pendant que j'écrivais, et que toute la classe était pour Luke.

Mais qu'il gagne ou que je gagne, peu importait, il me souriait, et c'était l'essentiel.

Jusqu'à la terminale.

Vingt ans avant que je n'entre au lycée, Scupper Island avait engendré un génie du nom de Pedro Perez, un fils de pêcheur d'une intelligence hors norme. Il était allé à Tufts, puis à Harvard, puis à Oxford, puis à Stanford et il n'avait pas trente ans qu'il avait déjà trois doctorats et inventé un algorithme permettant de récupérer les données des consommateurs, ce qui avait irrémédiablement bouleversé le secteur du marketing. Pedro Perez possédait soixante-dix-neuf brevets dans des tas de domaines, outils agricoles, moteurs de fusée, et même machines à remonter le temps, à en croire les rumeurs. Comme tout bon ermite milliardaire, il possédait un ranch dans le Montana où il s'était installé avec sa famille.

Mais, une fois par an, le Dr Perez revenait à Scupper et manifestait sa reconnaissance envers son île natale en finançant les études à Tufts de l'élève ayant obtenu la meilleure moyenne. Une place était spécialement réservée à l'université pour un élève de Scupper. Était-ce lié au fait que le Dr Perez avait donné des dizaines de millions de dollars à ce prestigieux établissement ? Peut-être n'était-ce qu'un tribut offert à nos bons établissements scolaires, lesquels tournaient grâce aux dollars que nous rapportaient les visites de nos envahisseurs. Quoi qu'il en soit, tous les ans, un jeune de Scupper Island partait pour Medford, dans le Massachusetts, sans se retourner.

La bourse couvrait tout. Les frais de scolarité, le logement, la nourriture, les livres. C'était une généreuse allocation qui épongeait, paraît-il, toutes les dépenses, depuis l'ameublement de la chambre de l'heureux élu jusqu'à ses dîners en ville. La seule exigence du Dr Perez était que le bénéficiaire aille jusqu'au bout de ses années d'université ; celui qui abandonnait en cours de route avait l'obligation de le rembourser.

Personne n'avait jamais abandonné.

Scupper Island lui était tellement reconnaissante qu'on avait rebaptisé une rue en son honneur : Mapple Street était devenue Perez Avenue. Tous les ans, donc, au début du second semestre, le Dr Perez quittait le Montana pour venir annoncer le vainqueur. Il demandait à ce qu'on ne divulgue pas les notes après la mi-décembre afin que personne ne puisse deviner le nom du gagnant avant la réunion, durant la première semaine de janvier, devant tout le lycée.

La plupart du temps, l'identité du vainqueur ne laissait aucun doute, mais il pouvait arriver qu'il y ait suspense.

Pour notre dernière année, Luke et moi étions au coude à coude. J'avais une moyenne de 4,115 sur 5 grâce aux notes que j'avais obtenues dans les cours préparatoires au cursus universitaire, les cours AP, où un A équivalait à un 5 et non à un 4.

Luke avait 4,142 de moyenne parce qu'il avait des A+ en gym… et ce tous les ans, tandis que, moi, je décrochais un A-, comme si me changer au vestiaire devant mes camarades filiformes ne représentait pas une punition suffisante.

Je me démenais, je me montrais sympa, j'encourageais mes camarades même si elles m'ignoraient. Je transpirais, courais, jouais au volley, plongeais pour attraper les balles, bref, je faisais l'impossible, mais je n'obtenais qu'un A-. Je me demandais si ce n'était pas voulu, car le prof de gym entraînait aussi l'équipe de foot. Si Luke intégrait Tufts, il ferait vraisemblablement partie de l'équipe de football, ce qui ajouterait une plume au chapeau dudit entraîneur.

— C'est une bonne note, me répondit ce dernier quand je l'approchai pour lui demander timidement comment améliorer ce A-.

Il m'examina de la tête aux pieds, puis reprit :

— Pour quelqu'un ayant ta constitution, je trouve que c'est très généreux. Tu bosses dur, tu te débrouilles bien.

Le sous-entendu était clair. Seuls les élèves en bonne condition physique décrochaient un A.

Bien entendu, Luke était un dieu.

J'étais en première quand, au printemps, ma mère me fit asseoir pour m'expliquer que, si j'espérais aller à l'université, il faudrait que je me débrouille toute seule, ce que je savais déjà. Elle n'avait pas envie que je m'imagine qu'on avait de l'argent pour financer des études.

Si j'arrivais à obtenir la bourse Perez, je pourrais aller à l'université sans débourser un sou. À Tufts ! Rien que le nom était beau, aérien et ensoleillé, plein de promesses.

La différence entre la moyenne de Luke et la mienne était minime.

Et donc, les choses se corsèrent sérieusement... du moins, pour moi. Avec Luke, on suivait les mêmes cours AP. Si je parvenais à obtenir une note ne fût-ce qu'un peu plus élevée que lui, je pourrais rattraper mon léger retard.

Lui, de son côté, n'avait pas l'air de s'en faire. Il était très fort en histoire et en anglais, alors que je devais déployer de gros efforts. Mais j'avais un avantage en sciences, et c'était une matière qui avait un coefficient important. La biologie AP représentait ma chance.

Je m'imaginais à Tufts. J'écrivis pour recevoir leur documentation, et la mère de Luke, qui tenait le bureau de poste, me décocha une belle grimace lorsque je vins récupérer l'épais catalogue : elle avait très bien compris ce que j'avais en tête. Elle m'ignora lorsque je la remerciai, mais je ne lui prêtai pas attention et humai avec délice la riche et vive odeur du papier avant d'aller m'installer sur un banc du parc et de me pencher sur les photos de l'établissement et les descriptions des cours proposés.

Oh ! le campus ! Les bâtiments en brique et ces pelouses d'un vert irréel ! Je me voyais déjà dans ma chambre, une grosse couette blanche sur le lit, quelques coussins et... et tout ce qu'on pouvait apporter à l'université. Je vivrais dans la belle ville de Boston (d'accord, Medford, mais c'était pratiquement pareil). Je me projetais dans un avenir où j'étais mince et jolie, avec des cheveux en meilleur état, à l'aise, riant avec des amis (des amis !) auxquels j'offrais une bonne pizza aux frais du Dr Perez.

Je décrocherais un A+ en bio AP. À mon sens, Luke n'y arriverait pas.

Mais il sortit un lapin de son chapeau… ou, disons plutôt, une nouvelle élève. Xiaowen Liu était une jeune Chinoise dont la famille venait de quitter Boston pour s'installer dans le Maine et habitait maintenant dans une grande maison sur la colline. Dès le jour de la rentrée, Luke lui proposa d'être son binôme de labo.

— Hé, Nora, me lança-t-il avec un grand sourire. Devine qui a obtenu la meilleure note de biologie à son test d'entrée à l'université ?

Il passa le bras autour de l'épaule de Xiaowen, ce qui la fit rougir. Je ne la jugeais pas. Je comprenais. Elle avait un accent, et les Cheetos avaient immédiatement fait mine de ne pas la comprendre. Ces pestes n'essayaient même pas de prononcer son nom correctement et s'appliquaient à la surnommer Xi-xi-o-on s'en fiche.

Je dis bonjour à Xiaowen le jour de son arrivée et elle me répondit, mais on n'alla pas plus loin. J'étais trop timide pour lui proposer de traîner avec moi et, en plus, sa mère la déposait et venait la récupérer au volant d'une Mercedes flambant neuve. La barrière de l'argent, vous voyez. J'étais une fille de l'île, elle, une fille riche venue d'ailleurs. Elle avait cette assurance discrète qui me manquait et dont je rêvais.

Nous eûmes tous les trois un A+ pour le premier grand test de bio.

Je pouvais dire merci à mon avantage en sciences…

Vinrent ensuite les exposés.

Luke était sûr d'exceller. Après tout, j'étais le troll, lui, l'apollon.

M'exprimer en public, devant mes camarades dont les critiques et le mépris m'enveloppaient comme un gaz toxique, représentait mon pire cauchemar. Il allait falloir que je rentre le ventre. J'allais me taper une crise d'urticaire en plus de mon acné, transpirer, avoir les cheveux gras. Sincèrement, ça me faisait pas mal de handicaps.

Mais il me fallait des A+. On nous attribua un sujet ; j'eus droit à *La faillite du système juridique pour les jeunes dans l'État du Maine*. Luke, *Le génie génétique*, un sujet injustement plus intéressant.

Je consacrai des semaines à travailler mon exposé. Je fis des recherches, étudiai, définis les grandes lignes de la question, les organisai. J'allai à la vidéothèque pour regarder des discours de Martin Luther King, de Gandhi et de Maya Angelou, et observer leur langage corporel et la manière dont ils s'exprimaient. Je répétai devant un miroir. Je me filmai. Je mémorisai mon texte, le modifiai, le mémorisai de nouveau.

Luke fit son exposé et remporta sans surprise un grand succès. Il se montra détendu, sûr de lui, sympathique et très instructif. Était-ce une prestation mémorable ? Pas vraiment, mais si j'avais été son prof, je lui aurais donné un A. Peut-être un A+.

M. Abernathy le félicita chaleureusement et annonça à la classe que le lendemain ce serait mon tour. À la mention de mon nom, je sentis la sueur me tremper les aisselles et le dos. Des grognements et des soupirs s'élevèrent du côté des Cheetos.

— Ne t'inquiète pas, Nora, me dit M. Abernathy d'un air absent lorsque je sortis. Tu réussiras très bien.

— Ce sera difficile après l'exposé de Luke.

— Je suis sûr que tu as énormément travaillé, mon petit. Essaie de ne pas te tracasser.

La bonne blague.

Je me dis que M. Abernathy m'aimait bien. Peut-être même qu'il me soutenait. Il avait tout du typique prof d'anglais : négligé et bienveillant, désordonné et éloquent. Sa classe était un joyeux bazar, des bouquins débordaient des étagères du fond, aux murs, des affiches défraîchies montraient de grands auteurs, et quelques plantes étiques occupaient le rebord des fenêtres. Son bureau disparaissait sous les livres et les papiers, et le gigantesque tableau noir (vert en réalité) poussiéreux était couvert de titres de devoirs qu'il n'avait jamais effacés, de citations littéraires, d'abréviations diverses, de citations elliptiques de Walt Whitman et d'Emily Dickinson. M. Abernathy m'avait donné le goût de la lecture, alors que j'étais dingue de sciences.

— Ne t'inquiète pas, répéta-t-il comme il percevait mes doutes, j'ai toute confiance en toi.

Au moins, quelqu'un croyait-il en moi ! Je rentrai à la maison et répétai dans la cave pour que ni maman ni Lily ne m'entendent. Je passai une nuit épouvantable à rêver que je me perdais, que je ne retrouvais plus le texte de mon exposé, puis que je le faisais quand même, mais m'apercevais que j'avais les jambes couvertes de fourrure. Je ne pus manger ce matin-là (un événement, vous pouvez me croire), mon cœur battait à tout rompre, et j'avais l'estomac noué.

J'entrai en classe d'anglais discrètement et me glissai derrière mon bureau.

— Bien, dit alors M. Abernathy. Nora, c'est à toi, ma grande.

J'allai me planter devant la classe et pris la parole sans attendre de me mettre à transpirer par tous les pores de ma peau.

Tous mes camarades allaient être sidérés. Je l'étais déjà.

Ces histoires sur le fait que répéter vous permet d'atteindre la perfection ? Sur l'importance d'être préparé ? C'était vrai.

Plutôt que de donner des statistiques (comme Luke l'avait fait), je choisis de me servir d'un camarade de classe pour illustrer mon propos.

— Après un terrible accident de voiture où il se trouvait être le conducteur, Sullivan Fletcher, mineur à l'époque des faits, a été condamné pour conduite en état d'ivresse et consommation de substances illicites, lançai-je en guise d'introduction. Par malheur, son frère jumeau, Luke Fletcher, également présent dans le véhicule, a dû subir une amputation complète du pénis.

Un rire surpris secoua toute l'assistance. Toute l'assistance, sauf Luke.

Le reste de mon exposé suivit l'existence fictive du jeune délinquant Sully Fletcher, son piètre niveau d'éducation, la violence à laquelle il allait être confronté dans nos établissements pénitentiaires insuffisamment financés, les difficultés qu'il allait rencontrer pour décrocher un emploi, se marier ; le divorce qu'il risquait de vivre avant de devenir un père absent. J'évoquai sa lutte avec la drogue et l'alcoolisme.

Je circulai entre les rangs en apostrophant les élèves par leur nom :

— Imagine donc ça, Lonnie. Sept sur dix. Et si tu faisais partie du lot ? Caroline, tu as une petite sœur. Que dirais-tu s'il fallait qu'elle aille te voir en prison ?

Je terminai en m'arrêtant à côté du bureau de Sullivan.

— J'espère bien que tu n'auras jamais d'accident, mon vieux, dis-je affectueusement, comme si je pouvais vraiment avoir une discussion avec un des fils Fletcher et lui attribuer un surnom amical.

Puis je me tournai vers son frère.

— Et Luke, j'espère qu'il n'arrivera rien à tes parties.

Nouveaux éclats de rire.

— Et maintenant vous savez tous ce à quoi vous pouvez vous attendre si vous empruntez la sombre voie de la criminalité.

Là-dessus… des applaudissements stupéfiants retentirent. Je crois que c'est Xiaowen qui lança le mouvement.

— Très amusant, Nora, déclara M. Abernathy. Excellent !

Je regagnai mon siège, le visage en feu et luisant, ruisselante de transpiration, mais j'étais venue à bout de mon exposé. Je m'étais mise dans la peau d'un personnage de composition, détendu et drôle, et ça avait marché. À la minute où la classe se termina, je fonçais aux toilettes avant que mes intestins n'explosent.

Une diarrhée intempestive m'obligea à rater le cours suivant.

Une semaine plus tard, lorsque M. Abernathy nous rendit le texte de nos exposés, je découvris un gros A+ sur la première page du mien.

Je cachai ma note de la main, mais Luke la vit, de même que je vis la sienne. A-.

Il m'évalua froidement du regard. Apparemment, Luke Fletcher venait de se rendre compte qu'il risquait de ne pas obtenir ce qu'il désirait. Quelque chose qu'il estimait devoir lui revenir de droit.

Un peu plus tard dans la journée, dans un couloir, il me donna un grand coup de hanche qui m'envoya valdinguer par terre où j'atterris à plat ventre, le bas de ma robe chasuble relevé sur mes grosses cuisses, mes livres répandus autour de moi.

— Regarde devant toi quand tu marches, le troll, me dit-il avec, dans la voix, le même mépris que les Cheetos.

Venant de lui, ce fut un vrai coup de massue.

Il piétina mon cahier, puis pivota brutalement et déchira la couverture.

Jamais encore, il ne m'avait traitée de troll.

On était en novembre, le semestre s'achevait en décembre, juste avant Noël. À la demande expresse du Dr Perez, nos notes ne seraient désormais plus rendues publiques jusqu'à ce qu'il donne le nom du lauréat. Il restait les examens de mi-parcours à passer et, à ma connaissance, j'étais en tête.

Malgré le A- obtenu pour son exposé, Luke allait vraisemblablement décrocher un A, voire un A+, en anglais. À cause de ma stupide note en sport, même si je réussissais parfaitement tous mes tests (j'en avais bien l'intention), la moyenne de Luke serait de 0,008 supérieure à la mienne. Il aurait la bourse. Il irait à Tufts.

Il faudrait que j'intègre une autre université. Je croulerais sous les dettes, il faudrait que je prenne deux boulots, que j'essaie d'obtenir une bourse, n'importe laquelle. C'était possible. J'en étais capable.

Je postulerais à des universités telles que Harvard et Yale qui bénéficiaient de formidables programmes pour des jeunes dans ma situation, mais il y avait peu de chances qu'ils m'acceptent. Tous leurs postulants avaient des notes fabuleuses en plus de leurs aptitudes sportives et autres talents, moi, je n'avais que mes notes. À part les Olympiades de maths, je ne faisais aucune activité extrascolaire. Trop occupée à étudier. Pas de sports pour rendre plus attractive ma candidature, pas de bénévolat, pas de séjours à l'étranger où j'aurais creusé des puits.

Mon rêve, c'était de devenir médecin : j'adorais les sciences et je me voyais bien en chirurgie, sauver des vies, appréciée de mes collègues, n'ayant pas à me préoccuper de mon style derrière ma blouse blanche. Et, pour que ce rêve se réalise, il me fallait une prestigieuse université et d'excellentes notes, ce qui me permettrait d'entrer dans une faculté de médecine, laquelle me coûterait au minimum un quart de millions de dollars supplémentaires.

Sans la bourse Perez, le chemin serait très long.

Les fils Fletcher avaient tout pour eux. Des parents unis qui les aimaient. Leur père était propriétaire du chantier naval, leur mère gérait non seulement le bureau de poste, mais aussi l'épicerie-bazar (même bâtiment, très mignon, à ne rater sous aucun prétexte quand on est touriste). Pour des résidents à l'année, ils étaient bien établis. Sans rouler sur l'or, ils disposaient de revenus confortables. Je présumais que Luke serait accepté dans de nombreuses universités, qu'il décrocherait beaucoup de bourses d'excellence ou sportives.

Moi, en revanche, j'avais vraiment besoin de la bourse Perez. Et apparemment je n'allais pas l'avoir.

Un jour, début décembre, alors que j'étais à la cafétéria en train de lire *La Lettre écarlate* sans manger (les grosses ne mangent pas en public), Luke s'approcha, entouré de son fan club.

— Hé, le troll, devine qui m'a appelé hier ?

Malgré ses insultes, je sentis le feu de mon attirance pour lui me brûler la gorge, la poitrine.

— Je ne sais pas.

— L'entraîneur de foot de Tufts. Il est impatient de m'accueillir. Je suppose que j'ai la bourse. Bravo à toi d'avoir essayé, mais tu savais qu'elle me reviendrait, pas vrai ? Tout au fond de ton petit cœur confit dans la graisse ?

Ses fans ricanèrent. Il tapota ma table, ce qui me fit sursauter au milieu des rires renouvelés de ses copains, puis s'éloigna.

Des larmes me montèrent aux yeux, et la haine (envers Luke, le lycée, moi-même) me retourna l'estomac. Je devais bien pouvoir trouver un sujet, quelque chose, que Luke ne pourrait pas faire. Quoi ? Malheureusement, je n'en avais pas idée.

Les examens de fin de semestre approchaient. Luke et moi savions qu'il fallait qu'on obtienne la meilleure note dans chaque matière. Contrairement à ses habitudes, il travaillait, sans aucun doute pour ne pas me laisser la possibilité de l'emporter. Tous les jours, après les cours, je tombais sur lui à la bibliothèque, mon refuge jusque-là, et il me lançait : « Désolé, le troll. »

J'étais foutue.

Il ne restait plus que deux semaines avant la fin du trimestre et les vacances, et ensuite viendrait l'annonce du bénéficiaire de la bourse Perez. J'étais désespérée. Penchée sur mes carnets de notes, je refaisais inlassablement mes calculs. Même si je décrochais un A+ à chaque examen, si Luke obtenait des résultats identiques, c'est lui qui gagnerait.

Bien sûr, il y avait le A+ que j'avais eu à mon exposé. Une petite lueur d'espoir. Il était possible que le A- de Luke fasse chuter sa moyenne à A. Si c'était le cas… Et merde. De toute façon, il me devancerait toujours de quelques dixièmes.

Le dernier jour de classe, juste avant les examens, M. Abernathy nous souhaita bonne chance et nous conseilla de travailler dur.

— Ça ne fera aucune différence, me dit Luke en donnant, au passage, un coup de hanche contre mon bureau.

Je restai à ma place, le visage en feu, en faisant mine de continuer à prendre quelques dernières notes. En fait, j'attendais que tout le monde soit parti. Je n'eus pas à patienter longtemps.

— Tout va bien, Nora ? me demanda M. Abernathy tout en rassemblant ses affaires éparpillées sur son bureau encombré.

— Oui, oui, marmonnai-je sans vouloir avouer la vérité.

— J'ai malheureusement une réunion. Ça te gênerait d'éteindre les lumières ?

— Non, pas du tout, monsieur.

Il sourit et s'en alla. Je m'attardai encore une minute en me répétant que j'avais fait tout ce que je pouvais. Que l'université du Maine me ferait une proposition intéressante. Ou que j'irais peut-être passer deux ans dans un établissement de premier cycle universitaire avant d'intégrer une université digne de ce nom. Le chemin menant à ma vie d'adulte risquait fort d'être nettement plus long et difficile sans la bourse, mais je pouvais m'en sortir quand même.

Cela étant, j'avais le cœur gros, et mon ventre, ce puits sans fond, se rappelait à moi avec fracas. J'allais rentrer, me goinfrer, pleurer et m'empiffrer encore avant que Lily ne revienne de Dieu sait où elle était allée traîner après les cours.

Tufts avait été si proche. La belle chambre. Tous frais payés. Les pizzas. Les amis.

Je me levai pour aller éteindre les lumières.

C'est là que ça me sauta à la figure.

Là, sur le tableau noir poussiéreux, truffé de citations de Shakespeare, Frederick Douglass et Sojourner Truth, où apparaissaient encore les devoirs de ces deux derniers mois, il y avait la chance dont je rêvais.

Elle était là depuis toujours, sous la forme de pattes de mouche que M. Abernathy avait gribouillées durant la première semaine de classe, tout à gauche du tableau. Entre une caricature d'Edgar Allan Poe et une citation d'*Au cœur des ténèbres*, il y avait mon avenir.

Les mots étaient presque effacés, mais encore lisibles pour la plupart.

Crédits supplémentaires : 12 grandes œuvres.

La mémoire me revenait. Les yeux pétillants sous ses sourcils broussailleux, M. Abernathy nous avait dit, le jour de la rentrée, alors que le tableau était encore propre, que si quelqu'un avait le temps il ou elle pouvait rédiger un essai de vingt-cinq pages sur n'importe quel thème présent dans douze grandes œuvres de littérature. Il ajouta que, durant ses vingt-neuf années en tant qu'enseignant à Scupper Island, il n'avait jamais vu quiconque relever le défi. Pas même le Dr Perez. Malgré tout, M. Abernathy nous avait soumis une liste d'une centaine de titres, en plus de ceux que nous avions à lire, de *L'Odyssée* d'Homère jusqu'à *Nous étions les Mulvaney* de Joyce Carol Oates. Le devoir était à rendre à la fin de ce trimestre.

Dans dix jours.

Même moi, je n'avais pas eu le temps de m'attaquer à ce projet. Vu mes cours préparatoires au cursus universitaire et tout le reste.

Douze bouquins et un essai de vingt-cinq pages en pleine période d'examens, c'était absolument impossible.

Mon cœur se mit à cogner méchamment. Je savais déjà que

j'allais le faire et que je décrocherais un A. Et que Luke ne le ferait pas.

Je ne le laisserais pas.

S'il ne m'avait pas traitée de troll… s'il ne m'avait pas dit qu'il avait la bourse… s'il ne m'avait pas envoyée valser par terre… si je ne l'avais pas aimé avec toute ma ferveur de petite grosse…

Je passai la tête par la porte. Les cours étaient terminés, les couloirs déserts. Loin quelque part, M. Paul, l'agent d'entretien sympa, sifflotait. C'est à peine si on sentait l'odeur du désinfectant. Il devait être en train de laver le sol du côté du gymnase. J'avais le champ libre.

La gorge nouée, j'appuyai prudemment le bras contre les mots déjà un peu flous. Un léger mouvement, pas question que ce soit trop évident. Je me reculai et contemplai mon ouvrage. J'étais sûre que personne ne voyait plus cette option, j'en étais la preuve vivante, mais brouiller un peu plus les choses ne pouvait que servir mes intérêts.

Au cas où.

Étais-je fière de mon geste ? Non. Mais la haine féroce qui m'habitait l'emportait sur toute considération morale.

Peut-être que Luke avait déjà fait ce devoir, mais j'étais quasiment certaine que non. C'était un fanfaron et, s'il avait craché une dissertation de vingt-cinq pages et lu une douzaine de livres en plus de ceux que nous avions à potasser, il s'en serait vanté.

Par ailleurs, je présumais que M. Abernathy m'aurait signalé que mon rival lui avait rendu ce travail sous la forme d'un gentil : « N'oublie pas que tu peux toujours me proposer une dissertation supplémentaire, Nora. Luke a terminé la sienne. » Il était comme ça, M. Abernathy.

Mais il ne pourrait pas alerter Luke, parce que, moi, je ne lui remettrais mon papier qu'au tout dernier moment. La date butoir tombait le 23 décembre, dernier jour du semestre, et M. Abernathy l'aurait le 23 décembre et pas avant.

Comme j'étais bien organisée, j'avais encore la liste des livres en question dans mon classeur de Littérature. Je me rendis à la bibliothèque et fis quelque chose que je n'avais encore jamais fait (je piquai six bouquins que je fourrai dans mon sac à dos). Si je respectais la procédure normale, Luke risquait de l'apprendre, car la mère de sa copine travaillait à la bibliothèque. Tout le monde voulait qu'il décroche la bourse. Je n'avais personne pour me soutenir.

Bien sûr, j'ignorais si la fameuse dissertation ferait une différence ou pas, mais il fallait que je mette toutes les chances de mon côté.

Durant les dix jours qui suivirent, je bossai comme une malade. Je passai mon temps à lire et à étudier, même quand je me préparais un snack, en mangeant, ou assise sur les toilettes. La nuit, je ne m'autorisais que deux heures de sommeil d'affilée, sur le canapé, au prétexte que j'étais malade et ne voulais pas contaminer Lily. Et, si ma sœur était à la maison l'après-midi, je me réfugiais à la cave. J'avais peur qu'elle ne vende la mèche.

Je lisais, je prenais des notes, je bossais mes examens. Je piquai les six autres livres à la bibliothèque, continuai à lire, à écrire, à étudier, à lire, à écrire… À me tuer à la tâche.

— Ça va ? me demanda ma mère. Tu as l'air fatiguée.

— Les examens, marmonnai-je. Tout va bien.

Elle avait bien deviné qu'il y avait anguille sous roche, mais elle n'insista pas. Elle n'insistait jamais. De mon côté, je n'avais pas le temps de déplorer son attitude. J'avais ma mission à remplir.

Quand arriva l'heure de mon dernier examen, j'étais une loque et tremblais littéralement d'épuisement. Cinq minutes avant la fin du semestre, je remis ma dissertation à M. Abernathy.

Il me regarda avec stupeur.

— Seigneur, Nora ! Je n'y crois pas. Tu es la première élève à me rendre ce devoir.

— Et vous savez quoi ? Je suis vannée.

Je m'appuyai contre le tableau et poussai un soupir théâtral tout en effaçant un peu plus l'intitulé sur le tableau afin que M. Abernathy ne se rende compte de rien.

Il tombait du grésil dehors, et je rentrai chez moi sous un ciel sombre et lourd. Des larmes roulaient sur mes joues sans que je prenne la peine de les essuyer. Je grimpai tout droit à ma chambre, me glissai dans mon lit et dormis dix-sept heures d'affilée.

Noël arriva. Lily se montra correcte l'espace d'une heure pendant qu'on échangeait les cadeaux, mais elle ne resta pas pour le dîner. On mangea seules, maman et moi, puis on regarda une émission télévisée. Je passai la majeure partie des vacances à dormir et à regarder la télévision sans me défaire de mon pyjama.

Je n'avais pas la moindre idée de la manière dont je m'étais débrouillée aux examens, puisque, conformément aux exigences du Dr Perez, les professeurs ne nous avaient pas communiqué nos notes. Je ne savais pas davantage combien de points en plus M. Abernathy allait m'attribuer ni s'ils feraient la différence. Tout ce dont j'étais sûre, c'est que j'avais tout tenté et que j'abritais en moi une part d'ombre dont je n'avais encore jamais soupçonné l'existence.

Techniquement, je n'avais pas triché. Moralement, si, et je ne pouvais le nier. Je me dis que ça m'était égal, que ça en valait la peine, que Luke Fletcher ne méritait pas de décrocher tous les lauriers.

Le 4 janvier, premier jour du nouveau trimestre, élèves et enseignants se rassemblèrent dans le gymnase à 9 heures précises pour accueillir le Dr Pedro Perez. Je m'assis au fond, près de la porte, parce que j'étais sûre de fondre en larmes si Luke l'emportait.

Xiaowen s'installa à côté de moi, et j'eus soudain des sueurs froides.

Xiaowen Liu. Et merde, je l'avais oubliée. À combien pouvait bien s'élever sa moyenne ? Au diable mes cours préparatoires, au diable Luke… et Xiaowen ? Je n'avais même pas pensé à elle. Pendant trois ans, ça n'avait été qu'une compétition entre Luke et moi, et maintenant elle, qui était nouvelle, risquait de rafler le plus grand honneur de notre ville.

— Salut, Nora, me dit-elle.

— Salut, balbutiai-je dans un filet de voix.

— Bonne chance.

— Toi aussi.

Luke passa devant moi, accompagné de sa bande, un bras passé autour de Dara et une main dans sa poche arrière. Refusant de voir son beau visage triomphant, je fixai mes pieds. Un « gros boudin » fusa, suivi d'une volée de rires mauvais.

Mon cœur battait si fort que je n'entendis pratiquement pas la tirade de notre lèche-bottes de proviseure qui remercia le Dr Perez, le félicita, lui passa de la pommade de long en large, tandis que le génie milliardaire, installé sur un siège pliant à côté de l'estrade, contemplait le sol, un vague sourire plaqué sur la figure.

Enfin, *enfin*, il se leva :

— Bonjour à vous tous, dit-il. J'ai l'honneur de remettre la bourse Perez à l'élève le plus méritant de Scupper Island. Le vainqueur de cette année, avec une moyenne de 4,153, est Nora Stuart.

L'ensemble de l'audience eut le souffle coupé, unanime. L'espace d'une seconde, je ne compris pas pourquoi.

C'était parce que Luke ne l'avait pas eue.

Ni Xiaowen.

C'est moi qui l'avais eue.

Quelques applaudissements retentirent. Pas beaucoup, sans doute provenaient-ils des profs.

— Nora, viens ici, fit la proviseure avec une pointe d'impatience.

Elle aussi était fan de Luke. Elle assistait à tous les matchs de foot.

— Félicitations, murmura Xiaowen.

Je la dévisageai avec de grands yeux.

— Vas-y, ajouta-t-elle.

Les jambes tremblantes, j'avançai vers le Dr Perez.

— Bravo, me dit-il en serrant ma main moite.

— Merci, répondis-je dans un souffle. Merci, docteur Perez. Je... je vous remercie.

Le Dr Perez éclata de rire devant mon visage trempé de larmes.

Si seulement papa pouvait voir ça.

Cela faisait six ans et demi que je ne l'avais pas vu, et pourtant ma première pensée avait été pour lui.

Mes yeux s'arrêtèrent sur Lily au milieu de l'assistance. Elle me regardait fixement tandis que Janelle Schilling chuchotait à son oreille.

Peut-être un vague sourire flottait-il sur ses lèvres.

Subitement, Luke se leva et sortit du gymnase à grands pas furieux, suivi de sa copine, Dara, puis de Tate Ellister, qui jouait au foot lui aussi, puis du reste de l'équipe. Ils ne dirent pas un mot. Amy se leva et sortit, elle aussi.

— Eh bien, maintenant, poursuivit la proviseure, euh... félicitations, Nora. Ça paie de travailler dur. Vous, les plus jeunes, écoutez bien, d'accord ? L'an prochain, ce sera peut-être vous qui l'emporterez.

Là-dessus, notre réunion se termina.

— Si vous avez besoin de quoi que ce soit, faites-le-moi savoir, me dit le Dr Perez en me remettant sa carte. Bonne chance.

Ce n'était pas quelqu'un de très loquace, le Dr Perez.

— Monsieur, bredouillai-je alors qu'il tournait les talons. Vous… vous avez changé ma vie.

Je m'interrompis une seconde avant de reprendre :

— Et elle en avait vraiment besoin.

Il me considéra une longue seconde.

— Tirez-en le meilleur parti possible alors.

Il m'adressa un clin d'œil, laissa la proviseure lui serrer de nouveau la main avec enthousiasme, puis s'éloigna tandis que je demeurais là, tremblante, euphorique… et seule.

Ma sœur s'approcha de moi.

— Bien joué, me dit-elle.

Elle m'examina de la tête aux pieds, une lueur amusée dans le regard.

— On dirait que tu vas te pisser dessus.

— C'est ce que je crains aussi, répliquai-je.

Ma voix était toujours bizarre, mes jambes toujours tremblantes.

— Donc, je présume que tu seras à Boston l'année prochaine.

— Oui.

Oui, j'y serai. Je m'assiérai sur la belle pelouse. J'aurai des amis. Je ne serai plus le troll. Peut-être. En fait, peut-être… peut-être que je pourrai être quelqu'un de radicalement différent.

— Faut que je file, ajouta Lily.

— Au revoir, marmonnai-je avec un temps de retard.

Elle avait déjà traversé la moitié du gymnase.

Dans le couloir, plusieurs enseignants me félicitèrent. En classe, on nous remit nos carnets de notes. Luke brillait par son absence.

J'avais obtenu les notes maximales en tout, sauf en gym où, comme prévu, j'avais eu un A-.

M. Abernathy, qui était aussi notre prof principal, me remit ma dissertation de vingt-cinq pages. Il y avait quelques remarques dans la marge, mais à la fin il avait écrit :

Nora, je suis fier de toi.

Et il m'avait donné un A.

— Nora Stuart est attendue au bureau, dit alors la secrétaire de l'école sur le système de sono. Nora Stuart est attendue au bureau. Merci.

J'avais un appel : c'était le responsable des admissions de Tufts. Il me félicita, puis m'annonça que tout le monde était heureux de m'accueillir, d'autant que tous les boursiers Perez avaient tous brillamment réussi par le passé. Ils étaient sûrs que je ne démériterais pas.

Je ne rêvais pas.

À l'heure du déjeuner, plutôt que d'aller à la cafétéria où il n'y avait pas beaucoup de surveillants, je me rendis d'un pas vif à l'hôtel où maman travaillait.

— Maman, je l'ai eue ! lui criai-je en entrant dans son bureau, le dos ruisselant de sueur, les cuisses irritées à force d'avoir frotté l'une contre l'autre tout au long du trajet.

— Tu as eu quoi, Nora ? me demanda-t-elle en levant le nez de sa table.

Mon Dieu. Elle n'était pas au courant, parce que je ne lui avais jamais rien dit. De tout le semestre. De même que je ne lui avais jamais dit que j'étais la deuxième de ma classe.

— La bourse Perez. Je vais intégrer Tufts !

Je fondis en larmes.

— Ils m'ont appelée. Tufts. Je suis admise, et le Dr Perez paye tous les frais !

Elle ouvrit grand la bouche, la referma.

— C'est vrai ?

— Oui. J'ai eu la meilleure moyenne du lycée.

— Oh ! Nora !

Elle se leva et m'étreignit avec gaucherie.

— Bravo. Tu as toujours travaillé dur. Je suis fière de toi.

Elle s'interrompit.

— Bon. Il vaudrait mieux que tu retournes au lycée, non ?

Et, pour ce qui est des réjouissances, on en resta là. Ce n'était pas grave. J'allais quitter ce petit enfer. Comme mon père. Et peut-être qu'il me retrouverait, une fois que je serais partie. D'accord, c'était un peu tiré par les cheveux, mais désormais tout était possible.

Je regagnai le lycée en espérant bien que ce n'était pas un rêve. J'en tirerais le meilleur parti possible. Je ferais médecine. Je me réinventerais, je perdrais du poids, je sortirais, peut-être même que j'aurais un petit copain. Je m'assiérais au premier rang, je lèverais la main, je n'aurais pas honte de montrer que j'étais intelligente. Je me présenterais à mes profs dès le premier jour et…

— Tu te prends pas pour de la merde, hein ?

C'était Luke et sa bande, qui m'attendaient devant le lycée. Le vent glacial qui soufflait transperçait mon gros manteau d'hiver.

— Salut, dis-je en jetant un coup d'œil alentour.

— Salut, fit-il en m'imitant d'une voix geignarde. Me dis pas salut, gros boudin. Cette bourse devait me revenir.

— Apparemment non.

J'avais repris du poil de la bête.

— T'as triché, pas vrai ? Je sais pas comment, mais t'as triché.

— J'ai bossé, Luke.

Mes joues se mirent à rougeoyer.

— J'ai bossé, Luke, répéta Joey Behring.

— Tu sais quoi ? poursuivit Luke, le visage déformé par une méchante grimace. T'as peut-être décroché cette bourse, mais tu ne seras jamais rien d'autre qu'un troll. Tu le sais, pas vrai, Nora ?

— Fiche-lui la paix, dit alors quelqu'un.

C'était Sullivan.

— Va te faire foutre, riposta Luke.

Il se rapprocha de moi et me colla un grand coup dans la poitrine, qui me fit mal, malgré mon gros manteau.

— T'es un troll. T'es grosse, t'es moche et tout le monde te déteste, même ta sœur.

Je tressaillis. L'alcool lui faisait une haleine écœurante. J'essayai de le contourner, mais il refusait de me laisser passer.

— T'as peur ? T'as raison.

— Luke, arrête ces conneries.

La voix de Sully était plus dure à présent.

Luke n'obtempéra pas pour autant.

— T'as intérêt à faire gaffe, Nora. Il pourrait bien t'arriver un sale truc. Tu pourrais avoir du mal à t'en remettre. Quand t'énerves un mec, il peut se produire des choses assez moches. Tu vois ce que je veux dire, non ?

Oui, c'était clair. Viol. Agression.

Ou pire.

— Luke, barre-toi, lança Sullivan en s'approchant de son frère. Elle l'a emporté à la loyale. Fiche-lui la paix.

— Elle est passée où ta loyauté, bordel ?

— Que se passe-t-il ici ?

Par chance, M. Abernathy arrivait du parking.

— Rentrez donc, les enfants.

— Allez-vous faire foutre, brailla Luke.

— Toi, tu es exclu pour la journée, déclara M. Abernathy. Nora, ça va ? Viens, mon petit.

— Fais gaffe à toi, Nora, beugla Luke. Tu sais pas ce qui pourrait t'arriver.

M. Abernathy s'arrêta net.

— Je mets cette remarque sur le compte de ta déception,

Luke. Mais menace-la encore une fois, et je veillerai à ce que tu sois arrêté.

À ces mots, Luke fondit en larmes. C'était horrible à voir.

— Elle a triché. Je ne sais pas comment, mais elle a triché. Avoue-le, Nora. Tu le sais.

La culpabilité me rongeait, me brûlait, mais je ne m'apitoyai pas sur son sort. J'avais gagné. Luke aurait pu faire ce devoir, il avait choisi de ne pas le faire. Qu'il aille donc au diable. Qu'il pleure. Moi, j'avais beaucoup pleuré sans que personne s'en soucie.

Sully s'approcha de son frère et passa le bras autour de son épaule.

— Allez, viens, lui dit-il. Oublions le lycée et allons passer le reste de la journée à Portland, d'accord ?

Il se retourna vers nous.

— Monsieur Abernathy, vous pourriez prévenir l'école ?

— Bien sûr, Sullivan.

Le regard de Sullivan s'arrêta sur moi une seconde, et je crus qu'il allait dire quelque chose. Mais non.

M. Abernathy me raccompagna à l'intérieur du lycée, amusé, vraisemblablement, par la violence des sentiments adolescents.

Sullivan et Luke Fletcher se rendirent bien à Portland cet après-midi-là. Ils prirent une chambre dans un hôtel, et Luke loua une voiture sous une fausse identité.

À 3 heures du matin, alors qu'ils sortaient d'un *diner* ouvert toute la nuit et rentraient chez eux, les deux garçons eurent un accident de voiture. Vilain écho de l'exposé que j'avais fait en classe d'anglais, sauf que, dans cette version, la vraie, c'était Luke qui conduisait. Il avait pris de la cocaïne, et son taux d'alcool était deux fois plus élevé que la limite autorisée. Ils roulaient à plus de cent trente kilomètres-heure lorsqu'ils quittèrent la route et rebondirent sur cinquante mètres de fossé avant de s'encastrer dans un arbre.

Luke s'en sortit indemne.

Sullivan écopa d'une blessure à la tête et se retrouva dans le coma. On nous demanda de prier pour lui.

On apprit l'événement deux jours après l'annonce de la bourse Perez, durant la seconde réunion de la semaine. Amy Beckman n'était pas présente. Les Cheetos sanglotaient. L'une d'elles tomba dans les pommes. L'équipe de foot pleurait, de même que plusieurs profs.

Tout le monde aimait Sully.

Je repensai à la manière dont il m'avait défendue ; dont il avait embarqué son frère loin de Scupper pour me protéger.

Je fixai le sol, bouleversée par la haine vive et brûlante des élèves autour de moi. Ils pensaient que c'était ma faute. C'était certain. Pour eux, j'avais volé la bourse.

Et en un sens ce n'était pas faux.

Jamais je ne m'étais sentie aussi seule. Lorsque la réunion se termina, quelqu'un me cracha dans les cheveux. Un garçon flanqua un coup de pied dans ma chaise. Je pris un coude sur la tête.

Plutôt que de retourner en classe, je sortis sans même récupérer mon manteau ou mon sac à dos. Je parcourus à pied les six kilomètres me séparant de la maison sans prêter attention au temps froid et humide, au vent qui me brûlait douloureusement les oreilles et chassait mes larmes vers mes cheveux.

J'avais à peine franchi la porte d'entrée que je décrochai mon téléphone et appelai Tufts. J'avais une moyenne suffisamment élevée pour avoir mon diplôme de fin d'études secondaires en avance : verraient-ils un inconvénient à ce que je commence les cours dès le début de ce semestre ?

Ils n'en voyaient pas. Lorsque je consultai la conseillère d'orientation qui m'avait ignorée pendant trois ans et demi, elle jugea que c'était une bonne idée, contacta le Dr Perez et la question fut réglée.

Je quittai donc Scupper Island sans fanfare trois semaines plus tard et montai à bord du ferry pour Boston avec une valise et deux malles renfermant mes affaires. Ma mère et moi fîmes halte dans un grand magasin pour acheter une couette, des coussins et d'autres articles de ce genre que je payais avec la carte de crédit allouée aux boursiers Perez.

Une fois dans ma chambre, maman me fit mon lit et dit tout ce qu'il convenait de dire quand les autres étudiants vinrent me saluer. Elle me regarda accrocher une affiche de *Casablanca*, que je n'avais jamais vu, les bras croisés.

— Fin prête, Nora ? me demanda-t-elle ensuite.

— Je crois.

Je posai les yeux sur elle, ma maman si forte, avec ses mèches grises dans les cheveux. À présent, elle serait toute seule avec Lily. Une vive tristesse m'étreignit une seconde.

— Bon, à cet été alors, me lança-t-elle. Travaille bien.

Elle me donna une petite bise sur la joue et, de la fenêtre de ma chambre, je la regardai monter dans sa voiture cabossée.

Mais elle ne me vit pas cet été-là, parce que je ne retournai pas à Scupper. Je décrochai un job de préposée aux soins dans un hôpital et restai à Boston. À Thanksgiving, un orage m'empêcha de prendre le ferry pour rentrer (ce dont je fus ravie). Quand Noël arriva, je revins passer trente-six heures dans l'île, puis repartis aussitôt terminer un devoir de chimie, ce qui n'était pas un mensonge.

À dire vrai, j'étais terrifiée à l'idée que quelqu'un me voie, en particulier Luke ou Sullivan (qui avait plutôt « bien récupéré », d'après ma mère). J'avais l'impression d'être une voleuse, allai chez ma mère et en revins furtivement, équipée d'un chapeau, d'un manteau et d'un foulard, afin que personne ne distingue mon visage.

Après cela, je ne remis plus les pieds à Scupper.

Je ne pus revenir pour la remise de diplôme de Lily, parce que j'avais mes examens de fin d'année, mais elle monta à Boston en septembre et passa une nuit chez moi avant de s'envoler pour Seattle. À un moment quelconque de l'été, elle s'était offert un tatouage manche très coloré et elle arborait des piercings sur le nez, la lèvre et le sourcil. Malgré ça, elle était toujours d'une beauté époustouflante.

J'obligeais maman à venir me rendre visite, au prétexte que j'avais envie qu'elle voie la ville, qu'elle détestait, invoquais ma charge de travail et mon boulot d'assistante de recherche pour ne pas aller à Scupper. Une ou deux fois par an, maman prenait le ferry pour aller à Boston. Elle repartait toujours avant la nuit.

J'étais dans ma troisième année d'université quand Lily tomba enceinte et donna naissance à Poe. Maman et moi prîmes l'avion pour aller les embrasser. J'y retournai l'année suivante, puis deux ans plus tard. J'appelai souvent, mais en général mes coups de fil basculaient automatiquement sur la messagerie. J'envoyai des cadeaux pour le bébé, une petite beauté souriante à en juger par les quelques photos que Lily nous envoya.

Mais, quand Poe eut cinq ans, Lily changea de numéro de téléphone et oublia de me le communiquer. Elle répondait à un mail de temps en temps. Je demandai à les voir, et elle accepta une ou deux fois encore. La dernière fois, Poe avait dix ans. Lily sortit avec ses amis en me laissant seule avec ma nièce et ne revint que le lendemain.

Je compris. Ma sœur ne voulait plus rien avoir à faire avec moi. Notre enfance magique n'était plus qu'un souvenir.

De mon côté, je suivis les conseils du Dr Perez et tirai le meilleur parti possible de ma bourse d'études. Dès mon premier semestre à Tufts, je devins la fille que j'avais laissé entrevoir durant mon exposé d'anglais : sociable, pleine d'humour, sympa. Peut-être était-ce l'âge, ou le fait d'être loin de l'île, mais je perdis quinze kilos en six mois, intégrai l'équipe d'aviron (j'avais toujours eu beaucoup de force) et me mis à faire du jogging le long de la Mystic River.

Je me fis des amis, leur offris des pizzas. Un garçon m'embrassa pour la première fois, je sortis avec différents copains et finis par perdre ma virginité avec quelqu'un de très chouette. Mes profs m'adoraient. Je me débrouillai suffisamment bien pour être admise en médecine juste après l'université. Aussi ironique que ça puisse paraître, je fis ma première année d'internat à Portland, soit à trois milles nautiques de Scupper Island, jusqu'à ce que le Boston City Hospital me débauche par le biais d'une bourse d'études très avantageuse.

J'appelais ma mère un dimanche sur deux, lui demandais des nouvelles de Lily et de Poe : ma sœur communiquait mieux avec ma mère qu'avec moi. Maman avait le droit de lui rendre visite et, tous les ans à Noël, je lui payais son billet d'avion. D'après ce qu'elle pouvait m'en dire, Poe et Lily allaient bien.

Quant à moi, il n'était pas question que je retourne à Scupper Island, non. Je réussis à m'en tenir éloignée pendant quinze ans.

Jusqu'à maintenant.

9

Chère Lily,

Il a beaucoup plu ces derniers jours. J'avais oublié le bruit que ça pouvait faire contre le toit de notre chambre. Le vent était déchaîné et un pin s'est fendu en deux, dans un bruit tel qu'on aurait cru un coup de fusil. Poe dormait comme une souche, elle n'a rien entendu. Est-ce que je t'ai dit que j'avais un gros chien ? Il s'appelle Boomer. Il dort dans notre chambre. Parfois, il colle son museau sur le lit de Poe, comme s'il la bordait.

Grosses bises,

Nora.

Apparemment, on n'était pas prêtes à abattre le mur qui nous séparait, ma mère et moi. J'avais essayé à plusieurs reprises de lui parler, de lui demander comment elle allait. J'avais envie de savoir si elle se sentait seule, triste, heureuse ou je ne sais quoi, mais, avec elle, les qualités humaines que j'avais pu développer à Boston n'étaient d'aucune aide. Elle refusait de répondre à mes questions sur les séances de câlinothérapie et me rembarrait en affirmant que j'avais sûrement mieux à faire que de la déranger avec mon bavardage.

Pour susciter une discussion, il fallait que je renoue avec la technique que j'avais utilisée à l'université, qui consistait à prétendre que je m'adressais à quelqu'un d'autre... quelqu'un qui avait envie de me parler. Du coup, je me retrouvais à faire les questions et les réponses et, de temps en temps, elle intervenait avec un grognement, un hochement de tête, voire un : « Qu'est-ce que tu disais, Nora ? Je n'écoutais pas. »

Un soir, juste après ma première descente en ville, je tentai de pousser ma mère et Poe à bavarder avec moi tout en ignorant Tweety. Postée à côté de l'assiette de ma mère, la perruche me fixait d'une prunelle haineuse.

— Tu t'es fait des amis sur l'île, Poe ? lui demandai-je en prenant une bouchée de poulet sec et dur comme du bois.

Ça pourrait être toi, Tweety.

— Non.

— Je te parie que tout le monde te trouve plutôt cool, tu sais. Tu viens de Seattle et avec tes piercings... ton style.

Ma nièce n'ouvrit pas la bouche, ne releva pas les yeux.

Soit. Je me tournai vers l'autre Stuart à la table.

— Maman, devine qui j'ai croisé aujourd'hui ?

Elle haussa les épaules et continua à travailler des mâchoires pour venir à bout du fameux poulet.

— Darby Dennings, tu te souviens d'elle ?

— Oui. Je la croise constamment.

— Ah bon. Et j'ai aussi rencontré Sullivan Fletcher.

Ma mère hocha la tête. Je me demandai si Poe et elle mangeaient en silence tous les soirs ou si, comme je le présumais, c'était ma présence qui cassait l'ambiance. Après tout, elles, on leur avait permis de rester en contact, leurs liens étaient forcément plus forts.

— Oui, poursuivis-je. Et... euh... comment va Luke Fletcher. Que devient-il ?

— Il va bien, répondit ma mère en me regardant du coin de l'œil.

— Il vit toujours ici ? À Scupper ?

— Oui.

J'attendis un surplus d'informations qui ne vint pas.

— Tu sais, maman, personne ne t'accusera jamais de te répandre en commérages.

— C'est plutôt positif, non ?

— C'est qui, Luke Fletcher ? intervint Poe.

Waouh, une question !

— Lui et moi, on était en classe ensemble.

— C'était ton copain ?

Je m'étouffai une seconde sur un bout de poulet.

— Non. On cherchait tous les deux à décrocher une bourse, et c'est moi qui l'aie eue. Il… il était furieux.

— Maman m'en a parlé.

— Ah oui ?

Lily avait su que Luke me détestait ? Qu'il m'avait hurlé dessus et menacée ?

— Elle m'a dit que tu étais partie à l'université et que t'étais jamais revenue.

À voir ses yeux bleus, l'accusation était claire.

Je repris une bouchée de ce plat sans saveur.

— Eh bien, ta mère est partie à Seattle et n'est jamais revenue. Je suis venue vous voir. Tu te rappelles la fois…

— M'en fiche.

Et c'est ainsi que se termina ledit échange.

— Bon, en tout cas, moi, j'ai trouvé une location, ajoutai-je comme si on bavardait encore. C'est adorable. Un house-boat en fait.

— Non ? s'écria maman. Celui à côté du chantier naval ?

— Euh… oui. À Oberon Cove.

Maintenant que j'y pensais, il était à sept cents mètres du chantier naval de la famille Fletcher.

— Alors, tu vas souvent croiser Luke Fletcher, répliqua maman en donnant un grain de maïs à Tweety. Il habite sur place.

Merde. Mes genoux frémirent en repensant à la peur qu'ils m'avaient faite, lui et ses copains. Tweety poussa un cri rauque, puis alla se percher sur une applique.

— Quand est-ce que tu déménages ? marmonna Poe.

— Dans quelques jours, je pense.

Boomer martela le plancher à coups de queue.

— Il y a deux chambres, Poe, si un soir tu as envie de rester dormir. Moi, ça me ferait très plaisir.

— Bien sûr, grommela-t-elle en me fixant de cet air incrédule et lourd de mépris dont elle ne se départait jamais.

— Toi aussi, maman. On pourrait se faire une soirée entre filles. Avec du pop-corn et un bon film.

Et après, pour rester dans le domaine des possibles, on pourrait s'offrir une petite virée sur Mars.

— Pourquoi pas.

Elle mordit dans son épi de maïs qui crissa sous ses dents.

— À propos, poursuivit-elle, la clinique ici cherche un médecin. Si tu restes encore un peu, bien sûr.

— Vraiment ? Ce serait super !

Quelque chose à faire en attendant la sortie de Lily.

— Tu sais qui il faut que je contacte ?

Elle le savait, bien entendu et, le dîner terminé, elle me remit le numéro. La clinique était une filiale du Centre médical du Maine où j'avais assuré une brève mission.

Dans mon enfance, la clinique n'existait pas. Le Dr Locke traitait tout le monde, depuis les nouveau-nés jusqu'aux vieillards qui s'éteignaient de leur belle mort. Il y a une dizaine d'années, la famille Ames avait financé la création de cette clinique (ce dont maman ne m'avait jamais parlé). Le Dr Locke venait de prendre sa retraite, et le fameux hôpital de Portland, où j'avais fait un an d'internat, leur dépêchait des médecins tout juste diplômés pour que la clinique puisse tourner.

J'avais toujours le droit d'exercer dans le Maine, car j'avais conservé mon inscription au registre au cas où ma mère aurait eu besoin de moi en urgence, même si, soyons honnêtes, elle n'était pas du genre à recourir aux urgences et encore moins à m'appeler, si par malchance elle avait un souci de santé. Tenez, mettons qu'un grizzli déboule du Canada et lui arrache le bras d'un coup de dents. Elle flinguerait le grizzli, recoudrait son bras avec le gros fil noir dont elle se servait pour nos boutons quand on était petites, puis elle dépècerait l'ours et en ferait un chili et une descente de lit.

Ce serait bien de travailler un peu. De revivre seule (ce dont j'étais tout à fait capable, quoi que puisse en dire mon cœur affolé). De me rendre utile.

Pour la première fois depuis mon retour, je ressentis quelque chose qui ressemblait à de l'espoir.

Quelques jours plus tard, Poe m'emmena au house-boat avec mes affaires. Je ne conduisais toujours pas, alors que je m'en sentais capable. Mais Poe était en conduite accompagnée et avait besoin de ces heures au volant. De mon côté, je m'étais dit qu'il me faudrait un véhicule pour l'été ; je n'en avais plus, car j'adorais les transports en commun. J'avais donc pris le ferry pour Portland où j'avais loué une Mini Cooper vert sombre pour tout l'été, ce qui avait sérieusement impressionné Poe. Désireuse de renforcer nos liens (ha ha), je lui avais proposé de m'accompagner.

Mauvaise idée. Elle n'osait pas appuyer sur le frein, écrasait la pédale d'accélérateur, oublia de marquer un stop, puis pila dans un grincement féroce au milieu d'un carrefour, au point d'en déséquilibrer le chien assis à l'arrière.

— C'est bien, c'est super, tu te débrouilles bien.

Je mentais, et mon pied traversait presque le plancher à force d'écraser des freins imaginaires.

— Détends juste ton pied…

On redémarra, en manquant d'élaguer un arbre. Elle bifurqua à angle droit pour s'engager à cinquante à l'heure dans Spruce Brook Road, une voie non asphaltée, en soulevant des nuages de poussière et de gravillons. À l'arrière, Boomer lâcha un soupir de chien.

— Un poil plus lentement peut-être, suggérai-je d'une voix crispée.

On transpirait l'une comme l'autre quand on s'engagea sur la petite route herbeuse menant à Oberon Cove.

— C'était pas mal, déclarai-je, hypocrite.

Elle lâcha sèchement l'embrayage alors que la voiture n'était pas au point mort, de sorte qu'on fut toutes les deux violemment projetées en avant. Par chance, nos ceintures étaient attachées.

— Parfait, ajoutai-je.

Poe sortit, fit le tour de la Mini, ouvrit le coffre et se saisit de mes deux valises. Elle était peut-être grincheuse, mais elle avait les bras solides. Boomer bondit à l'extérieur et renifla son environnement.

Je descendis à mon tour en essayant de ne pas trop peser sur mon genou blessé. Plus de béquille pour moi, juste une poche de glace le soir.

Comme toujours, les odeurs de l'océan et des pins ravivèrent des souvenirs de mon père. À l'époque, on avait un petit bateau à moteur qu'on amenait parfois aux chantiers navals pour une réparation ou une pièce détachée.

À présent Luke habitait là, et tôt ou tard j'allais tomber sur lui. Peut-être le temps avait-il fait son œuvre et apaisé sa colère ? Je l'espérais de tout cœur. Par bonheur, ni lui ni Sullivan n'avaient été handicapés à vie dans cet accident. Sinon, je ne suis pas sûre que j'aurais remis les pieds à Scupper.

Enfin, pour l'heure, j'étais là et mourais d'envie de découvrir mon nouveau logement.

D'après ce que j'avais appris à propos de Collier Rhodes, il avait énormément d'argent et, à en juger par ce que je voyais, ce n'était pas faux. Le simple fait d'amener l'eau et l'électricité jusqu'à la baie avait dû lui coûter une fortune. Il avait même installé une fosse septique et tout le tralala, m'avait confié Jim, l'agent immobilier.

Une sorte de petit pré séparait la baie de la voie d'accès, la piste de terre, et mon parking, si je puis dire, était juste à un jet de pierre de la piste en question. Un sentier coupait les herbes hautes et menait à la plage frangée de pins et de gros rochers. Des vaguelettes s'écrasaient dans des chuchotis contre le rivage, tandis que le vent berçait doucement les arbres. Le ponton en bois gris disposait, en guise de balustrade, d'une corde qui ondoyait gracieusement d'un pieu à l'autre. Des projecteurs en cuivre éclairaient le chemin de manière à vous éviter de tomber à l'eau en pleine nuit.

Quant au house-boat lui-même, waouh ! Il était encore plus beau que sur les photos.

En bois clair lui aussi, il avait des angles et d'étranges courbes qui lui donnaient une structure étonnamment moderne. Et, curieusement, il s'intégrait bien dans Oberon Cove. En plus, il jouissait d'un toit-terrasse ! Génial ! Et ça, était-ce… une antenne parabolique ? Béni soit Collier Rhodes. J'allais pouvoir continuer à regarder *My 600 Pound Life*, la série sur les obèses morbides.

Je rattrapai ma nièce, déjà occupée à envoyer un texto à quelqu'un, et ouvris la porte.

— Oh dis donc ! s'écria-t-elle sans pouvoir se contrôler.

En effet.

La porte donnait sur une cuisine dernier cri, impeccable : plan de travail en verre fumé, luxueuse cuisinière en acier inoxydable, énorme réfrigérateur. Une banquette tout autour de la table pouvait asseoir six personnes confortablement. Il y avait des fenêtres partout, et une lumière dorée inondait les lieux. Le salon avait une cheminée. Sur un bateau ! Et un canapé, un superbe fauteuil en cuir, une petite table en verre.

— Mon Dieu ! m'exclamai-je. C'est magnifique.

Ma nièce ne fit aucun autre commentaire, elle se borna à entrer d'un pas lourd et posa les valises par terre. Je tressaillis.

— Pourrais-tu les mettre dans ma chambre, ma chérie ? lui demandai-je.

— Je sais pas où elle est.

— On va la chercher.

Elle n'était pas loin (le bateau devait faire dans les soixante-quinze mètres carrés). Poe ouvrit une porte, entra et posa les valises sur mon lit… un grand lit douillet. En face des placards et des tiroirs intégrés. La salle de bains, avec un sol pavé de galets, était plus agréable que celle de chez Bobby. Et il y avait même une baignoire.

— On se croirait dans un hôtel de luxe, déclarai-je en essayant de m'imaginer dans les lieux.

— J'en sais rien, moi, grommela Poe.

— Où est ta chambre ?

— J'ai pas de chambre ici.

— Bien sûr que si, ripostai-je. À mon avis, il faut monter ces marches.

J'avais vu juste ; il y avait bien une seconde chambre, plus grande que celle de chez ma mère. Une autre salle de bains, le tout formant un loft équipé d'un futon et d'une échelle pour gagner le toit-terrasse, d'où on avait une vue époustouflante sur la baie et l'océan au-delà. Un mobilier en teck rehaussé de coussins rouge et orange, et un bar. Je pouvais faire pousser des fines herbes et y disposer des pots de fleurs. Jamais encore je n'avais vécu dans un endroit aussi fabuleux. Merci, Collier Rhodes !

Je me tournai vers ma nièce et lui souris.

— C'est pas génial ? J'espère vraiment que tu en profiteras avec moi.

— Ouais, c'est ça.

J'hésitai.

— En fait, j'aime… j'adore avoir de la compagnie. Parfois, je perds un peu les pédales quand je suis seule. Donc, je ne dis pas ça juste pour la forme. Viens me voir quand tu veux, d'accord, ma chérie ?

— T'arrêtes de m'appeler comme ça ? J'ai un nom, tu sais.

Ce n'est pas parce qu'elle partage 25% de ton ADN que tu es obligée d'accepter qu'elle te parle comme ça, me souffla mon moi plus avisé.

— Bonjour ? C'est votre chien ? demanda alors une voix de jeune fille.

Poe et moi redescendîmes, mon genou me rappelant qu'il avait récemment vécu une épreuve peu adaptée à sa physiologie.

Une petite brune au sourire attachant s'était campée à la porte de la cuisine.

— Bonjour et pardon de vous déranger. Il y a un gros chien dehors. Il est vraiment gentil. Il est à vous, j'imagine ?

Elle avait à peu près l'âge de Poe, ou peut-être un peu moins, et elle avait un joli visage rond. C'était une petite boulotte, un portrait craché de moi à l'adolescence.

— Bonjour, répondis-je. Oui, il est à moi. Boomer, dis bonjour.

Je lui souris, et elle me sourit de plus belle, ce qui après deux semaines en compagnie de ma nièce me causa un choc.

— Je m'appelle Nora. J'ai loué ce house-boat et voici ma nièce, Poe.

— On se connaît, indiqua la nouvelle venue. Salut, Poe.

Poe grogna.

— Moi, je m'appelle Audrey, reprit-elle en me tendant la main.

Je la lui serrai en souriant.

— Vous êtes à l'école ensemble ?

— Oui.

Audrey regarda Poe qui textait avec acharnement. Je réprimai un soupir. À ma connaissance, Poe n'avait pas un seul ami ici. Elle rentrait à la maison dès que les cours étaient terminés et ne sortait jamais le week-end.

— Entre donc, dis-je. C'est quoi, ton nom de famille ?

— Fletcher.

— Oh ! fis-je. J'étais en classe avec Luke et Sullivan. Tu es de leur famille ?

— Je suis la fille de Sullivan, déclara-t-elle en m'offrant un grand sourire.

Sully avait une enfant. Eh ben ! Et, apparemment, il l'avait eue jeune.

— Lui et moi, on travaillait au Clam Shack, lui dis-je.

— C'est vrai ? C'est trop cool.

— Si on aime les trucs frits, oui. Et à l'époque j'aimais beaucoup les fritures, expliquai-je en souriant. Vous habitez dans le coin ?

— Non, en ville, mais papa est propriétaire du chantier naval, donc je suis souvent ici.

— Et comment va ton oncle ?

Avec quelle subtilité j'allais à la pêche aux infos !

— Je pense que ça va.

— Je t'offrirais bien quelque chose à boire, mais on n'a encore rien dans le frigo. Tu veux de l'eau ?

— Oh non, merci. Je voulais juste dire bonjour et m'assurer que le gros chien avait un maître. J'adore les chiens.

— Poe, tu as entendu ? Elle adore les chiens, comme toi.

— Je déteste les chiens.

— A l'exception de Boomer, bien sûr, ripostai-je.

Boomer, qui choisit ce moment précis pour poser la truffe contre sa hanche et la pousser.

— Tu vas habiter ici aussi, Poe ? demanda Audrey.

— Non, pas du tout, répondit ma nièce en me décochant un regard où se lisait un défi muet.

— Parfois, oui, dis-je. En tout cas, je l'espère. Et tu peux venir quand tu veux, Audrey.

— Merci, s'écria-t-elle, radieuse. C'est vraiment un endroit super cool, non ?

— Si ! Quelle chance qu'il ait été à louer !

Elle me sourit de nouveau.

— Bon, c'était très chouette de faire votre connaissance. Et à bientôt, au lycée, Poe.

Poe releva la tête pour grommeler :

— À plus, Audrey.

Je jetai un coup d'œil par la porte pour la regarder s'éloigner (et m'assurer qu'elle ne tombait pas à l'eau).

— Elle est super sympa.

Silence radio de la part de Poe.

— Tu ne trouves pas ? insistai-je.

— Ouais, ça va.

— Peut-être que toutes les deux vous pourriez…

— Arrête. Personne te demande de jouer les entremetteuses.

— Je me dis juste que ce serait chouette si…

— Nora. Arrête de parler.

Mon œil se crispa sous l'effet d'une brusque contraction.

— Tu veux bien m'emmener à l'épicerie, ma puce ? Pardon, Poe ?

Tout à coup, je me rendis compte que je ne savais pas si ma nièce avait un deuxième prénom.

— J'ai le choix ?

— Tu sais, jouer à l'adolescente rebelle c'est passé de mode. Tu pourrais peut-être te montrer un peu indulgente envers moi et ne pas devenir un cliché sur pattes. Moi, je t'adore, en plus. Je suis éclopée, infirme, et j'ai besoin d'aide.

— Je t'ai dit que je le ferais.

Respire, respire à fond.

— Merci. Je te préparerai des brownies à notre retour, ça marche ?

C'est ainsi qu'après avoir soudoyé ma nièce avec une promesse de petits gâteaux au chocolat Poe et moi allâmes au marché faire un stock de provisions pour ma parfaite petite cuisine. Ça me fit tout drôle de parcourir les allées de Chez Sammy's… les gens connaissaient plus Poe que moi. Une fois qu'ils l'avaient saluée (être la petite-fille de Sharon Stuart vous valait un certain respect), j'en vis plusieurs qui me regardaient, stupéfaits de me reconnaître, voire incrédules.

Nora ? Pas possible ? La petite grosse insignifiante qui a piqué la bourse d'études à Luke Fletcher ? Qui a envoyé Sully à l'hôpital ?

Grâce à mon stage en psychiatrie, je savais tout sur la projection et les prévisions devenues réalités. Depuis que j'avais quitté Scupper à l'âge de dix-huit ans, j'avais toujours essayé de devenir quelqu'un d'autre.

Mais, ici, sur cette île qui n'oublie jamais rien, c'était plus difficile.

Ce soir-là, quand le soleil se coucha, je luttai pour tenir l'angoisse à distance. Boomer, un vrai réconfort, commença par renifler tous les coins et recoins du house-boat avant de s'affaler bruyamment devant la cheminée que j'avais allumée. Je lavai les assiettes, un plaisir pour moi quand j'étais dans un lieu nouveau. Je lus, regardai la gigantesque télévision, l'arrêtai. Je procédai ensuite à un contrôle de sécurité, verrouillai les fenêtres (il y en avait tant !). Fermai la porte, puis contrôlai tout encore une fois.

Seigneur, quel calme ! Chez maman, il y avait toujours le cliquetis des touches de son clavier d'ordinateur quand elle travaillait sur ses tableurs, ou bien la musique de Poe. Les claquements de la chaudière, les grincements du plancher devant le réfrigérateur, les sons caverneux du vent dans les conduits. Même après quinze ans d'absence, je reconnaissais tous ces bruits, ils m'étaient familiers.

Ici, tout était différent. Le bateau ne cessait de ballotter et, bien qu'à l'ancre, il se voyait soulevé par la marée et les vagues. L'eau clapotait doucement contre sa coque et les rochers de la baie. Je surpris le bourdonnement lointain d'une embarcation en partance… C'était délicieux, me dis-je.

Et silencieux. Après le Sale Truc, j'avais détesté le silence. J'écoutais des podcasts toutes les nuits pour ne pas repenser à ce qui s'était passé. Même allongée au creux des bras de Bobby, j'avais besoin de quelque chose pour m'occuper l'esprit.

Si je m'amusais à ça ici, je risquais de ne pas entendre l'arrivée de quelqu'un.

Boomer me protégerait.

Et puis j'avais un revolver. Je ne l'avais pas dit ? Au cas où. Et, oui, je savais m'en servir. C'était la première chose que j'avais déballée (à l'insu de Poe). Le simple fait de savoir qu'il était là, dans ma table de nuit, m'aidait à me sentir moins mal.

Encore que… je réalisai que je n'allais pas tarder à devoir me coucher, ce qui me valut d'avoir instantanément la bouche sèche.

On tapa justement à la porte à ce moment précis. Je hurlai. Boomer se redressa avec des aboiements hystériques.

Il y avait quelqu'un. Mais c'était quelqu'un qui tapait, c'était donc… sans doute maman. Ou Poe. Par la fenêtre, je vis qu'il s'agissait d'un homme, et la peur me submergea, ma vessie menaça de me trahir… puis, je reconnus Sullivan Fletcher.

Qui n'était sûrement pas un violeur. Que je connaissais depuis toujours. Dont la fille était venue me rendre visite le jour même.

Tremblante et le cœur battant à tout rompre, j'allai ouvrir.

— Salut, balbutiai-je d'une voix de crécelle.

— Bonsoir. Ma fille m'a appris que tu t'étais installée ici.

— Oui. Hum…

Fallait-il que je lui propose d'entrer ? Bon, c'est vrai que sa fille avait l'air sympa, mais un grand nombre d'années avait passé. Je ne savais plus rien de lui. En plus, les gens (lui compris, peut-être) m'estimaient responsable de sa longue hospitalisation. Cela étant, il s'était remis.

On était seuls. À part Boomer, personne ne m'entendrait si j'avais besoin d'aide.

Allons, j'étais courageuse et j'avais survécu à pas mal de choses, certaines plutôt sérieuses. Désormais, je n'avais plus peur (c'est ce que je me racontais, en tout cas). Une nouvelle page, bla bla bla.

— Entre, Sully.

Il s'exécuta, et aussitôt le house-boat me parut beaucoup plus petit. Boomer, mon prétendu chien de garde, alla fourrer son museau dans le creux de sa main. Sully esquissa un sourire et lui gratta les oreilles, ce qui signifiait que mon visiteur pouvait maintenant me hacher menu sous le regard bienveillant de mon brave chien, lequel se bornerait à remuer la queue en attendant que son nouvel ami veuille bien lui gratouiller le ventre.

— Euh… je te propose un verre de vin ou autre chose ? Une bière ?

— Non, merci.

Il observa mon bras en écharpe, mais s'abstint de tout commentaire. Évaluait-il mes faiblesses ? Si ma clavicule me gênait beaucoup moins, je n'étais pas encore en état de me battre.

Arrête ça, Nora, me dis-je. La semaine dernière à la boulangerie, Sullivan s'était montré absolument charmant. Je n'avais aucune raison d'avoir peur.

— Ta fille a l'air super, avançai-je.

Il sourit, et mes craintes se dissipèrent de moitié, ou presque.

— Elle l'est, m'assura-t-il.

— Tu as d'autres enfants ?

— Non.

Il n'ajouta rien d'autre.

— Tu étais très jeune quand tu l'as eue.

Merde, Nora, ça ne te regarde pas.

— Oui.

Il ne me dit pas qui était la maman. Je louchai sur sa main gauche. Pas d'alliance.

— Alors, qu'est-ce qui t'amène par ici, Sullivan ?

Il jeta un coup d'œil vers la fenêtre.

— Je voulais juste te souhaiter la bienvenue dans le quartier, je présume.

— Merci.

— Et t'avertir que Luke habite le chantier naval.

Saisie de panique, je me mis à jacasser à tort et à travers :

— Oui. Ma mère m'a dit. Comment va-t-il ? Je veux dire, depuis le temps ? Euh, il est marié ? Il a des enfants lui aussi ? Un chien ?

Sullivan fronça légèrement les sourcils.

— Désolée, marmonnai-je. Je pense que j'ai peur qu'il… qu'il m'en veuille encore.

— Il t'en veut encore.

Merde.

Boomer s'allongea aux pieds de Sullivan et posa la tête sur ses chaussures. *Viens ici, idiot*, eus-je envie de lui lancer. *Maman a besoin de toi. Une lutte à mort pour me protéger, tu te souviens ?*

— Après le lycée, il n'a jamais quitté l'île, me confia Sullivan en se frottant la nuque (à l'endroit, peut-être, où il avait été blessé) et en regardant par la fenêtre. D'accord, il a fait un semestre à l'université du Maine, mais il a foiré.

Je déglutis.

— Et toi, Sully ? Comment ça s'est passé pour toi ?

Il se tourna vers moi.

— Pardon, qu'est-ce que tu as dit ?

— Tu t'es bien remis ? De l'accident ?

— Oh. Oui, plus ou moins.

Qu'est-ce que ça voulait dire ?

— J'ai été vraiment désolée d'apprendre ce qui t'était… arrivé. Ton traumatisme et le reste.

— Ce n'était pas ta faute.

— J'ai eu tendance à le penser.

Il haussa les épaules.

— Si ma mémoire est bonne, c'est mon frère qui avait pris de la coke avant de conduire, pas toi. Bref, il a appris que tu étais revenue et ça a ravivé de vieux souvenirs chez lui. Le jour où tu tomberas sur lui, je suis à peu près sûr qu'il te balancera toute sa rancœur à la figure.

Je me raidis. Et merde… J'en avais ma claque de subir la colère de mecs hargneux.

— Bon, quand tu le verras, dis-lui qu'il peut aller se faire foutre, OK ?

Là. Ça me soulagea. Mon côté courageux s'était exprimé. Boomer remua la queue pour me signifier son approbation.

Sullivan me regarda longuement, puis afficha un sourire en coin.

— Bien sûr, Nora, mais c'est mon frère et, pour le moment, il dort sur le canapé du bureau, il sera donc dans les parages.

— Entendu.

— Il a eu pas mal de problèmes de drogue et d'alcool, dont il est en train de se sortir.

Mon Dieu ! Comme si sa rancœur ne suffisait pas ! En plus, c'était un drogué. Et il vivait juste au bout de la rue.

— Tu penses qu'il est dangereux ?

— Si c'était le cas, tu crois que je le laisserais approcher ma fille ?

— Je n'en sais rien, moi. Ça fait dix-sept ans que je ne t'ai pas vu.

— Eh bien, non. Il est inoffensif. Il est plus pathétique que dangereux, mais il n'a jamais accepté que tu aies décroché cette bourse.

Je hochai la tête. Pathétique, d'accord. Heureusement, j'avais un gros chien qui, malgré les apparences, avait été dressé pour me protéger. Et j'avais aussi mon Smith & Wesson.

— Et maintenant dors bien, me lança Sully.

— Toi aussi, Sullivan. Merci de m'avoir prévenue.

Il hocha la tête et tourna les talons. C'est là que je vis son appareil.

Un sonotone. Un modèle de type BTE avec contour en plastique, qu'il portait derrière l'oreille gauche.

— Sully ? m'écriai-je sans réfléchir.

Il ne répondit pas. Il ne m'avait pas entendue.

— Sullivan ? répétai-je plus fort en posant la main sur son bras.

Il se retourna.

— Oui ?

— Tu as un appareil auditif ?

Il hocha simplement la tête.

— Quelle est l'importance de ta perte auditive ?

Il hésita une seconde.

— Totale à l'oreille droite, et maintenant ça baisse à gauche.

Un plongeon huard poussa sa plainte, et je me demandai si Sully l'avait entendu.

— À la prochaine, me dit-il en refermant doucement la porte derrière lui.

Dès l'instant qu'il fut parti, je me ruai sur mon ordinateur et consultai Google pour confirmer ce que je savais déjà.

Perte auditive bilatérale après une lésion cérébrale d'origine traumatique.

Luke était toujours furieux contre moi. La belle affaire (je me fis cette remarque avec beaucoup de bravade). Plus grave était le fait que, suite à son traumatisme, Sullivan soit aujourd'hui à moitié sourd. Si ce qu'il disait était exact (il faudrait que je consulte un des ORL du Boston City que je connaissais), il n'allait sûrement pas tarder à perdre entièrement l'ouïe.

Même si je savais que, techniquement, ce n'était pas ma faute, ça ne m'empêchait pas de me sentir vraiment honteuse.

Je me réveillai à 3 h 15 du matin. N'était-ce pas l'heure à laquelle, dans *L'École des sorciers*, Harry Potter était sorti de son lit pour se faufiler dans la bibliothèque ? Ou bien celle à laquelle commençait le cirque paranormal de *La Maison du diable* ? Ou celle où les jumelles de l'hôtel dans *Shining*... D'accord, d'accord, ce n'était pas très sain, comme associations.

Cela étant, ce n'était pas follement rassurant d'être éveillée dans un lieu inconnu où personne n'entendrait mes cris si d'aventure un drogué, un violeur ou un psychopathe, en voie de guérison bien sûr, décidait de me trucider.

Pourquoi donc avais-je loué ce house-boat ? Qu'y avait-il de mal à partager une chambre avec Poe...

Boomer se blottit un peu plus contre moi, et je caressai sa grosse tête. Le Roi des Chiens me protégerait. Un jour, un homme nous avait approchés dans le parc de Boston Common, et Boomer avait grogné. Ça avait été la première et la dernière fois. Je croyais fermement qu'il percevait les intentions des gens. Par exemple, il aimait Sullivan, et Sullivan semblait... il semblait inoffensif.

J'attrapai mon téléphone et envoyai un message à Bobby. Il devait être de garde. Ou endormi. Dans un cas comme dans l'autre, ça m'était égal. Tout à coup, il me manquait terriblement.

Salut, toi. Seule dans mon nouveau logement. C'est splendide. Un house-boat, génial. Très calme.

Une seconde plus tard, trois petits points sautillèrent sur mon écran. Il me répondait. Quelle chance.

Tu vas bien ?

Je flippe un peu.

Tout va bien, chérie. Je suis là, à l'autre bout du fil.

Des larmes de gratitude roulèrent sur mes joues. Il comprenait. Bien sûr.

Il n'y a pas de fil avec les portables, mais merci.

Un autre message arriva dans la foulée.

Tu veux parler un peu ?

Merci. Il y a du nouveau à l'hôpital ?

Une seconde plus tard, son message apparut.

Tout à l'heure, un mec s'est pointé avec son propre bras à la main. Plutôt cool.

Moi : L'ortho le lui a rattaché ?

Bobby : Non, trop de dégâts. Pas ragoûtant à voir.

Moi : J'imagine.

Lui : Tout le monde se languit de toi.

Que c'était attentionné. Que ça faisait du bien à entendre.

Passe-leur le bonjour de ma part, le Maine est magnifique. J'ai une chambre d'amis et je peux acheter des homards tout juste pêchés. Lily sortira le 5 août, je la verrai et après je reviendrai à Boston.

Il y eut une pause plus longue. Jabrielle était-elle avec lui ? Étaient-ils en couple à présent ? Était-elle couchée à côté de lui, nue et irritée d'avoir été dérangée par l'ex-petite amie ?

Lui : Ce sera chouette de te revoir quand tu m'amèneras Boomer.

Mon cœur se serra de tristesse et d'amour. On avait partagé quelque chose de fort, Bobby et moi. Une seconde plus tard, un autre message déboula.

Et toi, comment ça va ? tu te remets ?

Moi : Bien mieux. A priori, je vais peut-être intégrer la clinique ici. Je meurs d'envie de recommencer à bosser.

Un silence, puis :

Chérie, c'est formidable.

Chérie.

Il était temps d'arrêter cette conversation avant que je ne dise quelque chose que je risquais de regretter.

Merci d'avoir bavardé avec moi, Bobby. Je vais me préparer un sandwich et regarder *Les Boules et les Chocottes.*

Avant, on le regardait ensemble.

Lui : Bisous. Dors bien.

Je n'avais pas du tout l'intention de sortir du lit. Ça me faisait trop peur.

À la place, je caressai Boomer en gambergeant : sans le Sale Truc, Bobby et moi serions-nous mariés ? Attendrions-nous notre premier enfant ?

10

Dans la vie, il y a toujours un moment où on réécrit son passé. En commençant par son adolescence. Prenez une émission de téléréalité. Chanteurs, mannequins, designers ou chefs débutants, ils évoquent tous leur enfance tragique ainsi que les sacrifices et les efforts qu'ils ont dû faire. Ça pulse mieux à la télé si on parle de la période où on s'est retrouvé à la rue plutôt que si on déballe la vérité : « J'étais tellement énervée contre ma mère que j'ai passé tout le week-end chez mon copain. »

Moi aussi, j'ai réécrit mon histoire dès l'instant où j'ai mis les pieds dans ma chambre sur le campus en ce jour glacial de janvier, sauf que j'ai fait l'opposé. Pas question d'étaler mes malheurs. Je voulais qu'on voie en moi quelqu'un de fondamentalement heureux.

Et je l'étais. Sincèrement.

Ce bonheur signa la fin de mes crises de stress, de mes cheveux gras, de mes bouffées de chaleur. Je cessai de m'empiffrer pour ne manger que lorsque j'avais faim, et mes vingt kilos superflus fondirent comme neige au soleil. Je m'inscrivis à un centre sportif ridiculement chic, me mis au jogging le long de la Mystic River, suivis des cours de yoga, nageai et intégrai une bande de copains dès ma première année d'université. Je pris la parole en cours et découvris avec étonnement que j'étais drôle. J'écoutais aussi et m'aperçus qu'on recherchait ma compagnie.

Personne ne pensait que j'avais spolié le brillant chouchou de la ville. Au contraire, mes camarades admiraient la jeune fille qui avait décroché la bourse Perez et m'enviaient d'avoir rencontré cet homme extraordinaire. Grâce à sa générosité, je pus m'acheter de jolis vêtements, aller manger une pizza avec ma bande d'amis, m'offrir des vacances à Londres. Je disposais de dix mille dollars de frais par an. J'étais quasiment riche.

Peu à peu, j'en vins à séparer mon ancien moi de cette nouvelle personne. Mon moi Scupper de mon moi Perez.

Quand on m'interrogeait sur ce que j'avais vécu, je me cantonnais aux faits rudimentaires, de sorte que je passais pour quelqu'un de très équilibré, de très mûr. Lorsque je décrivais le décor de mon enfance, je disais : « C'est une très belle île. Très petite aussi. »

Je riais en secouant la tête. « Vous voyez ce que je veux dire. Et croyez-moi, c'était bien de quitter ce petit patelin ! »

Néanmoins, je ne dis jamais rien de négatif sur Scupper. J'avais tout de même gardé un peu de ma fierté d'insulaire. D'autant que mon île natale demeurait le lieu des descentes d'Eastman Hill à bicyclette à minuit pétante, des grottes marines et des pins qui donnaient l'impression de se chuchoter des secrets.

Lily, lorsque je parlais d'elle, était ma bohémienne de sœur et non la créature qui vendait de la drogue et en consommait sans doute aussi. Après la naissance de Poe, j'encadrai une des photos de la petite et dis la vérité : « Je suis vraiment triste de ne pas voir ma nièce plus souvent. » Quant à ma mère… euh : « C'est une vraie femme du Maine, expliquais-je. Elle est capable de réparer un moteur de bateau, de couper son bois et d'attraper un écureuil qu'elle fera rôtir pour son dîner. Elle est stupéfiante. »

Je n'avouais pas que nous n'avions pas eu de vraie conversation depuis dix ans. Qu'apparemment elle n'était ni fière de moi ni impressionnée par mes succès. Lors du week-end ouvert aux parents, je jouais les guides, lui décrivais les bâtiments du campus, les programmes à notre disposition, les menus, et proposais quelques anecdotes sur ma camarade de chambre. Ma mère hochait la tête de temps à autre, parlait peu et repartait dans l'après-midi du samedi en prétextant avoir du travail. La plupart des autres parents s'attardaient jusqu'au dimanche.

Je réussis brillamment mes tests d'admission en médecine et intégrai l'école de médecine de Tufts. Ces années passèrent comme dans un tourbillon. La charge de travail était inhumaine, les éléments à retenir n'en finissaient pas, et la moitié du temps (plus de la moitié) je ne savais plus si je répétais bêtement ce que j'avais lu ou si j'apprenais réellement. La nuit, parfois, j'émergeais d'un sommeil agité, terrifiée à l'idée que tout ça puisse être une erreur, que je sois un imposteur qui serait bientôt démasqué et chassé de l'école de médecine et qu'on me refuserait l'internat. Dans mes cauchemars, je provoquais la mort de mes patients, j'avais les bras enfoncés jusqu'aux coudes dans l'abdomen de quelqu'un, puis, me rappelant que je n'avais pas suivi de cours de maths, je me cachais dans l'hôpital pour que le chef de service ne me vire pas. Mais il me virait quand même, et j'étais obligée de retourner à Scupper.

Pourtant, je réussis à tenir bon. Quand vint l'heure de choisir une spécialité et que mes camarades essayaient de décrocher les domaines les plus prisés (cardiologie, oncologie, chirurgie), j'optai pour la médecine interne avec, pour objectif, la gastro-entérologie.

Il y avait moins de concurrence. Dans l'ensemble, les patients ne mouraient pas. Si je commettais une erreur, il y avait de fortes chances que je puisse rattraper le coup. J'avais beau avoir parcouru un sacré chemin, je me sentais toujours un peu l'âme d'un imposteur.

Ma mère vint assister à la remise des diplômes.

— Te voilà médecin à présent. Imagine un peu.

Elle sourit.

Le Dr Perez se manifesta aussi. Il me serra dans ses bras, me dit qu'il était fier de moi, puis s'éloigna pour faire le don d'un nouveau bâtiment.

On passe rapidement sur mon internat, qui n'avait absolument rien à voir avec *Grey's Anatomy* (pas de chirurgien esthétique pour effectuer une opération du cerveau, pas de bombes à l'hôpital). J'obtins une bourse dans mon domaine et fus recrutée, l'année d'après, par le Boston Gastroenterology Associates, un des meilleurs groupes du Massachusetts.

Je louai un appartement dans un immeuble flambant neuf sans avoir à le partager avec quelqu'un d'autre. Je pus me permettre d'acheter des meubles… de jolis meubles en plus. Mon chez-moi ressemblait à un logement témoin (un espace ouvert avec une cuisine petite mais parfaite, une chambre avec deux fenêtres). Folle de joie à l'idée d'avoir mon propre appartement et d'avoir pu m'offrir un tableau, un canapé vert pâle et de moelleuses serviettes blanches, je veillais à ce que les lieux soient toujours impeccablement propres. Je m'achetai des verres à martini avec un pied fin et élégant, des lampes modernes et un tapis blanc à poils longs. Je me liai d'amitié avec Tyrese, le gardien de nuit et avec les Amberson, une famille avec deux enfants qui habitait le 3F. Avi, le propriétaire de l'adorable petite épicerie deux pâtés de maisons plus loin, savait comment je prenais mon café et m'appelait Doc. J'étais dans mon élément.

C'était grisant.

J'avais réussi à échapper à Scupper en passant par l'une des universités les plus exigeantes qui soit, l'école de médecine, l'internat, le doctorat. J'avais perdu du poids, ma peau était devenue lisse, j'avais appris à m'habiller, j'étais même assez attirante. J'adorais travailler à l'hôpital, ces villes en miniature où fourmillent des drames en tout genre. La fameuse « Histoire de la vie » dont on parle dans *Le Roi Lion*, ça se passait dans nos locaux et, nous, les médecins, étions au cœur de l'action.

Je me défis peu à peu du syndrome de l'imposteur. Nora le troll, Nora dont le père avait disparu sans même un au revoir, la sœur au physique ingrat, la fille barbante, celle qui avait piqué la bourse de Luke Fletcher et envoyé son jumeau à l'hôpital... appartenant désormais au passé. À présent, je me réveillais tous les jours dans mon adorable appartement, impatiente d'aller travailler, d'identifier le mal qui rongeait mes patients, de faire mes rondes à l'hôpital. J'étais un bon médecin, malgré mon expérience encore limitée, et mes collègues m'appréciaient. Les patients me jugeaient très favorablement. Certains de mes anciens condisciples de Tufts travaillaient aussi au Boston City, et on sortait dîner ou boire un pot ensemble, on allait à des soirées, on se baladait dans le Common ou à Back Bay.

J'avais des rendez-vous amoureux, je partais en week-end avec mes copines, je savourais à l'occasion un week-end seule chez moi, heureuse, à lire, à cuisiner, à faire un jogging, à me promener dans Boston. Je débordais de bonheur.

Là-dessus Bobby Byrne apparut.

Je l'avais repéré (il était difficile de le rater). D'après les paroles immortelles de Derek Zoolander, il était vraiment vraiment ridiculement beau. 1,88 mètre, musclé, avec des cheveux bruns et bouclés, des yeux aigue-marine qu'on n'obtient d'ordinaire qu'après un passage par Photoshop. C'était le plus bel homme que j'avais jamais rencontré. Plus beau, même, que Luke Fletcher.

Avant, il aurait été beaucoup trop bien pour moi, j'aurais baissé les yeux à son passage. Plus maintenant. Aujourd'hui, nous étions égaux. J'avais trente-deux ans, j'avais confiance en moi, je me sentais bien dans ma peau, je m'aimais et j'aimais mes amis aussi.

Bobby dirigeait les urgences, un job sur mesure pour un jeune médecin drogué à l'adrénaline et pas trop porté sur l'interaction avec les patients. Personne, mieux que lui, ne respectait la devise du service : « On les retape et on les met dehors aussi sec. » De temps à autre, j'étais appelée aux urgences, le plus souvent pour un saignement rectal (il ne s'agissait, en général, que d'hémorroïdes, mais c'était bien agréable de pouvoir rassurer des malades qui se croyaient toujours à deux doigts de la mort). Je passais voir Bobby, il me souriait.

À l'hôpital, on était un groupe de célibataires qui s'étaient surnommés Médecins sans conjoint et on descendait fréquemment s'offrir un pudding indien chez Fenway ou à Durgin Park. Quand on fit connaissance, Bobby sortait avec Mia, une assistante sociale de l'hôpital. C'était une très jolie fille, en dépit de son extrême minceur, mais elle était perpétuellement malheureuse. À l'occasion, elle se joignait aux Médecins sans conjoint, alors qu'à l'évidence notre groupe lui tapait sur les nerfs : elle n'était pas médecin, ne pigeait pas le jeu de mots (d'autant que notre groupe n'était pas du tout fermé aux autres professions, mais elle n'avait jamais entendu parler de Médecins sans frontières et il fallait chaque fois lui réexpliquer en quoi c'était drôle). A priori, ce qui l'irritait le plus, c'est qu'elle aurait adoré être la femme de Bobby… et ne l'était pas.

Elle se plaignait constamment, ramenait toujours tout à elle et à sa déprime. Elle ne nous aimait pas, répondait à nos questions par monosyllabes, affichait la mine d'une personne confite dans le vinaigre. Elle se disputait à mi-voix avec Bobby et repartait souvent sans manquer d'essuyer une larme d'un geste peu discret. C'était une *drama queen* patentée et je détestais ce cirque. C'était difficile à supporter pour Bobby… et pour moi.

Elle ne mangeait jamais et, vu ma spécialité professionnelle, je tressaillais lorsqu'elle se commandait pour seul repas un verre d'eau avec une rondelle de citron. Elle avait les doigts gonflés (abus de laxatifs) et ses bras ressemblaient à des baguettes mal accrochées à ses épaules. Je la soupçonnais de se faire vomir régulièrement, car elle avait le visage bouffi, avait les lèvres fendillées, desséchées et des dents translucides à force d'avoir perdu une bonne part de leur émail.

J'avais envie de l'aider (de l'apprécier aussi), mais ce n'était pas simple. Elle était manifestement perturbée et voulait que tout le monde le sache.

Un jour, je la repérai dans le couloir, l'air stressé et au bord des larmes, comme à son habitude.

— Mia, tu as une seconde ?

On entra dans une salle d'attente déserte.

— Qu'est-ce que tu veux ? grommela-t-elle.

Question politesse, on pouvait repasser.

— Eh bien, pour être franche, tu m'inquiètes un peu.

— Pourquoi ? répliqua-t-elle sèchement. C'est parce que tu veux sortir avec mon copain ?

Je laissai passer un temps.

— Tu es extrêmement mince, Mia.

— C'est ma nature.

Mon 42 suscitait chez elle un dédain manifeste.

— Tu présentes tous les signes cliniques d'un trouble du comportement alimentaire. Je le vois, je suis gastro-entérologue.

Elle roula de grands yeux écœurés.

— Je vais très bien.

— Si tu as besoin d'aide, je suis là, d'accord ? Je peux te conseiller une série de programmes et…

— Ça ne te regarde pas, Nora.

Elle s'éloigna d'un pas furieux, en biche blessée et chancelante sur ses jambes grêles. Quel cauchemar, l'anorexie ! Cette perception de soi faussée, ce plaisir malsain à se faire du mal ! Si elle ne changeait pas rapidement, sa santé en pâtirait pour le restant de sa vie. Une courte vie. J'interrogeai Roseline au sujet de Mia, et mon amie me confia que tout le monde avait essayé de lui porter secours et qu'elle était la nouvelle demoiselle en détresse de Bobby.

Cette remarque m'obligea à réfléchir, je vous le garantis.

Je m'installais sur mon minuscule balcon pour déguster un verre de vin à petites gorgées, et admirer cette merveille architecturale qu'était le pont Zakim, en pensant à Bobby. Beaucoup. Il me plaisait, mais je n'étais pas disposée à flirter avec un homme déjà pris.

Un soir, alors que Médecins sans conjoint sortait (sans Mia), on se retrouva à marcher côte à côte, Bobby et moi. À voix basse, je lui demandai si la santé de Mia ne l'inquiétait pas.

— Tu parles de son anorexie ?

— Euh… oui.

Il soupira.

— J'essaie de l'aider, mais elle éprouve un grand plaisir à être malheureuse.

— Oui, c'est l'impression qu'elle donne.

— Ce serait tellement chouette de sortir avec quelqu'un de normal, dit-il en me lançant un regard éloquent.

— Et c'est qui, pour toi, ce quelqu'un de normal ? lui rétorquai-je.

Il éclata de rire. Et moi, dans ma joie, j'en eus l'estomac retourné.

Deux semaines plus tard, Mia quittait l'hôpital et allait se faire soigner chez ses parents dans le Minnesota. Bobby m'apprit la nouvelle par texto. Je me sentis soulagée pour Mia. Et très heureuse pour moi-même.

Bobby était libre et ne fit pas dans la subtilité pour me manifester son intérêt.

Durant les mois qui suivirent, on vécut une amitié amoureuse. Je le traitais de la même manière que je traitais le Dr Breckenridge, un médecin de soixante-dix ans et quelques, que tout le monde adorait. Sauf que je ne craquais pas pour le Dr Breckenridge.

Bobby était fantastique. Drôle, intelligent, sarcastique. Notre amitié était tellement géniale que, pour un peu, j'aurais préféré ne pas sortir avec lui. On allait jogger ensemble le long de la Charles River, écouter un grand chanteur de blues dans un bar miteux à souhait. On avalait un repas à la cafétéria de l'hôpital. On suivait le parcours du Freedom Trail et après on prenait une bière Sam Adams.

Puis, un soir, en revenant d'une sortie pizza avec Médecins sans conjoint (on était allés chez Regina's, la première pizzeria du North End), Bobby me prit la main. C'était adorable. Il se contenta de ce geste, mais on savait, et tous les autres aussi.

— Combien de temps encore vous allez faire semblant de ne pas être ensemble ? me lança Roseline.

— On n'est pas ensemble, répliquai-je. On est juste deux agrégats de cellules fascinants, miraculeux.

— Furieusement attirés l'un par l'autre, ajouta Tom du service d'orthopédie.

— Oui, ça aussi, affirma Bobby, ce qui fit rire tout le monde.

Ce fut une période bénie : l'arrivée tant attendue d'un printemps magnifique après l'hiver interminable, un groupe de jeunes amis entamant une carrière particulièrement prometteuse, l'amour à l'horizon, et des pizzas. Exactement comme j'avais imaginé les choses du temps du lycée.

Deux jours plus tard, Bobby m'embrassa.

— Tu comptes passer la nuit avec moi un de ces quatre ? me demanda-t-il.

— Un jour, peut-être, mais pas aujourd'hui.

J'avais eu des copains avant (trois… enfin, deux et demi), mais je n'avais jamais été amoureuse. J'avais la quasi-certitude que ça n'allait pas tarder à changer.

On s'octroya encore un mois à flirter, à s'embrasser et à se tenir la main avant de revenir chez moi, rire, se déshabiller, rire un peu plus, et finalement passer à l'acte.

Voilà, me dis-je ensuite alors qu'on était au lit. Un amant

incroyable, un mec drôle, intelligent et apprécié de tous ; et moi, qui me révélais, finalement, de manière surprenante, être tout ça aussi (le côté masculin mis à part).

Trois mois durant, je vécus une période extraordinaire. Autant au travail que sur le plan personnel, tout tournait rond. Bobby et moi passions au moins plusieurs nuits par semaine ensemble ; on riait, on regardait de vieux films d'horreur des années 1960, on faisait l'amour, on mangeait des crêpes et on riait de plus belle.

Bobby se montrait étonnamment attentif. Ça me surprit, parce que c'était un médecin brusque et efficace, et, contrairement à moi, il n'était pas du genre à tapoter les mains de ses patients. Un dimanche après-midi, il m'apporta un flacon de bulles de savon, comme ceux qu'on offre aux enfants, et on s'assit sur mon balcon pour admirer les bulles qui flottaient dans l'air. Une nuit où je veillais un patient dans un état critique après une hémorragie gastro-intestinale massive, il débarqua avec une coupelle de glace à l'italienne et une couverture. Un jour, alors qu'on était blottis en cuillère l'un contre l'autre, il me dit :

— Si je ne peux pas sentir l'odeur de tes cheveux au moins une fois par jour jusqu'à la fin de ma vie, je risque de devoir me foutre en l'air.

Ça ressemblait à une demande en mariage.

— Ne te fous pas en l'air, répondis-je en lui pressant la main, heureuse de me prélasser dans la chaleur de cet amour.

Dans mon travail, j'avais une énergie fabuleuse et souriais à tout le monde. J'avais envie de chanter. Lorsque je n'étais pas avec Bobby, j'étais comme amoureuse de moi. Un soir, assise sur mon balcon, je m'efforçai de me concentrer un peu sur le moment présent, dans le style « Regarde où tu en es aujourd'hui ». J'étais médecin, j'adorais mon boulot, je réussissais, j'habitais un appartement fabuleux avec une vue splendide dans une ville superbe. Mes amis étaient merveilleux, drôles, intelligents et gentils.

Et maintenant j'avais un copain fantastique.

Quel chemin parcouru pour l'ancienne élève la plus détestée de Scupper Island. Un frisson me saisit à l'évocation de ma dernière journée au lycée, mais je balayai ces vieux souvenirs. Tout ça appartenait au passé.

Dans la rue, un homme promenait son chien, un bâtard noir et blanc. Le bonhomme leva la tête, et je le saluai d'un geste de la main. Il me fit signe en retour.

— Il est mignon, votre chien, lui criai-je, en assumant le rôle de la personne la plus sympa de Nouvelle-Angleterre.

— Merci. On a une belle vue de là-haut ?

— Géniale, répondis-je.

Oui, la vie était merveilleuse.

Ça ne dura pas.

Je quittai le bureau un mardi, passai ausculter deux patients à l'hôpital, déboulai en trombe aux urgences où le Dr Byrne m'octroya quatre minutes de fougueuses embrassades dans la réserve. Puis je rentrai en métro et m'arrêtai à l'épicerie du coin pour acheter de quoi préparer une salade, bavarder avec Avi et m'offrir une barre chocolatée. Quand je sortis, un homme me tint la porte.

— Merci, dis-je en irradiant quasiment des rayons de soleil, tant j'aimais la vie.

— Je vous en prie, répondit-il.

Un nuage voila instantanément mon soleil.

Je compris. Je compris sur-le-champ que ce n'était pas quelqu'un de bien. Il portait une casquette Red Sox, enfoncée sur le front. Une veste extra-large. Il n'avait fait aucun achat alors qu'il sortait du magasin.

Bravo, Nora, me dis-je. *Un type te tient la porte, et tu le prends pour un terroriste.*

Il s'avéra que c'en était bien un. Mon terroriste à moi.

D'accord, je ne venais pourtant pas de débarquer du ferry. Je vous accorde que j'avais grandi sur une île où nos maisons n'étaient pas fermées à clé, car seuls les estivants, qui avaient des choses à voler, les verrouillaient, nous pas.

Je vivais à Boston depuis mes dix-huit ans. Pas une seule fois je n'avais été confrontée à la criminalité, je marchais la tête haute, portais mon sac en bandoulière pour éviter qu'on ne me l'arrache, ne montais pas dans un ascenseur si son occupant me paraissait un peu louche. J'habitais dans un immeuble doté d'un gardien, le fameux Tyrese, un homme souriant, rassurant. Je fermais toujours mes portes à clé. Même la porte coulissante sur le balcon, alors que je vivais au troisième étage.

Je saluai Avi d'un geste et remontai d'un bon pas, ni trop rapidement ni trop lentement, les trois pâtés d'immeubles me séparant de mon appartement. J'avais beau ne pas être suivie, je me sentais mal à l'aise. J'appelai Bobby ; mon appel bascula immédiatement sur la messagerie, mais je fis comme s'il avait décroché.

— Hé, chéri, comment vas-tu ? Tu veux passer tout à l'heure ?

Il avait prolongé sa garde, je le savais très bien, vu nos échanges dans la réserve.

— Entendu, entendu, mon cœur. À tout de suite.

Je lui expliquerais plus tard.

J'arrivai à mon immeuble, soulagée de retrouver ce grand costaud de Tyrese. Je pris des nouvelles de ses jumelles, admirai quelques photos d'elles sur son téléphone, puis montai dans l'ascenseur où j'appuyai sur le 3 et tentai de me détendre.

« Oublie ton inquiétude », me disait ma mère quand j'étais nerveuse.

Elle n'aurait pas eu peur. Elle n'avait jamais peur.

En plus, j'étais rentrée maintenant. En sécurité. Peut-être que ce gars était bel et bien un pervers, mais ça n'avait plus d'importance.

Par précaution, je sortis mon téléphone et composai 9-1… en gardant le doigt au-dessus du 1.

À première vue, personne n'avait touché à ma porte. Je la déverrouillai sans lâcher mon portable. L'appartement était tel que je l'avais laissé, impeccable et tellement joli, un bouquet de gerberas rouges sur la petite table, six citrons dans une coupe sur le plan de travail, juste comme ça. Le balcon était vide, ce qui était logique.

Ce n'était pas un grand appartement. La seule cachette possible aurait été le placard de la chambre ou bien la baignoire si le rideau était fermé. Or, je ne tirai jamais le rideau entièrement, parce que j'avais vu beaucoup de films d'horreur. Je connaissais la chanson. Je le laissais à moitié ouvert pour profiter des jolis motifs d'oiseaux et de fleurs.

Je posai mes courses, allai dans ma chambre et, bien qu'un peu honteuse, jetai un coup d'œil dans le placard. Personne. Je vérifiai la salle de bains. Personne. Le rideau de douche était à moitié tiré, tel que je l'avais laissé.

J'effaçai le 9-1 et me débarrassai de mon téléphone sur le bureau, en riant à moitié de ma paranoïa. Je baissai les stores en me proposant d'enfiler mon pyjama Gryffindor (à rayures rouge et or, en soie, totalement irrésistible) et de regarder la télé. Bobby m'appellerait un peu plus tard, et on rigolerait de cet épisode, comme toujours.

Malheureusement, la peur ne me lâchait pas. Je décidai finalement de rester habillée et de demander à Roseline de venir me tenir compagnie. Elle habitait à deux pas, et j'avais une bonne bouteille de blanc fumé dans le réfrigérateur.

J'allai à la salle de bains pour me rafraîchir, me penchai au-dessus du lavabo afin de m'asperger la figure.

Il y avait quelque chose de différent.

Sauve-toi.

C'était un ordre qui émanait de toutes les cellules de mon corps, de mon cerveau reptilien, cette partie ancestrale, siège de nos instincts, indépendant du système limbique abritant nos sentiments et notre faculté de raisonner. *Sauve-toi*, m'ordonnait-il en me signifiant que ma vie était en jeu, et j'obéis avant même d'avoir totalement analysé cette pensée. Mon cerveau passa en mode survie.

Hyper consciente de tous les muscles de mon corps (quadriceps crural, psoas iliaque, grand fessier tendu vers l'avant, deltoïdes et biceps déployés et contractés en un mouvement en apparence extrêmement lent), je fis une enjambée, posai le pied sur le tapis, lançai le bras gauche en avant, rejetai mon bras droit en arrière, ramenai mon pied en avant, déployai la jambe en une foulée de coureur. Malgré mes talons, mes pas, boostés par l'adrénaline, étaient sûrs et puissants.

Le rideau était totalement fermé.

Il était dans la salle de bains.

J'entendis le sifflement des anneaux métalliques sur la tringle.

Seconde foulée. Je fonçais sans bruit. L'air semblait s'être mué en un épais plasma rouge.

Plus vite.

La moquette du couloir étouffait ses pas. Moi, dans le salon, à moins de trois mètres de la porte ; je posai la main sur la poignée, me ruai dessus quand il me tacla, pressa mon visage contre le sol et s'assit sur mon dos.

— Salut, me dit-il.

Une peur, qui ne ressemblait à rien de ce que j'avais jamais pu connaître, me glaça le sang.

Je hurlai. Il me colla un coup de poing dans la joue gauche, ce qui me réduisit au silence, le choc, la douleur et une impression d'irréalité m'empêchant de penser clairement. On ne m'avait encore jamais frappée, et une douleur terrible irradiait mon visage. Je battis des bras et des pieds, sans résultat. Puis il se releva, m'attrapa par les chevilles et me tira sur le sol alors que je me tortillais et tentais de me redresser. Ma chaussure. Pouvais-je attraper ma chaussure et le frapper ? Je tendis la main, en vain, elle était beaucoup trop loin.

— Non, criai-je. Lâchez-moi.

Il m'entraîna dans le couloir. Je m'agrippai au chambranle de la salle de bains, mais mes doigts manquaient de force et je dus lâcher prise. Il me tira de plus belle (la moquette me brûlant le menton) jusqu'à ma chambre, ma jolie chambre aux murs gris pâle, avec sa couette marine à fleurs roses, son vase rouge, ses coussins.

Je m'entendis hurler, encore et encore, à chaque inspiration. Mais on était dans un immeuble neuf aux murs épais pour limiter les nuisances sonores. Je me démenai furieusement, de sorte qu'une de mes chevilles lui échappa. Je décochai un coup de pied, mais, faute de pouvoir viser, je tapai dans le vide. Il me reprit la cheville et me tordit brutalement les jambes, de sorte que je me retrouvai sur le dos.

— À l'aide ! braillai-je.

Quel mot triste et impuissant !

Il me flanqua son pied dans les côtes, il n'avait pas ôté ses chaussures, bien entendu et, Dieu du ciel, la douleur fleurit, écarlate, et se diffusa dans toute ma poitrine. Incapable de respirer, j'émis de petits couinements saccadés.

Une part de mon cerveau m'envoyait de calmes instructions, l'autre gémissait de terreur. *Ça va, tu es toujours là.*

Oh ! Seigneur, Seigneur Dieu, aide-moi.

Il t'a coupé le souffle. Mais ça va. Une côte cassée peut-être.

Je t'en prie, je t'en prie, je t'en prie, qu'est-ce que… qu'est-ce que je fais ?

Tu vas t'évanouir. Calme-toi. Calme-toi.

L'homme baissa les yeux vers moi, me dominant de toute sa taille.

Il allait me violer. Me tuer peut-être. La terreur prit le dessus. Trou noir, silence. Je ne voyais plus que lui, il allait me détruire.

Il me regarda, il avait un physique d'une banalité cocasse. Avec ses traits diaboliques et son nez manquant, Voldemort, la Némésis de Harry Potter, était un personnage inoubliable, lui.

Lorsque, par le passé, il m'était arrivé d'envisager une situation de ce genre (toutes les femmes l'envisagent, toutes les femmes s'imaginent être violées, assassinées, mais aussi flanquer une raclée du feu de Dieu à leur agresseur), je m'étais vue dans la peau d'une guerrière à l'esprit vif, balançant un uppercut dans la gorge du connard qui avait eu l'audace d'essayer de me violer, lui aplatissant les testicules d'un genou virulent, le mettant K-O avec un ultime coup de pied pour faire bonne mesure. Je triomphais, héroïne et véritable modèle pour les femmes du monde entier.

Mais, maintenant que j'étais en situation, je ne souhaitais qu'une chose : ne pas mourir.

Ma mère se serait battue. Ma mère l'aurait emporté. Lily aussi. Personne n'aurait osé faire mal à Lily.

Soudain, mes poumons se remirent à fonctionner, j'inspirai à fond, roulai loin de lui, me remis tant bien que mal debout et tapai aussi fort que je pus, et l'atteignis à la tête. J'eus instantanément le poing engourdi.

Ce n'était pas un succès. Il me rendit mon coup, presque calmement, le poing bien serré, en pleine poire ; ma tête partit en arrière, mes yeux se voilèrent de larmes, mon nez se remplit de sang. Je tombai, essayai de lui lancer un coup de pied, il se pencha, me tira les cheveux et me tordit le cou.

Je hurlai, plus fort encore, mais on était en avril et, à Boston, le mois d'avril peut être aussi glacial que le plein hiver. Les fenêtres de l'appartement étaient neuves et bien fermées afin de nous protéger de la vague de froid censée se terminer d'ici à vingt-quatre heures, quand il ferait un peu plus de 15 °C, typique de la Nouvelle-Angleterre. Les murs étaient en brique. Deux nuits plus tôt, après une partie de jambes en l'air particulièrement sportive, Bobby s'en était amusé : « C'est bien que les voisins ne puissent rien entendre », m'avait-il dit après, en me serrant tout contre lui.

Il n'y avait pas dix minutes que j'avais baissé les stores. Personne ne verrait qu'on m'agressait. Personne ne verrait qu'une femme luttait pour ne pas être tuée. Je songeai au Common, si beau au printemps, à la statue de Paul Revere, aux tulipes. Au petit restaurant en brique où Bobby et moi avions dîné l'autre soir. Au plaisir que j'éprouvais à circuler dans l'hôpital, vêtue de ma blouse blanche.

Ce soir, j'allais mourir.

Concentre-toi, Nora. Reste en vie. Reste parmi nous.

C'était la voix de ma mère.

L'homme m'attrapa par les cheveux et tira pour m'obliger à me remettre debout.

— Je ne veux pas te faire de mal, me dit-il.

Je faillis éclater de rire, mon visage avait déjà tellement enflé. Je tentai encore une fois de le frapper, mais j'étais dans les vapes, de sorte qu'il arrêta mon poing et m'assena une claque sur la joue. Ma joue brûlante, endolorie. Je hurlai de nouveau (non, je gémis, et cette pauvre protestation me brisa le cœur).

Je n'allais pas l'emporter, je ne triompherais pas de lui, les flics ne me diraient pas que j'étais stupéfiante. Personne ne saurait que je m'étais chèrement défendue.

Essaie quand même.

L'homme, dont je ne saurais jamais le nom, se contentait de m'observer. Je lui décochai un nouveau coup, mollement, et l'atteignis sur le côté du cou et non dans la pomme d'Adam, parce que mon bras me trahit à la dernière seconde. Il me gifla : mon oreille bourdonna et ma tête bascula de côté.

— Fais ce que je te dis et c'est tout. Si tu obéis gentiment, après, je partirai. Si tu bronches, je te tue.

Je me dis que, de toute façon il allait me tuer, mais peut-être qu'un miracle se produirait, peut-être que les Amberson auraient besoin que je surveille Chanelle, leur bébé, et viendraient frapper à ma porte. Peut-être que je réussirais à gagner du temps.

— Comment tu t'appelles ? me demanda-t-il.

— Nora, lâchai-je dans un souffle.

Je n'aurais pas dû dire ça. J'aurais dû inventer un truc.

— Retire tes fringues, Nora.

Les mains saisies d'un tremblement incontrôlable, je déboutonnai mon chemisier. Défis la fermeture Éclair de ma jupe tandis que des larmes dégoulinaient de mon menton. Ôtai mon soutien-gorge. *N'y pense pas, ne pense pas que tu es nue.* Ma culotte.

— Allonge-toi sur le lit. Sur le dos.

J'obéis, je claquais des dents, mes jambes tremblaient.

— Vous n'êtes pas obligé de faire ça, balbutiai-je. Je vous en prie. Ne faites pas ça. Vous n'êtes pas méchant.

Il ouvrit sa braguette et glissa la main dans son pantalon sans me quitter des yeux.

J'entamai une prière. *Je vous en prie, laissez-moi vivre. Je vous en prie, laissez-moi vivre.*

Le mec se mit à arpenter la pièce tout en se masturbant, en répertoriant entre ses dents serrées toutes les choses qu'il allait me faire. Il m'ordonna de lui dire que je voulais qu'il me fasse mal, qu'il me viole, qu'il m'inflige des kyrielles de trucs obscènes.

J'obéis.

Apparemment, mes paroles ne suffirent pas. Il ne bandait toujours pas.

Un minuscule grain d'espoir perça le brouillard noir de ma terreur.

— On devrait peut-être faire une pause, suggérai-je.

Il me flanqua une telle gifle du revers de la main que ma tête partit sur la gauche. La violence du choc m'ankylosa une seconde, puis mon visage s'embrasa. Je sentis le goût du sang dans ma bouche et eus l'impression qu'une de mes dents bougeait.

Il replongea la main dans son pantalon en grommelant des mots horribles, en me traitant de pute, de salope, et pire encore.

Réfléchis, me dis-je. *Réfléchis à quelque chose.* Il aurait fallu que je vomisse, mais mon dernier repas remontait à trop longtemps. Et si je me faisais pipi dessus ? Si je l'écœurais ? J'essayai. Rien ne vint.

Réfléchis.

Le week-end dernier, enlacés sur le canapé, on avait regardé *Seul sur Mars*, Bobby et moi. Et alors ? Matt Damon, l'enfant chéri de Boston, s'était retrouvé coincé sur Mars, tout seul. Il n'avait pas tout le temps peur, alors qu'il avait de bonnes raisons d'être effrayé.

Vu le contexte, je ne pense pas que Matt Damon te soit d'une grande aide, me souffla la partie calme de mon cerveau. *En plus, c'est de la fiction.*

Donc, pas utile, sauf si je cherchais à transformer de l'hydrazine en eau.

Mon terroriste continuait à déambuler. Il se colla un coup de poing dans le crâne, ce qui, allez savoir pourquoi, me fit encore plus peur que sa main dans son pantalon.

Je m'aperçus que l'engourdissement me saisissait. La douleur m'élançait, mais elle était plus sourde. C'était trop. Je m'enfonçais dans le matelas, j'avais envie de m'abandonner au sommeil. Peut-être que j'avais une lésion cérébrale ?

Le truc avec la terreur extrême, c'est qu'on n'arrive pas à se concentrer dessus. Peut-être qu'on y arrive si on est une maman dont l'enfant est menacé. Oui, j'étais en proie à une peur extrême. Un type s'était introduit chez moi, il m'avait frappée et cherchait à rester en érection suffisamment longtemps pour pouvoir me violer et peut-être me tuerait-il après ? Croyez-moi, on pouvait difficilement faire plus terrifiant. Et, moi, je méditais sur le charme de Matt Damon.

Ma matinée me paraissait si lointaine. J'avais une vie totalement différente quand je m'étais habillée avec soin pour mieux incarner le médecin qui réussit. J'adorais ma blouse blanche. C'était un coton mélangé de soie. Si elle récoltait des taches de sang, est-ce qu'elles partiraient ?

Réfléchis, Nora. Concentre-toi.

J'essayai d'enregistrer le visage de mon agresseur. C'était un Bostonien blanc et banal. Pas très grand, pas en bonne condition physique, maigrichon, mais avec une bedaine de buveur de bière, une mine de papier mâché, quelques boutons, des dents du bas tordues, des cheveux bruns. Des yeux bleus.

Il semblait tellement normal.

— Arrête de me regarder comme ça ! brailla-t-il en marchant sur moi, le poing levé.

Je me recroquevillai en position fœtale pour me protéger, mais il me flanqua une volée de coups de poing dans les côtes. Mon Dieu, quelle douleur ! Elle se répercuta dans tout mon corps en un élancement féroce et brûlant.

— Mets-toi sur le dos et écarte les jambes, m'ordonna-t-il.

La terreur m'envahit de plus belle, chaotique, tourbillonnante. J'avais l'esprit vide. Encore une fois, j'obéis. Il y avait une toile d'araignée dans le coin où le mur rencontrait le plafond. Ce week-end, je nettoierai l'appartement, je prendrai l'escabeau et j'astiquerai tous les coins et recoins.

Ou pas. Qui sait si je serai encore là ?

Je jetai un œil dans sa direction ; il n'avait toujours pas d'érection.

Il surprit mon regard et me tomba dessus, ce qui me fit tressaillir, puis il partit d'un rire grêle et mesquin.

Que prendre pour me défendre ? Le vase rouge de chez Home Goods ? Si je le lui écrasais sur le crâne, est-ce que ça suffirait ? Pouvais-je lui trancher la gorge avec un bout de verre brisé ?

Où était mon téléphone ? Pourquoi ne l'avais-je pas gardé avec moi ? J'aurais pu… J'avais pressenti que quelque chose clochait, pourquoi n'avais-je pas écouté mon instinct ? J'aurais pu appeler le 911, puis balancer l'appareil et hurler. La police aurait retrouvé ma trace (on a bien le droit de rêver), elle aurait rappliqué en trombe, forcé la porte et m'aurait délivrée.

Son bras allait et venait furieusement dans son pantalon.

Réfléchis, Nora. Réfléchis. Montre-toi aussi intelligente que Matt Damon. Lui trouve toujours le moyen de s'en sortir.

— J'ai juste une question, bredouillai-je.

Gagner du temps… j'avais la voix pâteuse, ça m'inquiétait.

— Comment êtes-vous entré ?

Il s'anima, fier de lui.

Il avait pensé le truc, m'expliqua-t-il. Il m'avait repérée au supermarché un mois plus tôt, m'avait suivie à distance pour essayer de voir où je vivais.

Avait pris l'habitude de promener son chien dans ma rue pour découvrir mon emploi du temps et mes habitudes, savoir quand mon copain venait me voir. Il m'avait aperçue sur le balcon un soir.

C'était donc le type que j'avais saluée de la main l'autre jour. De mon balcon, je n'avais pu distinguer son visage avec netteté.

Il avait attendu de me recroiser. Ce soir, après m'avoir tenu la porte au supermarché, il avait fait le tour du pâté de maisons en courant pour me prendre de vitesse. L'appartement en dessous du mien était vide. Il avait escaladé le magnolia, sauté sur le balcon du 2e, grimpé jusqu'au mien et crocheté la serrure. C'est fou le nombre d'astuces qu'on apprenait sur YouTube. Il s'était couché au fond de la baignoire pour que je ne le remarque pas.

Il venait d'arriver quand j'étais entrée.

Si je ne m'étais pas arrêtée pour parler à Tyrese, je l'aurais peut-être surpris en pleine escalade et me serais sauvée. Or, c'est justement parce que je ne me sentais pas en sécurité que j'avais voulu parler à Tyrese.

Le destin vous jouait parfois des tours d'une ironie cruelle.

Je l'avais salué de la main. J'avais salué mon futur violeur alors qu'il m'espionnait. Quelle gentille nana, cette Nora Stuart.

Je jetai un coup d'œil vers la pendule. Une heure avait passé… peut-être un peu plus.

Il n'avait toujours pas d'érection.

Mon cerveau reptilien se rappela à moi avec un nouveau mot.

Pire.

— Tu veux un verre d'eau, Nora ? me demanda Voldemort.

Si cette soirée s'était déjà révélée complètement surréelle, ce fut peut-être le moment le plus bizarre de tous.

— Oui, s'il vous plaît.

— Reste ici. Bouge pas. Je vais te chercher de l'eau et après je m'en irai si tu me promets de pas appeler la police. D'accord ?

— D'accord.

Bien sûr, patron. Pas de soucis.

— Reste ici, me répéta-t-il en tournant les talons.

Maintenant, me souffla mon cerveau reptilien. *Fonce.*

Je m'étais relevée avant même qu'il n'ait quitté ma chambre. Il ne s'en aperçut pas.

Mes côtes hurlaient de douleur, mon nez pissait le sang. Mon œil gauche était tellement enflé que je ne pouvais plus l'ouvrir, mais je suivis quand même mon agresseur dans le couloir en veillant à rester à quelques pas de lui. Je percevais son odeur, sa sueur, son musc écœurant.

Il s'arrêta. Je m'arrêtai aussi. J'eus alors la sensation que la peur se concentrait en moi et me soulevait de terre. Je ne respirai même pas. Tout mon être était focalisé sur lui. Je sentais les battements de mon cœur. Sinon, je n'esquissais pas un geste.

Il se remit en marche, entra dans le salon, contourna le canapé vert pâle et pénétra dans la cuisine. Je filai vers la porte.

Il alla droit vers le plan de travail où se trouvait le bloc de couteaux, bien en évidence, un de mes joyeux achats (un jeu de couteaux Wusthof de chez Williams-Sonoma pour éplucher, émincer, évider). Pour tuer.

Il tendit le bras et sa main se referma sur la plus grosse lame.

Je notai ses gestes du coin de l'œil parce que j'avais presque atteint mon but, j'étais presque sortie. Presque.

Puis je sentis le contact froid du bouton de porte sous mes doigts, fit coulisser le verrou.

Sors, fonce, fonce, fonce.

Ça y était, j'étais dehors, je dévalais le couloir en courant vers l'escalier, je hurlais d'une voix rauque, hystérique, méconnaissable, mais au message parfaitement clair.

— Appelez le 911 ! Appelez le 911 ! Appelez le 911 !

Jim Amberson, le papa du 3F, ouvrit sa porte et me vit.

— Au secours, braillai-je en me précipitant vers lui aussi vite que je le pouvais.

— Seigneur ! s'écria-t-il. Entrez donc.

Il claqua la porte derrière nous, tira son verrou et appela sa femme à grands cris. Les enfants accoururent et stoppèrent net en me voyant nue, en sang, contusionnée et couverte de bleus. Chanelle fondit en larmes.

Là-dessus, mes jambes me lâchèrent, ma vessie aussi et je m'effondrai dans une flaque d'urine, adossée à la porte fermée.

— Le 911, répétai-je en sanglotant. Appelez le 911. Appelez le 911.

Une ambulance m'emmena à l'hôpital où mes collègues me chouchoutèrent comme une reine. Le directeur du service de médecine du Boston City descendit voir par lui-même, et ses yeux se mouillèrent quand il se saisit de ma main meurtrie. On me fit des radios : j'avais une côte cassée et une contusion à la mâchoire. Mon œil gauche était fermé, ma figure…

Bon. On a tous vu des photos de femmes battues. J'avais également des bleus sur les jambes, les chevilles et les côtes. En revanche, les organes internes n'avaient pas souffert.

La police me dit que j'étais intelligente et courageuse et que j'avais eu beaucoup de chance. Je leur conseillai de se pencher sur les vidéos de surveillance de l'épicerie d'Avi. Ils prirent des photos des coups que j'avais reçus et me demandèrent à plusieurs reprises si j'avais été violée. Ils m'envoyèrent une de leurs collègues qui me posa la même question, puis un psychologue formé aux traumatismes du viol. Quand ils finirent par me croire, ils me dépêchèrent un dessinateur physionomiste. Ainsi qu'une assistante sociale qui me parla de stress post-traumatique et d'état de choc. On m'administra un sédatif ; je n'arrêtais pas de claquer des dents, de sorte que j'avais horriblement mal à la mâchoire.

— Je vais appeler ta mère, décréta Bobby.

Il n'avait pas quitté mon chevet depuis mon admission.

— Non.

— Elle devrait être informée, Nora.

— Non. C'est fini. Ne lui téléphone pas.

— Tu es sûre ?

— Ce n'est pas une mère comme ça. Elle serait… non, ne fais rien.

En plus, je n'avais qu'une envie : dormir. Ma mère… il y avait toujours chez elle ce soupçon de reproche ou… ou va savoir. J'étais trop épuisée pour y réfléchir.

Je regardai Bobby. Je repensai au jour où il m'avait confié se demander ce que ça pourrait faire que de sortir avec quelqu'un de normal. Dire qu'on avait été tellement normaux ensemble, tellement heureux, qu'on avait tellement ri… et maintenant dans quel état je me retrouvais ! Mon visage était en train de passer par toutes les couleurs de l'arc-en-ciel, et j'avais bien failli être trucidée. Pour le plein soleil et les petits oiseaux, c'était raté.

— Pour le moment, attendons de voir venir, murmurai-je en pressant sa main, geste qui me déclencha une douleur irradiante dans les doigts, séquelle du coup que j'avais réussi à assener à mon agresseur. Ce n'est pas ce dans quoi tu t'étais engagé.

— Je ne vais pas te laisser, déclara-t-il d'une voix déterminée bien qu'un peu chevrotante. Je reste auprès de toi. Je t'aime, Nora.

Le lendemain, tous mes amis et collègues défilèrent. Ma chambre débordait de fleurs, et Bobby était à mes côtés. Je passai deux nuits à l'hôpital, plus du fait de mon statut professionnel que parce que mon état le prescrivait.

La presse s'empara de mon histoire et la relata abondamment.

UNE JEUNE FEMME MÉDECIN ÉCHAPPE À L'AGRESSEUR QUI TENTE DE LA VIOLER ET SURVIT À UNE TENTATIVE DE MEURTRE. LE SUSPECT EST EN FUITE.

N'ayant aucune envie d'endosser les habits écarlates de la victime, j'exigeai que mon anonymat soit respecté. C'était déjà bien assez moche que mes collègues soient au courant.

La police ne l'attrapa jamais. Apparemment, il était reparti par le chemin qu'il avait pris pour s'introduire chez moi, par le balcon. Ils ratissèrent le voisinage, en vain.

Pour ma part, j'étais incapable de retourner à l'appartement.

— Tu viens t'installer chez moi, décréta Bobby. N'essaie même pas de discuter. De toute façon, c'était une question de temps.

Je lui en fus reconnaissante. Extrêmement reconnaissante.

Tyrese, qui avait pleuré en voyant dans quel état j'étais lorsque l'ambulance m'avait emmenée, supervisa les déménageurs.

Je faisais des cauchemars, me réveillais en sueur et balbutiais maladivement tant j'étais terrorisée. Je redoutais d'aller où que ce fût seule. Bobby prit deux semaines de congé (du jamais vu dans sa carrière) et se révéla totalement merveilleux. Il me laissait parler de cet épisode, comprenait quand je n'avais pas envie d'en parler. Il me confia des histoires de son enfance, et je me raccrochais à mon amour pour lui afin de me laver de la laideur, de la peur, de l'horreur.

J'attendis que mes bleus s'estompent pour reprendre le travail. Je jouai à la fille courageuse qui l'avait échappé belle et feignit d'être tout à fait remise.

Ce n'était pas le cas.

— As-tu entendu parler de cette tentative d'effraction ? me demanda ma mère lors d'un de nos appels bimensuels. J'ai vu ça sur NECN. C'était pas près de chez toi ?

— Si, répondis-je. En fait, je vis maintenant avec Bobby. Je, euh… je n'habite plus là-bas.

— C'est une bonne chose, je pense. On ne sait jamais.

Un bref silence.

— Mais tu vas bien, Nora ?

— Je vais bien. Et quelles sont les nouvelles du côté de Lily et Poe ?

— Oh ! elles vont bien, j'imagine. Elles aussi, elles ont déménagé. Une fois de plus.

On continua à papoter en parlant de tout et de rien : je déclarai que ce serait bien qu'elle vienne me voir, que Boston était splendide au printemps. Elle me rappela que Scupper l'était aussi.

— Peut-être qu'on passera en juin, Bobby et moi, lui dis-je alors que je savais pertinemment que nous n'irions pas.

Je raccrochai avec soulagement. Ma mère ne pouvait me donner ce dont j'avais besoin (elle n'avait jamais pu), Bobby oui.

Si je n'étais pas à l'hôpital, il m'appelait dans la journée et s'assurait que j'avais des amis à côté de moi, que je n'étais pas seule. Il m'emmenait dîner dans des restaurants à la mode, meublait nos journées avec des distractions un peu ridicules, trampolines et bateaux kitsch ornés de canards, par exemple. Il me faisait rire, préparait le dîner, m'achetait des fleurs, me proposait des films faciles et gais parce que tout ce qui ressemblait à de la violence et à des activités criminelles me faisait trembler.

Lorsque je me réveillais en hurlant, il me serrait contre lui.

— Je suis là, chuchotait-il, je te tiens, ma chérie, je suis là.

Bizarrement, ces paroles ne me rassuraient jamais vraiment. Ayant grandi dans un quartier difficile de Port-au-Prince, Roseline comprenait.

— Quand il t'arrive un truc pareil, me dit-elle, le regard perdu dans le vide, tu te rends compte que ce genre de merde existe partout et tout le temps. Ce n'est pas que le monde a changé. C'est juste que, maintenant, tu en as vu les mauvais côtés.

Elle me prit la main et la serra.

J'essayai de me ressaisir. Je consultai une psy spécialisée dans ce domaine. Elle me dit que tout ce que je ressentais était parfaitement normal, ce que je savais déjà. Je pris des cours d'autodéfense, du genre où on doit cogner sur un mec rembourré des pieds à la tête et ressemblant étrangement à Poppin' Fresh. Je n'étais pas la seule femme à avoir été agressée, et ça m'aidait de savoir que d'autres avaient traversé des épreuves analogues, ou même pires, et qu'elles avaient survécu.

Bobby et moi, on recommença à faire l'amour un mois environ après le Sale Truc. C'est la formule que j'utilisais pour euphémiser la chose et parce que les termes d'agression et d'intrusion me dérangeaient trop. Quand il m'arrivait de repenser à mon agresseur (j'y pensais constamment), j'essayais de le voir sous les traits de Voldemort. Après tout, il meurt, Voldemort. Quant au sexe, j'avais besoin que Bobby occupe davantage d'espace dans mon cerveau, histoire de laisser Voldemort sur la touche.

Je voulais de vrais contacts physiques, des rapports sexuels célébrant la joie de l'existence et de la normalité.

— Tu es sûre ? s'enquit Bobby.

Je l'étais. Il se montra tendre, gentil, et j'étais heureuse quand ce fut terminé. C'était un obstacle de franchi.

Mais ce n'était plus pareil.

Fini la lumière du soleil, la grisaille s'installait davantage de jour en jour. On adopta Boomer, une boule de joie multicolore et, sincèrement, les seuls moments où j'avais l'impression que les nuages se dissipaient, c'était quand je faisais un somme, mon gros chien affalé contre moi, la tête contre ma hanche, une patte sur ma jambe.

Aux alentours du dixième mois, je perçus une pointe… d'impatience chez Bobby. Il commençait à se lasser. Il avait éprouvé la même chose avec Mia, l'anorexique. C'était marrant de jouer au preux chevalier, mais il ne fallait pas que ça dure trop longtemps…

La perspective de me retrouver seule me déclenchait des crises de panique. Je me promis de réintégrer mon ancien moi, le moi de la femme heureuse qui réussissait et s'habillait divinement (j'avais beaucoup porté la blouse ces derniers mois, ce qui n'allait à l'encontre d'aucune règle, sinon celles que je m'étais imposées). De redevenir sociable et drôle, intelligente et indépendante. Bobby m'aimerait avec la même fougue que celle qu'il m'avait témoignée à mon chevet et même plus, avec le même enthousiasme et la même joie qu'avant le Sale Truc.

Je redoublai donc d'efforts. M'obligeai à renouer avec mes anciennes habitudes. Je me remis à courir le long de la Charles River, munie d'une bombe au poivre, d'un sifflet et accompagnée de mon gros toutou (Boomer grandissait vite). Je sortis avec Médecins sans conjoint, organisai une fête prénuptiale pour Roseline, lui servis de demoiselle d'honneur à son mariage. Travaillai bénévolement dans une clinique de Dorchester, même si j'exigeais que le taxi me dépose à la porte et appelais Bobby dès mon entrée dans le bâtiment. J'avais tellement peur de *le* voir lui ou quelqu'un à son image, d'être suivie, agressée et de subir un autre Sale Truc… qui ne se terminerait pas forcément aussi bien.

J'allais mieux, petit à petit. Disons que je donnais l'impression d'aller mieux. Mais ma peau n'irradiait plus la même lumière, c'en était fini du joyeux émerveillement devant la vie… il fallait que je fasse semblant. Tout ce qui m'avait menée là où j'étais aujourd'hui semblait s'être volatilisé. La jeune femme qui avait décroché la bourse Perez, qui avait terminé parmi les meilleurs de son école de médecine, qui avait obtenu une bourse dans l'un des meilleurs hôpitaux du monde… la jeune femme qui avait conquis le cœur de Bobby n'était plus qu'un souvenir : elle avait cédé la place à un automate.

De son côté, Bobby continuait à dire qu'il m'aimait. Simplement, ça ne me semblait plus aussi sincère.

La grisaille perdura, jusqu'au jour où un van coiffé d'un insecte géant me renversa.

11

— Vous êtes embauchée, ma beauté ! Vous êtes charmante !

— Euh… merci. Bien, fis-je en cillant. C'est formidable.

Mon entretien avait duré quatre minutes chrono.

Le Dr Amelia Ames, directrice honoraire de la clinique du même nom, se leva en titubant et me serra la main.

— On se voit… demain ? On a dit demain ?

— Oui. À demain.

J'aurais volontiers parié que le Dr Ames n'avait pas bu que du café.

Trois jours après avoir emménagé dans le house-boat, je m'étais débarrassée de l'écharpe qui m'avait immobilisé le bras et avais constaté que, malgré une légère raideur, je pouvais le bouger sans difficulté. Du coup, j'avais adressé un courriel à la directrice de la Clinique des urgences de Scupper Island et y avais joint mon CV et les documents nécessaires. Elle m'avait appelée hier soir, et j'étais déjà embauchée.

— Au revoir ! me lança le Dr Ames en me raccompagnant d'un pas mal assuré jusqu'au seuil de son bureau. C'était bien agréable de vous revoir.

— On ne s'était jamais croisées av…

— Ciao !

Et la porte se referma.

Elle ne m'avait pas fait faire le tour de l'établissement et ne m'avait posé aucune question sur mon expérience professionnelle.

— Bonjour, me dit une femme de mon âge ou à peu près. Gloria Rodriguez. Seriez-vous le Dr Stuart ?

— Oui. Nora. Heureuse de faire votre connaissance. J'ai la ferme impression d'avoir été embauchée.

Gloria éclata de rire.

— Mais oui. Bon, je te dis « tu ». Voyons, tu es médecin, tu as le droit d'exercer dans le Maine. Ça suffit. Pour te parler franchement, à part les internes de Portland, la clinique ne trouve pas de professionnels qui acceptent de venir ici. Personne n'aime le calme à ce point-là. Les yeux rouges et les entorses n'ont rien de très sexy, or ça représente 90 % des cas que nous traitons. Allez, je vais te montrer les lieux.

Gloria était infirmière praticienne dans une équipe comprenant quatre infirmières, un médecin en semi-retraite se déplaçant la nuit, un interne à l'occasion, et le Dr Ames.

— C'est sa famille qui a financé le projet il y a une douzaine d'années, et c'est pour ça qu'elle est devenue directrice, m'expliqua Gloria en mimant des guillemets avec ses doigts tandis qu'on descendait le couloir. Elle n'exerce plus.

— Heureuse de le savoir, dis-je.

Avec des cheveux bruns, lisses et incroyablement soyeux assortis d'un corps de pin-up des années 1940, Gloria était belle à tomber. Elle était en fin de compte plus jeune que moi (elle avait obtenu son diplôme un an auparavant seulement) et m'était déjà très sympathique.

La clinique, relativement standard, était plus agréable que la plupart de celles que j'avais vues. Ce, grâce à l'argent de la famille Ames. Il y avait six chambres susceptibles d'accueillir des malades la nuit et six salles de soins. De temps à autre, il se présentait un cas suffisamment préoccupant pour demander à l'hélicoptère LifeFlight de transférer le patient à Portland.

— Dans l'ensemble, poursuivit Gloria, nous nous cantonnons aux premiers soins. Angines l'hiver et piqûres d'abeille l'été, un cas d'hypothermie à l'occasion quand un malheureux s'attarde trop longtemps dans l'eau. Éventuellement un pêcheur s'étant entaillé un peu trop profondément. Rien qui puisse se comparer à ce que tu vois au Boston City, j'en suis sûre.

— Ça m'a l'air parfait.

— Et pourquoi es-tu revenue à Scupper, si ce n'est pas indiscret ?

L'histoire de mon stupide accident pouvait attendre.

— Ma nièce passe l'été avec ma mère, et je ne les vois pas aussi souvent que je le souhaiterais. Tu connais ma mère ? Sharon Stuart ?

— Oui, bien sûr, je l'ai rencontrée.

— Voilà pourquoi je suis là. Je me suis mise en congé du Boston City, mais j'y retournerai en août.

— C'est chouette, fit Gloria en jetant un coup d'œil sur sa montre. Tu veux déjeuner ? C'est vraiment calme en cette saison et, si quelqu'un se présente, la réceptionniste nous fera signe. On peut aller au Red Fox. C'est à deux pas.

La réceptionniste, absente à mon arrivée, se révéla être Mme Behring, la mère de Joey, un des proches copains de Luke Fletcher autrefois.

— Bonjour, bonjour, me dit-elle avec chaleur. Je m'appelle Ellen Behring. Quelle joie de faire votre connaissance ! J'avais entendu dire qu'un nouveau médecin allait passer un entretien aujourd'hui. Qu'est-ce qui vous amène à Scupper Island ? Allez-vous rester longtemps ici ?

Encore une qui ne me reconnaissait pas !

— Bonjour, madame Behring. Nora Stuart. Je suis une ancienne camarade de classe de Joey.

Son visage se défit.

— Oh ! Oui. Je... je ne t'avais pas reconnue, Nora. Tu as tellement... changé. Tu es médecin ?

— Oui. Je suis venue passer l'été ici.

— Oh ! répéta-t-elle.

Son visage reflétait une profonde confusion.

— On va au Red Fox, intervint Gloria. Faites-nous signe si vous avez besoin de nous, d'accord ? On vous commande quelque chose ?

— J'ai apporté mon repas, bredouilla-t-elle, toujours perturbée.

Je commençais à avoir l'habitude à présent.

Pour un mois de mai, c'était une belle journée, un puissant vent de mer chassait les mouches et nous garantissait un ciel d'un bleu très pur. Encore deux semaines et ce serait le début officiel de la saison estivale.

— Comment as-tu atterri à Scupper, Gloria ?

— Ma famille est de Boston, et on venait de temps en temps en vacances dans le Maine. Kennebunkport, Camden, Bar Harbor. J'ai toujours adoré ces coins-là. Et en plus j'ai toujours eu ce rêve romantique où je déboulais ici et tombais amoureuse d'un pêcheur de homards...

— Le rêve féminin par excellence, murmurai-je.

— Exactement. Il ne s'est pas encore concrétisé d'ailleurs. N'empêche, c'est vraiment joli par ici, les gens sont sympas, le salaire n'est pas trop mal. Je suis arrivée il y a à peu près un an.

— Où habites-tu ?

— Je loue une maison sur Rock Ledge Street. Un endroit capable d'accueillir deux familles, avec une belle vue sur l'océan.

Le Red Fox était un nouveau restaurant (nouveau pour moi). On s'installa à côté de la fenêtre, étant donné qu'il n'y avait pratiquement personne dans les lieux.

— Bienvenue au Red Fox, nous dit la serveuse. Comment ça va… Oh ! c'est toi. J'avais entendu dire que tu étais revenue.

C'était Amy Beckman, reine des Cheetos, autrefois ennemie jurée de toute élève s'habillant au-delà du 34 et copine de Sullivan Fletcher au lycée.

Elle n'avait pratiquement pas changé (des yeux d'un bleu vif, des pommettes marquées, un corps athlétique), sinon qu'elle semblait s'être remise de son addiction au bronzage artificiel, car elle avait perdu son teint orange. L'âge lui avait apporté une certaine gravité, et la jolie fille était devenue une belle femme.

Elle continuait néanmoins à m'effrayer un peu. Combien de fois m'avait-elle fait pleurer ? Combien de fois s'était-elle moquée de mes tenues ? Et ses ricanements quand je passais devant la cafétéria avec une salade verte, car elle savait que je me goinfrais une fois chez moi…

— Amy, m'écriai-je avec l'enthousiasme d'un écureuil écrasé sur le bord de la route. Comment vas-tu ?

— Ah, vous vous connaissez, bien sûr, remarqua Gloria. Amy fait partie de mon club de lecture. Dis, tu devrais te joindre à nous, Nora. Bon, ça ressemble plus à des réunions de picoleurs qu'à autre chose, mais on serait ravies de t'accueillir.

— On va voir, répondis-je (on ne verrait rien du tout). Merci de m'inviter.

Amy ne m'avait pas quittée des yeux.

— Qu'est-ce que je peux te servir ?

Comme toujours, les vieux instincts qui me poussaient à choisir mes plats en fonction d'un jugement potentiel reprirent le dessus. Une salade ? non, ce serait une trop grande régression. Un cheeseburger pour prouver que je pouvais désormais gérer les calories (à condition de me taper une heure de Pilates demain, ce que ma rotule et mon genou ne m'autorisaient pas encore) ?

— Moi, je vais prendre la salade de homard à la roquette,

décréta Gloria avec un sourire. Et une eau pétillante avec rondelle, s'il te plaît. Merci, Amy.

— Pareil pour moi, dis-je.

— Super, s'écria Amy en refermant sèchement son carnet de commandes relié cuir. À tout de suite.

— Je perçois de drôles de vibrations, me lança Gloria. T'as refilé la typhoïde à toute la population de l'île ? T'es une tueuse en série ? Une briseuse de couple ?

— Tu m'as piqué mon journal intime ou quoi ?

Je n'allai pas plus loin. Gloria paraissait très sympa, mais… bon, je ne la connaissais jamais que depuis une demi-heure.

— Tu sais, des fois, c'est difficile quand quelqu'un s'écarte d'une communauté très soudée, me bornai-je à remarquer.

— Mon Dieu, oui, répliqua-t-elle. Dans ma famille, on est Mexicains, tu sais ? Lorsque je leur ai annoncé que je quittais Newton, ils ont réagi comme si je venais de commettre un crime. Ma mère a fondu en larmes, installé un autel dans le salon, fait brûler des cierges pour la Sainte Vierge dans l'espoir que je change d'avis, et mon père ne m'a pas adressé la parole pendant tout un mois. On aurait juré que je m'exilais sur Mars.

— Mais, c'est plutôt gentil. Qu'ils aient été si tristes de te voir partir.

Ma mère n'avait eu aucune réaction, elle.

— Oh ! merde alors, c'est toi, Nora ?

Gloria et moi, on pivota d'un même mouvement.

— Xiaowen ? m'écriai-je, sidérée.

Il n'y avait pas à douter ! Elle n'avait pas changé.

— Quelle bonne blague ! Comment vas-tu, la peste ?

Elle s'avança, les bras grands ouverts, le visage fendu en un formidable sourire.

— Je vais bien, lui répondis-je en me levant pour l'embrasser. Waouh ! Que c'est chouette de te revoir !

— Tu es splendide. Tu as perdu tes kilos. Comme tu es belle. D'accord, pas belle, mais superbe, bordel ! Regarde tes cheveux ! Je vendrais mon âme au diable pour que les miens brillent comme ça. Tu les as achetés en magasin ou quoi ? Balance la vérité ou je te hache menu menu.

— Une heure avec le fer, avouai-je.

Puis, d'un geste, je désignai Gloria :

— Vous vous connaissez ?

— Non, dit Gloria. Gloria Rodriguez. Je travaille comme infirmière à la clinique où Nora va travailler. Pourquoi tu ne t'assieds pas avec nous ?

— Xiaowen Liu. Merci, c'est super sympa. Normalement, je déjeune seule quand je suis ici, ce qui est super rasoir. Je viens sur l'île pour le boulot, mais je ne connais pratiquement plus personne.

L'accent de Xiaowen s'était un peu estompé et c'est vrai que, dans mon souvenir, elle ne s'exprimait pas de manière aussi colorée, mais c'était tellement agréable de retrouver quelqu'un qui était aussi sincèrement content de me revoir.

— Qu'est-ce qui t'amène ici si tu n'as pas d'amis ? lui demandai-je avec un sourire.

— Je suis biologiste marin, nous expliqua-t-elle. Je travaille au Darling Marine Center, mais je vis à Cape Elizabeth.

— Qu'est-ce que tu fais au juste ?

— Bon, comme on dit, je suis une superstar. Une sommité dans la régénérescence des mollusques. À l'heure actuelle, je suis en train d'implanter des parcs à huîtres à plus d'un kilomètre des côtes afin de régénérer les zones surexploitées. Cool, pas vrai ? Comment sauver le monde un mollusque à la fois.

Elle me regarda d'un air souriant.

— Tu as toujours su que j'étais du genre à cartonner.

— C'est vrai, Gloria. C'était inscrit sur son front. Une Gryffondor pur jus.

Xiaowen éclata de rire.

— T'es toujours aussi dingue de *Harry Potter*, à ce que je vois.

— Oui. Bien sûr. Je ne trahirais jamais Poudlard.

Aucun doute là-dessus.

— Tu es mariée, Xiaowen ? lui demanda Gloria. Est-ce que j'ai prononcé ton prénom correctement ?

— Tu l'as très bien dit. Non, pas mariée. J'ai été fiancée, et je l'ai planté. Mais, ça, les copines, c'est une histoire qui se raconte mieux devant quelques martinis. Tu devrais passer chez moi, Stuart. Toutes les deux. Gloria, tu n'as rien d'un tueur en série, hein ? Tu peux venir aussi, alors. Mais, Stuart, il faut que tu me dises. Qu'est-ce que tu fais ici ? On peut affirmer sans exagération que tu as marqué l'île au fer rouge.

Je lui fournis une réponse aussi vague que possible : un accident de voiture pas trop grave dans lequel j'avais été blessée.

Amy nous apporta nos plats et lança un grognement à l'adresse de Xiaowen avant de repartir vers la cuisine. Clairement, ces deux-là n'étaient pas amies. Mon côté mesquin s'en réjouit. Après tout, Amy et les Cheetos ne m'avaient-elles pas pourri la vie ? Arrivées à la fin du repas, Gloria, Xiaowen et moi, on se fixa rendez-vous autour d'un verre de vin et d'un plateau de fromages un peu plus tard dans la semaine. Au house-boat.

Je ramassai l'addition en promettant aux deux autres qu'elles paieraient la fois d'après et laissai à Amy 15 % de pourboire. Normalement, je donnais 20 %, mais, par principe, je sanctionnais les grincheux.

On se sépara sur le parking. Comme ni mon genou ni mon épaule ne me gênaient trop, je décidai de marcher jusqu'au centre-ville. Ma mère m'avait ouvert une boîte postale, et il fallait que j'y jette un coup d'œil.

Peut-être que Bobby m'avait écrit.

J'écartai cette idée, de toute façon, je devais le voir la semaine prochaine (ce serait la première fois où je lui laisserais Bloomer).

Devant la plupart des magasins de la grand-rue, jonquilles et tulipes pointaient déjà fièrement la tête et, même si on ne pouvait exclure une nouvelle offensive du gel, quelques commerces avaient déjà rempli leurs jardinières de pensées. Je passai devant la librairie, me promis de m'y arrêter au retour… j'avais besoin d'un bouquin pour les nuits calmes à bord de mon bateau (en plus de *Harry Potter*, évidemment). Rien d'effrayant, cependant. Pour ce qui était de me reconquérir, Stephen King allait devoir patienter quelques mois.

L'épicerie-bazar de Scupper Island, joyau des commerces du centre-ville et premier des magasins de ce type sur l'île, avait toujours ses beaux parquets séculaires, son poêle à bois, ses étagères en chêne massif. Elle croulait sous les articles utiles aux clients : détergent et torchons, et offrait aussi des marchandises à l'ancienne : tasses en métal bleu et blanc, poêles en fonte et batteries d'ustensiles destinés à la cuisson et à la dégustation du homard (pinces à crustacés, fourchettes, énormes récipients en émail blanc, passoires, cuillères de service et petits pots pour beurre fondu). Il se vendait aussi beaucoup de cartes postales, des glaces servies par la fenêtre, l'été, ainsi que des T-shirts dépeignant des moustiques emportant des enfants entre leurs pattes. Les affaires avaient toujours très bien marché. Pour des gens de la ville, les Fletcher étaient aisés.

Je me rendis dans l'autre moitié du bâtiment, la poste, qui comptait une centaine de boîtes en laiton dotées d'une serrure à combinaison.

Je récupérai mon courrier : une lettre dont l'enveloppe arborait la ravissante écriture de Roseline, ma copine chérie, et, Seigneur, un mot de Bobby ! Un mot de mon petit ami urgentiste ?

Rectification : de mon ex-petit ami.

N'empêche, elle me provoqua un frisson de bonheur. Je décidai de la lire sur ma terrasse, ce soir, quand je pourrais m'en délecter (avec un peu de chance, ce ne serait pas une facture !). Je serais une Lizzie Bennet moderne dégustant un verre de vin plutôt qu'une tasse de thé.

Un billet jaune me signalait également que j'avais un paquet en attente. J'allai au guichet. À quelques mètres de là, Mme Fletcher, la mère de Luke et de Sullivan, était plongée dans une pile de documents.

Elle m'ignora.

— Pardon, dis-je. Bonjour, madame Fletcher.

Rien.

Je levai les yeux au ciel.

— Bonjour. Vous avez un paquet pour moi ?

Toujours rien. Il y avait une cloche devant le guichet. Je l'agitai. À la volée.

— Qu'est-ce que tu veux ? me demanda-t-elle sèchement.

— Comment allez-vous, madame Fletcher ? Je ne sais pas si vous vous souvenez de moi, j'étais en classe avec vos fils, fis-je avec un sourire qui ne cherchait même pas à feindre la sincérité. Nora Stuart.

— Oh ! je me souviens très bien de toi.

Musique inquiétante en fond sonore. Ta da da daaaam.

— Puis-je avoir mon paquet, je vous prie ? Boîte 88. Merci beaucoup.

Elle émit un grognement, puis me balança le paquet.

— Quelle amabilité, m'écriai-je en jetant un coup d'œil sur la grosse enveloppe.

Elle venait de l'établissement pénitentiaire de l'État de Washington. J'en eus la mâchoire décrochée.

— Ta sœur est peut-être en prison, mais elle vaut mille fois mieux que toi, déclara Mme Fletcher.

Je tressaillis, piquée par cette méchanceté. Ma sœur, dealer de drogue, voleuse.

Cela dit, Mme Fletcher me considérait aussi comme une voleuse.

— Bonne journée, Teeny, dis-je en utilisant délibérément son prénom ridicule.

J'évacuai sa cruauté de mon esprit. Ma sœur m'avait envoyé un courrier, et c'était une première. Vrai de vrai. Pas une fois, à l'université comme à l'école de médecine, elle ne m'avait envoyé quoi que ce soit. Elle s'était contentée (et encore, de manière très épisodique) de répondre à des courriels et à des messages, et ne m'avait donné aucune nouvelle depuis trois ans.

Qu'avait-elle pu m'adresser ? C'était un petit paquet, rembourré au papier à bulles, semblait-il. Je regagnai ma voiture sans le quitter des yeux.

Là aussi, j'allais attendre pour l'ouvrir.

Je m'arrêtai à Island Flowers, une autre boutique qui n'existait pas avant, et bavardai avec le propriétaire, un homme charmant aux mains pleines de terre. Dans mon ancien appartement, j'avais mis des plantes aromatiques sur le rebord de ma fenêtre de cuisine. Il n'y avait aucune raison que je ne recommence pas ici. Je humai la coriandre et manquai me pâmer de plaisir, puis raflai de la menthe, du romarin et de l'origan. Plus deux plantes fleuries, pourquoi pas ?

— Je vais approcher ma voiture, décrétai-je.

— Parfait, déclara le commerçant. Je vais les caler dans un carton pour éviter qu'elles se renversent.

Je repartis vers la clinique où je m'étais garée et jetai un coup d'œil vers l'eau, d'un bleu profond ce jour-là. Ce serait la pleine lune demain, et donc la marée serait haute. Je m'installerais sur la terrasse et…

Je percutai brutalement quelqu'un, ce qui me valut une vilaine douleur au niveau de ma clavicule.

— Désolée, m'exclamai-je. Je ne vous ai pas…

C'était Luke Fletcher.

L'homme qui autrefois (j'en étais pratiquement certaine) avait menacé de me violer parce que j'avais décroché la bourse qu'il estimait devoir lui revenir.

Je me redressai.

— Luke.

— Le troll !

Comme son frère, il m'avait donc reconnue.

Il était toujours très beau, malgré les stigmates d'un dur combat contre l'alcool et la drogue. Il était plus mince que dans mon souvenir et quelques capillaires brisés lui marquaient les joues. Il avait aussi des traces d'une éventuelle acné excoriée, fréquente chez les drogués.

Cependant, ni la drogue ni l'alcool n'avaient altéré la structure de son visage, pas plus que la luxuriance de ses épais cheveux blond foncé. Quant à son assurance, elle semblait intacte.

— J'ai entendu dire qu'on était voisins, ajouta-t-il. Et il paraît que mon frère a déjà été te voir.

— Ta nièce aussi.

— Approche pas ma famille.

— C'est eux qui se sont manifestés, répliquai-je.

Puis, essayant de me montrer sympa (on tourne la page et tout le tintouin), je poursuivis :

— Audrey est très gentille.

— Tu te prends pas pour de la merde, pas vrai ? Installée dans ton house-boat, à parader avec ton diplôme de médecin…

— Je suis ici pour passer du temps avec ma nièce, Luke. C'est tout.

— J'ai couché avec ta sœur, tu le savais ?

Sa remarque m'atteignit avec la force d'une batte de base-ball en pleine poitrine. Je ne répondis pas.

— Comme la plupart des mecs d'ailleurs. Elle était sexy. Pas comme toi.

Je déglutis.

— T'en as pas fini avec le lycée ? À mon souvenir, c'était il y a dix-sept ans.

Pas mal comme réplique, mais il savait qu'il m'avait blessée.

— Il y a des trucs qui ne changent pas, riposta-t-il.

— Et d'autres qui changent. Bon, moi, j'ai du boulot qui m'attend. Tu devrais essayer. Ça te ferait peut-être du bien.

— À la prochaine, voisine.

— Oui, c'est ça, à la prochaine.

Je lui avais répondu sur un ton normal, presque ennuyé.

Je le contournai, regagnai ma petite voiture en regrettant à présent de ne pas avoir loué un énorme Range Rover ou une Escalade. J'avais les jambes tremblantes, mais avec un peu de chance il ne s'en apercevrait pas.

J'avais déjà affronté des situations autrement plus difficiles.

N'empêche que mes jambes tremblaient.

Arrivée au house-boat, je sortis mes affaires du coffre, installai mes plantes sur la terrasse et ordonnai à Boomer de ne pas manger la menthe.

Puis je m'assis quelques minutes pour faire quelques exercices de respiration.

Luke était une grande gueule, point à la ligne. L'histoire classique du garçon pourri gâté qui vire à l'homme aigri.

Jim, l'agent immobilier, m'avait affirmé que le house-boat jouissait d'une sécurité équivalente à celle d'un immeuble lambda, mais à présent j'avais du mal à le croire. Cela étant, j'avais un gros chien et une arme.

Je tuai le reste de l'après-midi en faisant le ménage, ce qui me remontait toujours le moral. Après le dîner et quelques chapitres de *Harry Potter et le prisonnier d'Azkaban*, je grimpai sur la terrasse. Des herbes aromatiques et des plantes en pot : pile ce dont j'avais besoin. C'était un paradis là-haut. En plus, j'avais une vue superbe et pouvais repérer tout visiteur indésirable.

L'heure était venue de lire mon courrier. Luke Fletcher ne me gâcherait pas ma nuit, pas question. Il m'en avait déjà gâché bien assez comme ça.

Roseline m'avait envoyé une carte où deux vieilles mémés avalaient des saucisses et avait accompagné cette illustration joyeusement obscène d'un petit mot adorable me disant qu'elle pensait à moi et balancerait sûrement son mari tout neuf pour venir vivre avec moi sur le house-boat, que j'avais donc intérêt à préparer de sacrés stocks de bonne vodka. Bien sûr, ce n'était qu'une façon de m'exprimer son amitié, car Amir et elle étaient follement heureux, mais ça me fit chaud au cœur.

L'enveloppe suivante… Bobby ou Lily ?

Je choisis Lily.

À l'intérieur de l'épaisse enveloppe, un petit bout de papier avec quelques mots écrits au crayon d'une écriture familière, dont la simple vue me bouleversa, même après toutes ces années.

Arrête de m'écrire.

Ce n'était pas grand-chose, mais ces mots me déchirèrent le cœur. L'espace d'une seconde, j'eus l'impression de ne plus pouvoir respirer. Puis, je me ressaisis et inspirai une grande bouffée d'air aux senteurs de pin. Mes lèvres tremblaient, tant je luttais contre l'envie de cracher une bordée de jurons… ou de fondre en larmes.

Elle n'avait sans doute pas apprécié à leur juste valeur mes lettres sur les cormorans et la pluie.

Elle ne me disait rien d'elle, ne me demandait pas comment j'allais. Pas de questions sur Poe ou sur maman. Rien.

— Boomer, criai-je, la voix brisée.

Mon chien déboula sur le ponton au grand galop, les oreilles au vent, un large sourire placardé sur sa bonne tête pataude, bondit sur le bateau, gravit l'étroit escalier menant à la terrasse et se précipita dans mes bras.

Qu'aurais-je fait sans mon chien ? Je n'en savais rien et c'était mieux ainsi. Ce n'était pas le moment de m'appesantir là-dessus. Je serrai son cou touffu, et mes larmes roulèrent dans sa fourrure tandis qu'il haletait à mon oreille tout en remuant gentiment la queue.

Accepterais-je un jour le désamour de ma sœur ? Le fait qu'elle ne m'aimait plus depuis des années. Des décennies ? Difficile à dire.

J'avais Roseline, qui était pour moi plus une sœur que Lily ne l'avait été depuis bien longtemps. J'avais d'autres amies à Boston, ma chère petite ville tortueuse. J'avais Bobby, même si nous avions rompu. Et ici, sur Scupper, j'avais… eh bien, Gloria et Xiaowen, des relations nouvelles mais pleines de potentiel. J'avais ma mère, en un sens. J'avais Poe…

Mieux valait m'arrêter maintenant plutôt que de risquer de craquer.

Je lâchai mon chien et ouvris l'enveloppe de Bobby. Ses marques d'attentions me touchaient moins à présent. Il avait utilisé un papier de chez Crane's que sa mère lui avait offert, frappé à ses initiales, RKB, Robert Kennedy Byrne. Dans les familles irlandaises de Boston, il y avait toujours au moins un membre du clan pour s'appeler Kennedy.

Salut, Nora,

J'espère que tu vas mieux. Je voulais que tu saches qu'on n'est pas ensemble, Jabrielle et moi. Je me suis comporté de manière stupide, impulsive et j'ai commis une belle erreur en prime.

En plus, elle n'est pas toi.

Je te vois la semaine prochaine. Dis-moi si tu as besoin de quelque chose.

Bobby.

Eh ben. Voilà qui donnait à réfléchir.

Elle n'est pas toi.

C'était agréable à entendre, c'est vrai, surtout après le message de ma sœur qui, seule dans sa prison, loin de sa famille à l'autre bout du continent, n'avait aucune place pour moi, ni dans sa cellule ni dans son cœur.

12

Il m'est arrivé un truc vraiment surprenant.

Ma mère est venue me demander conseil. Me demander conseil !

Un des avantages du house-boat, c'est que je voyais approcher mes visiteurs, étant donné qu'ils étaient obligés d'emprunter le ponton pour accéder au bateau. Et, le mercredi soir, alors que je coupais des légumes à faire sauter, ma mère s'arrêta sur le bord de la route et remonta le ponton d'un bon pas avant de débouler dans ma cuisine. Sans frapper.

— Poe m'inquiète, m'annonça-t-elle tout à trac.

Boomer, qui était vautré sur le tapis, se releva et l'accueillit en agitant la queue, balayant du même coup un dessous de verre posé sur la petite table.

— Bonjour, maman, assieds-toi. Tu veux un verre de vin, une bière ou autre chose ?

— De l'eau, merci.

Elle examina mon nouveau chez-moi.

— Un peu trop chic, non ?

Là, on l'entendait, la pointe de désapprobation.

— C'est un endroit spécial, lui concédai-je sans me démonter.

J'allai lui chercher un verre d'eau (elle n'allait tout de même pas choisir quelque chose d'aussi superficiel que du vin).

— Alors, que se passe-t-il avec Poe ? poursuivis-je.

Ma mère s'installa devant le plan de travail, un peu guindée, comme si elle ne s'était encore jamais assise sur un tabouret haut.

— Eh bien, elle a des notes catastrophiques et elle se renferme, alors qu'elle me parlait un peu avant ton arrivée (un silence afin que la culpabilité puisse croître et embellir). À ma connaissance, elle n'a pas d'amies. Elle passe son temps le nez collé sur son fichu téléphone et ne quitte pratiquement jamais sa chambre.

— C'est typique des adolescents !

— Enfin, Nora, n'oublie pas que sa maman est en prison, c'est pas habituel.

Je n'avais pas parlé à ma mère du message de Lily et ne comptais pas le faire.

— Dans ce cas, peut-être que Poe pourrait dormir ici vendredi soir, suggérai-je.

— En quoi ça lui ferait du bien ?

Cette discussion avec ma mère me donnait l'impression de subir les coups de bec d'une volée de poulets vengeurs.

— Ce serait un changement de décor, on pourrait peut-être regarder un film, bavarder, manger un truc au chocolat, partager des activités qui resserrent généralement les liens entre femmes.

Ma mère fronça les sourcils.

— Si tu penses que ça peut l'aider, vas-y. Moi, je ne vois pas trop en quoi ça lui serait bénéfique.

— Lily est toujours censée sortir en août ?

— Oui.

— Alors, je présume que jusque-là le mieux qu'on puisse faire c'est d'aider Poe à se sentir aimée et protégée. Même si elle ne montre pas grand-chose de ses sentiments, c'est important de s'entendre dire qu'on vous aime, qu'on est heureux de vous voir ou qu'on a envie de passer du temps avec vous.

— C'est ce qu'on t'a appris à l'université ?

— Oui. Ainsi que pendant mes études de médecine et au

cours de mon internat. J'ai fait un stage en psychiatrie. N'oublie pas que je suis médecin. Et si on s'entraînait toutes les deux ? Je vais te dire quelque chose de gentil et tu me diras si ça te fait du bien ou pas.

— Moi, ça va.

— Fais-moi plaisir.

— Bon.

Elle prit une gorgée d'eau et roula de grands yeux.

— Maman, j'ai toujours admiré ton calme et ta façon de tout gérer toute seule.

— Eh bien, comment suis-je censée me comporter sinon ? Comme un poulet à qui on aurait tranché la tête ?

— Bien joué, maman. Et maintenant à toi de me dire quelque chose de gentil.

Sacrée ruse, je sais, pour obtenir l'approbation maternelle.

Elle poussa un soupir.

— Eh bien, pour être franche, je te préférais un peu plus dodue.

— Ah non, maman, là, ça ne va pas. Une remarque gentille.

— C'était gentil.

— Tu me dis que je suis trop mince.

— Je dis juste que tu as toujours été jolie et que tu n'avais pas à perdre de poids ni à porter de beaux vêtements pour qu'on s'en aperçoive.

Ce qu'elle vous donnait d'une main, elle vous le reprenait de l'autre.

— Merci, maman. C'est adorable de ta part. Maintenant, pour Poe, tu pourrais peut-être lui dire quelque chose du genre : « Même si ce n'est pas une situation idéale, je suis vraiment heureuse que nous puissions passer ces moments ensemble. »

— Mais je ne suis pas heureuse, Nora. Ma fille est en prison.

— Maman, c'est un mensonge, d'accord ? Pour ma part, je me sens morte intérieurement, mais je donne le change en attendant d'avoir remonté la pente. Tu vois mon sourire ? Tu me vois me préparant un dîner super équilibré pour moi toute seule ? Tu me vois savourant la vie, avec un verre de vin par jour ? Ce sont des trucs que font les êtres humains.

Elle fronça les sourcils.

— Pourquoi es-tu morte intérieurement ?

— Non, ce sont des mots, j'exagère, c'est tout.

Je me remis à couper des carottes. Collier Rhodes avait des couteaux fantastiques, et il fallait que je fasse très attention à ne pas me trancher le bout des doigts, car les couteaux me rendaient encore très nerveuse.

— Depuis un an, tu es très différente.

— Ah oui ? Comment tu pourrais le savoir ?

J'avalai une rasade de vin, une rasade hostile, si tant est que ce soit possible.

— Je vais envoyer un SMS à Poe et veiller à ce qu'elle vienne au house-boat. D'accord ? Super. Merci d'être passée.

— Tu devrais manger davantage de viande, poursuivit ma mère. Tu es pâlotte.

— Entendu. Au revoir.

J'attendis qu'elle soit remontée dans sa voiture pour m'avaler le reste de mon vin.

— Je suis gastro-entérologue, maman. Combien de colons as-tu déjà nettoyés, toi, hein ? Tu pourrais peut-être imaginer que j'en connais un peu plus que toi sur la manière de manger sainement, non ? Que faire médecine, ce n'est pas tuer le temps ?

J'en étais là de ma péroraison quand on frappa à la porte. Oups ! Il fallait vraiment que j'arrête de râler aussi fort.

C'était Audrey Fletcher. La fille de Sullivan.

— Bonjour, Audrey.

— Je peux entrer ?

— Bien sûr. Ça me ferait très plaisir. Je suis justement en train de préparer mon dîner. Assieds-toi. Je t'offre à boire ?

— Vous avez du Coca ?

— Non, ma chérie. Que dirais-tu d'un verre d'eau pétillante avec une rondelle de… attends… voyons voir…

J'ouvris le réfrigérateur.

— Et si j'y ajoutais quelques mûres pour parfumer ?

— Ce serait génial. Salut, Boomer ! Salut, mon beau !

Elle s'agenouilla à côté de lui et le câlina.

— Tu as un chien ? lui demandai-je en lui préparant sa boisson.

— Non. Un chat. Il est très gentil. Sooty. Il est très vieux et, avec un chien, ce serait difficile pour lui.

— Bien sûr. Alors, quoi de neuf ? Comment ça se passe à l'école ?

— Ça va.

Elle esquissa un sourire hésitant, et je me dis qu'on avait des affinités, elle et moi.

— Moi, j'ai détesté le lycée, lui confiai-je en lui remettant son verre.

Avec les mûres, les glaçons à la surface de l'eau pétillante, sa boisson avait un côté très sophistiqué et sympa.

— Pourquoi vous avez détesté ?

Je plaçai quelques bâtonnets de carotte dans un récipient, les saupoudrai de poivre, les posai sur le plan de travail entre nous, puis en pris une pour grignoter. Après quoi, je me remis à couper mes légumes avant de hacher la coriandre, dont l'odeur fraîche embauma toute la cuisine.

— Eh bien, je n'étais pas très populaire. Trop intelligente, trop singulière, trop empotée. Ma sœur, elle, était ridiculement belle, de sorte j'avais beaucoup de mal à m'aimer.

— Ma mère est vraiment belle, soupira-t-elle d'un air triste et rêveur en prenant une gorgée d'eau. Et mon père est super beau.

— C'est vrai, lui concédai-je, même si c'est le visage de Luke qui m'apparut (et ce pas de la manière la plus flatteuse). Ton père était vraiment chouette au lycée.

Elle s'anima.

— C'est sûr. Il est génial.

— Tu es fille unique ?

— J'ai un demi-frère. Rocco. Il a sept ans.

Elle s'interrompit une seconde, puis ajouta :

— Mes parents ont divorcé quand j'avais trois ans.

— Je connais ta maman ?

— Amy Beckman ? Elle était dans votre classe, elle aussi, je pense.

Je relevai vivement la tête.

— Ah. Ils sont donc restés ensemble.

— Pas très longtemps. Ils avaient vingt ans quand je suis née, vingt-trois quand ils ont divorcé.

Je sentis une pointe de satisfaction amère. J'avais toujours pensé que Sullivan méritait mieux qu'Amy, le stéréotype de la pom-pom girl.

Subitement, je la revis débouler au Clam Shack un après-midi d'été, avec à la main un bouquet de lupins pour Sully, tout sucre et tout sourire. J'avais fait mine de ne pas regarder lorsqu'il l'avait embrassée.

On avait tous deux facettes. Ou trois. Ou plus.

— Tu t'entends bien avec ton petit frère ? demandai-je.

— Oh oui. Je l'adore. Bon, il vit avec maman et moi avec papa, comme ça, il dérange pas mes affaires et tout et tout. Mais il est génial. Trop mignon.

Elle m'offrit un grand sourire, que je lui rendis.

— Des fois, je lui fais une chemise et dessus je dessine un dinosaure au pochoir ou autre chose.

— Bravo, tu sais coudre ?

— Au lycée, je fais partie du club de mode. On réalise des habits et des trucs et, à la fin de l'année, on organise un défilé. Comme dans *Project Runway*.

— J'adore cette émission. Et tu confectionnes aussi tes propres vêtements ?

Elle baissa le nez vers son T-shirt et son jean trop serré, et peu flatteur.

— Non. Appelez-moi Michael Kors. Mes créations sont bien plus stylées que mes vêtements.

J'éclatai de rire.

— Poe adore la mode, elle aussi.

C'était du moins ma perception. Elle consultait beaucoup de revues présentant des tas de célébrités sur le tapis rouge. Et puis, avec ses cheveux bleus et le reste, elle avait un style bien à elle.

— J'avais cru qu'elle se joindrait à notre club, mais…

Les joues roses, Audrey haussa les épaules. Il était clair que Poe l'avait rembarrée.

Ça n'aurait vraiment pas fait de mal à ma nièce d'avoir une amie. Et peut-être que ça ne ferait pas de mal à Audrey d'avoir une amie aussi sûre d'elle que Poe.

— Dis, Audrey, tu serais d'accord pour dormir ici vendredi ? Poe va venir, et ce serait chouette que tu sois là aussi.

— C'est vrai ?

En voyant son visage s'illuminer ainsi, je compris qu'elle était rarement invitée. Punaise, j'avais l'impression de contempler un duplicata de ce que j'avais pu être à l'adolescence.

Sauf que son père était présent, et qu'il l'aimait. De même que son frère. Et, avec un peu de chance, Amy aussi.

— Oui. Mais seulement si ça te dit. Et il faudra bien sûr que je consulte tes parents.

— J'appelle mon père, s'écria-t-elle en sortant son mobile. Papa ? Salut, je suis chez Nora. Oui ! Non, je suis venue à vélo.

Je ne sais pas, je ne l'ai pas vu. Écoute, est-ce que je peux dormir chez Nora, vendredi ? Poe sera là. Sa nièce. Entendu, ne quitte pas.

Elle me passa son appareil.

— Bonjour, Sullivan.

— Nora ?

— La seule et unique, fis-je avec un clin d'œil. Comment vas-tu ?

Je m'efforçai de parler clairement sans en faire trop pour autant.

— Bien, ça va. Et toi ?

— Très bien. Euh, ma nièce vient dormir chez moi et je me suis dit que ce serait sympa si Audrey était des nôtres, elle aussi. Ça t'irait ?

Il y eut un silence, dont je profitais pour lâcher la bride à toutes mes insécurités.

Pourquoi est-ce que je laisserais ma gamine aller chez toi, le troll ? Pourquoi accepterais-je qu'elle devienne amie avec ta peste de nièce ? Serais-tu du genre prédateur sexuel pour demander à ma fille de dormir chez toi ?

— Bien sûr. Merci.

— Génial ! Elle peut venir avant le dîner, qu'en dis-tu ?

— C'est très bien. Qu'est-ce qu'elle peut apporter ?

— Rien, mais merci.

— Merci à toi. Alors, je la déposerai vers 17 heures.

Je rendis le téléphone à Audrey qui déclara qu'elle n'allait pas tarder à rentrer. Puis elle raccrocha et m'adressa un sourire radieux.

— Écoute, enchaînai-je alors. Poe n'est pas… enfin, elle traverse des moments difficiles. Ça me ferait vraiment plaisir que tu acceptes.

— Vous plaisantez ? Je ne suis jamais invitée nulle part.

Elle grimaça, porta la main à sa bouche. Elle était cramoisie.

— C'était pareil pour moi, Audrey. Donc, formons le groupe des parias, toutes les trois, lui suggérai-je avec un sourire.

Le soulagement se peignit sur son visage. Un jour, même si elle ne risquait pas de me croire pour le moment, Audrey retiendrait l'attention. Elle ne serait pas jolie (elle ressemblait trop à son père pour être jolie), mais elle aurait cette allure qui vous durait des décennies, et pas seulement le temps du lycée.

Le vendredi soir, j'étais fin prête. J'avais une batterie de DVD de *Project Runway*, des plats sains, d'autres un peu moins, quatre nuances de vernis à ongles et un masque à la boue de la mer Morte, affirmait le texte de présentation. J'avais pris le ferry pour Portland et m'étais rendue chez Target pour préparer mes stocks et acheter les derniers films apocalyptiques pour ados ainsi que quelques jeux de société (ça datait, je sais, mais il n'allait pas être facile d'inciter Poe à bavarder).

Je m'étais également démenée pour rendre sa chambre plus accueillante. J'avais choisi des fleurs que j'avais disposées dans la salle de bains ainsi que sur sa table de nuit, à côté de mon propre exemplaire de *Harry Potter et la pierre philosophale* (j'aurais été bien incapable de dire combien de fois je l'avais lu !).

Audrey dormirait dans le loft, sous le toit à double pente. Là aussi, je mis des fleurs.

À 5 heures de l'après-midi, ma nièce franchit la porte.

— Bonjour, ma chérie ! m'écriai-je en m'avançant pour l'embrasser.

Elle détourna l'épaule.

— Qu'est-ce que je fais ici ? Je suis punie ? s'enquit-elle.

— Non, récompensée. En passant du temps en compagnie de ta tante sympa qui t'adore.

— Je préférerais être à la maison.

— Avec ta grand-mère ?

— N'importe où, sauf ici.

Malgré mon envie de lui demander pourquoi elle se montrait aussi méchante avec moi, sans parler du fait que j'étais à deux doigts d'éclater en sanglots, je me rappelai que j'avais vingt ans de plus que Poe.

— Pourquoi te montres-tu aussi méchante avec moi ? lui lançai-je.

(Mais je n'éclatai pas en sanglots, hourra.)

— Pourquoi tu fais comme si tu m'aimais ? rétorqua-t-elle. Tu n'es ici que pour l'été.

— Ah ? Je devrais donc t'ignorer, alors ?

— Ouais.

Elle m'exprima son rejet en prononçant son ouais sur deux syllabes, et je soupirai. Le bienheureux Boomer, qui ne savait rien des adolescents et de leurs humeurs, pressa sa truffe contre la cuisse maigrelette de Poe.

— Eh bien, tiens, une idée encore, ajoutai-je, peut-être qu'on pourrait se balader, faire des trucs ensemble, apprendre à se connaître, on est de la même famille, non ?

— À ce que j'ai entendu dire, dans la famille, on a tendance à ficher le camp du jour au lendemain sans qu'on vous revoie jamais, répliqua-t-elle. Toi, le chien, arrête de me coller.

— Je présume que tu parles de mon père.

Très bien ! Enfin ! On allait en parler.

— Qu'est-ce que Lily t'a dit ?

— Je peux avoir du vin ? demanda Poe en s'installant en sauterelle sur un tabouret haut devant le plan de travail.

— Non. Qu'est-ce que tu sais ?

Elle soupira.

— Il paraît qu'il était génial, et que mamie a été une garce totale tout du long, qu'il bossait sur son livre, mais qu'elle supportait pas son talent et l'a foutu à la porte et après la vie est devenue encore plus merdique.

— Oui, c'est effectivement devenu merdique, mais ce n'est pas vraiment toute l'histoire.

Cela dit, je ne connaissais pas toute l'histoire.

— La vie était assez fantastique avant son départ.

Quelle idiote je faisais à constamment défendre mon père.

Une lueur éclaira les yeux de Poe, qui se refusa néanmoins à me fixer. Tiens, elle manifestait un certain intérêt.

— C'est pas ce que dit ma mère.

— Ah oui ? Bon, peut-être que je pourrais te montrer quelques-uns des trucs qu'on faisait, comme ça tu jugeras par toi-même.

Elle reporta son attention vers le plan de travail.

— Peut-être, marmonna-t-elle.

— Pardon ?

— Peut-être.

— Style, oui, pourquoi pas, s'il n'y a rien de mieux à faire ici ?

Elle sourit presque, je le jure.

— Peut-être, répéta-t-elle.

— Salut ! Je suis en avance ? Ou en retard ?

Audrey apparut sur le seuil de la pièce. Son père se tenait derrière elle, une main sur l'épaule de sa fille.

— Bonjour, Audrey ! Non, c'est parfait, m'écriai-je en collant un coup de pied dans la jambe de ma nièce.

— Salut, Audrey. Tu veux jouer aux Barbie ? fit cette dernière.

Audrey afficha un sourire hésitant.

— Entre, lui lançai-je. Bonjour, Sully.

Il hocha la tête.

— A-t-elle des allergies alimentaires, des médicaments à prendre ou autre chose qu'il serait bon que je sache ? lui demandai-je en m'efforçant de ne pas regarder son sonotone.

— Non. Vous serez toutes seules ce soir ?

— Tu veux savoir si elle va recevoir un ou plusieurs messieurs ? intervint Poe.

— Oui, c'est ce que je voulais dire, répondit-il avec un demi-sourire.

— Ce sera une soirée entre filles, déclarai-je. Hé, tu as une seconde ?

Il regardait Audrey qui caressait Boomer.

— Sullivan, fis-je en posant la main sur son bras.

Il reporta vers moi ses yeux bruns, calmes et profonds.

— Je peux te parler une minute ?

On monta sur la terrasse d'où il était facile de voir que Poe boudait Audrey, laquelle faisait mine de ne rien remarquer et flattait le ventre de Boomer.

— Qu'est-ce qu'il y a ? murmura Sullivan.

— J'ai vu Luke l'autre jour.

Il attendit.

— Il ne ferait rien, n'est-ce pas ?

— Non, il est juste..., dit Sullivan en haussant les épaules. Il est juste un peu amer. Surtout maintenant que tu es revenue et que tu habites ici (il pointa le menton en direction du bateau), que tu te lies avec Audrey, etc.

— Il continue à prendre de la drogue ?

— Non. De temps en temps, il va trop boire, mais il ne conduit plus. On lui a retiré son permis.

Je hochai la tête.

— J'ai entendu dire que tu étais tombée sur Amy, poursuivit Sullivan.

— Oui.

— Elle ne sait pas qu'Audrey est ici. C'est moi qui ai la garde.

— C'est ce qu'Audrey m'a dit.

Il y avait une histoire derrière tout ça, j'en étais sûre.

— Si Amy l'avait su, continua Sully d'une voix plus basse, elle aurait demandé à Audrey de dormir chez elle, et Audrey aurait accepté parce qu'elle adore sa mère et que celle-ci ne passe pas beaucoup de… bref. Audrey aurait dit oui.

— Ah.

— Donc, je n'ai rien dit, parce que je pense que ce serait bien que ma fille ait une amie, et que Poe m'a l'air d'être quelqu'un de bien.

— C'est vrai ?

Il haussa les épaules.

— Elle ne me paraît pas épouvantable.

— Non, pas épouvantable.

Il sourit un peu, et je sentis mon cœur se serrer dans ma poitrine.

— Merci d'avoir invité Audrey. Et appelle si tu as besoin de quoi que ce soit.

Il me remit un bout de papier.

— Mon portable.

On rentra, et Sullivan dit alors :

— Je m'en vais, ma chérie. Amuse-toi bien.

Elle se remit debout avec peine. Elle avait entre vingt et vingt-cinq kilos de trop, et je repensais aux difficultés que j'avais pu connaître à l'époque et à l'envie qui me taraudait lorsque je voyais des filles se relever avec grâce.

— Au revoir, papa, s'écria-t-elle en l'embrassant tendrement sur la joue.

Re-pincement au cœur pour moi.

— Au revoir, ma chérie. Je t'aime.

Il pointa le menton vers Poe.

— Amuse-toi bien, Poe.

— Merci, marmonna-t-elle sans le regarder.

Aussitôt Sullivan parti, le silence s'abattit dans la pièce.

— Bien, j'ai pensé qu'on pourrait se préparer une pizza

maison pour le dîner. J'ai plusieurs jeux de société et j'ai chargé *Project Runway* dans le lecteur de DVD. Et puis… euh… on pourrait aller faire un tour en canoë, si ça vous tente.

— Un tour en canoë ? protesta Poe. Tu blagues ? Moi, je passe mon tour.

— Euh, moi aussi, renchérit Audrey. À un autre moment, peut-être. Mais à cette heure-ci les moustiques sont de sortie.

— Bien vu, reconnus-je. Alors, qui aime quoi sur la pizza ?

— Les pizzas, ça fait grossir, grommela Poe, les yeux rivés sur son téléphone pour envoyer des SMS à ses mystérieuses amies de Seattle.

Sympa. Jamais Audrey n'accepterait de manger une pizza maintenant que Poe la gazelle avait décrété que ça faisait grossir, me dis-je, furieuse contre ma nièce.

— Moi, j'aime les tomates et le saucisson, déclara Audrey.

Je tournai vivement la tête vers elle.

— Super ! m'exclamai-je. Moi aussi. Et les champignons, qu'est-ce que tu en penses ?

— J'adore.

— Poe, pourquoi ne prépares-tu pas une salade ?

— Non, merci.

— Laisse-moi reformuler la chose. Poe, prépare la salade, s'il te plaît. Tout est dans le frigo.

Après un soupir de martyr et une pause interminable, Poe se releva et ôta sa veste de cuir, révélant ainsi son buste menu dans son débardeur, ses omoplates délicates. Elle avait un tatouage récent sur l'épaule, des ailes d'ange, et sa peau parfaite était encore irritée par l'agression de l'aiguille.

J'éprouvai une brusque envie de la serrer dans mes bras, de la débarbouiller et de l'expédier au lit.

— Qu'est-ce que je peux faire ? demanda Audrey.

Je la chargeai de mettre la table.

Elle papota gentiment pendant que nous nous activions, nous parla de son travail au chantier naval, de son amour de la pêche, de ce qu'elle allait peut-être faire cet été.

— Papa m'a dit qu'on pourrait aller quelque part pour un long week-end, nous confia-t-elle. J'ai envie d'aller dans une grande ville, vu que je ne suis jamais allée nulle part, sauf à Boston une fois ou deux. Peut-être New York. Ou, je ne sais pas, Seattle ? Il paraît que c'est cool.

On attendit, l'une comme l'autre, que Poe réagisse. Elle continua simplement à couper les oignons verts comme si son couteau pesait trois tonnes.

— Seattle est une très belle ville.

— Oh ! c'est parce que tu y es allée trois fois que tu es une experte ? me lança Poe.

— Cinq, et oui. Audrey, la Space Needle semble…

— C'est un truc pour ces abrutis de touristes, poursuivit Poe.

— … bizarre de loin, mais on peut manger tout en haut de la tour et la vue est fantastique. On y mange délicieusement bien. Franchement, je n'ai jamais été déçue d'un repas à Seattle. Ils mettent du saumon et du crabe partout, proposent des produits de la mer extrêmement frais. Ce n'est pas qu'on en soit privé ici, mais…

— On peut changer de sujet ? fit Poe.

— Bien sûr, répondit Audrey. De quoi aimerais-tu discuter ?

Elle sourit à ma nièce qui la regarda d'un air peiné.

— Je ne sais pas, grommela Poe. Si on parlait des scouts ? Tu dois faire partie des scouts, toi ?

— Plus maintenant. Mais je m'y suis bien amusée.

Touché, Poe. Audrey ne se laissait pas démonter et gardait sa bonne humeur. Bravo.

Et donc la soirée se poursuivit : Audrey, bien qu'un peu nerveuse, demeurait charmante, comme si je risquais de la renvoyer si elle n'était pas assez agréable. Poe, en revanche, restait murée dans sa maussaderie. On joua à Apples to Apples, on regarda *Project Runway*, on mangea. Enfin, Audrey et moi, même si je remarquai qu'Audrey continuait à regarder la pizza après avoir mangé sa part. De son côté, Poe mâchonna une feuille d'épinard et laissa le reste de sa salade dans son assiette.

Quand je finis par décréter qu'il était temps d'aller se coucher (11 h 30, une heure suffisamment tardive, à mon avis), j'étais épuisée. Je les conduisis à leurs chambres respectives et leur souhaitai bonne nuit. Poe referma sa porte immédiatement.

— Désolée pour son comportement, chuchotai-je.

— J'ai entendu, déclara Poe.

— Elle parle ! m'écriai-je. Bonne nuit, chérie.

Pas de réaction.

— Toi aussi, Audrey.

— Merci beaucoup de m'avoir invitée, me dit-elle. Je n'ai encore jamais dormi sur un house-boat.

Là-dessus, elle me donna une bise pleine de spontanéité, puis disparut dans son loft en rougissant.

Je me sentis coupable d'éprouver pour elle cent fois plus d'affection que pour Poe.

— Allez, viens, Boomerang, dis-je à mon chien. Un dernier pipi et au lit.

Je le laissai sortir et fis quelques pas sur le ponton pendant qu'il s'enfonçait en bondissant dans les bois pour renifler divers arbustes et faire ses petites ou grosses affaires.

Un tapis d'étoiles scintillantes se déployait au-dessus de la baie. Pas de vent, juste le léger balancement du ponton sous la poussée de la marée montante. La silhouette noire des pins se découpait sur le sombre velours prune du ciel, et j'inspirai profondément l'air de l'île qui nettoyait mes poumons de citadine. Même si j'adorais Boston, il régnait dans la ville de fort méchantes odeurs (les éructations des camions crachant leurs gaz d'échappement sur l'autoroute Mass Pike, les exhalaisons d'excréments humains montant de Back Bay, la Orange Line aux perpétuels relents d'urine, les bouffées sulfuriques de North Station en hiver).

Ici, l'air était tellement pur qu'on sentait ses poumons reprendre leur couleur rose tendre.

— Allez, Boomer, reviens, lui dis-je à voix basse au cas où les filles seraient déjà endormies.

Mon chien bondit docilement sur le ponton.

— C'est bien, m'écriai-je en lui grattant la tête. Merci, tu es gentil.

Je me tournais pour ouvrir la porte quand quelque chose attira mon attention.

Une petite lueur orange brilla dans le bois, puis s'éteignit.

Quelqu'un là-bas fumait une cigarette. J'avais à peine fait ce constat qu'il me sembla percevoir l'odeur du tabac. La lueur orange scintilla de plus belle lorsque la personne en question reprit une bouffée. Boomer gronda.

Ce terrain ne m'appartenait pas, je ne pouvais donc pas porter plainte pour intrusion dans ma propriété. Néanmoins, une fois rentrée, je fermai les portes à clé, bouclai toutes les fenêtres et baissai tous les stores. Je jetai un coup d'œil sur les filles endormies.

J'envoyai un SMS à Sullivan.

Quelqu'un fume dans le bois au nord de mon ponton.

Sur l'écran de mon téléphone les trois petits points en mouvement me rassurèrent immédiatement. Il était réveillé et me répondait.

Ferme les portes.

Moi : C'est fait.

Sullivan : J'appelle mon frère tout de suite.

Puis j'allai à ma chambre, me saisis de mon Smith & Wesson 1911, revins au salon et attendis, les yeux rivés sur la porte.

Si quelqu'un entrait (si Luke Fletcher entrait), est-ce que je lui tirerais dessus ? Alors que sa nièce était à l'étage ? Serais-je vraiment capable de presser la détente ? Mon chien et mon arme seraient-ils suffisamment dissuasifs ou serais-je obligée de tirer ? Je pourrais toujours viser sa jambe. Je n'avais aucune envie de le tuer.

L'autre, mon terroriste à moi, oui, celui-là, je serais peut-être capable de le descendre. Mais il ne savait pas que j'étais ici. Aucun document public n'indiquait que je m'étais installée à Scupper. Mon contrat de location ? Était-il en libre consultation ?

Une seconde plus tard, mon téléphone sonna, et je sursautai comme si on m'avait piquée.

— Allô ?

— C'est Sullivan.

— Salut.

— Luke m'a dit qu'il se baladait simplement dans le bois, qu'il n'avait pas cherché à te faire peur.

J'inspirai, consciente de m'être laissé déborder.

— Entendu.

— Je lui ai demandé de te ficher la paix et de retourner au chantier naval.

Soulagée, je relâchai mes épaules crispées.

— Merci, Sully.

— Pardon ?

— Merci.

Il y eut un silence.

— Tu veux que je fasse un saut chez toi ?

J'aurais bien apprécié.

Mais je me revis aussi par terre dans la rue, la mascotte des Beantown Bug Killers au-dessus de moi, quand je m'étais dit que je n'étais pas la personne que je voulais être et qu'il était désormais trop tard.

Je m'éclaircis la gorge.

— Non, ça va. On se verra demain. Hé, il faut que j'aille à Boston… je pourrais te déposer Audrey en allant au ferry, non ?

Nouveau silence durant lequel je me demandai s'il m'avait vraiment entendue.

— Non, elle peut aller à pied jusqu'au chantier. Elle travaille demain.

— Oh. D'accord, fis-je en me mordant la lèvre. Désolée de t'avoir réveillé.

— Je ne dormais pas.

Je l'imaginai seul chez lui, ou peut-être pas seul, assis sur le bord de son lit.

Il avait un beau visage, Sullivan Fletcher. Un visage serein, rassurant. Rien que d'y penser, je me sentais déjà davantage en sécurité.

— Bonne nuit, me dit-il.

— Bonne nuit, lui répondis-je en écho.

Et j'allai me coucher. Moi, mon chien et mon arme, au cas où.

13

C*hère Lily,*

Je sais que tu m'as demandé de ne pas t'écrire, mais je m'en fous, OK ? Bon, tu sais quoi ? Je vais bosser tout l'été à la clinique de Scupper. Hier, une femme a débarqué avec son nouveau-né dont l'odeur du cuir chevelu m'a rappelé Poe juste après sa naissance. Pour moi, c'était le plus beau bébé du monde. Elle l'est toujours. Tu lui manques. Tu me manques aussi.

Bisous,

Nora.

Il y avait la coupe aux six citrons sur le plan de travail. Le bouquet de gerberas rouges sur la table basse. Mon joli petit appartement aussi bien rangé et charmant que lorsque je l'avais laissé. Mon foyer parfait.

Mais cette fois la porte coulissante en verre était ouverte, et j'avais déjà compris qu'il était là. Je fis mine de ne m'apercevoir de rien, en me disant que si je l'ignorais suffisamment longtemps il disparaîtrait. Je l'entendis se faufiler dans la douche, j'entendis le sifflement des anneaux sur la tringle quand il referma le rideau. Mais j'étais sûre, j'étais totalement sûre qu'en niant sa présence il se volatiliserait d'une manière ou d'une autre.

Puis il tira le rideau de douche, mais ce coup-ci il avait déjà le couteau à la main.

Je me réveillai en sursaut, trempée de sueur et haletante comme Boomer après une longue course.

D'ailleurs, il était où, mon chien ? Et l'homme dans le bois hier, était-ce réellement Luke ou bien Voldemort m'avait-il retrouvée ? Et où étaient les filles ?

Je sortis en trombe de ma chambre et tombai sur elles deux, à la table de cuisine. Poe affalée, Audrey simplement assise en face d'elle. Toutes deux levèrent la tête vers moi.

— Vous allez bien ? balbutiai-je.

— Bizarrement, oui, me répondit Poe.

— Vous voulez un café ? me proposa Audrey.

Le cœur battant à tout rompre, je finis par bredouiller :

— Euh… oui. Merci.

Audrey m'apporta une tasse. Elle avait déjà placé le sucrier et le pot à lait sur la table.

— Mauvais rêve ? s'enquit Poe en m'examinant de la tête aux pieds.

Je hochai la tête.

— Chez mamie, t'arrêtais pas de parler dans ton sommeil.

— Désolée, marmonnai-je.

Avais-je lâché des trucs susceptibles de l'inquiéter ? me demandai-je. Cela dit, Poe n'avait pas l'air du genre à se tracasser pour sa tante, ce qui était plutôt une bonne chose. J'avais envie de l'aider, pas d'ajouter à ses problèmes.

— Vous voulez que je prépare des gaufres ? proposai-je.

Le house-boat de Collier Rhodes était totalement équipé.

— Il faut que j'aille travailler, déclara Audrey. Je vais aller jusqu'au chantier à pied.

Puis se tournant vers moi :

— Merci beaucoup de m'avoir invitée.

Et à l'adresse de ma nièce :

— Poe, c'était chouette de passer ce moment ensemble.

— Oui, pour moi aussi.

Poe lui décocha un sourire emprunté, et je sentis mon cœur se serrer. J'étais prête à parier que, derrière sa carapace de dure à cuire, Poe était très seule.

J'embrassai Audrey.

— Merci d'être venue, ma chérie. Passe quand tu veux.

— D'accord. Merci. C'était vraiment bien. Salut, Boomer.

Elle ébouriffa la fourrure de mon chien, puis attrapa son sac à dos et s'en alla.

— Elle est très sympa, dis-je en m'asseyant.

— Je parie que tu préférerais que ce soit elle, ta nièce.

J'avalai une gorgée de café.

— Non. Elle n'a pas les cheveux bleus, moi, j'adore les cheveux bleus.

Poe leva les yeux au ciel, tendit le bras vers le café et grimaça. Je remarquai alors une tache humide sur l'épaule de son T-shirt.

— Et ton tatouage ? Ça va ?

— Bien.

— Tu permets que j'y jette un coup d'œil ?

— Non. C'est trop pervers.

— À mon avis, il pourrait s'être infecté. Je suis médecin, n'oublie pas.

Elle hésita, puis remonta son T-shirt.

Et voilà. Ces ailes d'ange suppuraient.

— Attends, je vais chercher de la bacitracine.

Un jour où j'étais allée leur rendre visite alors que Poe avait à peu près quatre ans, elle avait adoré jouer à la malade avec moi. Elle me tendait sa petite main, et je lui appliquais un pansement sur le doigt en lui offrant un chocolat Hershey's pour qu'elle guérisse plus vite. Ensuite de quoi, je prenais sa température et la calais contre ses oreillers.

— Tu te reposes, lui ordonnais-je, et tata va te frictionner les pieds.

Ça avait été un moment génial. J'avais vraiment cru que Lily et moi allions nous rapprocher. Elle m'avait même embrassée quand j'étais partie.

Lorsque j'avais appelé une semaine plus tard, elle n'avait pas décroché, ne m'avait pas rappelée ni n'avait répondu à mon mail.

J'allai à la salle de bains récupérer ma trousse de première urgence et un gant de toilette propre que je passai sous l'eau chaude, puis essorai. Assise à la table, Poe me tournait le dos. Elle avait des omoplates de petite fille, menues et fragiles.

— C'est répugnant ? s'enquit-elle.

Pour la première fois, il n'y avait aucun sarcasme dans sa voix.

— Non, je ne trouve pas, répondis-je en appuyant doucement le gant sur son tatouage. Des trucs répugnants, j'en ai vu, et là on en est très loin.

— C'est quoi les trucs les plus immondes que t'as vus ?

Incroyable ! Elle s'intéressait à la profession de sa tante !

— Eh bien, un jour, une femme a poussé la porte de mon bureau, parce qu'elle avait mauvaise haleine. Et je ne te parle pas d'une dame qui aurait mangé trop d'oignon à son repas de midi.

Je retirai la compresse d'eau chaude, appliquai un peu de bacitracine, recouvris avec un carré de gaze et un sparadrap pour maintenir le tout en place, puis je plaçai une poche de glace dessus pour atténuer le gonflement.

— Son haleine sentait le caca. Une vraie bouche d'égout.

— Dégueulasse.

— Oui. C'était difficile de ne pas vomir.

— C'était quoi, son problème ?

— Foetor hépatique. L'haleine des morts, comme on dit. C'est le stade ultime de l'insuffisance hépatique où les enzymes du foie migrent jusque dans les poumons du patient.

— Oh ! merde ! s'écria Poe en lâchant un beurk écœuré. Elle s'en est sortie ?

— Non. Elle est morte quelques heures plus tard.

Beatrice LaPonte de Dorchester. La deuxième malade que j'avais vue mourir.

— C'est dur de voir quelqu'un… tu vois ?

J'ôtai la poche de glace et rabaissai le T-shirt de Poe.

— Oui.

Elle garda le silence une minute. Elle avait un cou gracile et ses cheveux bleus s'harmonisaient étonnamment bien avec sa peau très claire. Incapable de résister, je tendis la main et lui caressai la nuque.

Elle sursauta.

— Qu'est-ce que tu fabriques ? Arrête les bizarreries, merde !

Je fermai brièvement les yeux.

— Tu veux venir avec moi à Boston aujourd'hui ? lui proposai-je.

— Pourquoi ?

— Je ramène Boomer à Bobby. Mon ex-copain. On pourrait peut-être aller faire des courses ? Ou s'offrir un cinéma ?

— Je passe.

L'adolescente revêche était de retour.

— D'accord, mais avant de te ramener chez mamie, je veux te montrer quelque chose, d'accord ?

— J'ai le choix ?

— Non. C'était juste par politesse.

Quinze minutes plus tard, on était dans la voiture, Boomer à l'arrière, la tête à la fenêtre, en train de japper son bonheur. Poe avait refusé de prendre le volant, c'est donc moi qui conduisais.

On descendit la voie sablonneuse et accidentée jusqu'à la route, puis on entra en ville. La circulation commençait à se densifier à cause des visiteurs du week-end. J'eus la joie de constater que les gens faisaient la queue devant chez Lala's.

On bifurqua à l'ouest de la Penniman State Forest, puis on remonta Eastman Hill où papa nous avait si souvent amenées, Lily et moi. La Colline des frissons, comme il la surnommait.

Elle était plus raide que dans mon souvenir.

Ma petite voiture rétrograda automatiquement pour avoir raison des sept cents mètres de dénivelé. Au sommet, je retrouvai l'énorme bloc de granit qui se dressait au milieu d'un massif de pins et de chênes. Ces derniers commençaient à sortir leurs bourgeons et, malgré la fraîcheur de l'air, le soleil était chaud.

— Tu m'as amenée ici pour voir un rocher ? grommela Poe en s'extrayant de la voiture, Boomer sur ses talons.

— C'est un endroit où ta mère et moi avions l'habitude de venir. Notre père installait nos bicyclettes à l'arrière de sa voiture, et on venait ici en pleine nuit. On passait plusieurs minutes assises sur ce rocher, et papa nous faisait un grand discours pour nous galvaniser.

Intéressée malgré elle, Poe ne put s'empêcher de demander :

— Pourquoi vous galvaniser ?

— Pour qu'on n'ait pas peur. Pour qu'on assume la prise de risques. Qu'on vive notre vie à fond.

Avais-je respecté ses consignes ? Avais-je répondu à ses espoirs et à ses attentes ? Mon père aurait-il apprécié l'adulte que j'étais devenue ? Ou le style de vie de Lily correspondait-il davantage à ce en quoi il croyait ?

Cela dit, il ne s'était pas comporté en père exemplaire, lui qui avait laissé tomber ses filles du jour au lendemain. Pourtant, mon amour pour lui était gravé dans mon cœur depuis mon plus jeune âge, et ce n'était pas simple de m'en défaire.

Enfin. Le but de cette virée visait à ce que Poe comprenne que sa mère et moi avions été très proches à une époque, et que Lily avait été bien différente autrefois. Peut-être pour m'encourager, Boomer se mit à lécher ma chaussure.

— Il faisait tellement sombre, poursuivis-je. On s'asseyait ici, on regardait la ville et ses lumières, c'était incroyable. Mais, avant de rentrer, il fallait d'abord conquérir la colline.

Silence du côté de Poe.

— Alors, on enfourchait nos bicyclettes. Bon, Lily allait avec papa, forcément, elle était trop petite, et on dévalait la colline à toute vitesse.

Nouveau silence, puis :

— Vous êtes tombées ?

— On a failli.

Mais, chaque fois, j'avais peur, discours galvanisant ou pas.

En portant mon regard vers le pied de la colline, je me rappelai la terreur qui me saisissait à l'idée de ne plus pouvoir tenir mon guidon, de buter contre une bosse et de m'écraser au sol. Chaque fois, un horrible éclair de peur me parcourait, accompagné par le crissement des gravillons quand je tournais, la piqûre du sable et des petits cailloux contre mes tibias.

L'euphorie (et le soulagement) à l'arrivée.

— Ta mère adorait ça, continuai-je. Elle s'asseyait sur le guidon de notre père, les bras déployés, comme si elle volait.

— Elle adore la vitesse, c'est vrai.

— C'est une bonne maman ? demandai-je.

— Elle est en prison, Nora. Qu'est-ce que tu imagines ?

Ses lèvres tremblotaient quand elle prononça ces mots.

J'eus envie de glisser le bras autour de son épaule.

— N'empêche, elle doit te manquer.

— J'ai des devoirs à faire. Tu peux abréger ce retour dans le passé, s'il te plaît ?

— Bien sûr.

Je poussai un soupir, et on remonta en voiture. Notre retour se déroula en silence. Poe bondit de la voiture à la seconde où je m'arrêtai dans l'allée de ma mère.

— Poe ? fis-je en la suivant.

— Quoi ?

— Nettoie ton tatouage trois fois par jour avec de l'eau chaude, puis mets de la bacitracine dessus, si tu ne veux pas que ça empire.

Elle ne se retourna pas.

Quatre heures plus tard, mon cœur fit un bond quand les immeubles de Boston se profilèrent à l'horizon. À côté de moi, Boomer parut comprendre qu'on était de retour, bien sûr, il avait senti Boston longtemps avant moi. Il remuait la queue. Je lui souris et caressais sa bonne grosse tête.

Il allait me manquer terriblement, mais je me débrouillerais bien toute seule. Il le fallait. Comme mon père nous le répétait autrefois, vivre, c'est affronter la peur.

Quand le ferry accosta, j'aperçus Bobby, les joues hérissées d'une barbe de quelques jours. Il ressemblait à une publicité pour J. Crew. Bobby : conquête de l'adorable Nora, brillant médecin gastro-entérologue, lauréate de la bourse Perez et membre du comité McElroy de gastro-entérologie.

Il sourit en me voyant.

— Bonjour, toi, s'écria-t-il. Ça fait longtemps. Tu as l'air bien plus en forme.

Boomer bondit : il agita la queue en bavant et bouscula Bobby conformément aux exigences du salut traditionnel des bouviers bernois.

Je m'avançai aussi, et Bobby ouvrit les bras pour m'enlacer.

Ce fut une longue embrassade.

Il sentait tellement bon. Je devinais ses côtes, et ma joue appuyait contre son épaule.

— Salut, dis-je d'une voix rauque.

— J'espère que tu n'es pas obligée de repartir immédiatement, fit-il en récupérant la laisse de Boomer. J'ai pensé qu'on pourrait déjeuner ensemble.

— Bien sûr.

— Tu as vraiment une mine fantastique.

Il palpa gentiment ma clavicule, et je sentis le picotement familier du désir.

— Totalement guérie ?

— Quasiment.

— Pas question de soulever plus de dix kilos, d'accord ?

Je souris.

— Oui, docteur Byrne.

— Où aimerais-tu aller ? J'ai pris ma journée.

Voilà qui était curieux. Jamais il ne prenait une journée de liberté.

— J'ai prévu de dîner avec Roseline, mais… euh, et si on se baladait ? Il fait bien plus chaud ici qu'à Scupper.

— Ton genou le supportera ?

— Pour le moment, oui.

— Génial.

Il me prit la main et, une douce chaleur, un rien nerveuse, m'enveloppa. Je me félicitai d'avoir choisi une jolie tenue, un jean, des bottes en suède à talons bas, un pull en cachemire vert bouteille avec une veste en cuir brun et un foulard Hermès déniché dans un dépôt-vente pour une fraction de son prix.

— Comment ça va à l'hôpital ? demandai-je.

Il me raconta alors des histoires sur les malades et les équipes, sur un gamin qui s'était volatilisé durant douze minutes parce qu'il ne voulait pas d'un vaccin contre le tétanos, ce qui avait entraîné une alerte enlèvement et la fermeture totale de l'hôpital. On se faufilait au milieu des foules de Boston, en évitant les immanquables fans des Red Sox qui se dirigeaient vers Fenway Park, les groupes d'étudiants bruyants qui chahutaient.

C'était bien agréable d'être de retour.

On fit une brève halte dans un petit café proche du Contemporary Art Institute pour regarder les passants, le vent m'ébouriffant les cheveux. La serveuse s'approcha, s'extasia devant le Roi des Chiens, et on finit par commander quelque chose à manger et du vin.

Le soleil brillait, une brise montait de la baie, et Bobby me souriait de son sourire charmeur. C'était extrêmement romantique. Exactement comme au bon vieux temps.

— Raconte-moi comment ça se passe sur l'île, me lança-t-il une fois nos plats arrivés.

Je lui offris alors une version expurgée de mon séjour. Évoquai mon bel house-boat où ma nièce avait dormi la veille, mes anciens camarades de classe, ma mère.

Et, tandis que je parlais, les événements se mirent à prendre forme d'eux-mêmes. Ma mère m'apparut plus sympathique, moins distante ; les bruits de la nuit dans le Maine se parèrent de beauté sans plus me rappeler combien je me sentais seule et vulnérable sur le bateau. Poe perdit de sa rage et se mua en une adolescente haute en couleur.

Après tout, je n'avais jamais vraiment confié à Bobby la vérité sur ma famille. Il n'y avait pas de raison de commencer.

La serveuse nous apporta l'addition, et Bobby se chargea de régler. Je jetai alors un coup d'œil sur ma montre.

— Tu veux passer chez moi ? me proposa-t-il subitement en tendant la main pour coincer une mèche de mes cheveux derrière mon oreille.

Ce geste m'avait toujours irritée. J'étais capable de m'occuper de mes cheveux, merci.

— Chez nous, pardon ? se reprit-il.

— On a rompu, Bobby.

— Je sais. Mais je ne suis pas avec Jabrielle.

— Tu n'es pas avec moi non plus.

Je haussai un sourcil et esquissai un petit sourire pour arrondir les angles.

— Tu me manques.

Très bien. Tu ne l'as pas volé.

Il se rejeta sur son siège en caressant Boomer qui tentait de s'installer sur ses genoux.

— Je veux dire, bien sûr que tu me manques. On est restés longtemps ensemble. On a été amis plus longtemps encore. Et je pense que je n'avais pas réalisé combien la vie me paraîtrait vide sans toi.

C'était vraiment un beau parleur. J'avais terminé mon vin, mais, en ne sachant quoi répondre, je fis mine d'en reprendre une gorgée.

— D'accord, enchaîna-t-il, le silence vaut une réponse. Je suis désolé.

— J'apprécie ce que tu m'as dit, mais je pense que… enfin. Je pense que nous avons besoin d'un peu plus de temps séparés.

Je reposai mon verre.

— Je vais y aller. Prends bien soin de mon chéri, s'il te plaît.

Je me penchai en grimaçant car mon genou venait de me rappeler que j'avais été très sotte de me faire renverser par un van, et embrassai mon chien.

— Je t'appelle très vite, d'accord ?

— Envoie-moi un SMS quand tu seras arrivée sur l'île, histoire que je sache que tout va bien.

Bobby se leva, me reprit dans ses bras et m'embrassa sur la joue.

Puis il m'embrassa sur les lèvres. Un baiser bref, mais ferme et tendre. Un rappel de la vie d'avant le Sale Truc.

— Rentre bien, dis-je en m'éloignant le plus vite possible.

Pour la première fois, je me fis la réflexion que cette séparation était peut-être exactement ce dont Bobby et moi avions besoin.

14

Plusieurs jours s'étaient écoulés depuis que j'avais laissé Boomer à Bobby, et j'étais à la clinique où, conformément à ce que Gloria m'avait dit, nous traitions, pour la plupart, des problèmes mineurs : j'avais vu une jeune fille victime d'une entorse à la cheville, une adolescente piquée quatre fois par des abeilles et hystérique (mais pas allergique) et, à présent, j'étais en face d'une vieille dame qui souffrait d'un grave mal de ventre suite à une constipation opiniâtre.

— Ça fait onze jours que je ne suis pas allée aux cabinets, me confia-t-elle en ronchonnant.

Je réprimai une grimace. Ce n'était pas rare chez les personnes âgées, mais onze jours, Seigneur ! Il y avait de quoi se plaindre, en effet !

— Je vous laisse vous occuper de ce patient, docteur Stuart, déclara le Dr Ames en adressant un large sourire à la malheureuse.

Gloria et moi la soupçonnions fortement d'ajouter un petit remontant à son café, mais elle se tenait bien, je devais le lui concéder. Son rouge à lèvres était parfait.

— J'ai eu un jour une malade tellement constipée qu'elle avait perdu trois kilos et demi à sa sortie. Je n'avais jamais vu autant de selles de ma vie !

Amusée par ce souvenir, elle sourit.

— Merci de partager ça avec nous, lui dis-je.

— Je vous en prie, riposta-t-elle en haussant la voix. Madame Constantine, en matière de désimpaction, Nora est excellente, n'est-ce pas, ma chérie ? Elle a des mains extrêmement douces. Bien, j'ai des appels à passer. Appelez-moi si nécessaire, Nora.

Et elle s'éloigna en titubant vers son bureau.

— Pourquoi elle hurle quand elle me parle ? me demanda la vieille dame.

— C'est une personnalité à part, répondis-je. Mais elle a raison, je règle très bien ce type de problème.

— Tant mieux. La dernière fois que j'ai subi un traitement de ce genre, j'ai cru que le médecin avait utilisé une défense d'éléphant.

— Nous avons bradé nos dernières défenses d'éléphant l'an passé, répliquai-je en souriant.

Je vous épargnerai les détails, mais un lavement et quelques suppositoires à la glycérine plus tard, Mme Constantine repartait avec le sourire d'une femme soulagée.

— Tu parles d'une journée chargée ! s'exclama Gloria comme je terminais mon compte rendu pour l'envoyer à la compagnie d'assurance. Tu n'es pas morte d'ennui ?

— Pas du tout. C'est plutôt amusant de voir des tas de cas différents.

— Boston ne te manque pas ?

— Un peu. Et toi ?

— Oh ! je ne suis pas de Boston même, tu sais.

— Et qu'est-ce qui t'a amenée ici ? Mis à part ton rêve de rencontrer un pêcheur de homards ?

— Je voulais du changement. J'aime le calme de cette île et ça me plaît de tenir cette clinique.

Elle sourit.

— Ma famille est assez intrusive. Un jour sur deux, on célèbre une première communion, un baptême ou une naissance. Ma mère me téléphone quatre fois par jour rien que pour avoir des nouvelles. Si je veux avoir la paix, il faut que je prétende que le réseau téléphonique déconne par ici. Je les adore, mais il ne faut pas abuser des bonnes choses, tu vois ?

— Pas trop. On pourrait peut-être échanger nos familles.

— J'en déduis que tu n'es pas proche de la tienne ?

Je haussai les épaules.

— Tu as rencontré ma mère.

— C'est une femme impressionnante.

J'éprouvai un élan de fierté inattendu.

— Oui. Mais elle n'est ni chaleureuse ni tactile.

Au même moment, la sonnette nous annonça l'arrivée d'un nouveau patient.

— Quatre en une journée, s'écria Gloria avec une grimace. C'est pire qu'une grande gare ici. Bon, je vais voir.

Quelques minutes plus tard, Gloria m'appelait dans la salle d'auscultation. C'était M. Carver, l'homme qui avait de temps en temps fourni du travail à mon père. Henry, de son prénom, si j'en croyais son dossier.

— Bonjour, monsieur Carver. Ça fait plaisir de vous revoir.

— Oh ! Nora, bégaya-t-il en s'empourprant. Euh… je ne m'attendais pas à tomber sur toi.

— La tension est normale, le rythme cardiaque parfait, la saturation en oxygène est bonne, déclara Gloria. Appelle-moi si nécessaire.

Et elle s'éclipsa.

— Alors, que puis-je pour vous ? demandai-je.

— Euh… je ne pourrais pas voir un autre médecin ? Un homme ?

— Malheureusement non.

Il soupira.

— Tout ce que vous me direz restera entre nous, monsieur Carver.

— Tu me parais bien jeune pour un médecin.

J'ai toujours adoré ce commentaire.

— Eh bien, j'ai trente-cinq ans. Diplômée de l'université, puis de l'école médicale de Tufts, boursière de Boston City, membre du Boston Gastroenterology Associates, diplômée en médecine générale et spécialisée en gastro-entérologie… je continue ?

— C'est juste… personnel.

— Je vous assure avoir déjà tout entendu.

Il rougit de plus belle.

— Dysfonctionnement érectile ? avançai-je.

Cramoisi, il détourna les yeux.

— Gagné.

Il prenait un traitement contre l'hypertension, cause classique de dysfonction érectile. Je lui posai quelques questions et l'examinai. Il correspondait parfaitement au type d'individus pour lesquels le Viagra avait été inventé. Je lui fis une ordonnance, évoquai les possibles effets secondaires ainsi que les signes qui devaient l'alerter et lui conseillai une pharmacie à Portland s'il préférait ne pas s'approvisionner ici.

— C'est formidable, me dit-il manifestement soulagé. Merci, Nora, pardon, docteur Stuart.

— Nora me va très bien.

— Ta maman doit être très fière de toi.

— Je l'espère. Hé, je me demandais… connaissez-vous quelqu'un susceptible de… euh… de sortir avec ma mère ? J'ai peur qu'elle ne soit trop seule.

Il s'empourpra de nouveau.

— Elle est… euh… bon, il va falloir que j'y réfléchisse.

— Je sais, je sais, je joue les entremetteuses, mais que dire ? fis-je en souriant. Tout le monde a le droit à l'amour, n'est-ce pas ? Et n'hésitez pas à m'appeler si vous avez des questions sur votre traitement.

Il s'en alla, encore cramoisi. Dommage qu'il soit marié. Ça ne m'aurait pas déplu de l'avoir pour beau-père.

Je n'avais pas vu ma mère depuis plusieurs jours alors que je lui avais laissé un message sur son répondeur (elle n'avait pas de portable). Poe était venue dîner chez moi le soir de la câlinothérapie et avait émis quelques grognements en réponse aux questions que j'avais tenté de lui poser. Il y avait du progrès.

Je passai la tête dans le bureau de Gloria.

— Je vais voir ma mère, lui annonçai-je. Tu veux que je te rapporte quelque chose pour le déjeuner ?

— Je mange une salade, me répondit-elle avec une grimace. De chou.

— Ton système digestif t'en saura gré. Bon, à tout à l'heure.

L'Excelsior Pines, où maman travaillait depuis longtemps, était un bel hôtel blanc de trois étages qui se dressait au bord de l'eau et jouissait d'une vue sans égale. En été, c'était un endroit très prisé pour les mariages, et en automne et en hiver il offrait d'intéressantes promotions de basse saison afin d'attirer les clients de l'extérieur.

Mme Krazinski, la maman de Lizzy Krizzy, travaillait à la réception.

— Bonjour, madame, lui dis-je en entrant.

Donna, affichait sa plaque nominative. C'est marrant, on ne connaît jamais les prénoms des grandes personnes, quand on est enfant.

— Bonjour, Nora, me répondit-elle. Ta mère m'a dit que tu étais revenue passer l'été parmi nous. Comment vas-tu ?

— Bien. Et vous, comment allez-vous ? Comment va Lizzy ?

— Très bien. Elle habite dans le Connecticut et travaille sur Wall Street. C'est son mari qui s'occupe des enfants. Ils en ont trois maintenant.

Elle brandit son téléphone et me montra une photo d'une famille souriante. Lizzy n'avait absolument pas changé.

— Waouh, c'est génial. Saluez-la de ma part, voulez-vous ?

Ça faisait plaisir d'entendre que tout allait bien pour elle.

Je repensai alors à l'annonce que j'avais vue chez l'agent immobilier.

— Et où habitez-vous à présent, votre mari et vous ? demandai-je. J'ai vu que votre maison était à louer.

— Eh bien, on a divorcé il y a environ cinq ans.

— Zut. Je suis désolée. Vous connaissez ma mère. Elle n'est pas du genre à me tenir au courant de ce genre de choses.

— Oui. J'ai un petit logement ici en ville à deux pas du Clam Shack. Tu es venue voir ta maman, j'imagine ?

— Oui. Elle est disponible ?

— Ah, tu la connais. Toujours en train de travailler. Vas-y, ma jolie.

Mme Krazinski s'était toujours montrée très gentille. Je m'arrêtai.

— Madame Krazinski, fis-je à mi-voix, j'espère que ma question ne vous mettra pas dans l'embarras, vu que vous travaillez avec ma mère, mais je me demandais si par hasard vous aviez entendu parler de mon père et si vous saviez où il était allé quand il a quitté l'île.

Elle fronça les sourcils.

— Non, jamais, ma chérie, je suis navrée. Dans le temps, j'ai souvent questionné ta maman, mais elle n'en savait trop rien, elle non plus, et au bout d'un moment j'ai arrêté d'évoquer ce sujet. Je me suis dit que si elle avait voulu que je le sache elle m'en aurait parlé.

Oui, ça résumait bien le comportement de ma mère.

— Eh bien, j'aimerais beaucoup savoir ce qui s'est passé, donc si jamais vous pensez à quelqu'un susceptible de m'aider…

— Certainement, ma chérie. Maintenant, va voir ta maman.

J'obéis. Ma mère était à son bureau, un pot de yaourt posé à côté d'elle sur une pile de dossiers.

— Bonjour, maman.

— Bonjour, Nora. Qu'est-ce qu'il y a ?

— Rien. Je voulais juste te dire bonjour.

— Ah bon. Bonjour.

Les deux questions qui me brûlaient les lèvres (*T'as quelqu'un dans ta vie ?* et *Qu'est-ce qui est arrivé à papa ?*) étaient bien trop tordues pour que je les glisse, mine de rien, dans la conversation. Je décidai de lancer l'opération « Un chéri pour maman ».

— Je me demandais si tu accepterais de venir dîner sur le house-boat samedi soir ? J'organise un petit dîner.

Je n'avais encore rien prévu, mais pourquoi pas ? Il était temps de montrer à tout le monde mon nouveau chez-moi.

— Je n'aime pas trop les soirées, Nora.

— Maman, je t'en prie, viens.

— Et Poe alors ?

— Elle peut venir ou bien rester toute seule. Elle a presque seize ans.

— J'ai du travail, grommela-t-elle en se repenchant vers son ordinateur.

— Tu as toujours du travail.

— C'est vrai. Merci quand même.

— Maman. Viens dîner chez moi. Je t'en prie. Pour me faire plaisir.

Elle soupira.

— Sinon, je vais être obligée de débouler à la câlinothérapie et…

— Entendu, entendu. Je viendrai. À quelle heure ? Pas trop tard, s'il te plaît. J'aime être couchée à 21 heures au plus tard.

Victoire.

— 19 heures ?

— On est en France ou quoi ? Bon, très bien.

Respire à fond, respire à fond.

— Merci, maman. Ce sera sympa.

— Qui d'autre vient ?

— Juste quelques amis.

Tous les célibataires de moins de quatre-vingts ans que je pourrais dénicher. J'allais demander à M. Dobbins (Bob), notre conseiller municipal amateur de câlins et, euh… bon, j'en dénicherais bien un ou deux en plus. J'en voyais trois. Je proposerais à Xiaowen de venir ainsi qu'à Gloria. À mon avis, on pouvait tenir à dix chez moi (Collier Rhodes n'avait pas lésiné sur la superficie).

Une fête, ce serait sympa. J'aimais beaucoup faire la cuisine et, avouons-le, sans Boomer, je me sentais seule.

Ayant accompli la mission que je m'étais fixée, je quittai l'hôtel et retournai à pied à la clinique. Sur la grand-rue, les cornouillers s'épanouissaient et leurs fleurs donnaient l'impression de flotter dans l'air, ce qui me ravissait toujours. Je m'arrêtai à L'Écume des jours pour m'offrir le dernier Stephen King (c'était plus fort que moi, cet auteur me fascinait). J'ajoutai aussi quelques cartes postales de notre belle île pour les envoyer à mes copains bostoniens.

— D'où êtes-vous ? me lança la femme derrière la caisse tout en saisissant le montant de mes achats.

Il me semblait la connaître. Elle s'appelait Penny. Penny Walters. On fréquentait la même église. Elle n'avait pas d'enfants, si ma mémoire était bonne.

— En fait, je suis d'ici. Je suis la fille de Sharon Stuart.

— Oh ! bien sûr. J'adore votre fille. C'est tellement agréable de rencontrer des adolescents qui lisent.

— Poe est ma nièce, précisai-je. Moi, je suis Nora, l'autre fille de Sharon.

Devant son regard interdit, j'ajoutai :

— Le médecin qui vit à Boston. Ma mère a deux filles.

— Oui, je me souviens. C'est juste que vous faites si… jeune.

— Merci.

Ce n'était pas que je faisais jeune, je le savais. C'était que je n'étais plus une petite grosse truffée d'acné et aux cheveux gras.

Et que je n'avais pas remis les pieds sur l'île depuis quinze ans. Apparemment, ma mère ne parlait pas beaucoup de moi.

Penny s'affaira derrière sa caisse.

Là-dessus, la porte s'ouvrit sur Xiaowen.

— Salut ! m'écriai-je en m'animant.

— Salut, toi. Qu'est-ce que tu as acheté ? Oh ! Stephen King. Je déteste ce type.

— Je sais. Il est trop fort. Qu'est-ce que tu cherches ?

— J'ai commis la regrettable erreur de prêter mon *Harry Potter et la chambre des secrets* à mon neveu, et devine qui l'a laissé tomber dans la baignoire ? Je le déshérite, tu peux me croire.

— Tu prêtes tes *Harry Potter* ? m'exclamai-je, horrifiée.

— C'est fini. Ce petit salopard me doit vingt-cinq dollars. Vous l'avez en stock ? demanda-t-elle à Penny. Relié, bien entendu.

— Je vous le commande, déclara Penny.

Xiaowen poussa un soupir.

— Fichu, le week-end.

— Attends. Pour cette fois, je vais te prêter le mien. Mais je compte sur toi pour en prendre soin comme d'une bible, d'accord ?

— Je porterai des gants pour le lire.

— Pas de nourriture ni d'eau à proximité.

— Je comprends, dit-elle en souriant.

— Qu'est-ce que tu fais vendredi soir ? poursuivis-je. J'organise un dîner.

— Comme une grande ?

— Exactement. Tu veux venir ?

— Grave ! À quelle heure ? Et t'invites des mecs ? Parce qu'il faut que je te prévienne, je ne suis pas sur le marché, mais ils ne peuvent pas s'empêcher de faire des avances. C'est ma croix à porter… tous les hétéros me veulent et la moitié des gays aussi.

— On les comprend, répliquai-je en souriant.

— T'es en train de flasher sur moi, là ? Qui te le reprocherait ?

Je viendrai avec plaisir. Et il y aura de vieux copains de classe qu'on pourra torturer en leur montrant combien on vieillit bien, nous deux ?

— Tu penses à quelqu'un de précis ?

— Georgie Frank. Seigneur, j'étais complètement folle de lui au lycée. Il habite toujours ici, non ?

Je fis la grimace.

— Euh… je ne sais pas. Et je ne peux pas dire que je me souvienne de lui.

— Tu déconnes ! Il était tellement craquant. Le front bien dégarni ? Les grosses dents de lapin ? Allez ! C'était pratiquement le portrait craché de Neville Londubat. Il ne m'aurait même pas donné l'heure à l'époque.

— Oh lui ! Oui, bien sûr. Je vais lui passer un coup de fil.

— Et peut-être les Fletcher aussi. C'était qui le plus sexy ? Mon partenaire de labo. Mike ?

— Luke. Je ne le lui proposerai sans doute pas.

Non, pas question d'inviter pareil connard chez moi.

— Oh ! attends ! Tu lui es passée devant pour un truc… c'était quoi déjà ? Une bourse. C'est toi qui as décroché la bourse Perez ! J'avais oublié.

— C'est vrai ? Tu n'étais pas en lice ?

Elle ricana.

— Ma moyenne était loin de la tienne. Je n'étais bonne qu'en maths et en sciences. En anglais et en sciences sociales, j'étais limite, et pas seulement parce que je suis chinoise. En fait, je détestais lire jusqu'au jour où J.K. Rowling m'a montré la lumière.

— Je ferme pour le déjeuner, annonça Penny. Si vous avez terminé, mesdames…

— Entendu, on s'en va. Vous me commandez mon livre, d'accord ? Je passerai le chercher la semaine prochaine.

Elle m'embrassa rapidement avant d'ajouter :

— Mes bancs d'huîtres m'attendent. À vendredi alors. Tu veux que je déboule de bonne heure et que je me prélasse en buvant du vin et en te regardant te taper tout le boulot ?

— Oui ! Je suis vraiment contente que tu puisses venir. Ce dîner n'en sera que plus sympa.

— C'est le moins qu'on puisse dire, répliqua-t-elle en souriant.

On quitta la librairie, et Xiaowen remonta dans sa voiture, une magnifique petite Porsche argent, et démarra.

Mon portable sonna. Bobby m'envoyait quelques photos : Boomer vautré au milieu de notre ancien lit, la tête sur l'oreiller ; Boomer au Boston Common, splendide et reniflant un chihuahua.

Tu nous manques. On espère que tu passes une bonne journée.

Je dus faire un effort pour me rappeler que je ne voulais pas renouer avec Bobby Byrne.

Sauf que nous n'avions eu que trois mois normaux. Si on pouvait revenir aux moments où les choses…

Mais ce n'était pas possible. Il s'était lassé de la dépression qui m'avait rongée après l'effraction de ce sale type. Il avait joué avec les cheveux de Jabrielle et flirté avec elle alors que je gisais inconsciente et cassée de partout. Il ne me méritait pas.

N'empêche, c'était particulièrement agréable de savoir qu'il voulait qu'on se remette ensemble.

Dans la soirée, allongée sur mon canapé tout en dégustant un verre de vin rouge (pour ma santé), je me félicitais d'avoir eu l'idée d'organiser ce dîner. Qui était célibataire alors qu'il se promenait avec un petit anneau doré ? M. Carver, à l'ordonnance de Viagra (que Mme Carver repose en paix, mais apparemment monsieur était prêt à refaire un tour de piste, alors…). Et, oui, bien qu'un peu bousculé par mon invitation, il était libre vendredi soir.

Bob Dobbins dit oui à la seconde où je prononçai les mots « ma mère ». Venait également Jake, le passeur renfrogné du ferry, célibataire lui aussi (deux fois divorcé, mais bon, on n'allait pas le juger). Avec un peu de chance, il se doucherait, car, si on se fiait à l'odeur qu'il répandait, ce n'était pas une pratique quotidienne (ni même hebdomadaire). Ça nous faisait donc trois hommes potentiels pour ma mère, plus Gloria, Xiaowen et moi.

Georgie Frank était propriétaire de l'hôtel où maman travaillait. Qui l'eût cru ? Et, d'après son profil LinkedIn, il s'était bonifié en vieillissant, exactement comme l'acteur qui incarnait Neville Londubat. Malheureusement, il avait un autre engagement ce soir-là. Je lui dis alors qu'il allait falloir qu'on fasse quelque chose avec Xiaowen en souvenir du bon vieux temps. Il me parut très gentil.

C'était curieux de voir combien mes souvenirs avaient évolué depuis mon retour. Au lycée, j'avais l'impression d'être extrêmement solitaire, mais Georgie m'avait semblé très heureux d'avoir de mes nouvelles. Je me suis demandé si je n'avais peut-être pas raté de possibles amitiés tant je m'étais murée dans mon malheur.

Les oiseaux chantaient leurs chansons pyjamas, comme disait Lily. N'était-ce pas craquant comme formule ? Sur une impulsion, j'allai chercher une des cartes postales que j'avais achetées à la librairie. Je choisis le coucher de soleil sur le port avec les voiliers (ils appartenaient tous aux estivants) se reflétant dans les eaux paisibles, les rochers dorés et, derrière eux, les pins de l'île, pareils à une forteresse au loin.

Chère Lily,

Les oiseaux chantent leurs chansons pyjamas et les chauves-souris sont de sortie. L'autre jour, j'ai emmené Poe sur Eastman Hill. C'est plus escarpé que dans mon souvenir.

Tu déployais les bras comme si tu allais t'envoler, mais tu n'es jamais tombée. Papa t'a toujours protégée.
Bisous,

Nora.

Peu importe si elle ne m'avait pas répondu depuis je ne sais combien de temps. Si elle n'avait jamais demandé à Poe de me passer le bonjour. Si je n'avais eu aucune nouvelle d'elle depuis cinq ans. Eh bien, ma sœur aurait de mes nouvelles quand même, merde ! Je griffonnai l'adresse de la prison, me munis d'un timbre et fourrai le tout dans mon sac de façon à poster mon courrier le lendemain dans le stupide bureau de poste de Teeny Fletcher. J'avalai une gorgée de vin provocatrice. Personne ne m'empêcherait de faire ce que je voulais.

Et, subitement, le courant sauta. Je bondis et sentis le vin dégouliner sur mon chemisier. Merde.

Quand je dis qu'il faisait sombre, ça allait au-delà de la simple panne d'électricité. On aurait juré que l'obscurité avait une texture, une présence sinistre.

En plus, j'avais bu un verre et demi de vin et commencé un livre de Stephen King, de sorte que la tête me tournait légèrement.

Sans le bourdonnement du réfrigérateur et du chauffe-eau, sans les petites lumières qui ponctuaient mon quotidien (le chargeur de l'ordinateur, l'horloge du four à micro-ondes, le détecteur de fumée), je me sentais totalement perdue. J'avais même l'impression que le house-boat balançait autrement que quand j'y voyais clair.

J'entendis un bruit sourd provenant du ponton. Ce devait être normal, non ? Sur le ponton et le house-boat, il y avait tout le temps du bruit, des grincements, des crissements. Et, de temps en temps, apparemment quelques bruits sourds aussi.

Si seulement Boomer était là, je me sentirais bien plus en sécurité.

Mon cœur se mit à cafouiller, à s'emballer. Je n'avais pas encore de problème de fibrillation, mais je n'en étais pas loin.

Le courant a sauté, Nora. Ressaisis-toi.

L'électricité sautait fréquemment sur une petite île. Tout le monde ou presque avait un groupe électrogène en cas de mauvais temps (d'ouragans et de grosses tempêtes à l'automne, de blizzards en hiver).

Sauf qu'il n'y avait pas d'orage.

Quelqu'un avait-il coupé mon électricité ?

Luke Fletcher. Ou… ou bien lui. Voldemort, celui qu'on n'avait pas pu attraper, merci, la police de Boston.

Se pouvait-il qu'il m'ait retrouvée ?

C'était possible. Il pouvait m'avoir suivie jusqu'ici. S'il était vraiment obsédé par moi, il pouvait avoir découvert où j'étais. Cette fois-ci, en effet, une information avait paru dans le *Scupper Island Weekly* qui m'avait mentionnée dans sa version en ligne deux semaines plus tôt.

LE DR NORA STUART,
ANCIENNE ÉLÈVE DU LYCÉE DE SCUPPER, VA EXERCER À LA CLINIQUE AMES QUATRE JOURS PAR SEMAINE.

Je pivotai pour chercher mon téléphone (il disposait d'une lampe-torche, loué soit Apple) et percutai la table basse fixée au sol. Le choc me coupa le souffle. Là, c'était un bleu garanti. Je me gardai néanmoins de pousser un cri au cas où un intrus se serait trouvé à proximité. Pas question qu'il puisse me localiser.

Ramper. Oui. C'était une bonne idée. Je ne savais pas trop pourquoi, mais dans les films tout le monde rampait, non ? Et peut-être que je ne me cognerais pas contre la table si j'étais par terre.

Je tombai à genoux et explorai les alentours à tâtons. Où avais-je posé mon téléphone ? Sur la table ? Non. Euh… sur le canapé ? Je rampai, une douleur lancinante au genou. D'accord, d'accord, je l'avais luxé, pas vrai ? J'essayai alors de ramper sans m'appuyer dessus, ce qui produisit un résultat surprenant, mais techniquement toujours de l'ordre du rampement, exercice qui me donna la sensation d'être un loup-garou dans les affres de la métamorphose.

Je tâtonnai, un peu, un peu plus. Rien.

Merde ! Je me cognai la tête contre la petite table. Fallait-il vraiment que tous les meubles soient rivés au sol ? Je veux dire, oui, je présume, puisqu'on était sur un house-boat, mais ce n'était pas très commode pour celui qui rampait dans le but d'échapper à un tueur potentiel, n'est-ce pas ?

Je ne remettais toujours pas la main sur mon téléphone.

En revanche, je savais très précisément où se trouvait mon Smith & Wesson, oui, monsieur.

Je me traînai vaille que vaille jusqu'au couloir, me cognai la tête contre le mur cette fois (appelez-moi Audrey Hepburn) et gagnai ma chambre en tâtonnant à la recherche du chambranle.

Il m'attrapa par les jambes et me tira dans le couloir. Je m'agrippai au chambranle de la salle de bains, mais mes doigts manquaient de force et je dus lâcher prise.

Merde. Ce n'était pas le moment de m'offrir un flash-back.

— Tu es dans le Maine, chuchotai-je. Tout va bien. Récupère ton arme et ton portable.

Nouveau bruit sourd sur le ponton. Oh ! Seigneur, oh Seigneur. À présent, j'étais dans ma chambre, le genou en feu. Je tendis une main tremblante vers le tiroir de ma table de chevet, saisis mon revolver.

Je me relevai. Je savais où j'étais, mes yeux s'étaient accoutumés à l'obscurité. Tel un ninja (avec un genou en sale état, les jambes flageolantes et les séquelles que me laissait le merlot), je repartis vers le couloir, puis m'accroupis derrière le plan de travail de la cuisine.

Tu es une femme très courageuse, très forte, Nora, me dis-je à moi-même. Moi-même ne me crut pas.

Un homme remontait le ponton, une lampe-torche braquée sur ses pieds.

Pouvais-je tirer sur quelqu'un ? Quelqu'un qui cherchait peut-être à me tuer ? Que disait la législation du Maine ? Sanctionnait-elle les gens qui faisaient feu sur des intrus ? Sans doute que oui. Il y avait bien des lois pour punir les individus qui abattaient un orignal. Sans doute protégeaient-elles aussi les êtres humains.

Et puis, il y avait le serment d'Hippocrate que j'avais prononcé, par lequel je m'étais engagée à défendre la vie. Flinguer quelqu'un avec un énorme revolver n'allait pas vraiment dans ce sens.

Calme-toi, Nora. Respire à fond.

Avant d'endosser les habits de Harry le charognard, il valait sûrement mieux que je sache qui s'avançait vers moi.

— Nora ?

Il connaissait mon nom ! Mais Luke connaissait mon nom.

De même que l'homme qui avait tenté de me trucider.

— Nora ? C'est Sullivan Fletcher.

— Oh ! Seigneur.

Je m'effondrai par terre et mon arme glissa d'entre mes doigts mous.

— Nora ? Tu es chez toi ?

Je me relevai comme je pus et m'approchai de la porte en sautillant.

— Salut, bredouillai-je.

Le nouveau venu se découpait sur le ciel étoilé, mais c'était bien Sullivan.

— Je me suis dit que j'allais voir comment tu te débrouillais. J'étais au chantier.

À ce moment précis, l'électricité revint et je battis des paupières. Sully fronça les sourcils.

— Ça va ? me demanda-t-il.

— Très bien.

Il porta son regard vers le sol de la cuisine.

— C'est une arme très impressionnante que tu as là.

— Oui. Oui.

— Tu es sûre que ça va ? Tu n'as pas l'air… dans ton assiette.

C'est vrai ? Je jetai un coup d'œil vers le miroir à gauche de la porte. Ce n'était pas faux, hélas ! Sérieusement. Mes cheveux avaient tout d'une gigantesque touffe d'herbes folles, et mon mascara avait coulé. Mon chemisier arborait une tache de vin rouge pile sur l'un de mes seins.

— Ça va ! m'écriai-je. Juste un peu… Salut ! Comment vas-tu ? Entre.

Il obtempéra, avec un brin de circonspection.

— Tu m'accordes une seconde ? Je… euh… il faut que je me change.

— Bien sûr.

Je tendis la main vers mon revolver.

— Attends une minute, déclara-t-il en m'interceptant.

Il me confisqua mon arme, retira le chargeur, ouvrit la chambre et y récupéra la balle.

— Je n'avais pas envisagé de me faire tirer dessus aujourd'hui.

— Non. Moi non plus.

Je pris une inspiration tremblotante et ajoutai :

— Bien. Je reviens dans une seconde.

Je retournai dans ma chambre et refermai ma porte. J'ôtai mes habits et enfilai à la hâte un pantalon de yoga et un grand T-shirt, puis attachai mes cheveux en queue-de-cheval. Me passai un peu de crème hydratante sous les yeux et enlevai le surplus avec un Kleenex. Mes mains tremblaient toujours un peu.

Lorsque je revins, Sully était assis sur le canapé, et mon revolver trônait sur le plan de travail.

— Alors, fit Sully.

— Tu veux boire quelque chose ?

— Volontiers.

Je lui offris une bière (il m'avait l'air du genre à aimer la bière), me préparai un verre d'eau et m'installai dans le fauteuil en face de lui.

On se regarda une minute. Il prit une gorgée de bière, puis reposa son verre sur la petite table contre laquelle je m'étais cogné la tête.

— Tu ouvres toujours ta porte avec une arme à la main ?

— Pas toujours.

— Ce machin peut causer de sérieux dégâts.

— C'est pour ça que je l'ai.

Il me dévisageait avec attention ; bon, il avait des problèmes d'audition, donc il avait sans doute besoin de suivre le mouvement de mes lèvres lorsque je parlais.

C'était un peu déroutant.

— Comment vont tes oreilles ? demandai-je avant de fermer les paupières. Pardon, ton ouïe. Comment ça évolue ?

Je sentis mes joues me brûler.

Il ne répondit pas, et je fis une prière pour qu'il ne m'ait pas entendue. Puis, je m'en voulus d'avoir fait une telle prière.

— Comment va Audrey ? Je veux dire, elle est toute seule ? Alors qu'il n'y a pas d'électricité ?

— Elle est chez sa mère.

— Oh ! c'est bien ! Comme tu m'avais dit qu'elles ne passaient pas beaucoup de… enfin ! C'est super ! Qu'elles soient ensemble.

Je pris une grande inspiration, bloquai ma respiration, puis expirai très lentement.

Rien ne me menaçait. Je pouvais me détendre. J'étais drôle. J'étais courageuse et maligne.

— Comment vas-tu, Sully ?

Il plissa légèrement les yeux.

— Je vais bien.

— Parfait.

Son sourire se fit plus large. Pas de beaucoup, mais suffisamment. Ça lui allait bien, de sourire. Il avait un visage serein, rassurant.

— Ça te dirait de venir dîner ici vendredi ? lui proposai-je sur une impulsion. J'organise une petite fête.

— Volontiers.

— Tu n'es pas obligé, mais… oh. Génial. Euh. À 19 heures.

Il ne me quittait pas des yeux. J'imagine qu'il était obligé, compte tenu de ses problèmes d'ouïe. Je respirai, m'efforçai de paraître normale.

— Je peux te poser quelques questions, Sully ?

— Vas-y.

— Comment ça se présente ? Ta perte auditive ?

Il fixa sa bière.

— Eh bien, j'entends, c'est évident. Mais… pas si bien que ça. Rien du côté droit. Et ça s'aggrave du côté gauche.

Il prit une gorgée de sa boisson.

— Il y a des mots qui sont hachés ou brouillés. Il faut que je reconstitue les phrases prononcées. Parfois, je me trompe, surtout lorsque je suis fatigué.

Il avait donc des troubles du traitement auditif en plus d'une véritable surdité de l'oreille droite. C'était classique après une lésion cérébrale traumatique.

— Tu lis sur les lèvres ?

— Oui.

— Et la langue des signes ?

— Je m'y mets. Audrey aussi.

Je les imaginai apprenant ensemble la langue des signes, et mon cœur se serra douloureusement.

— Sullivan, je suis vraiment désolée pour cet accident.

— Je t'ai déjà dit que ce n'était pas ta faute.

— Mais j'étais… impliquée.

— Non, pas du tout.

Encore une fois, il se montrait généreux.

— Bon. J'ai l'impression de l'avoir été.

— Et moi, est-ce que je peux te demander quelque chose ?

— Bien sûr.

— Pourquoi as-tu peur de l'obscurité ? Il y a constamment des coupures de courant par ici. Tu le sais.

J'hésitai.

— Tu n'en parleras à personne, d'accord ?

Il hocha la tête.

J'avais confiance en lui. Après tout, c'était le papa d'Audrey. Ce bon vieux Sullivan, celui qui ne faisait pas de vagues.

— J'ai… euh… j'ai vécu une expérience l'an dernier. Mauvaise.

— Quel genre d'expérience ?

— Du genre pas bonne.

J'esquissai une grimace en essayant de faire comme si je prenais ça à la légère. Moins j'en disais, mieux c'était.

Durant une seconde, il ne réagit pas, et je me demandai s'il m'avait entendue.

— Tu as été blessée ?

Le souvenir de mon visage, violacé et bleu, de la coupure sur ma mâchoire, de mon œil gauche enflé au point que je ne pouvais plus l'ouvrir, me revint. À cette époque, seuls mes cheveux me permettaient de croire que c'était bien moi que je voyais dans le miroir.

— Un petit peu.

Il ne me posa pas d'autres questions, et je lui en sus immensément gré.

— Mais regarde-toi aujourd'hui, ajouta-t-il.

Ce n'était pas grand-chose, ces mots, mais ils m'apaisèrent. Allez savoir pourquoi.

Bobby me serrait contre lui et me murmurait qu'il était là, que j'étais en sécurité, qu'il ne laisserait jamais personne me faire du mal. Je lui en avais été tellement reconnaissante, il était présent, près de moi qui me sentais comme un oiseau blessé et avais tellement besoin de lui que j'en perdais toutes mes forces.

Sully et ses yeux bruns paisibles… ils me disaient autre chose. Je ne savais pas trop quoi, mais ça me convenait mieux.

— Ça va aller pour toi ? me lança-t-il de manière abrupte. Maintenant que la lumière est revenue ?

— Oui. Merci. Merci beaucoup, Sullivan. D'être passé voir comment j'allais.

Il sortit son portefeuille et en sortit une carte de visite.

— Tiens, comme ça, tu auras le numéro de téléphone de chez moi et celui du chantier naval. Et tu as mon portable. Si tu as besoin de quoi que ce soit, appelle-moi.

Il posa la carte sur le plan de travail, puis me regarda de nouveau.

— Bonne nuit.

Là-dessus, il s'en alla, dans le bruit feutré de ses bottes sur le ponton. J'entendis son pick-up démarrer, puis le calme et le silence revinrent peu à peu.

Une demi-heure plus tôt, j'étais en proie à une peur telle que j'avais failli tirer sur mon vieux camarade de classe. À présent, j'allais bien.

15

Le vendredi, je me réveillai tard. J'avais pris ma journée et n'étais donc pas obligée de me bousculer pour préparer la soirée.

Au bout du compte, j'avais invité Amelia aussi ; Gloria m'avait confié qu'elle ne sortait pas souvent, ce qui avait attisé mon sens luthérien du devoir. En plus, c'était elle qui signait mon chèque de salaire. Ce n'était pas négligeable.

En raison d'un programme de formation professionnelle, il n'y avait pas classe ce jour-là si bien que je décidai de proposer une sortie à Poe. Il ne me fallut qu'une vingtaine de minutes de suppliques, de cajoleries, d'injonctions et de subornations pour que ma chère nièce accepte enfin de glisser ses petits bras dans une veste en jean et de m'accompagner.

La route menant à notre maison se prolongeait sur quelques centaines de mètres et s'enfonçait dans la forêt, où un panneau rappelait aux promeneurs qu'il était interdit de jeter des ordures et que les amateurs se baignaient à leurs risques et périls. Je contournai la chaîne barrant le chemin, Poe quelques mètres derrière moi.

— Et on va où ? grommela-t-elle.

— Dans un endroit où on jouait régulièrement, ta mère et moi.

— Super…, marmonna-t-elle.

On traversa le bois par un sentier couvert d'une épaisse couche d'aiguilles de pin qui se révéla souple sous les pieds. Le vent était doux, le ciel d'un bleu magnifique. Des mouettes criaillaient au-dessus de nos têtes et un corbeau voletait d'arbre en arbre, lâchant une sorte de cliquètement à l'occasion, comme s'il cherchait à se mêler à la conversation.

Focalisée sur son portable, Poe manqua de percuter un arbre.

— Il y a pas de réseau par ici, protesta-t-elle.

— Oui, c'est normal.

— C'est nul.

Et elle remit son téléphone dans sa poche.

— Comment c'était à l'école ? lui demandai-je.

— Bien.

— Tu passes du temps avec Audrey ?

— Pas vraiment.

— D'autres amis ?

— Tu m'expliques l'intérêt de me faire des amis alors que je vais rentrer à Seattle dans deux mois ? me lança-t-elle avec une patience exagérée.

— Ça se défend, répliquai-je. Mais ça pourrait être sympa d'avoir une copine ici quand tu reviendras voir ta grand-mère.

J'écartai une branche d'arbre de mon visage et continuai à la tenir pour Poe. L'odeur de la mer était plus forte à présent.

— À propos, je serais très heureuse que tu viennes me voir aussi. Quand tu veux. Peut-être que tu aimerais aller à l'université à Boston. La ville compte beaucoup d'établissements formidables, des tas de restaurants géniaux et il y a plein de choses à y faire.

Je dégoisais avec l'éloquence d'une brochure touristique.

— T'as un appartement ? s'enquit Poe.

— Pas pour le moment. Je vivais avec mon copain. Mais, avant ça, j'avais un appartement vraiment très mignon.

Mieux valait ne pas y penser.

— Bon, nous y sommes presque.

Le bois s'ouvrit alors sur les grandes dalles de rochers dorés qui formaient le rivage. On était à marée basse, et ils avaient des reflets brun foncé là où l'eau les recouvrait encore une heure plus tôt.

Mes pieds n'avaient rien oublié. Ni les anfractuosités qu'il fallait enjamber, ni le rocher pentu, parfait pour prendre de l'élan, ni le petit plateau où s'était creusé le meilleur des bassins d'eau. Deux crabes violonistes, enfermés dans leur univers miniature, se démenaient au fond. Je suivais le chemin sans hésitation, à croire que je n'avais jamais quitté l'île.

Il y avait le rocher qui ressemblait à une vieille dame de profil, et celui que Lily avait surnommé la Dent, parce qu'il avait un relief de molaire.

Et, enfin, on arriva à destination. Je sautai sur la crique rocheuse en contrebas.

— Voi-là, fis-je en agitant le bras style présentatrice de *La Roue de la fortune*. Viens !

J'avais le cœur rempli de tristesse en revoyant ces lieux, mais feignais la légèreté distraite.

Pour accéder à l'entrée de la grotte, il fallait avancer un peu et, si on n'était pas à marée basse, comme maintenant, on se mouillait les pieds à coup sûr. À marée haute, l'endroit était sous l'eau. J'ouvris la marche dans le crissement de mes chaussures sur les galets.

À l'intérieur, les parois étaient humides et tapissées de sel. Les souvenirs me submergèrent avec la violence d'un raz-de-marée.

Je revis quasiment Lily, entendis son rire surprenant et tonitruant quand elle s'accroupissait à côté de moi. Son doux sourire, la fossette de sa joue gauche, ses cheveux d'un noir de jais.

Poe entra à son tour et ne put prétendre l'indifférence.

— Cool, s'exclama-t-elle, surprise.

— On faisait comme si c'était notre maison, dis-je, plus pour moi que pour Poe. On accrochait des algues à l'entrée, c'était la porte, et les pêcheurs au large ne pouvaient pas nous voir.

Je pointai le doigt vers le fond où la cavité se rétrécissait jusqu'à une roche présentant une surface plus ou moins plane.

— Notre lit.

Ce n'était pas tout à fait assez large pour nous deux, alors, je serrais le corps maigrelet de ma petite sœur contre moi.

Je déglutis.

— Ici, on disposait des galets en cercle, comme pour faire un feu. Parfois, mamie nous préparait des sandwichs aux pommes et au beurre de cacahuètes et on les mangeait là. Les mouettes nous suivaient dans l'espoir d'en récupérer un bout.

C'est quand papa venait nous rejoindre qu'on jouait au défi de la grotte, comme il disait (qui y resterait le plus longtemps à marée montante). C'était un défi pour les plus courageux, affirmait-il, et je me rappelle encore la terreur qu'on éprouvait à mesure que l'eau nous arrivait aux genoux, à la taille, aux épaules.

J'étais toujours la première à sortir, à attendre anxieusement sur le rocher de la Dent que leurs têtes émergent de l'eau. Papa et Lily s'attardaient jusqu'à ce que la terreur me submerge, et j'étais déjà prête à aller chercher de l'aide quand ils surgissaient, riant, suffoquant, triomphant.

Pas question que je raconte ça à Poe.

La grotte était assez grande pour qu'on y tienne debout toutes les deux, mais impossible de faire grand-chose d'autre. Comme tant d'autres éléments de mon enfance, elle me semblait avoir rétréci. Elle avait néanmoins gardé la même odeur, les rochers froids et humides, l'eau salée qui ruisselait et clapotait.

— Ta maman et moi étions persuadées d'être les seules à connaître cet endroit, confiai-je à Poe. Avec papa. Et on avait passé un pacte pour ne jamais la montrer à quelqu'un d'autre.

— Et tu l'as respecté ? s'enquit Poe. Je veux dire, tu n'as jamais amené quelqu'un ici ?

— Pas jusqu'à aujourd'hui.

— Et elle ?

Peut-être. Peut-être était-elle venue ici avec un de ses copains ou pour fumer de l'herbe avec Amy Beckman. Cette éventualité me frappa en plein cœur. Si Lily s'était moquée de moi ici, si elle avait blagué sur nos petits jeux à nous, si ce lieu n'avait pas été aussi sacré pour elle qu'il l'était pour moi…

— Je ne sais pas, avouai-je d'une voix rauque.

La belle affaire. Il y avait si longtemps qu'elle m'avait lâchée.

Une vaguelette balaya ma chaussure.

— On ferait mieux de partir, m'écriai-je. La mer monte vite. Ce ne serait pas difficile de se noyer ici.

— Ouais, fit Poe. Nora…

Tiens, je ne me rappelais pas qu'elle m'ait jamais appelée par mon nom.

— Oui, ma chérie ?

— Merci de m'avoir montré la grotte.

— Je t'en prie.

Je lui souris, et elle faillit me sourire en retour.

Quand on rejoignit la maison, ma mère était là. Je jetai un coup d'œil à ma montre : midi et quelques. Souvent, maman rentrait déjeuner ou, plus souvent encore, elle se contentait d'un sandwich. Elle n'achetait jamais rien en ville, ne mangeait pas dehors. Ç'aurait été du gaspillage.

— Bonjour, vous deux, nous lança-t-elle.

— Je monte dans ma chambre, marmonna Poe.

Elle me regarda, puis me donna une petite bise timide qui me coupa le souffle et me parut d'autant plus adorable.

— Tu viens dîner avec nous ? lui demandai-je, la gorge serrée.

— Avec tous ces vieux ? Oh ! non, merci.

Elle leva les yeux au ciel bien sûr, mais sans afficher son écœurement habituel, puis disparut dans l'escalier.

Dans la cuisine, maman consultait son courrier. Je m'assis à la table, solide et usée comme tout le reste dans la maison, comme ma mère aussi. Le week-end précédent, pour la fête des Mères, je lui avais offert un bon pour un soin de beauté à Portland (soin de peau, manucure, pédicure, comme je le faisais tous les ans). Là, ayant remarqué qu'elle le rangeait sur l'étagère aux épices, j'avais attendu d'être seule pour confirmer mes soupçons. Bien entendu, tous les bons que je lui avais offerts étaient là. Elle ne s'en était jamais servie.

Or, elle ne manquait jamais de me remercier chaleureusement pour mes beaux cadeaux. Quelle énigme, ma mère !

— Tu as passé une bonne matinée, maman ?

— Très bien. Et toi ?

— Délicieuse. Et je me réjouis qu'on dîne ensemble tout à l'heure.

— À propos, Nora, je n'ai vraiment pas envie de venir.

— Mais si ! Et si ça se trouve tu vas t'amuser.

Elle poussa un grognement mécontent, puis alla ouvrir le réfrigérateur pour se préparer un sandwich. Un sandwich qui se résumait invariablement à deux moitiés de pain complet, deux lamelles de poulet, une lamelle de fromage, plus une lichette de beurre et de moutarde.

— Tu en veux un ? me proposa-t-elle quand elle vit mon regard.

— Non, merci. Hé, ce fromage américain, ce n'est que du gras, tu sais. Ce n'est pas du vrai fromage.

— Moi, j'aime ça.

Moi aussi. Qui n'aimait pas ?

— C'était juste histoire de t'alerter pour ton éventuel cholestérol.

Elle plaça son sandwich sur une assiette, se versa un verre de lait et se rassit. Puis, elle prit une bouchée et se mit à mâcher avec calme.

En termes d'intimité, il ne fallait manifestement pas espérer plus.

— Maman, j'ai une question à te poser.

— Comme toujours.

— Oui. Euh… ça concerne papa.

Elle continua à mâcher tout aussi calmement.

— Oui, que veux-tu savoir ? ajouta-t-elle en avalant sa bouchée avant de prendre une gorgée de lait. Nora, nous avons déjà eu cette conversation mille fois.

— Non, ce n'est pas vrai.

Soupir.

— Ton père ne m'a pas donné de nouvelles depuis plus de vingt ans.

— Mais est-ce qu'il t'a appelée ? Il doit bien être quelque part.

— J'en suis sûre.

— Je voudrais juste savoir ce qui lui est arrivé. Ou même s'il est vivant. Tu sais quelque chose ?

— Tu penses que je l'ai assassiné ?

— Ça m'a traversé l'esprit, mais non, je ne le pense pas.

Elle reprit une bouchée de son sandwich.

— Il y a eu des jours où j'ai regretté de ne pas l'avoir fait.

— Oui, j'en suis sûre. Mais allez, maman ! Je l'ai cherché sur Google un millier de fois au moins. Il avait peut-être un ami que je ne connaissais pas.

— Je ne sais pas, Nora. Et je ne comprends pas tes questions après tant d'années.

— C'était un père génial. Et sa disparition a toujours été incompréhensible.

Elle garda le silence une bonne minute avant de lâcher :

— S'il était aussi génial que ça, il n'aurait pas abandonné ses filles.

J'acquiesçai d'un signe de tête.

— C'est difficile de concilier tout ça.

— Eh bien, ma chérie, tu as eu vingt ans pour le faire.

Vingt-quatre, mais à quoi bon compter ?

— Il faut que je retourne travailler. À ce soir. Quelle heure ?

— 19 heures.

— Je présume que je ne serai pas rentrée pour *La Roue de la fortune*.

Nouveau soupir. Elle se leva pour aller laver son assiette et son verre.

— Je m'en charge, maman.

— C'est fait, riposta-t-elle sans me regarder.

Elle était irritée, tant par le dîner que par notre conversation.

— D'accord, grommelai-je. À tout à l'heure.

Conformément à ce qu'elle avait décidé, Xiaowen arriva de bonne heure pour boire du vin tout en ouvrant les huîtres ramassées dans les bancs qu'elle avait elle-même mis en place. On en dégusta deux ou trois avec un verre de vin, en savourant le goût frais de l'eau de mer, devenu légèrement sucré, car elle avait placé ses naissains à côté de l'embouchure, m'expliqua-t-elle. Et elle avait revêtu une combinaison de plongée pour aller les récolter personnellement.

C'était un vrai bonheur de l'avoir chez moi.

— As-tu détesté le lycée autant que moi ? lui demandai-je en coupant le bout des asperges que j'allais servir.

— Carrément ! Ces nanas étaient de vraies pestes alors que toi, tu ne manquais jamais de me dire bonjour quand on se croisait dans les couloirs. J'ai toujours apprécié.

— Pareil pour moi.

Après une brève interruption, j'ajoutai :

— Je regrette qu'on n'ait pas été plus proches à l'époque.

— Moi aussi. J'étais très timide… et toi… tu avais toujours l'air tellement triste.

— Je l'étais.

Je hachai du persil sans me tourner vers mon amie.

— Notre père nous a quittées quand j'étais en CM2 et, après, on n'a plus jamais été proches, ma sœur et moi.

— Dans mon souvenir, c'était une méchante garce, me confia Xiaowen. Un jour, aux toilettes, elle m'a balancé un Tampax usagé dessus.

Je relevai le nez brutalement.

— Tu plaisantes ?

— Non.

— Je suis désolée. Mon Dieu, c'est… c'est franchement horrible.

J'avais toujours soupçonné une agressivité de ce type chez Lily… mais avais soigneusement repoussé cette possibilité.

Mon téléphone sonna. C'était un message : Gloria me demandait de l'excuser, elle avait dû prendre le dernier ferry pour Boston, sa sœur avait besoin d'elle. On se verrait lundi. Je lui répondis que j'espérais que tout irait bien.

— Gloria ne peut malheureusement pas venir, confiai-je à Xiaowen.

— Dommage. Vous êtes proches ?

— Pas encore. Mais c'est une infirmière top et, dans le boulot, on s'entend vraiment bien. Hé, à propos de boulot, cette semaine, j'ai vu au moins trois nanas qui avaient des troubles du comportement alimentaire. Deux boulimiques, une anorexique. Tu te souviens peut-être que, moi aussi, j'avais des problèmes de ce genre.

— Vous, les Américains… soupira Xiaowen.

— Je sais. Mais j'envisage de lancer quelque chose pour sensibiliser les gens, dis-je en songeant à l'adorable Audrey. Une course à pied, ça pourrait être sympa. Où tout le monde serait accepté, ce genre d'initiative.

— Tu veux un coup de main ? Vu que je ne me marie pas cet été, j'ai du temps à revendre.

— Ce serait super ! répondis-je en lui tendant encore une huître. Tu as envie de parler de ce fameux fiancé ?

— Si c'est ta façon de me demander si j'ai envie de l'étriper, la réponse est « oui ».

Elle engloutit son huître.

— Plus sérieusement, je te dirai que non. C'est l'histoire classique de la nana qui voit ce qu'elle a envie de voir et se fait rattraper par la réalité. Il m'a trompée.

— Je le déteste.

— Merci.

On frappa à la porte. Ils étaient tous là, à la queue leu leu sur le ponton comme si j'allais les abattre à la carabine : maman, Bob Dobbins, Henry Carver, Jake Ferriman armé d'un pack de douze canettes de bière, Amelia avec une bouteille, et enfin Sullivan quelques mètres plus loin. Il était pile 19 heures.

— Sullivan Fletcher, murmura Xiaowen sur un ton approbateur. Si mon cœur n'était pas coulé dans le béton, je me le ferais bien.

Puis, après m'avoir jeté un coup d'œil, elle ajouta :

— Il serait pas mal pour toi.

— Sa fille passe souvent ici, expliquai-je à Xiaowen. En plus, il m'a rendu un grand service l'autre soir.

Cela dit, elle n'avait pas tort. J'ouvris la porte.

— Bonjour, tout le monde ! Quelle ponctualité ! Entrez, entrez.

— Après toi, Sharon, dit Bob à ma mère qui lui décocha un regard irrité.

J'imagine que, s'il n'y avait pas eu les séances de câlinothérapie, maman ne se serait pas trop préoccupée de Bob.

Bob qui portait une sorte… de chemisier ou de chemise jaune vif à volants et qui, si mon odorat ne me trompait pas, avait dû mariner dans une barrique de *Polo* de Ralph Lauren.

— Bob, m'exclamai-je d'une voix sifflante quand il m'embrassa sur la joue. Je suis tellement contente que vous ayez pu venir. Monsieur Carver ! Comment ça va ?

— Appelle-moi Henry. Je t'ai apporté du vin.

— Merci, fis-je en prenant son cadeau.

Un vin à la fraise !

— On la débouchera pour le dessert.

Ou je la refourguerai à un ivrogne de Boston.

— Quel endroit charmant ! s'écria Amelia en roucoulant. N'est-ce pas ! Oh là là ! Ravissant ! Je m'appelle Amelia Ames, déclara-t-elle à Jake. Ravie de faire votre connaissance.

— On s'est déjà rencontrés, répliqua ce dernier, cramponné à ses douze bières.

— C'est vrai ? Je ne m'en souviens pas. Nora chérie, je t'ai apporté une vodka.

Elle posa sa bouteille sur le plan de travail dans un grand bruit sourd.

— Sois gentille et sers-m'en un verre, s'il te plaît.

— On jurerait que ce n'est pas le premier, me confia Xiaowen dans un murmure. Allez, allez, on circule, il y a trop de monde dans la cuisine.

Sullivan fut le dernier à entrer.

— Bonjour, lui dis-je.

— Bonjour, répondit-il en me tendant une tarte.

Une tarte.

Elle était encore chaude.

— Fraises, rhubarbe, me dit-il.

— C'est toi qui l'as faite ?

Compte tenu du brouhaha venant du salon, je veillai à bien le regarder afin qu'il puisse m'entendre.

— Oui.

— Ça t'ennuie si je file la manger en douce dans ma chambre ?

Il me sourit. J'en fus toute retournée. Je m'éclaircis la gorge.

— Tu veux boire quelque chose ?

— Avec plaisir.

Je servis un verre de vin à mes invités (une vodka à Amelia). J'en tendis un à Jake, mais, les yeux vissés sur la poitrine de Xiaowen, il refusa, vu qu'il était déjà en train de s'enfiler sa deuxième canette.

— Quand est-ce qu'on dîne ? demanda ma mère.

— Bientôt. Là, on a du fromage et des biscuits secs, des crevettes, et Xiaowen nous a apporté des huîtres délicieuses.

— C'est quoi ton nom déjà ? grommela Bob.

— Xiaowen.

— Dis donc, c'est sportif. T'as pas un surnom un poil plus facile à prononcer ?

— Si, si. C'est La Ferme. Vous arrivez à le prononcer, ça ?

Elle avala une huître et adressa une méchante grimace à Bob qui battit des paupières et baissa le nez vers ses chaussures.

— Bob, il n'y a que trois petites syllabes, protestai-je en étouffant un rire. Maman, un verre de vin ?

— De l'eau, s'il te plaît.

Bien sûr. Pas question de se décoincer apparemment. À voir sa tête, on aurait juré qu'elle se serait davantage marrée dans le couloir de la mort.

— Puisqu'on parle de prénom, je dois le mien à Amelia Earhart, nous confia Amelia en fixant le plafond. C'était ma grand-tante.

— C'est vrai ? s'écria M. Carver. Je l'ai toujours admirée. Un jour, ma femme…

Sa voix s'étrangla.

— Ma femme est allée à une fête de Halloween habillée comme elle.

Jake s'ouvrit une nouvelle bière.

— Tu aimes les hommes plus âgés ? demanda-t-il à Xiaowen.

— Je préfère les hommes qui se lavent, répliqua-t-elle. À quand remonte votre dernière douche ?

— Nora, laisse-moi t'aider, lança ma mère en se levant. Comme ça, on pourra commencer.

De son côté, Sullivan observait. Suivait-il la conversation ? Je l'espérais. Surprenant mon regard, il m'adressa un petit signe de tête rassurant.

— Que font tous ces bonshommes ici ? me souffla ma mère une fois dans la cuisine.

— Euh… je ne sais pas. Je suis tombée sur eux, c'est tout. Et Xiaowen n'est pas un homme. Moi non plus. Toi non plus ?

— Tu joues les marieuses, Nora Louise ?

Oh ! mon Dieu, mon deuxième prénom.

— Non ! J'ai rencontré M. Carver à la boulangerie et je me suis rappelé qu'il confiait pas mal de petits boulots à papa et, bien sûr, Bob aussi connaissait papa. Je me suis dit qu'ils savaient peut-être quelque chose.

— Tu es obsédée par ton père, s'écria maman dans un soupir.

Je mentais, on est d'accord, mais maman n'avait pas tort.

— Dis-moi, tu apprécies tous les gens présents, non ? enchaînai-je. Tu n'es fâchée avec personne, hein ?

— Non, Nora. Tous les gens présents ici me vont très bien, répliqua-t-elle sèchement. C'est juste un curieux groupe d'invités pour une jeune femme de trente-cinq ans.

Je pris un air innocent. Me concentrai sur mes préparatifs de dîner.

J'allais servir de l'agneau et des coquilles Saint-Jacques, de la purée au bacon, des asperges et une crème brûlée en dessert. Peut-être me garderais-je la tarte de Sully ? À partager éventuellement avec Poe. Et Audrey. Et Xiaowen, bien entendu.

Je vérifiai la cuisson de l'agneau, sortis les asperges du réfrigérateur, poussai ma mère vers le salon et me chopai un bout de fromage.

— Comment va Audrey ? demandai-je à Sullivan.

— Pardon ?

J'avalai ma bouchée tout rond.

— Comment va ta fille ? répétai-je plus distinctement.

— Oh ! ça va bien.

— Elle devient rondelette, intervint ma mère.

— Oh ! maman ! fis-je en tressaillant.

— C'est la vérité, insista ma mère en haussant les épaules. Tu devrais la mettre au régime. Ce n'est pas drôle d'être une grosse dondon.

On aurait cru qu'elle nous avait giflés, Sullivan et moi.

Ce dernier se tourna vers ma mère.

— Merci de votre avis, dit-il.

— Je suis vraiment désolée, murmurai-je.

Il ne m'entendit pas.

— Pour être en bonne santé, c'est important d'avoir une bonne alimentation, affirma alors Amelia. Et Nora est d'accord avec moi, bien sûr. Après tout, c'est une spécialiste. Qui re-veut un verre ? Puis-je resservir quelqu'un ?

Elle se releva et fonça vers le congélateur où se trouvait la vodka.

— Le foie aussi, c'est important pour se maintenir en bonne santé, signala Xiaowen. Jake, si vous n'arrêtez pas de zieuter mes nichons, je vous crève les yeux.

— Tu sais, Sharon, déclara alors Bob Dobbins, la câlinothérapie m'aide vraiment beaucoup, et je me demandais si tu ne pourrais pas me donner des séances particulières.

— Bob ! On en a déjà parlé, et je t'ai dit non.

— C'est de la peau d'autruche, vos chaussures, lança Xiaowen à Bob.

— Oui, répondit-il, ravi.

— Vous avez le sens du style.

— Moi, j'adore les hommes qui ont le courage de porter des bijoux, affirma Amelia. Ils sont en cuivre, ces bracelets, pas vrai ?

Bob tendit les bras.

— Oui. Ils me protègent contre l'arthrite. Et vous voyez ces bagues ? Elles sont en cuivre, elles aussi.

Il en avait une à chaque doigt, sauf au pouce. Il fallait espérer que le bon Dieu ait l'œil sur lui le jour où il croiserait des drogués en mal de cash.

Ma mère jeta un coup d'œil à sa montre.

— Et ce dîner, Nora ?

— Encore dix minutes, maman. Bouge pas et prends une huître.

— Non, merci. Ça gêne quelqu'un si je mets *La Roue de la fortune* ?

Oh ! merde. Et personne ne protesta.

— Où est ta télécommande ? insista ma mère.

— Sur l'étagère à côté du globe, grommelai-je.

Elle s'empara de la télécommande, appuya sur le bouton voulu, et on eut droit à Vanna et Pat en haute résolution.

— Je ne sais pas comment elles font, depuis le temps, s'écria ma mère. La Vanner est toujours magnifique.

— Ma femme adorait cette émission, déclara M. Carver.

Cette fois-ci, ses yeux se remplirent de larmes. Je m'assis à côté de lui et lui tapotai l'épaule.

— Ça fait combien de temps ?

— *La Forêt enchantée* ! brailla ma mère. Bon sang, comment a-t-elle pu oublier ça ?

— Trois ans, me répondit M. Carver. Mais c'est comme si c'était hier.

Il se mit à pleurer.

Oh ! mon Dieu ! Je lui tendis une serviette en papier et appelai mentalement Xiaowen à l'aide. Hélas ! comme souvent, tous les yeux étaient à présent braqués sur la télé.

— *Danger immédiat !* s'exclama triomphalement Xiaowen en citant le titre du film. J'ai été plus vite que vous, madame Stuart.

— Pas mal, reconnut ma mère.

— Il y a longtemps, j'ai participé à *Qui veut gagner des millions* ? annonça Amelia.

— Vous êtes millionnaire ? s'enquit Jake en ouvrant une autre bière.

Encore un invité qui avait des problèmes d'alcool. Y avait-il un service Uber sur Scupper ?

— Oui, répondit Amelia, mais ça n'a aucun lien avec cette émission. Mon grand-père était un industriel véreux, un requin. C'est amusant, n'est-ce pas ?

Je tapotai encore un peu M. Carver, puis filai à la cuisine et jetai les asperges dans la poêle où j'avais fait revenir le bacon.

— Non, merci, ça va. Sully, je suis désolée pour la remarque de ma mère. Audrey est une fille adorable et merveilleuse.

— Je sais, admit-il. Et elle est trop grosse. Amy aime…

Il se frotta la nuque.

— Amy aime lui acheter des cochonneries et, quand je lui demande de ne pas le faire, elle se fâche et me dit que j'essaie de les empêcher de prendre du bon temps.

— C'est dur, reconnus-je en remuant les pointes d'asperge qui viraient au vert vif.

— C'est juste que j'aimerais protéger Audrey, qu'elle n'ait pas de problèmes, ni à l'école ni en termes de santé.

Là-dessus, il parut se rappeler à qui il parlait et me dit :

— Euh… à propos… je suis désolé de la manière dont mon frère te taquinait.

Personnellement, j'aurais choisi un autre terme que « taquiner ». En plus, son ex-femme et la plupart de leurs copains avaient été de la partie, eux aussi.

— Oui, ce n'était pas agréable.

On se dévisagea en silence durant une bonne minute.

Outre les années, le grand air lui avait ciselé des rides autour des yeux et sur le visage, car il passait énormément de temps dehors. Son visage n'avait rien de bien spécial (yeux bruns, nez droit et tout le reste assez banal), mais, quand on associait le tout, il en émanait quelque chose d'assez sensuel qui me faisait entendre du Marvin Gaye.

C'était un homme au regard éloquent. Et j'eus l'impression que la lueur amusée que je surpris dans ses prunelles n'était pas sans lien avec l'intérêt que je lui portais.

Marvin Gaye chantait de plus belle.

— Bon, décrétai-je en lui confiant le plat de purée de pommes de terre fumante. Tu veux bien emporter ça et le poser sur la table ?

— Adopter un chien ! cria ma mère.

Xiaowen lui claqua la main en guise de félicitations.

— Le repas est prêt, annonçai-je.

— De toute façon, l'émission est terminée, répliqua maman en éteignant la TV. À propos de chiens, où est Boomer ?

— Avec Bobby. Asseyons-nous.

— C'est qui, Bobby ? s'enquit Amelia en s'approchant de la table d'un pas mal assuré.

Elle faillit même rater sa chaise.

— Son copain, lui expliqua ma mère.

— Mon ex, rectifiai-je.

— Bob, ne vous asseyez pas à côté de moi, décréta Xiaowen, je ne vous fais pas confiance. Sully, tu veux bien t'assoir entre nous ? Parfait.

Elle le guida vers la place où elle voulait qu'il s'installe. Pas à côté de moi.

En mon for intérieur, je me demandais ce qu'on pouvait éprouver quand on n'entendait pas bien, qu'on cherchait à comprendre pourquoi quelqu'un vous touchait, qu'on tentait de reconstituer une phrase à travers les mots qu'on avait grappillés.

J'espérais qu'il m'avait entendue spécifier que Bobby était mon ex. À voir son visage, c'était difficile de l'affirmer.

Bob passa devant moi, auréolé d'une terrible odeur d'eau de Cologne.

— Ça sent délicieusement bon, s'exclama-t-il.

Impossible de se prononcer. Pour ma part, j'avais les sinus bouchés par le *Polo* de Ralph Lauren.

— Où est Jake ? fis-je.

J'aurais volontiers parié l'avoir vu deux minutes plus tôt seulement.

Il émergea au même moment des toilettes.

— Il y a du Febreze ? bredouilla-t-il.

— Je t'avais dit que ce n'était pas une bonne idée cette soirée, lâcha ma mère.

— C'est de l'agneau ? balbutia M. Carver. Ma femme le préparait comme personne.

Regain de larmes. Oh ! merde !

— Est-ce que j'avais précisé que j'étais vegan ? fit Amelia d'un ton joyeux. Je vous l'avais dit, non, Nora ?

— Non, vous ne me l'aviez pas dit.

— Et la vodka, elle est vegan ? dit Xiaowen.

— Elle l'est, répliqua Amelia avec suffisance.

— Ne vous inquiétez pas, Nora. Je me contenterai de ces superbes asperges.

Elle piqua dans le plat avant que j'aie eu la possibilité de dire quoi que ce soit.

— Délicieux ! Il faudra que vous me disiez comment vous les avez fait cuire.

Avec du saindoux, songeai-je. Enfin, ce qu'on ne sait pas ne fait pas de mal, n'est-ce pas ?

Jake s'assit à côté de ma mère. Lorsqu'on lui présenta la purée, il la goûta avec la cuillère de service.

— Je vais en chercher une autre, dis-je en me relevant d'un bond.

Je filai à la cuisine, puis me rassis en déclarant :

— Je suis très heureuse que vous ayez tous pu venir.

— Oh là là, m'interrompit Jake. Vaudrait mieux que je retourne aux toilettes. Ce midi, j'ai dû manger un truc qui m'a pas réussi, si vous voyez ce que je veux dire.

Il déserta la table à la hâte en renversant sa chaise, que Sully dut remettre sur pied.

Pourvu que j'aie encore assez d'eau de Javel, pensai-je.

— Sharon, tu es très en beauté ce soir, roucoula Bob qui se pencha en avant et joignit ses doigts pleins de cuivre dans un léger cliquetis.

— Laisse tomber, Bob.

Du coup, il reporta son attention sur Xiaowen.

— Depuis quelque temps, je m'intéresse à la guerre de Corée, tu sais.

— Et pourquoi vous me dites ça ? s'étonna mon amie.

— Tu es coréenne, non ?

— Je suis chinoise.

— Tu aimes la cuisine chinoise ? poursuivit Bob. Moi, je suis un grand amateur de riz cantonais.

Xiaowen soupira. Ma mère et elle avaient accroché d'entrée de jeu. Ma mère éclata même de rire, ce qui était un événement. Jake revint des toilettes, mais repartit cinq minutes plus tard. De son côté, Amelia sirotait sa vodka, tandis que M. Carver, à qui j'avais pourtant demandé s'il appréciait la vie de retraité, continuait à me parler de sa femme. Je ne pus que m'interroger sur les raisons qui l'avaient poussé à me réclamer la petite pilule bleue miraculeuse.

— Comment s'appelait-elle ? fit Sullivan.

— Beatrice, répondit-il en s'effondrant de nouveau. C'était une femme merveilleuse.

Il éclata en sanglots.

— Nora, me lança ma mère, pourquoi ne pas entrer dans le vif du sujet afin qu'on puisse tous rentrer chez nous ?

Elle m'enveloppait de son regard implacable et fixe de tortue.

— Euh... comment ça, maman ?

— Tu nous as invités pour voir si on savait ce qui est arrivé à ton père ?

Exact ! Mon mensonge me revenait en pleine poire. Enfin, mon demi-mensonge.

— Euh... oui. Bon, comme vous êtes nombreux à le savoir, mon père a quitté l'île quand j'avais onze ans. Il y a de cela vingt-quatre ans. Et je me suis dit que quelqu'un parmi vous aurait peut-être une idée de l'endroit où il avait pu aller.

— C'est un peu tard, pas vrai ? décréta Jake en sortant des toilettes. À propos, il faudrait que tu remettes du papier, Nora.

Il attrapa un rouleau de papier essuie-tout sur le plan de travail de la cuisine et retourna aux toilettes. Je réprimai une envie de hurler à la mort.

— Je me rappelle ton père, fit Bob Dobbins. Un homme bien.

— Jake a raison, déclarai-je. C'était il y a longtemps, mais je me demandais si quelqu'un parmi vous avait eu vent de quoi que ce soit. Je l'ai cherché mille fois sur Google, mais son nom est assez banal et... bref, je n'ai jamais rien trouvé.

Sullivan m'observait attentivement. Sans rien dire, néanmoins.

— Donc, personne ici n'a d'informations ? avança ma mère en résumant les choses à mon intention.

— Tant de gens sont partis, déclara M. Carver d'un ton

pensif. Ton père. Ma Beatrice. Mon chien, Licorice, ne rajeunit pas non plus.

— Cela étant, si mon père a… euh… s'il est mort, j'aimerais le savoir, bredouillai-je.

L'espace d'une seconde, personne ne réagit.

— Et voilà, conclut ma mère. Bon, merci pour ce dîner, Nora.

Elle repoussa son siège.

— Je peux t'aider à débarrasser ? On ne veut pas abuser de ton hospitalité.

— Je… euh…

J'avais réussi à avaler une bouchée d'agneau mais, en jetant un coup d'œil sur la tablée, je constatai que, oui, tout le monde avait proprement nettoyé son assiette.

— On n'est pas pressés, commençai-je à dire avant de m'interrompre.

Jake était en train de malmener mes toilettes, Bob n'avait vraiment pas le profil du beau-père, et M. Carver jouait les fontaines dans sa serviette.

— J'ai amené Amelia et Jake, indiqua Bob, mais, vu que je suis conseiller municipal et tout, je ne peux pas avoir la responsabilité de deux personnes qui ont trop bu. Impossible. Sharon, est-ce que toi aussi tu…

— Non, lâcha-t-elle.

Parfait. Ils pouvaient tous partir. Peut-être que Xiaowen et Sully resteraient.

Et où était Amelia ? La perspective de pénétrer aux toilettes après le passage de Jake me terrifiait. Je frappai à la porte.

— Une minute ! cria Jake de l'autre côté.

S'élevèrent alors des sons que le premier gastro-entérologue venu aurait identifiés. Je tressaillis, puis repoussai mon envie de hurler. Peut-être valait-il mieux foutre le feu au house-boat !

Amelia avait dû monter sur la terrasse. À moins qu'elle ne soit tombée à l'eau et se soit noyée. Ce ne serait pas top.

Pas du tout. Je l'aperçus en passant devant ma chambre. Sur mon lit. Profondément endormie. Elle avait même bavé sur mon oreiller.

— Hé. Amelia. Amelia ? C'est l'heure de partir.

Je la secouai gentiment par l'épaule. Elle ne broncha pas. Je la secouai plus fort.

— Je suis très fatiguée, balbutia-t-elle. J'ai énormément bossé cette semaine.

Elle se redressa, le rouge à lèvres encore parfait.

— Je ne me sens pas trop bien, bégaya-t-elle, une main sur le ventre.

— On va vous ramener, dis-je. Bob est prêt à partir.

— Je peux vous aider ?

C'était Sullivan.

— Vous voulez bien me donner un coup de main, chéri ? fit Amelia en tendant élégamment le bras dans sa direction.

— Bien sûr.

Il s'approcha, passa le bras autour d'elle et l'aida à se relever.

— Vous êtes un sacré charmeur, ajouta-t-elle.

Et là-dessus elle lui vomit dessus.

Pile dessus. Le jet atteignit Sullivan à la gorge et glissa le long de sa chemise. La nausée me saisit.

— Houp là ! Je suis sincèrement désolée, mais je me sens beaucoup mieux maintenant.

Et elle dégobilla de plus belle au cas où Sullivan n'aurait pas bien compris.

— Est-ce que j'ai mangé du beurre ? Il y avait du beurre dans ces asperges ? Je suis vegan depuis si longtemps que le moindre produit animal me dérange.

— Il n'y avait pas de beurre, affirmai-je. Euh, Sully, ma salle de bains est juste là. Il y a des serviettes et d'autres trucs. Je reviens tout de suite.

Il me lança un coup d'œil, puis entra dans la pièce que je lui avais indiquée tandis que je poussais Amelia vers l'autre salle de bains (celle de Poe) au bout du couloir (et non les cabinets que Jake avait utilisés) où je lui remis un gant de toilette.

— Quel bateau magnifique ! s'exclama-t-elle tout en se nettoyant. Tu connais l'architecte ?

— Non. Mais merci d'être venue, Amelia. On va vous ramener chez vous, d'accord ? Il se fait tard.

Il n'était même pas 20 h 30. Je la guidai vers le ponton où les autres attendaient.

— Bien, et bon retour à vous tous, déclarai-je. Et où est M. Carver ? Je ne lui ai pas dit au revoir.

— Il est déjà parti, m'expliqua ma mère en pointant le doigt vers des feux arrière au bout de la route. Oh oh ! ajouta-t-elle, les mains en coupe autour de sa bouche. Attention au daim, Henry ! Henry, le daim ! Nom de Dieu !

Sous nos yeux horrifiés, M. Carver percuta une des bêtes sauvages qui peuplaient Scupper Island.

Xiaowen émit un son qui ressemblait fâcheusement à un rire.

Je dévalai le ponton en courant. La voiture de M. Carver n'était qu'à une quinzaine de mètres de l'endroit où il l'avait garée, mais apparemment il roulait déjà assez vite.

Couché sur le flanc, le malheureux daim haletait. La pauvre bête ! Il fallait appeler le chef de la police afin qu'il mette fin à ses souffrances. Or, Dieu sait combien de temps on allait devoir l'attendre.

Le daim ouvrait de grands yeux. Fallait-il que je le caresse ? Sauf que ça risquait de l'effrayer. Et puis, il devait avoir des tiques. Mais, s'il était à l'agonie, peut-être serait-il bon que je le réconforte ? La réconforte, plutôt. C'était une biche, en fait.

— Il est mort ? s'enquit M. Carver entre deux sanglots. Il est blessé ?

— Euh... il n'est pas encore mort, répondis-je.

Je sortis mon téléphone et composai le 911. Pas de signal, bien entendu. Merde. Je grimpai sur le capot de la voiture de M. Carver, brandis mon portable à bout de bras. Ah. Deux barres. Ça suffisait.

— 911, veuillez nous expliquer ce qui vous amène.

— Bonsoir, ici, Nora Stuart sur Spruce Brook Road. Une biche a été heurtée par un véhicule.

— Bonsoir, Nora, ici, Mme Krazinski ! Comment ça va, ma chérie ?

— Pas trop bien. Et vous ?

— Ça va. Ta mère m'a dit que tu organisais un petit dîner ce soir.

— Oui, c'est ça et euh... malheureusement, M. Carver a heurté une biche et... (je baissai la voix) je pense qu'il faut abattre la pauvre bête.

— Mince. Et le chef est absent. Sa fille, tu te souviens d'elle ? Caroline ? Eh bien, elle vient d'accoucher. D'un garçon. Son troisième.

— C'est formidable. Mais que fait-on de la biche mourante ?

— Ta mère ne peut pas s'en occuper ?

— Oui, sans doute.

Il y avait de fortes chances que ma mère soit capable de jouer les Jason Bourne et torde le cou à Bambi pour l'envoyer ni une ni deux au paradis.

Tous les invités étaient à présent descendus sur le ponton.

— On ne sait jamais, suggéra Xiaowen, peut-être qu'avec un peu de rééducation elle sera capable de boulotter des hostas la semaine prochaine.

— Je vais mettre un terme à ses malheurs, décréta ma mère. Nora, cours me chercher des couteaux de boucher.

— Hein ?

— Elle est saine, cette biche, me dit-elle comme si j'étais totalement bouchée. On ne va pas gâcher cette bonne viande.

— Ça vous gêne si je prends un cuissot ? s'enquit Jake en décapsulant une nouvelle bière.

— Oh ! Seigneur, gémit M. Carver. Beatrice... adorait les animaux.

— Quand j'étais gamine, dans les Adirondacks, dit Amelia, un faon est entré dans notre propriété et s'est couché à côté de notre chien. Il était absolument adorable. Enfin, jusqu'à ce que notre setter irlandais le tue. Whiskey, il s'appelait. Un beau chien.

— Je peux regarder ? demanda Xiaowen. Je suis un peu en train de craquer pour ta mère.

— Tu es une amie épouvantable, répliquai-je.

Ma mère redescendit le ponton, un couteau à la main.

Il tendit le bras, et sa main se referma sur la plus grosse lame.

Une peur terrifiante me glaça le dos et, durant une seconde, le ciel obscur du Maine et sa demi-lune disparurent : je me retrouvai dans mon appartement, à deux pas de la porte. Allais-je m'échapper ? Me rattraperait-il encore une fois ? La poignée de porte, lisse et dure sous mes doigts douloureux, la fuite, je m'éloigne à toutes jambes, en hurlant...

Non, non. On ne se laisse pas embarquer dans ce genre de trucs. C'était ma mère que j'avais devant moi, la femme la plus douée qui soit. Pas un tueur, pas un violeur. Et derrière elle il y avait Sullivan Fletcher, torse nu dans la lumière déclinante, avec, à la main, sa chemise souillée. *Concentre-toi là-dessus. Concentre-toi sur lui. Tu es en sécurité. Tu es en sécurité. Tu t'en es tirée.*

Mon cœur se mit à battre moins vite. Le calme de Sullivan avait quelque chose de contagieux. Peut-être était-ce dû au fait qu'il avait une enfant ? Peut-être était-il imperméable aux jacasseries et à l'agitation de ce bas monde. Peut-être avait-il surmonté toutes les souffrances qu'il avait encaissées ?

Je présume que j'aurais dû lui proposer un T-shirt, mais je devais déjà gérer une boss qui avait la gerbe et une biche à l'agonie.

Par ailleurs, il n'était pas désagréable à regarder, sans chemise.

À ce moment précis, la biche fit un bond. Je sautai en arrière tandis qu'elle se remettait sur ses pattes et gagnait les bois tant bien que mal.

Durant une minute, personne ne dit mot.

— Bien, m'exclamai-je. Quelle soirée rigolote ! Bonne nuit ! Monsieur Carver, vous allez pouvoir conduire ?

— Il n'est pas mort, bredouilla-t-il en s'essuyant les yeux. C'est peut-être Beatrice qui nous a offert ce petit miracle.

— Je me suis dit la même chose, mentis-je sans vergogne. Au revoir. Merci d'être venus.

Et tous montèrent dans leurs voitures respectives. Xiaowen m'embrassa, elle se tordait de rire.

— Je t'appelle demain, parvint-elle à me dire avant de se glisser dans sa Porsche argent.

Puis elle démarra, et je me retrouvai seule avec Sully.

— Viens, je vais te passer un T-shirt, déclarai-je en remontant le ponton.

Il m'emboîta le pas.

— J'avais l'espoir de voir ta mère dépecer cette bête, me confia-t-il.

Et subitement je me mis à rire, à rire au point d'en tituber. Sully afficha un sourire éclatant dans l'obscurité et me prit le bras pour m'éviter de tomber à l'eau.

Je me gondolai jusqu'au house-boat, lequel était dans un état épouvantable. Il y avait encore des assiettes sur la grande table, sur la table basse, par terre. Un millier de verres ici et là. De la bouffe partout. J'allai dans ma chambre et y récupérai le plus grand T-shirt que je pus trouver (Blackbeard's Bait & Tackle, vestige d'un lointain voyage à Cape Cod avec Médecins sans conjoint, du temps où Bobby et moi n'étions encore que des amis).

— Tiens, dis-je en tendant le T-shirt à Sullivan.

Il l'enfila rapidement, ce qui fit jouer les muscles de sa cage thoracique et rouler ses épaules en une parfaite illustration d'anatomie masculine.

Xiaowen avait raison. Il était pas mal, ce Sullivan Fletcher.

Sauf que je ne cherchais pas une amourette estivale. En août, je serais de retour à Boston. Sullivan, lui, ne quitterait jamais l'île. Et en plus il avait une fille. Sans oublier que je ne savais absolument pas si Sullivan avait envie d'une aventure. Il avait un enfant, une ex-femme, un business et un frère à problèmes.

— Laisse-moi t'aider à ranger, me proposa-t-il.

— Pas question. Tu peux rentrer.

— Je ne te laisse pas seule avec ce bazar.

Il avait des yeux délicieusement caramel, chaleureux et envoûtants.

— Mais si. Quand on se fait vomir dessus, on est dispensé de corvée de rangement.

Une petite ride de contrariété lui barra le front.

— Ça me fait plaisir de t'aider.

— Ça va, Bobby.

Merde ! D'où ça sortait, ça ?

— Pardon, Sullivan. Mais je suis du genre maniaque du rangement et, en plus, il faut que je passe quelques coups de fil.

Sans qu'il eût bougé un muscle, son visage changea d'expression.

— Entendu. À bientôt alors. Et merci pour ce bon dîner.

Il tourna les talons, et je fermai les yeux. Un homme vraiment adorable et je le flanquais dehors.

J'allai à la porte. Il était déjà au milieu du ponton.

— Sully ? Sullivan ? Merci pour la tarte.

Soit il ne m'entendit pas, soit il préféra ne pas me répondre.

16

Chère Lily,

J'avais oublié combien le mois de mai est beau ici. Toutes les feuilles sont sorties et, le matin, les oiseaux ouvrent l'œil à 4 h 47. Là, j'ai vu trois lapereaux, adorables. L'autre nuit, Poe est venue faire ses devoirs chez moi, et je lui ai préparé un sandwich au fromage fondu et à la tomate. C'était toujours ce qu'on mangeait le premier jour de l'hiver, tu te souviens ?

Bisous,

Nora.

Le week-end d'avant Memorial Day, je pris le ferry pour Boston pour récupérer mon chien. J'étais ridiculement survoltée à l'idée de le retrouver, de tirer sur ses oreilles soyeuses, d'admirer ses beaux yeux bruns et de sentir sa masse rassurante au pied de mon lit. D'accord, Bobby adorait Boomer, mais le Roi des Chiens, mon âme sœur, était à moi.

C'est moi qui, deux mois après le Sale Truc, avais décidé d'adopter un chien. On était allés au refuge, Bobby et moi, et c'est là qu'on l'avait déniché, ce chiot de douze semaines à peine, fruit des amours d'un bouvier bernois et d'un rottweiler. Il promettait d'être bien trop grand pour la plupart des petits appartements de Boston. Un coup d'œil nous suffit pour nous décider. Et vous savez ce qu'on dit des animaux adoptés : ils n'oublient jamais qu'on les a sauvés.

En réalité, c'est Boomer qui m'avait sauvée. Il m'obligeait à sortir (armée d'une bombe au poivre et d'un sifflet anti-viol). Quand un inconnu s'approchait, je savais, à la réaction de Boomer, si l'individu en question représentait un danger ou pas. Moi, j'avais peur de tout et de tout le monde.

À la maison, quand j'étais saisie d'une crise de panique, que mon cœur palpitait à la manière d'un colibri affolé, que je n'arrivais plus à respirer ni à me rappeler où j'étais, Boomer venait presser son museau velouté contre ma main et m'exprimait son inquiétude et son amour en gémissant. Lorsque Bobby travaillait de nuit, le chien se collait contre moi. Pour être honnête, je me sentais plus en sécurité avec lui qu'avec Bobby.

Donc, oui, j'étais heureuse de le récupérer. Et ce n'était pas peu dire.

Et j'étais aussi impatiente de revoir Bobby. Il s'était montré absolument charmant durant ces deux dernières semaines, m'avait envoyé des photos, des messages pour s'assurer que j'allais bien et m'avait même appelée longuement un soir alors que j'admirais le coucher de soleil depuis ma terrasse. J'avais presque l'impression d'avoir renoué avec mon moi Perez.

Une foule de questions me trottait dans la tête : que se passerait-il en août quand Lily et Poe repartiraient à Seattle, comme prévu ? Et lorsque je rentrerais à Boston (avec un peu de chance, maman aurait un amoureux, car, en dépit de son esprit indépendant, elle était sûrement très seule) ? Il allait me falloir un nouvel appartement. Peut-être que je l'aimerais autant que mon ancien logement. Peut-être que je m'y sentirais en sécurité.

Peut-être que je pourrais donner une seconde chance à Bobby ? Mes rêveries sur Sully ne risquaient pas de me mener où que ce soit, puisque je n'étais ici que de passage.

Et Bobby insistait vraiment pour qu'on se remette ensemble. Si je surmontais la grisaille, peut-être qu'on parviendrait à renouer avec le bon vieux temps. Je ne pouvais presque plus lui reprocher d'avoir caressé les cheveux de Jabrielle. Même si c'était une garce sans morale et salement condescendante, elle était belle.

Nos trois premiers mois ensemble, à Bobby et moi, avaient étaient si merveilleux... peut-être que ça méritait une nouvelle tentative ?

Donc, ce matin-là, optant pour un maquillage léger, j'avais médité devant mon placard et pris le temps de soigner mon apparence. J'avais échangé ma veste en jean contre un manteau léger en brocart et mes grosses bottines tout-terrain, indispensables sur l'île au printemps, contre des bottes de cow-boy. J'avais ajouté un foulard et des pendants d'oreilles.

Pendant la traversée en ferry, je décidai d'interroger Jake sur mon père. J'étais l'unique passagère à bord du bateau qui tanguait dans la houle tandis que les embruns malmenaient mes cheveux dont j'avais pourtant pris grand soin. C'était la frisure garantie. Heureusement, je m'étais munie d'un élastique.

Je me rendis au poste de pilotage.

— Jake, vous vous souvenez des questions que j'ai posées sur mon père, l'autre soir ?

— Ah ? C'était peut-être quand j'étais aux cabinets ?

— Oui et, à propos, si vous voulez une consultation gratuite, je suis là. C'est ma spécialité. Ou bien vous pourriez éventuellement prendre un peu d'Imodium la prochaine fois.

— Qu'est-ce que tu veux savoir sur ton père ?

Je me serrai plus étroitement dans mon manteau.

— Eh bien, vous pilotez le ferry depuis toujours. Vous vous rappelez l'avoir vu quitter l'île ? Il devait bien avoir une valise ou deux. Et il était sans doute assez bouleversé, ou en colère.

Jake alluma sa pipe, et une odeur douce et sucrée de tabac nous enveloppa.

— Oui, je me rappelle.

Mon cœur fit un bond.

— C'est vrai ? Alors… vous pouvez m'en parler ?

Il tira sur sa pipe calée entre ses dents jaunies.

— Ben, t'as raison, il avait une ou deux valises avec lui. L'était agité. Il causait tout seul. Il m'a causé, a causé à… comment il s'appelle… le fils Fletcher et sa mère.

— Quel fils Fletcher ? Sullivan ?

— Non, le grand sportif.

— Luke ?

— Je pense. Celui qu'était pas à ton dîner l'autre soir. En tout cas, ton père, il battait la breloque. Je suppose que ta mère l'avait flanqué à la porte et qu'il était pas content. Il criait qu'elle aurait ce qu'elle avait cherché, ne cessait de divaguer sur ce qui était juste et ce qui l'était pas, que personne lui dictait sa conduite.

Ils s'étaient donc bel et bien disputés. Maman ne l'avait jamais avoué, mais, allez savoir comment, Lily l'avait deviné.

— Vous vous souvenez si vous alliez à Portland ou à Boston ?

— Portland.

Je portai mon regard vers la mer grisâtre, les balises de casiers à homards qui ballottaient au milieu des moutons.

— Autre chose, Jake ? Autre chose qui vous reviendrait ?

Une gentillesse inattendue éclaira son vieux visage buriné.

— Oui. Il avait une photo de toi et de ta sœur qu'il arrêtait pas de regarder. Peut-être même qu'il pleurait.

Ma gorge se noua d'un coup.

— Merci, Jake, dis-je dans un filet de voix.

— De rien.

Je regagnai le pont et m'assis sur un siège en plastique moulé. L'image de mon père, bouleversé et furieux, tenant une valise faite à la va-vite et une photo de Lily et moi… J'avais envie de me recroqueviller en position fœtale et de pleurer.

Il allait falloir que je parle à Teeny et Luke, si je voulais en apprendre davantage.

Quand on arriva au débarcadère, une heure plus tard, Bobby m'attendait déjà et consultait son téléphone. Quant à Boomer, il devint carrément fou en me voyant.

— Boomer, m'écriai-je en m'agenouillant pour embrasser mon chien déchaîné. Mon beau ! Que tu m'as manqué !

Il poussa un gémissement joyeux, me lécha la figure, puis posa ses deux grosses pattes sur mes épaules.

— C'est qui, le bon chien ? C'est toi, Boomer ! Tout le monde est d'accord !

Je lui posai une bise sur le crâne, puis me relevai sans cesser de le caresser.

— Bonjour, Bobby.

— Bonjour, dit-il en rangeant son téléphone dans sa poche et en me remettant la laisse. Comment ça va ?

— Très bien. Et toi ?

— Bien. Écoute, je ne peux pas rester. Je suis vraiment désolé. Un truc de boulot.

Oh. Mon cœur se serra.

— Pas de soucis. Tout va bien pour toi ?

— Oui. Excellent. Ce grand gars va me manquer, mais ça va aller.

Il se pencha et frictionna la tête de Boomer.

— À dans deux semaines, Boomer. Je t'aime.

Sans la moindre équivoque, cette dernière phrase s'adressait au chien. Bobby leva la main et s'éloigna d'un bon pas sans autre forme de procès.

Bon.

Donc, on raye *Déjeuner avec Bobby* de la liste mentale des

activités prévues. C'est sûr qu'on n'était plus dans le registre où, quinze jours plus tôt, il avait pris sa journée pour moi.

Très bien. C'était la preuve que notre séparation s'imposait. C'était typique de la froide indifférence avec laquelle Bobby m'avait traitée et qui avait fini par m'insupporter.

N'empêche que ça me désarçonna un peu.

Cela étant, il faisait un temps radieux. J'appelai Roseline, lui annonçai que j'étais libre plus tôt que prévu, et elle répliqua aussi sec qu'elle serait sur Newbury Street dans dix minutes, histoire qu'on s'offre une mégaséance de shopping et une bonne bouffe.

— Oh ! bon sang ! Qu'est-ce que tu m'as manqué ! s'écria-t-elle en nouant les bras autour de moi. Et toi aussi, Boomer.

Et elle se pencha pour récolter une léchouille brouillonne.

— En fait, c'est toi qui me manques le plus, mon bébé. Mais ne le dis pas à Nora.

Me tenant à bout de bras, elle s'exclama :

— Toi, ma chérie, tu as une mine fantastique.

On s'embrassa de nouveau et on se remit en marche, bras dessus bras dessous.

Les *brownstones* de Newbury Street, ces demeures en grès sombre, étaient splendides. À côté de moi, Roseline n'arrêtait pas de parler, me rapportait tous les potins sur nos amis communs et les gens qu'on connaissait. Amir et elle allaient partir célébrer leur lune de miel un peu tardivement en Haïti et profiter de leurs familles, dont j'avais rencontré pratiquement tous les membres au fil des années. On circula de boutique en boutique, attachant Boomer à un poteau ici et là, afin qu'il divertisse les Bostoniens privés de soleil et, comme d'habitude, on s'extasia devant des sacs, on essaya des chaussures. C'était génial de se retrouver.

Parallèlement, des choses m'étonnaient : Boston avait-elle toujours été aussi bruyante ? Pourquoi fallait-il que les chauffeurs lancent autant de jurons par leur vitre baissée ? (Naturellement, c'était Boston.) Les grossièretés pleuvaient de manière presque anodine tant elles étaient fréquentes.

— Tu devrais entendre le silence de l'île, lui confiai-je pendant le déjeuner, Boomer à nos pieds et le soleil sur nos cheveux. Le soir, je m'assieds sur ma terrasse pour admirer le coucher du soleil et aplatir les mouches, et c'est superbe. Je t'en prie, promets-moi de venir.

— Tu adores être là-bas ?

Je pris une cuillerée de ma soupe de palourdes avant de répondre.

— Parfois, oui. D'un côté, tout le monde me connaît et… (Je haussai les épaules.) C'est comme si j'étais redevenue la jeune fille que j'étais à quinze ans.

— C'est pareil pour moi quand je vais en Haïti, renchérit Roseline. Harvard, Yale, ça ne veut rien dire pour eux. Je suis toujours la gamine qui pissait à l'église le dimanche de Pâques.

— Tout à fait. Cette semaine, à la clinique, on m'a appelée « la grosse » et aussi « l'autre fille à Sharon, pas la jolie ».

— Que c'est sympa ! s'écria Roseline en hochant la tête. Et d'une, tu es très jolie. Et grosse, toi ? C'est quoi, leur problème ? Ils ne voient pas clair ?

Elle mordit dans son burger.

— Et, à propos, comment va ta sœur ?

Roseline savait que Lily était incarcérée à Seattle, car je le lui avais dit à l'époque, comme si ça n'avait rien de grave, et, en y repensant, je sentis la honte me submerger. D'accord, la sentence n'était pas longue et Lily n'avait rien commis de bien grave, mais elle était quand même en prison. Cela étant, quelques mois auparavant, j'avais éprouvé un besoin désespéré de parler de n'importe quel sujet susceptible de m'aider à me sentir moins mal et m'étais donc épanchée sur la situation de Lily. D'accord, un salopard m'avait quasiment battue à mort, mais au moins je n'étais pas Lily.

Oui. La honte.

— Ça va, je pense, marmonnai-je alors que je n'en savais rien. Je passe beaucoup de temps avec Poe et la fille d'un de mes anciens camarades de classe. C'est sympa. J'avais oublié que j'aimais bien les ados.

Audrey était passée dans la semaine. À deux reprises, d'ailleurs. On avait discuté de cinéma et, jeudi, elle devait venir regarder *Les Boules et les Chocottes*, une série qu'on adorait, l'une et l'autre. J'avais envie d'inviter encore une fois les deux filles à dormir au house-boat, mais, vu la façon dont je m'étais comportée avec lui le soir de mon dîner, je ne savais pas trop si Sullivan apprécierait.

— Et où en es-tu avec le Dr Bobby Byrne ? s'enquit Roseline.

— Je ne sais pas. Il s'est montré très attentif. Beaucoup de messages et de mails, quelques coups de fil, mais aujourd'hui il m'a quasiment balancé la laisse à la figure et s'est tiré.

— Tu envisages de te remettre avec lui ?

Il y avait un détachement extrêmement suspect dans sa question.

— Je ne sais pas. Ça avait tellement bien commencé, et puis...

— Et puis on t'a tabassée, on a essayé de te tuer et, une fois passé le plaisir de jouer les preux chevaliers, il s'est lassé, conclut-elle.

— Merci de me le rappeler. Mais j'étais sacrément pitoyable. Je peux comprendre qu'il se soit lassé.

— Nora ! Tu n'étais pas pitoyable ! On a failli t'assassiner.

Les vieilles dames à la table voisine nous jetèrent un coup d'œil manifestement très intéressé.

— C'est une histoire vraie, leur assurai-je. Il est comment, votre homard ?

Elles replongèrent le nez dans leurs plats.

Rosie baissa la voix.

— Pour moi, en avoir marre d'une relation parce que ta copine est fragile et ne va pas bien, c'est assez dégueulasse.

— Je sais, mais je ne m'aimais pas non plus. Je déteste me sentir fragile.

— Eh bien, ça nous arrive à tous à un moment ou un autre, ma fille. Et là, mieux vaut avoir quelqu'un pour vous tenir la main plutôt qu'un rigolo qui se barre en courant et flirte avec une salope d'interne.

Je souris.

— Tu me fais tellement de bien.

— Je sais, je sais. Et toi, tu es une amie pourrie !

— Viens me voir le week-end prochain, lui suggérai-je. C'est Memorial Day, il y aura un défilé de bateaux et tu pourrais apprécier notre charme brut. S'il te plaît ? Tu pourrais rencontrer mon autre copine et tout.

— Tu as une autre copine ? Je suis dévastée !

Elle sourit.

— D'accord. Je laisserai Amir à la maison. Tu le connais, question bateaux. Le Titanic nous l'a bousillé à jamais.

— Il nous a tous bousillés. Il y avait de la place pour deux sur cette fichue porte d'armoire.

— Tu l'as dit, ma sœur. Mais ces deux dernières minutes valent tout.

Elle ramassa l'addition, et on passa le reste de l'après-midi comme avant, du temps où elle était célibataire et où je n'avais pas encore été agressée.

Le lundi soir, après une journée à la clinique où j'avais retiré un crochet de la paume de Jeb Coffins avant de le recoudre d'un seul point de suture, je rentrai chez moi et passai un jean ainsi qu'un joli petit chemisier boutonné dans le dos. Je donnai à manger à mon grand chéri, puis lui lançai une balle de tennis dans le petit pré entre la baie et la route.

Ensuite de quoi, je l'enfermai sur le house-boat. Ce soir, je descendais au bar de la ville, histoire de voir si Luke Fletcher me parlerait de mon père.

Red's était le siège des gros buveurs et des locaux qui détestaient les touristes. Le parking fourmillait de pick-up rouillés, cabossés et comptait également quelques voitures des années 1970, des véhicules qui n'avaient rien de vintage mais tenaient à coups de fil de fer et de sparadrap.

Je n'avais encore jamais mis les pieds au Red's, vu que j'étais trop petite pour fréquenter les bars quand j'avais quitté l'île. Il était temps de m'assurer que l'établissement correspondait à tout ce que j'avais entendu dans ma jeunesse.

Je garai ma Mini Cooper sur le côté et entrai. C'était un lieu louche, exigu et sombre, au sol poisseux où il y avait quelques tables crasseuses et un bar devant lequel s'alignaient les gros buveurs de Scupper Island. Ce n'était pas un endroit pour les étrangers, c'était certain. Ici, il n'y avait que des locaux, et l'atmosphère elle-même avait quelque chose d'âcre et de révolté.

Devant le bar et lourdement appuyé sur ses coudes, Luke Fletcher. En dépit de sa cruauté envers moi, je ne pus refouler la pitié qui m'envahit à sa vue. C'était là un homme pour lequel la vie n'avait pas tenu ses promesses et qui n'avait aucun moyen de s'en sortir. Je n'avais aucune raison de crier victoire.

Le siège à côté de lui était vide. Je m'y glissai discrètement sans qu'il s'aperçoive de quoi que ce soit.

— Qu'est-ce qu'on veut, la beauté ? me demanda la barmaid, une femme qui devait peser dans les cent cinquante kilos avec un indice de masse corporelle d'au moins quarante.

Sujette à l'hypertension, à en juger par son poids, et le visage congestionné, elle allait sans doute souffrir de diabète, si ce n'était pas déjà le cas.

— Euh… une bière ?

Ce n'était pas ici que j'allais commander un martini à la grenade !

— Laquelle ? Bud, Bud Light, Miller, Miller Light, Genesee, Old Mil ?

— Old Mil, dis-je alors que je n'en avais jamais pris.

Je n'aimais pas la bière.

Luke tourna la tête vers moi, regarda machinalement de l'autre côté, puis se retourna de nouveau dans un sursaut.

— C'est toi ?

— Bonjour, Luke, comment ça va ?

Il me parut drôlement déglingué : yeux larmoyants et réactivité en berne.

— Super…

— Je suis contente de te voir. Je me demandais s'il me serait possible de te parler.

— Et qu'est-ce que tu fais, là ?

La barmaid posa une bière devant moi. Elle avait la couleur de l'urine d'un individu sérieusement déshydraté (marron foncé et répugnante).

— Luke, je sais qu'on a un petit contentieux au sujet de la bourse Perez, mais j'aimerais bien qu'on puisse être amis.

— Un petit contentieux ? Pourquoi ne pas m'expliquer comment tu l'as eue ? T'as fait quelque chose, je le sais. Un méchant petit tour que t'as sorti de ta manche XXL ?

Quel gentleman !

— J'ai bossé très dur, Luke. Je suis désolée que tu ne l'aies pas eue, mais je ne regrette pas de l'avoir décrochée.

— Allez, ça n'a aucun sens.

— Quoi qu'il en soit, je peux peut-être t'offrir un verre.

Je m'interrompis une seconde.

— Tu as une voiture pour rentrer ?

— Non, me répondit-il d'un ton morose. Je n'ai plus de permis.

Bon.

— En fait, je voulais te parler d'un truc.

Je fis signe à la barmaid.

— La même chose pour mon vieux camarade de classe, s'il vous plaît.

La barmaid plissa les yeux pour m'examiner.

— Bon sang de bois. Moi aussi, j'ai été en classe avec Luke. T'es qui ?

— Nora Stuart.

Elle en resta bouche bée.

— Ben ma vieille ! T'as perdu toute ta graisse et, moi, je l'ai retrouvée et j'ai même pris un peu de rab.

Elle éclata de rire.

— Je suis Carmella Hurly. Ça fait un bail qu'on s'est pas vues.

Une des Cheetos de l'époque. Elle traînait avec Darby Dennings et Amy Beckman. Sauf qu'elle n'avait plus l'air d'être méchante.

— C'est vrai que t'es médecin ? poursuivit-elle en tirant une bière pour Luke.

— Oui, c'est vrai. Cet été, je bosse à la clinique.

— Cool ! Bravo ! T'as toujours été vachement futée. Peut-être que je pourrais passer. Tu mets des anneaux gastriques ?

Elle se remit à rire de plus belle.

— Je blague. Mais sérieusement tu pourrais peut-être me coller au régime ? J'ai toujours l'intention de perdre quelques kilos, tu vois ? Oh ! Froggy là-bas réclame une autre bibine. J'arrive, Froggy, merde ! Te pisse pas dessus.

Elle se retourna vers moi.

— Ta bière, c'est la maison qui offre. J'étais plutôt peau de vache avec toi dans le temps. En fait, c'est plutôt une caisse que je te dois.

Et c'est ainsi que la blessure se referma. Les gens changeaient réellement. Le truc à propos des ados pleines de hargne, c'est qu'elles ne sont pas heureuses. Quand on est populaire, on est sous pression, et la vie n'est pas si facile. Je le sais, j'avais vu Lily vendre son âme pour avoir le privilège de traîner avec ces filles.

Mais, vu de ma fenêtre, on aurait juré que Carmella avait trouvé la voie du bonheur, même si ça impliquait soixante-dix kilos supplémentaires.

— Alors, qu'est-ce que tu veux ? me lança Luke.

Je pivotai vers lui.

Il était toujours incroyablement beau, même là, même soûl. L'ironie, c'est qu'il avait un visage bienveillant et heureux, toujours prêt à sourire. Même avec ses yeux injectés de sang et ses sourcils froncés, il était impossible de ne pas avoir envie de l'aimer, de penser qu'il existait une meilleure version de lui quelque part derrière la façade.

Pauvre Luke. Il avait tellement de potentiel.

— Je ne sais pas si tu te souviens, mais mon père a quitté Scupper il y a longtemps. On était en CM2.

— Ah, oui ? fit-il en fronçant les sourcils.

— Oui. Jake Ferriman m'a dit que ta maman et toi étiez sur le bateau pour Portland, ce jour-là. Le jour où il est parti.

— Je m'en souviens pas.

Je hochai la tête.

— Ça fait longtemps.

— Mais peut-être que ma mère s'en souviendra. Maman ! Viens ici !

Je battis des paupières. Je n'avais pas repéré Teeny Fletcher en entrant et, sincèrement, elle m'effrayait plus que Luke.

Quand elle vit qui était assis à côté de son petit chéri, elle plissa les yeux.

— Qu'est-ce que tu veux ? Pourquoi t'embêtes mon garçon ? Tu es en train de le narguer avec ton super boulot ?

Il paraît que Lee Harvey Oswald avait lui aussi une emmerdeuse de mère qui le surprotégeait.

— Bonsoir, Teeny, dis-je. Non, j'avais juste une question à propos de mon père.

Elle haussa ce qu'il lui restait de sourcils.

— Qu'est-ce que Luke pourrait savoir là-dessus ?

— De ce que j'ai compris, vous étiez tous les deux sur le même ferry que lui, le jour où il est parti. D'après Jake Ferriman, vous alliez à Portland. Mon père vous a parlé. Il était assez chamboulé.

Elle pinça les lèvres en un sourire haineux.

— Oh ! oui. Oui. On était là.

— Ah bon ? Je m'en souviens pas, grommela Luke en terminant son verre.

— J'aimerais découvrir ce qui lui est arrivé, expliquai-je à Teeny.

— Et qu'est-ce que ça me rapportera ?

Quel amour de bonne femme !

— Qu'est-ce que vous voudriez ?

Zut. Grossière erreur. J'aurais dû lui offrir vingt dollars.

— Ce que je voudrais ? s'écria-t-elle d'une voix stridente. Je voudrais que mon fils aille à la Tufts University, voilà ce que je voudrais. Mais tu as bousillé ses chances, pas vrai ? Et maintenant tu voudrais quelque chose de moi ? Ça va être dur.

Un silence quasi total régnait à présent dans le bar.

— Madame Fletcher, je suis désolée de constater que vous continuez à croire que j'ai volé quelque chose qui aurait dû revenir à Luke. Vous le savez très bien, la bourse Perez est attribuée à l'élève qui a la meilleure moyenne. Cet élève, c'était moi. Maintenant, j'ai appris que Luke avait eu une bourse pour entrer à l'université du Maine, laquelle est également un établissement fantastique. Xiaowen Liu y a fait son doctorat, et voyez où elle en est aujourd'hui. En conclusion, ce qui est arrivé à Luke depuis le lycée n'a rien à voir avec moi, ça relève de sa seule responsabilité.

— Va te faire foutre, marmonna Luke en vidant son verre.

— Tu es une sacrée petite snobinarde, hein ?

Elle frotta le dos de son fils d'une manière assez écœurante, vu qu'il avait trente-cinq ans. Lui ne parut rien remarquer.

— Merci du temps que vous m'avez consacré, déclarai-je. Carmella, ça m'a fait plaisir de te revoir.

Là, j'étais sincère.

Je regagnai ma voiture, plus fâchée que bouleversée.

Teeny Fletcher n'avait rien dit sur son autre fils. Celui qui était totalement innocent. Elle aurait pu me dire : Sullivan a eu une lésion cérébrale traumatique à cause de toi et il perd tous les jours un peu plus de ses facultés auditives. Même si ce n'était pas vraiment fondé, ç'aurait été au moins compréhensible de la part d'une maman confrontée aux difficultés de son enfant.

Mais non, elle était toujours focalisée sur une stupide histoire de bourse.

Et elle n'avait même pas prononcé le nom de Sullivan.

17

Le vendredi du week-end de Memorial Day, Roseline vint me rendre visite à Scupper, manqua de tomber en pâmoison devant le house-boat et décréta qu'elle ne repartait plus. On se descendit une bouteille de rosé pour faire glisser un gâteau à la noix de coco et on regarda des vidéos jusqu'à 2 heures du matin.

Une fois réveillées, on s'habilla, on avala un café et on fila vers la ville en embarquant Boomer pour assister au défilé de bateaux. C'était l'un des plus grands événements de Scupper Island. Plus qu'une parade nautique, c'était notre façon de célébrer le retour des estivants, de leur permettre de parader à bord de leurs beaux voiliers, de leurs hors-bord, de leurs petits yachts.

La grand-rue se parait de rouge, de blanc et de bleu, et Lala avait placardé un panneau disant :

MONTREZ VOTRE AMOUR POUR L'AMÉRIQUE :
MANGEZ UN BEIGNET

Ayant prouvé notre amour du pays, Roseline et moi nous faufilions à présent au milieu de la foule afin d'aller nous asseoir sur le quai de la ville.

Une large rambarde de bois bordait le quai pour éviter que des enfants ou des cyclistes ne tombent à l'eau. Jambes ballantes, bouts de doigts couverts du sucre des beignets encore chauds et fumants, on s'installa sur le bord, comme la moitié des citadins.

— C'est pas bon du tout pour notre système digestif, affirmai-je tout en croquant de plus belle ma pâtisserie.

— La ferme, répliqua Roseline en sortant son deuxième beignet du sac. Qui se soucie de ce que tu penses ? T'es une experte peut-être ?

— Oh ! voilà ma copine, m'écriai-je. Xiaowen ! Viens par ici. On a des beignets.

— Je croyais qu'ils étaient tous pour moi, murmura Roseline en saluant Xiaowen avec un sourire.

Et elle se poussa pour faire de la place à la nouvelle venue tandis que je les présentais.

— Que tu es belle, Roseline ! s'exclama Xiaowen. Nora, tu as des amies somptueuses, pas vrai ?

— Absolument. On me complimente souvent sur mon goût en matière de femmes.

— Salut ! dit quelqu'un derrière nous.

Je sursautai :

— Poe ! Bonjour, ma chérie ! Bonjour, maman ! Vous vous souvenez de Roseline ?

— Bonjour, dit ma mère d'un ton crispé.

Elle n'était jamais à l'aise avec des gens qu'elle ne connaissait pas depuis le berceau.

Roseline se releva.

— Poe, tu ne te souviens probablement pas de moi, mais je suis venue te voir une fois avec Nora.

— Je m'en souviens, répondit timidement Poe. Tu m'as offert une écharpe que tu as nouée autour de mes cheveux.

— C'est exact ! Tu étais craquante.

Rosie sourit et se rassit.

— Mets-toi à côté de moi. J'adore tes cheveux. Combien de temps elle tient, ta couleur ?

Au même moment, Mme Krazinski s'approcha, tenant un

beignet d'une main et, de l'autre, un sac de chez Lala's qu'elle tendit à maman.

— Pour toi, Sharon. Et un pour toi aussi, Poe chérie.

Quel amour, cette femme.

— Bonjour, madame Krazinski, lui dis-je.

— Ma chérie, tu ne crois pas qu'il serait temps que tu m'appelles par mon prénom ?

— Je ne sais pas si j'y arriverai, avouai-je dans un éclat de rire.

— Essaie. C'est Donna. Puis-je me joindre à vous ?

— Bien sûr. Asseyez-vous.

Ma mère et Mme Krazinski s'installèrent à côté de Xiaowen en me laissant la place du milieu, Boomer bavant copieusement entre les bouts de beignet que je lui donnais.

C'était un chouette moment. Du genre parfait, franchement. La corne de brume retentit, longue sonnerie lugubre marquant le début du défilé. M. Brogan, un ancien combattant ayant appartenu à la marine durant la Seconde Guerre mondiale, était le maître de cérémonie, et la tradition voulait qu'il soit à bord du *Miss Magalloway*, le vieux remorqueur des Première et Seconde Guerres mondiales.

La gorge serrée devant le vieillard en uniforme, j'entendis fuser les acclamations de la foule qui se leva en agitant les petits drapeaux américains distribués un peu plus tôt par l'Exchange Club. Très digne, M. Brogan nous rendit notre salut.

Et qui était là sur le pont ? Audrey ! Bien sûr, la famille Fletcher était propriétaire du fameux remorqueur.

— Tu es superbe, Audrey ! lui criai-je.

Elle tourna la tête et sourit en m'apercevant.

— Salut, Audrey, brailla Poe. Dis donc, il y en a qui ont de la veine !

— C'est l'adorable petite dont je t'ai parlé, expliquai-je à Roseline. Celle qui vient me rendre visite de temps en temps.

Sullivan était aux commandes. Il nous jeta un coup d'œil et actionna sa sirène brièvement à trois reprises, ce qui déclencha de grandes clameurs.

Et, si je ne me trompais pas, il me sourit.

Je le saluai, un bout de beignet à la main, et il brandit le menton en guise de salut.

Ça suffit à me faire rougir.

Le remorqueur disparut au détour de la baie, laissant la place aux homardiers, qui suscitèrent davantage de clameurs encore. Survinrent ensuite les canules de l'été, bateaux de plaisance des envahisseurs. En bons Yankees hospitaliers, on les salua et on poussa de grands cris sur leur passage, mais notre enthousiasme était relativement tempéré comparé à l'accueil qu'on avait réservé à M. Brogan. Forcément.

Le défilé terminé, on se releva.

— Ça vous dit de passer ce soir ? proposais-je à maman et à Poe. On va se concocter un chouette dîner. Gloria sera là aussi. De la clinique, vous vous souvenez ? Vous aussi, Mme Krazinski, pardon, Donna.

Devant le regard sombre de ma mère, je précisai :

— Un dîner entre filles.

— Oh oui ! s'écria Poe.

Quel bonheur que cet emballement ! J'allais envoyer un SMS à Audrey aussi. Et à son père pour m'assurer qu'il n'y voyait pas d'objection. Peut-être qu'on pourrait se parler un peu, lui et moi. À cette idée, mon estomac parut se contracter.

— Et c'est quoi, ça ? s'exclama alors une voix aigrelette et déplaisante. Les Nations unies ou quoi ?

C'était la façon grossière dont Teeny Fletcher commentait la présence de deux personnes non blanches en ville. Elle fusilla Xiaowen du regard.

— C'est pas vous l'Asiatique qui était en classe avec mes garçons ?

— Je ne sais pas. Vous croyez ? rétorqua Xiaowen.

— Vous vous ressemblez tous.

— Seigneur, marmonna Roseline. Elle n'a quand même pas dit ça !

— Et vous, qui êtes-vous ? s'enquit Teeny d'un ton méprisant.

— Ma meilleure amie à Boston, lui expliquai-je. Teeny, je vous présente le Dr Roseline Baptiste. Roseline, Teeny Fletcher, la receveuse des postes.

— J'ai toujours pensé que tu avais un nom ravissant, Roseline, intervint ma mère.

Il était rare qu'elle fasse des compliments à quelqu'un. Peut-être avait-elle mis de l'eau dans son vin après tout ?

— Merci, madame Stuart, dit Rosie, ma maman sera heureuse de l'entendre.

— Ça devient rudement snob par ici, insista Teeny Fletcher. Tous ces docteurs.

— Ce sera utile le jour où vous tomberez malade, ripostai-je.

— Comme si je risquais d'aller te trouver. Moi, j'irais à Portland, merci bien.

Elle pivota brutalement, et son coude me frappa juste à l'estomac. Je reculai en chancelant, perçus un truc derrière mes talons… merde, le bord du quai ! Et là-dessus j'effectuai un beau vol plané, notai au passage la mine horrifiée de Roseline. L'eau me colla une claque dure dans le dos, puis je m'enfonçai dans l'élément glacé. En dépit du mal de crâne qui me saisit immédiatement et de mes yeux qui me picotaient, j'essayai de me convaincre que cet épisode glacial serait bon pour mon corps meurtri.

Je touchai le fond, poussai avec mes pieds et émergeai frigorifiée au milieu de l'eau verdâtre.

— Ça va ? Nora ! Tu vas bien ? criaient les gens alentour.

— Ça va ! bégayai-je à moitié suffoquée, en recrachant l'eau salée.

Beurk. J'avais reconnu le goût du diesel des bateaux. Charmant.

Bon. L'essentiel était de sortir de là au plus vite. J'entamai une brasse mollassonne pour regagner la rive, tandis que mon cerveau se livrait à une rapide évaluation des dégâts. Tête, yeux, nez, gorge : normaux. Cou : flexible (mais glacé). Cœur et poumons : pas de problème pour le moment. Abdomen : bourré de beignets. Extrémités : en bon état de marche, mais transies. État neurologique : j'avais l'impression d'être normale. Je demanderais une petite consultation à Rosie une fois que j'aurais rejoint la terre ferme. J'avais le dos endolori après la claque de l'eau, mais sinon il me semblait que ça allait.

Teeny Fletcher était une garce. Un coup de chance que c'eût été marée haute, sinon je me serais fait vraiment mal.

Poe courut au-devant de moi, et j'eus le cœur serré en voyant combien l'inquiétude marquait son visage parfait.

— Tu vas bien ? me demanda-t-elle.

— Je crois que oui. Mais l'eau est glaciale.

Je lui offris un sourire rassurant.

Elle ôta sa veste pour me la passer.

— Allez. Appuie-toi sur moi.

J'obtempérai, juste parce que… parce qu'elle voulait que je le fasse.

Ma mère et mes amies se pressaient autour de moi en un petit noyau inquiet. Xiaowen retira un bout d'algue de mes cheveux, et Roseline entreprit de me soumettre au traditionnel questionnaire médical : quel jour était-on et tout le tintouin. Je levai les yeux au ciel et répondis docilement pendant qu'elle me palpait la tête, le cou et la colonne vertébrale.

— Pas de douleur ?

— Non, fis-je tandis que je commençais à claquer des dents. Ça va.

Ma mère, qui n'avait encore rien dit, se tourna subitement vers Teeny Fletcher.

— Tu ferais bien de changer d'attitude, et rapidement, Louanne Peckins, lança-t-elle d'une voix rageuse.

Oh oh, me dis-je sans pouvoir réprimer un sourire, elle avait employé le vrai prénom de Teeny !

— C'était un accid…

— Tais-toi, l'interrompit maman. J'en ai marre de tes méchancetés et de tes geignardises depuis des années. Recommence à toucher ma fille, et je te promets que je te mettrai une beigne dont tu te souviendras.

J'en eus la mâchoire décrochée.

— Et moi, un coup de pied, ajouta Poe pour faire bonne mesure. Allez, viens, Nora. Tu as besoin d'une douche chaude et de vêtements propres.

Et c'est ainsi que je regagnais ma voiture, entourée par ces femmes qui m'étaient chères.

Qui aurait imaginé que cette chute du haut d'un quai aurait pu être, d'une certaine façon, l'un des épisodes les plus heureux de ma vie ?

Sept heures plus tard, on partageait un moment formidablement débridé sur la terrasse du house-boat à manger, rire, papoter. Roseline, maman, Poe, Donna Krazinski, Xiaowen et Gloria — petit groupe de femmes emblématiques des Nations unies. Je leur parlai de la course caritative à laquelle je pensais (Xiaowen et moi lui avions trouvé un nom : *Go Far, Be Strong*, validé par Bob Dobbins). Donna jugea que c'était une excellente idée. Même maman déclara qu'elle nous aiderait, et, lorsque je lui demandai si elle participerait à la course, Poe marmonna juste :

— Je ne suis pas une dingue de sport comme toi.

— Je ne suis pas une vraie dingue de sport, je ne cours que quatre fois par semaine.

— Non, tu l'es, décréta Xiaowen. Tu as raison, Poe, mais j'ai besoin que quelqu'un m'accompagne quand je cours, donc il faut que tu te sacrifies, sinon Serena Williams bis nous plantera dans la poussière.

— Serena est une joueuse de tennis, intervint Poe.

— Tu la crois incapable de courir ?

— Argument recevable.

J'étais de garde ce soir-là, de sorte que Poe et moi ne buvions que de l'eau pétillante et du jus d'airelle, alors que les autres s'enfilaient des mojitos, préparés avec la menthe fraîche de ma terrasse.

Mme Krazinski était très drôle, ce que j'ignorais jusque-là, et elle réussit à pousser ma mère à nous raconter les mésaventures arrivées à d'horribles clients de l'hôtel (tel monsieur enfermé dans le couloir, ses parties intimes emmaillotées dans une chaussette, tel couple fermement décidé à s'envoyer en l'air en laissant leur porte grande ouverte, la dame tellement alcoolisée qu'elle avait vomi dans sa baignoire, puis s'était vautrée dedans pour y faire un somme).

Rosie et Poe étaient en train de sympathiser. Rosie racontait une naissance où le bébé était sorti le poing en premier (expression de victoire sans doute) et où elle avait dû plonger les deux mains dans le vagin de la maman et tourner la tête du bébé pour éviter qu'il ne se fracture l'épaule lors de l'expulsion. Poe paraissait abasourdie (et un peu écœurée). Brave Roseline (rien de tel que des histoires d'accouchements pour promouvoir la contraception).

Un peu plus tôt, Audrey avait répondu à mon SMS : elle était avec sa mère, regrettait vraiment de ne pas pouvoir se joindre à nous. C'est tout juste si je n'entendais pas sa déception. Elle se serait bien amusée avec nous, me dis-je en essayant d'étouffer mes considérations aigres-douces sur sa mère et Teeny. J'étais persuadée que fréquenter des femmes un peu plus gentilles ne pouvait que lui être bénéfique.

— J'ai rencontré quelqu'un, nous annonça Gloria quand on s'assit pour dîner. Un beau mec qui a un boulot, qui n'habite pas chez sa grand-mère, qui a à peu près mon âge et veut des enfants.

— Une licorne ? suggérai-je.

On pouffa toutes de rire.

— Où tu l'as rencontré ? s'enquit Xiaowen.

— La dernière fois où je suis retournée voir ma famille à Boston. Il portait un polo de rugby vert et gris…

— Non ! brailla Xiaowen.

— Plaque-le, lâchai-je.

Les autres nous décochèrent un regard interdit.

— Qu'est-ce qui vous prend ? s'écria Poe.

— C'est un Serpentard, expliquai-je. Le vert et l'argent sont les couleurs des Serpentards.

— Vous êtes vraiment ridicules, décréta Poe.

— Je n'y avais même pas pensé, dit Gloria, étant donné que je suis une personne normale et n'ai donc lu *Harry Potter* que deux fois. Bref, on faisait la queue au Starbucks, celui à côté du ferry, vous voyez ? Et il y avait peut-être une quinzaine de personnes devant nous, donc on s'est mis à bavarder et, vu qu'il était vraiment mignon, je lui ai peut-être filé mon numéro.

— Invite-le à venir ici, lançai-je. On te l'examinera sous toutes les coutures et on te donnera notre avis.

— Pas question, répliqua Gloria. Il ne saura pas où j'habite avant un mois au plus tôt. Il ne connaît même pas mon nom de famille.

— Pourquoi donc, ma belle ? s'exclama Donna.

— Le dernier type avec qui je suis sortie, à la fin, il me suivait partout. Rien de trop méchant, mais, vous voyez, quand on se lève à 3 heures du matin pour aller faire pipi et que le mec en question est planté sur le trottoir à surveiller votre fenêtre… Non, merci.

Une fois encore, je sentis un frisson glisser le long de ma colonne vertébrale. Je m'éclaircis la gorge.

— Qu'est-ce qui s'est passé ? Euh… comment t'es-tu débarrassée de lui ?

— J'ai appelé la police, mes quatre frères et mon père. Je ne veux pas de ce genre de merde dans ma vie. Désolée d'être aussi grossière.

— C'est totalement justifié, déclara Donna. Les hommes sont des porcs. Enfin, il y en a un paquet qui sont des porcs. Il paraît qu'il y a des exceptions.

— Alors, tu vas revoir le Serpentard ? demanda Poe.

C'est le moment que choisit mon téléphone pour sonner. C'était la clinique.

— Docteur, venez vite, me dit l'infirmier de service, Timmy (un homme qui n'était pas un porc). On vient d'accueillir une ado qui se plaint de douleurs abdominales aiguës.

— J'arrive. Mesdames, je suis navrée. Il faut que je file. Ne m'attendez pas. Maman, tu peux faire griller le poisson ?

— Ta mère est une experte du gril, me lança Donna. Et je vais l'aider au cas où.

— Préviens-nous quand tu seras prête à revenir, ajouta Gloria en se resservant en vin.

— On essaiera de ne pas mettre le feu à la baraque, s'écria Xiaowen. Mais on ne te promet rien.

Je m'engageai sur Spruce Brook Road, un peu désolée de devoir quitter la fête et assez ravie d'avoir une urgence. Les prélèvements que j'avais faits la veille pour m'assurer que les jumeaux Robinson n'avaient pas d'angine à streptocoque n'avaient rien de bien excitant (même si les gamins étaient vraiment adorables). Et là en plus, une douleur abdominale, c'était pile mon domaine. À cet âge, on pouvait penser à une appendicite. En ce cas, il faudrait l'évacuer sur Portland et, si je soupçonnais un abcès ou une péritonite, il faudrait que je l'accompagne. Ça pouvait aussi être une infection pelvienne.

J'arrivai à la clinique en moins de dix minutes et filai me laver les mains. Timmy surgit aussitôt après.

— Désolé de te déranger un samedi soir, me dit-il.

— Pas de souci. De quoi s'agit-il ?

— La patiente affirme te connaître. Audrey Fletcher ? Elle est accompagnée par son père et sa grand-mère.

Audrey ? Merde. Les sourcils froncés, je me rinçai les mains, puis enfilai ma blouse blanche.

Audrey, la seule patiente de la clinique, était roulée en boule sur son lit, en tenue d'hôpital. Assis à côté d'elle, Sullivan avait vieilli de dix ans. Il lui massait le dos. Teeny leur tournait autour à la façon d'un papillon de nuit irrité.

— Quand est-ce que le docteur va daigner se manifester ? grommelait-elle quand j'entrai dans la salle.

— Je suis là, dis-je en m'approchant d'Audrey. Hé, ma puce. On n'est pas en super forme ?

— Ça ne va pas bien du tout, murmura-t-elle.

Elle avait les genoux remontés et les yeux humides. Je lui caressai la jambe.

— Oh ! magnifique. Il y a pas un autre docteur ? demanda Teeny.

— Maman, tais-toi.

Sullivan me regarda, le visage ravagé par l'inquiétude.

— Elle a commencé à souffrir il y a à peu près une heure.

Je consultai l'écran de l'ordinateur où Tim avait intégré les paramètres d'Audrey et ses symptômes. Tout était normal à l'exception d'une tension un peu haute et d'un pouls un peu rapide, deux éléments classiques chez toute personne qui souffre.

— Fais une radio ou quelque chose, marmonna Teeny. Peut-être qu'elle a besoin d'aller sur le continent. Moi, je serais plus tranquille si elle était à Portland.

— Maman, je t'en prie, dit Sullivan.

— Est-ce qu'il faut vraiment que mamie reste là ? chuchota Audrey.

— Non, répondis-je. Teeny, pourriez-vous aller attendre dehors, s'il vous plaît ?

— Moi, je reste, décréta-t-elle les bras croisés sur la poitrine.

— Sors, maman, intervint Sullivan. Tu n'as pas besoin d'être ici.

Elle ne bougea pas.

— Tim, veux-tu raccompagner Mme Fletcher en salle d'attente ? dis-je sans quitter Audrey des yeux.

Elle était un peu cramoisie.

Un sifflement s'éleva derrière moi. Timmy qui s'exprimait à voix basse. Très bien.

— C'est une crise d'appendicite ? s'enquit Sullivan.

— On va vérifier. Je peux tâter ton ventre ? demandai-je à Audrey tout en enfilant des gants d'examen.

— Bien sûr.

Elle s'allongea sur le dos en grimaçant.

— Tu as eu des vomissements ? De la diarrhée ?

Elle hocha la tête.

— Quand as-tu commencé à ressentir ces douleurs ?

— Euh… cet après-midi. Et c'est devenu vraiment très douloureux après que maman m'a déposée chez papa.

— As-tu mangé quelque chose d'inhabituel ?

Je pressai le point McBurney. Elle ne broncha absolument pas. Ce n'était donc pas son appendice.

— Non. Pas vraiment.

— Tu as déjà eu ce genre de douleurs ?

Elle jeta un coup d'œil à son père.

— Euh… peut-être ? Une ou deux fois.

— Du sang dans tes selles ?

— Mes selles ?

— Dans ton caca.

— Oh.

Elle s'empourpra.

— Non, je ne pense pas.

— As-tu perdu du poids ces derniers temps ?

— J'aimerais bien.

Son visage devint encore plus rouge. Elle grimaça lorsque je palpai le quart inférieur gauche de son abdomen.

— Quand as-tu fait caca pour la dernière fois ?

— Dis, papa, tu peux sortir ? C'est tellement gênant.

— Audrey, c'est moi qui changeais tes couches. Non, je ne m'en vais pas.

Je le regardai et lui souris.

— Je ne pense pas qu'il s'agisse d'une appendicite, Sully. Et peut-être qu'Audrey sera plus à l'aise pour parler si tu n'es pas là.

— Ça, c'est sûr, affirma-t-elle.

— Je reste.

— Là, je vais m'exprimer en tant que médecin d'Audrey, poursuivis-je. Elle est toujours mineure, tu peux donc rester si tu y tiens, mais tu la mets mal à l'aise.

— Ce n'est pas faux, papa.

Des sarcasmes. C'était toujours bon signe.

Il se rembrunit et, entre ses sourcils, deux fines ridules lui creusèrent le front.

— Soit, marmonna-t-il. Je serai juste dehors, dans le couloir, mon ange.

Il l'embrassa sur le front, ce qui me porta un méchant coup au cœur.

— Je m'occuperai bien d'elle, lui promis-je.

Il acquiesça et s'éloigna en s'essuyant les yeux. Devant ce geste, je tombai un peu amoureuse de lui.

— Rien de tel qu'un père surprotecteur, confiai-je à Audrey.

— C'est juste que je n'aime pas parler de trucs trop intimes devant lui.

— Ça se comprend. Bon, certaines de mes questions sont un peu gênantes, mais je ne pourrai pas te soigner correctement si tu ne me réponds pas avec honnêteté. D'accord ?

Elle hocha la tête.

— Quand as-tu fait caca pour la dernière fois ?

— Ce matin.

— C'était normal ?

— Oui.

— Bien. Question suivante : Es-tu sexuellement active ?

— Non ! Oh là là, non. Et je ne le serai sans doute pas pendant encore une bonne trentaine d'années. Si ça se trouve, je mourrai vierge.

Je lui pressai la main.

— Comment décrirais-tu ta douleur ?

— J'ai comme un nœud dans l'estomac. Un peu plus bas en fait.

Je tâtai la région qu'elle m'avait indiquée. Son surpoids notable gênait bien entendu l'examen de son abdomen.

— Tourne-toi, mon poussin.

Elle s'exécuta, et je remarquai deux zébrures violacées sur sa peau.

— Tu les as toujours eues, ces marques ?

On aurait cru des vergetures. Quelque chose de courant chez les adolescents qui prennent du poids trop rapidement.

— Je ne sais pas.

Elle se tut une minute.

— J'essaie de ne pas trop me regarder dans le miroir.

Mon cœur se serra. J'étais moi aussi passée par là. Elle esquissa une nouvelle grimace.

— Elle est ici, la douleur ? demandai-je en pointant le doigt vers son côté gauche.

Elle acquiesça.

— Je vais appuyer sur ton ventre, ma chérie. Si tu dois lâcher un pet, ne te retiens pas. Tu te sentiras bien mieux après.

— Je ne peux pas péter devant toi.

— Ma puce, j'ai vu des gens vomir, faire pipi, saigner, et bien pire encore.

Je poussai doucement avec la paume de ma main.

— Un jour, je faisais un examen rectal et, à l'instant où j'ai ressorti le doigt, le patient a quasiment eu une diarrhée explosive.

Elle éclata de rire… et péta. Copieusement.

— Oh là là, je suis désolée, bredouilla-t-elle tandis que sa bonne bouille ronde virait à l'écarlate.

— Mais tu te sens mieux.

— Oui, avoua-t-elle, stupéfaite.

Je lui palpai de nouveau le ventre, mais elle me paraissait soulagée.

— Qu'as-tu mangé aujourd'hui ?

— Je ne voulais pas le dire à papa. Il déteste quand on fait ça, maman et moi, mais on a mangé des petits biscuits, des Oreos, et on a bu beaucoup de soda. On s'empiffre et on regarde des films. C'est… bon, c'est marrant. En un sens. Sinon, la plupart du temps, j'essaie de manger correctement.

Puis, la mine chagrinée, elle m'expliqua :

— C'est juste que maman et mon petit frère, ils sont minces, eux, donc, ils ne pensent pas à ce qu'ils mangent.

Je glissai la main le long de son dos et constatai qu'il était bombé au niveau de la nuque. La bosse de sorcière, comme on l'appelait cruellement.

— Tu as tes règles régulièrement, Audrey ?

— Pas vraiment. Je peux passer plusieurs mois sans les avoir.

— Quel âge as-tu exactement ?

— Quinze ans.

Je consultai son dossier médical sur mon ordinateur. Elle mesurait 1,55 mètre et pesait 88 kilos.

— Et tu as souvent mal au dos ?

— Oui. Comment tu le sais ?

— Encore une question un peu indiscrète : es-tu un peu plus poilue que tu ne le souhaiterais ?

Elle porta la main à sa bouche.

— Oui. C'est très très gênant.

Le syndrome de Cushing. J'en étais presque certaine.

— Bon, voici où on en est, lui dis-je en m'asseyant sur le lit avec elle. Tes douleurs abdominales sont sans doute juste dues aux flatulences provoquées par les Oreos et les sodas, lesquels constituent une association assez désastreuse pour ton système digestif. Mais je pense que tu as peut-être un autre problème. Une maladie qui se soigne et qui expliquerait plusieurs autres choses que nous avons évoquées ensemble. Est-ce qu'on peut faire revenir ton père ?

Elle accepta d'un signe de tête, et j'allai à la salle d'attente où Sullivan faisait les cent pas tandis que Teeny chuchotait dans son téléphone.

— Elle se sent bien mieux, leur annonçai-je.

Sully poussa un soupir de soulagement, puis se passa la main dans les cheveux.

— Viens, Sullivan.

Teeny se leva.

— Reste ici, maman, lui lança-t-il sans la regarder.

— Je viens avec toi.

— Tu restes ici ! insista-t-il d'un ton furieux.

La manière dont il rembarrait cette harpie le rendit encore plus attirant à mes yeux.

Dans la salle d'auscultation où se trouvait Audrey, j'invitai d'un geste Sullivan à s'asseoir. À son tour, Timmy arriva. Je veillai à ce que Sully puisse me voir et m'exprimai clairement afin qu'il saisisse toutes mes paroles.

— A priori, les douleurs étaient dues à de simples gaz, lesquels causent parfois des crampes abdominales très douloureuses. Ce problème est maintenant réglé, elle peut donc rentrer chez elle ce soir même. Maintenant, les symptômes d'Audrey suggèrent également une maladie de Cushing, et j'aimerais qu'elle passe quelques examens.

Je décrivis alors la maladie, souvent due à une tumeur sur la glande pituitaire, laquelle sécrétait trop de cortisone, ce qui provoquait la plupart des maux dont Audrey souffrait. Son obésité abdominale qui contrastait avec ses bras et ses jambes plutôt grêles, sa pilosité excessive, son visage rond et plein, sa bosse de sorcière.

Sullivan, le front de plus en plus creusé, ne me quittait pas du regard.

— Quelle est la cause de cette maladie ? bredouilla-t-il. On a fait quelque chose qu'il n'aurait pas fallu…

— Non, non, m'empressai-je de répondre. Et, si c'est bien ce dont elle souffre, la chirurgie la débarrassera de cette tumeur.

— La chirurgie ?

— La description n'a rien de ragoûtant, mais ce n'est pas une procédure compliquée. Ils passeront probablement par ton nez, Audrey. Ton problème se soigne très bien.

Partagée entre la peur et le soulagement, Audrey me fixait avec attention.

— Donc, si je suis comme ça, il y a une raison ? murmura-t-elle.

— Si tu es comme quoi ? demanda Sullivan.

La jeune fille fondit en larmes.

— Je suis petite, grosse et moche, papa ! Je suis constamment fatiguée et j'ai mal au dos comme si j'avais cent ans. Et par-dessus le marché, j'ai plein de poils dans le dos. Je me déteste !

Il noua les bras autour d'elle et la serra contre lui.

— Chut ! lui souffla-t-il. Tu es belle. Tu es la meilleure chose qui me soit arrivée. Et si tu as cette fichue maladie, on va s'en occuper. Mais ne dis jamais que tu te détestes. C'est de ma chérie dont tu parles. La personne que je préfère sur Terre. Je t'aime, ta maman t'aime et, pour nous, tu es parfaite.

Elle se pressa plus fort contre son père et pleura un bon coup. Sully lui chuchota des mots tendres à l'oreille, lui caressa les cheveux, et je me détournai pour qu'ils aient un peu d'intimité. On échangea un coup d'œil un brin larmoyant, Timmy et moi.

Finalement, j'attrapai une boîte de Kleenex, m'approchai d'Audrey et les lui remis après en avoir pris un pour moi et un pour Timmy.

— Je pense que tu devrais aller à Boston pour cette intervention, poursuivis-je. Je connais deux grands praticiens du Boston City spécialisés dans ce domaine. Je les appellerai demain, d'accord ? Entre-temps, rentre chez toi, Audrey, et profite du reste du week-end.

Elle s'écarta de son père et m'adressa un sourire resplendissant.

— Merci beaucoup, Nora, dit-elle. Mon stupide pédiatre n'a jamais pensé à ça. Il me conseillait juste de manger davantage de légumes et ce genre de trucs.

— Tu sais, c'est une maladie rare. Je ne suis pas encore certaine que ce soit ça, mais nous serons vite fixés.

J'en étais sûre, mais, en tant que médecin, je préférais ne pas m'avancer inconsidérément.

— Je n'arrive pas à croire que mes problèmes pourraient s'arranger ! C'est sans doute le plus beau jour de ma vie.

Elle se leva du lit, attrapa ses vêtements et fonça se changer à la salle de bains.

— Je ne vais pas mâcher mes mots, déclara Timmy en quittant la pièce.

Dans la foulée, on entendit les cris indignés de Teeny. Enfin, moi, je les entendis. En un sens, c'était sans doute une chance que Sully ne saisisse pas tout.

— Merci, marmonna-t-il d'un ton bourru en se levant.

— Je n'ai fait que mon boulot.

— Tu es douée.

Il poussa un soupir tremblotant.

— Que se serait-il passé si tu n'avais pas posé ce diagnostic ? Ça peut être… fatal ?

J'hésitai une seconde avant de répondre :

— Ça peut l'être.

— Nom de Dieu !

— Si tu as la moindre question, et je suis sûre que tu en auras, n'hésite pas, d'accord ? Ne sois pas…

Il me coupa la parole en m'étreignant longuement, fermement. Sullivan Fletcher était mince, musclé, et son cou sentait le soleil. Il m'étreignit un long moment.

— Merci, répéta-t-il doucement.

Sa voix me provoqua un frisson tout le long de ma colonne vertébrale.

Il me libéra au moment où la porte de la salle de bains s'ouvrait. J'eus droit à une nouvelle embrassade Fletcher de la part d'Audrey, cette fois.

— Je n'arrive pas à y croire, me confia-t-elle.

— Attends donc d'avoir la confirmation, lui conseillai-je.

Nous, les médecins, on veille toujours à ne pas susciter trop d'espoirs trop tôt.

— J'ai envie d'être comme toi quand je serai grande, me confia Audrey avec un sourire radieux.

Elle glissa le bras autour de la taille de son père et nicha sa tête contre lui.

Sullivan me jeta un coup d'œil. Il porta les doigts à son menton et esquissa un drôle de geste : on aurait presque juré qu'il m'envoyait un baiser.

Je connaissais ce geste. En langage des signes, ça voulait dire « merci ».

Oui. Ça allait être un sacré défi que de ne pas tomber amoureuse de Sullivan Fletcher.

18

Cette année-là, j'étais en première et Lily en seconde quand on assista l'une comme l'autre au bal du lycée.

J'y allai avec une autre fille : Emily Case, une paria elle aussi, créature invisible à la peau blanc bleuté et aux cheveux couleur d'eau de vaisselle. On n'était pas amies : on était juste unies par la certitude que personne ne nous inviterait et, comme on avait envie d'être de la fête, on se sentait moins démunies à deux.

Honnêtement, je ne sais pas comment j'ai trouvé le courage de vivre cette épreuve. Je me souviens que je n'avais pas envie de participer à cette soirée et qu'en même temps je ne pouvais pas ne pas être présente. Imaginais-je un possible retournement de situation et une soudaine et brève popularité vite noyée sous un seau de sang de porc, façon *Carrie* ?

Non, je savais très bien comment ça se passerait. Emily et moi existerions à peine, sauf si une autre fille (forcément) décidait de se moquer de nous. Mais, malgré mes dix-sept ans, j'avais déjà compris que les Cheetos seraient bien trop obsédées par leur petite personne pour nous prêter attention.

Sans en parler à qui que ce soit, je pris le ferry pour Portland où je poussai la porte de la boutique Goodwill et m'achetai la première robe qui ne me serrait pas trop, un dos-nu bleu roi d'une banalité exemplaire, au col orné de strass. Il y avait un accroc le long de la fermeture Éclair, mais ça se réparait.

Le jour du bal, ma sœur annonça qu'elle allait se préparer chez Darby.

— J'aimerais voir comment tu es habillée, déclara maman.

— Alors, viens chez Darby, répliqua Lily. Si vraiment il le faut…

Sa répugnance était tellement tangible qu'on aurait pu la couper au couteau.

— Tu vas chez Darby aussi ? me lança maman.

Lily sursauta.

— Tu vas au bal ?

— Oui, répondis-je en feignant le calme. Avec Emily, on s'est dit que ce serait fun.

Le côté fun de la soirée devait s'apparenter à une amputation ou à un plat de rat farci. N'empêche. Il fallait que j'y aille.

— Emily qui ? insista Lily.

— Case.

— C'est qui ?

Je soupirai.

— Une fille de ma classe.

— Pourquoi tu veux y aller ?

Excellente question. Je commençai à y répondre, mais Lily me coupa.

— Essaie juste de pas me parler.

Même si elle m'ignorait depuis des années, sa cruauté me blessa terriblement.

— Lily, présente des excuses à ta sœur, intervint maman d'une voix dure.

— Dé-so-lée, chantonna Lily.

— Avec qui tu y vas ? lui demandai-je.

Je le savais, bien sûr. Tout le monde le savait.

— Luke Fletcher.

Plissant ses beaux yeux bleus à la manière d'un chat, elle me regarda avec un sourire maléfique.

C'était pour ça que j'y allais, bien sûr. Pour les voir ensemble. Pour voir ce que ça pouvait faire que d'être aussi belle et sûre de soi que ma petite sœur de seize ans et de susciter l'intérêt du garçon le plus séduisant et le plus populaire de l'île. Pour m'infliger la torture d'un amour non payé de retour, tant par elle que par lui.

Bien entendu, je n'allai pas chez Darby. Je restai à la maison et essayai de lisser mes cheveux qui ne voulaient rien savoir. Je finis par les nouer en un chignon puritain. Le père d'Emily passa me chercher, et je m'assis à l'arrière de leur minivan qui empestait le chien. Emily était à l'avant. Par terre, un sachet de bretzels me rappela que j'avais faim.

À l'époque, Scupper Island n'avait pas les moyens d'organiser une grande fête scolaire dans un établissement prestigieux ou un hôtel, et la soirée se déroulait au gymnase, décoré pour la circonstance de rubans de crêpe jaune et noir fatigués (les couleurs de notre établissement) avec des grappes de ballons noirs et jaunes attachées à un poids pour servir de décor central.

Conscientes de notre statut d'invisibles, on se posta à la lisière du gymnase, Emily et moi, à la table la plus éloignée de l'entrée. J'essayai de discuter avec elle (peut-être qu'on pourrait devenir amies ?) et lui posai toutes les questions qui me vinrent à l'esprit : « Quels sont les groupes que tu aimes ? As-tu vu de bons films ? T'aimes les maths ? » Devant ses réponses monosyllabiques, je renonçai. Emily s'enfilait du punch hawaïen et grignotait des chips avec l'ardeur d'une souris affamée. De temps à autre, je lâchai une remarque, même ultra-banale, juste pour donner l'impression qu'on bavardait. Mais personne ne faisait attention à nous.

— Regarde la cravate de M. Severy ! lui lançai-je en riant, alors que la cravate du prof n'avait rien de spécial.

Emily ne réagissait pas.

Il y avait de grands risques qu'on nous range dans la catégorie des détraquées. Mais ni Emily ni moi n'y attachions la moindre importance.

Les Cheetos n'étaient pas encore arrivées. Cela faisait déjà plus d'une heure que la soirée avait commencé, et sans doute avaient-elles utilisé ce laps de temps pour boire ou se droguer. Jusque-là, tout le monde (à part les losers comme Emily et moi) s'était bien amusé, dansait, discutait, les filles un peu nerveuses dans leurs jolies tenues, les garçons un peu maladroits et en sueur.

Puis les portes s'ouvrirent sur Amy, Darby, Carmella, toutes horriblement belles avec leur bronzage artificiel et leurs dents trop blanches. J'aurais vendu mon âme au diable pour leur ressembler. Avec leurs robes de rêve et leurs paillettes, on les aurait prises pour de beaux oiseaux exotiques. Sullivan, Brett, Lars et Luke surgirent dans leur sillage, conscients que cette fête était en réalité destinée aux filles.

Et, là, j'aperçus Lily. Lily était la plus belle fille du monde, Blanche-Neige, pure, ravissante et parfaite, et je ne pus lutter contre la fierté et l'amour qui me submergèrent.

Même si elle appartenait à la bande des Cheetos, techniquement, ma sœur n'en était pas une (elle avait un teint ivoire, des cheveux naturellement noirs et brillants, coupés courts et très chic, alors que toutes les autres filles de l'école, dont moi, les portaient longs). Sa robe, noire, à épaule asymétrique, avait une jupe ample par-dessus laquelle était jeté un simple tissu soyeux, qui donnait l'impression qu'elle flottait. Où et quand l'avait-elle achetée ? L'avait-elle volée ? Peu importait, c'était une tenue évanescente, et à côté ma robe bleu roi faisait pâle figure.

Pour une fois, Lily n'était pas exagérément maquillée, et du coup les Cheetos avaient l'air de drag-queens en comparaison. Non, ma sœur était tout bonnement éblouissante. Audrey Hepburn. Anne Hathaway. Lily Stuart, la plus belle fille du Maine. Du monde.

Elle était avec Luke qui faisait déjà négligé, la cravate de travers, la démarche bancale.

— C'est ta sœur, déclara platement Emily.

— Oui.

— Vous ne vous ressemblez pas.

Je ne daignais pas répondre. À la vérité, je ne pouvais détacher mes yeux de Lily. Tout en elle était parfait. Elle semblait absorber et réfléchir la lumière, et j'éprouvai pour elle le même élan de tendresse que celui qui me saisissait, plus petite, quand elle s'endormait et que je la regardais et lui caressais les cheveux jusqu'à ce que maman m'ordonne d'arrêter.

Là-dessus, Lily heurta une chaise et poussa un rire aigu qui rompit le charme.

Ma sœur avait pris quelque chose. Ce n'était sans doute pas nouveau, mais c'était la première fois que je le constatais de manière aussi flagrante. Je me levai dans le crissement de mon siège en métal. Lily était perdue au milieu des Cheetos et de leurs petits copains. Sullivan et Amy dansaient. Je remarquai que leurs fronts se touchaient. Il pouvait trouver mieux, me dis-je, je l'avais toujours pensé.

J'avançai vers la piste de danse, seule, tel un hippopotame muet, et fendis la foule qui s'écarta à contrecœur. Quelques filles jetèrent un regard désapprobateur vers ma robe, mon chignon défait, mes sandales on ne peut plus banales. Je m'en moquais. Je voulais ramener ma sœur à la maison.

— Ta gueule, Brett, dit-elle, les pupilles dilatées et gloussant de manière hystérique et stridente. Non, je ne l'ai pas fait. Pas encore en tout cas.

Devant sa remarque, les garçons éclatèrent de rire, et certains se bousculèrent. La réplique de Lily avait une connotation sexuelle, c'était clair. Je n'étais pas stupide.

— Ce n'est pas ce que dit Conrad, lança quelqu'un.

— Et alors ? C'est pas grave, intervint Darby, désireuse de distraire l'attention des garçons. Moi, je l'ai déjà fait.

— Moi non, déclara Carmella.

— Oui, sans blague, répliqua Brett. Allez, Lily. Reprends-en.

Et il lui tendit une flasque.

— Salut, Lily, fis-je.

Le silence s'abattit sur le petit groupe.

— Salut, Nora, me dit Luke.

On était encore en première après tout, et il n'avait pas encore pris conscience de la menace potentielle que je pouvais représenter pour son avenir.

— Qu'est-ce que tu fais ici ? me lança Lily. Ah, oui, c'est vrai ! T'es venue avec une copine ! T'es lesbienne, Nora ?

Nouveaux éclats de rire.

— Lily, viens avec moi une seconde, d'accord ?

Je la pris par le bras et la tirai vers les toilettes. Elle batailla un bref instant, mais je pesais une bonne trentaine de kilos de plus qu'elle.

— Tout va bien ? s'enquit Luke en nous emboîtant le pas.

Il clignait des paupières. Il devait être défoncé lui aussi.

Dans mes fantasmes, il était sobre. Je lui disais que quelqu'un, Brett par exemple, avait drogué Lily et, furieux, il pivotait et collait son poing dans la figure de Brett. Après, il nous emmenait, Lily et moi, admirer le panorama à Stony Point (pourquoi ? Aucune idée). Lily s'endormait sur la banquette arrière et, Luke et moi, on discutait longuement en évoquant le bon vieux temps en cinquième, les Olympiades de maths et le club de robotique. Il me disait un truc du genre : « Nora, qu'est-ce que tu es drôle ! »

Et, pour moi, ça suffisait. J'étais au septième ciel.

Dans le monde réel, je n'étais pas dupe.

— Tout va bien, répondis-je.

Je poussai Lily dans les toilettes.

— Qu'est-ce que tu as pris ? lui demandai-je (j'étais déjà prête à endosser mon rôle de futur médecin).

— T'inquiète pas pour moi, répliqua-t-elle, je vais super bien. Et où as-tu déniché cette robe ?

— Lily. Tu sais ce que tu as pris ? À quoi ça ressemblait ?

— Nora, toi, tu sais à quoi tu ressembles dans cette robe ? On jurerait une mémé de cinquante balais s'offrant un coup de jeune à une fête scolaire.

Colère, fureur et tendresse me nouèrent la gorge.

— Quelle garce tu fais, Lily !

C'était la première fois de ma vie que je lui sortais une méchanceté. Interloquée, elle me dévisagea une seconde de ses beaux yeux bleu clair.

Puis elle se plia en deux au-dessus d'une cuvette et vomit.

Seigneur ! Cela dit, c'était une bonne chose. Ça libérerait son organisme des cochonneries qu'elle avait pu ingurgiter, Ecstasy, somnifères, analgésiques.

Je m'accroupis à côté d'elle et plaçai la main sur sa nuque, à l'image de maman quand on avait attrapé un virus et qu'on était malades.

— Nora, bredouilla-t-elle en levant la tête vers moi.

Les larmes ruisselaient sur ses joues, et je me sentis fondre.

— Vas-y, ma chérie, débarrasse-toi de tout ça, l'encourageai-je.

Elle se remit à vomir jusqu'à ce qu'elle n'ait plus rien dans l'estomac. Je caressai sa petite tête de loutre appuyée contre son bras maigre, ses cheveux tout courts, et attendis que ses spasmes se calment.

— Rentre avec moi, ma puce, chuchotai-je. On rentre et on se regarde un film, d'accord ?

Elle tourna la tête et me fixa.

— Tu comprends pas, Nora, dit-elle en fermant les paupières. (Sa voix était si lasse que des larmes me vinrent aux yeux.) Tu comprends vraiment pas.

— Non, et je n'en ai pas envie. Pas si ça m'impose d'être avec eux. Ils sont tous horribles, Lily. Ils vont se servir de toi et t'user jusqu'à la corde.

— Je n'ai pas le choix.

— Mais si. Tu peux rentrer à la maison avec moi.

Elle faillit éclater de rire, mais n'ouvrit pas les yeux.

— Oui, c'est ça. Si je ne suis pas avec eux, qu'est-ce que je deviens ? Comment tu crois que je pourrais survivre si je n'étais pas populaire ?

Comme moi, et on pourrait être ensemble.

— Laisse-moi te ramener chez nous et prendre soin de toi. Je t'en prie, Myrtille.

C'était le surnom que je lui donnais avant.

— Papa me manque.

Cet aveu m'atteignit en plein cœur.

— Je sais, murmurai-je en lui caressant de nouveau le crâne. Allez, viens, ma puce. Allons-y.

Lily souleva les paupières et me fixa une seconde. Je vis sa fatigue et le vide qui la rongeait, et n'eus qu'une envie : la sauver.

À ce moment précis, la porte des toilettes s'entrebâilla en grinçant sur Amy.

— Euh… ça va, vous deux ? demanda cette dernière.

L'espace d'un instant, je crus que Lily me choisirait, car, durant une seconde, je ne lus aucun mépris dans ses prunelles.

Puis, elle reporta son intérêt sur Amy.

— J'ai gerbé, lui confia-t-elle d'un ton enjoué en se relevant laborieusement. Je me sens mieux maintenant. T'as un chewing-gum ?

— Ouais. T'es sûre que ça va ?

— Certaine. C'est juste que je suis pas habituée, tu vois ?

Elle se rinça la bouche et recracha dans le lavabo sans que ce soit répugnant.

Amy jeta un coup d'œil dans ma direction, puis se tourna vers ma sœur.

— Lily, euh… méfie-toi de Luke, d'accord ? C'est un coureur.

— Je sais.

De nouveau, Amy me regarda.

— Lily, insistai-je. Pourquoi ne pas rentrer avec moi ? Je crois que ce serait mieux.

Elle me décocha un coup d'œil dans le miroir.

— Je reste, Nora, me lança-t-elle d'un ton lourd de mépris.

Quoi qu'on ait pu partager quelques instants plus tôt, c'était terminé.

Des larmes dans la voix, je murmurai :

— Entendu.

Je gardai les yeux rivés sur le vilain carrelage beigeasse par terre, tandis qu'Amy donnait un chewing-gum à ma sœur, que les deux filles bavardaient et riaient. Puis, elles s'éloignèrent.

On se demande combien d'humiliations on va pouvoir encaisser sans que ça entame notre amour pour l'autre. On se demande combien de temps l'autre va nous traiter comme de la merde sans qu'on se rebelle. On se demande combien de temps il nous faudra pour oublier le passé et continuer à nous réchauffer à cette minuscule braise d'espoir avant que l'abandon de l'autre ne vienne à bout de nos sentiments.

Dans mon cas, longtemps. Très longtemps.

Le jeudi, environ une heure après mon retour du travail, Sullivan m'appela pour m'inviter à dîner.

— Pour te remercier de tout ce que tu as fait pour Audrey.

— Euh… bien sûr !

Installée sur mon canapé en débardeur et bas de pyjama, je

regardais les infos (c'est toujours une mauvaise idée) tout en grignotant des graines de tournesol alors que je rêvais de fromage.

— Que dirais-tu du Stone Cellar ? me suggéra-t-il en citant un restaurant chic que je n'avais pas encore honoré de ma présence. Je passe te prendre dans une heure ?

— D'accord ! m'écriai-je d'un ton joyeux. À toute !

Je raccrochai et courus à ma chambre. Techniquement, ce n'était pas un rendez-vous galant. Il ne fallait pas que je m'emballe. J'avais affaire à un parent qui souhaitait remercier le brillant médecin que j'étais (raclement de gorge). Boston avait confirmé mon diagnostic, hé oui. Sans doute, Sullivan voulait-il me poser une série de questions sur le traitement et tout le reste.

Ce n'était pas pour autant que je devais m'habiller comme un sac.

Pour ce qui était de mes cheveux, en revanche, je ne m'acharnais plus. Ici, sur cette île ventée où il pleuvait beaucoup, mon fer à lisser n'avait qu'une utilité limitée. Je me fis une queue-de-cheval, puis enfilai un jean court, un haut bouffant et une veste en suède. Des sandales à talon, un petit coup de brosse, de mascara et hop. J'étais prête à me rendre à un rendez-vous galant, même s'il n'avait rien de galant.

— Je suis comment ? demandai-je au Roi des Chiens.

— Très belle, me répondit-il.

Enfin, c'est ce que je lus dans ses yeux. Je caressai sa bonne tête soyeuse et me perdis dans son regard aimant. Les chiens. Ce que Dieu avait créé de mieux.

Sullivan se présenta avec cinq minutes d'avance. Il avait l'air d'arriver tout droit du chantier naval avec son jean délavé et son T-shirt, et je me félicitai de ne pas avoir déployé trop d'efforts vestimentaires (pause pour les rires). On avait beau être en juin, il soufflait un vent frais. Il allait sûrement faire dans les 5 °C, ce soir.

— Salut, me dit-il. T'es prête ?

Typique du Maine. La conversation, c'est pas vraiment notre truc.

— Oui ! Prête.

J'allumai la lumière du porche, et on se mit en route.

— Dis donc, c'est une surprise, cette invitation, ajoutai-je tandis qu'on descendait Spruce Brook Road à bord de son pick-up.

Sully ne répondit pas. Forcément. Il était sourd de cette oreille et, s'il ne tournait pas la tête, il ne pouvait m'entendre. Il me jeta un coup d'œil sans sourire, puis reporta son attention sur sa conduite.

C'était un peu curieux. Il allait falloir que je m'habitue au silence en voiture. Non, pas question de m'habituer, je n'étais là que pour l'été. Je ne risquais donc pas de me balader régulièrement en voiture avec Sullivan Fletcher.

Quinze minutes de silence total plus tard, on était assis au restaurant, un établissement très récent qui associait luxe et confort.

— Votre serveur s'occupe de vous tout de suite, nous assura le maître d'hôtel en nous tendant les menus.

— Merci, répondit Sully en se penchant sur le sien.

L'endroit était assez plein, et il y régnait un agréable brouhaha accompagné d'un bruit sympathique en provenance des cuisines.

— Merci de ton invitation, dis-je.

Zéro réaction.

Compris. J'effleurai sa main. Il leva le nez.

— Très sympa, ce restaurant. Merci.

Il me regarda une longue minute.

— C'est vraiment chouette ici, répétai-je.

— Eh bien, c'est le moins que je puisse faire.

— Audrey est passée me voir hier. Elle est surexcitée.

— Oui. Elle est impatiente d'être opérée. C'est pas courant pour une ado.

Il sourit. S'il était aussi nerveux que moi, il s'était détendu un bref instant.

— Bonsoir, je m'appelle Amy et je serai… Oh.

D'un même mouvement, on releva la tête sur l'ex-femme de Sullivan, un carnet à la main et le visage fermé. Sullivan bondit.

— Depuis quand tu travailles ici ?

— Hier.

— Tu aurais dû me prévenir.

— Ça ne te regarde pas.

— Bien sûr que si. On a déjà eu cette discussion, Amy.

— Eh bien, toi non plus, tu ne me racontes pas ce que tu fabriques, pas vrai ? lança-t-elle en esquissant un geste dans ma direction. Si t'as une copine, tu ne crois pas que je devrais le savoir ?

Non. Cet échange n'avait rien de gênant.

— Hé, m'écriai-je. Ça va, Amy ? Je ne suis pas sa copine.

— Soit, marmonna-t-elle. Écoute. Merci pour Audrey. On est allées à Boston lundi, et tout est réglé pour son opération. Sully et moi, on te doit une fière chandelle.

Ils étaient encore tous les deux debout.

— Pourquoi ne pas t'asseoir une seconde ? lui proposai-je. Approche une chaise. Sully m'a invitée à dîner pour avoir quelques renseignements. Tu as des questions sur l'opération, le temps de guérison ou quoi que ce soit ?

Sullivan se rassit à son tour. J'étais pratiquement sûre qu'il n'avait rien saisi de ce que j'avais dit.

Amy hésita.

— Il faut que je bosse.

— Tiens.

Je repêchai un stylo et un ticket de caisse au fond de mon sac, et griffonnai mon numéro de portable.

— Appelle-moi quand tu veux. Audrey est super, et je l'aime beaucoup. Tu l'as très bien élevée.

Le visage d'Amy s'adoucit.

— Merci, murmura-t-elle. Bon. Vous buvez quelque chose, vous deux ? Sully, tu veux une Sam's Summer ?

— Avec plaisir. Merci.

— Je prendrai un mojito. Il paraît que c'est l'été, même si on pourrait l'oublier avec ce temps.

— Je reviens.

Elle referma son carnet d'un geste brusque et s'éloigna.

Sullivan me regarda et dit :

— C'est mon ex-femme qui nous sert ce soir.

Et on éclata de rire.

— C'est pas grave. Elle est toujours très…

Pense à quelque chose de gentil, Nora. Je consultai le menu. Appétissante ? Non.

— … très jolie.

— Pardon ?

Je le regardai droit dans les yeux.

— Elle est toujours très jolie.

— Ah. Oui.

Amy revint une minute plus tard avec nos boissons.

— C'est moi qui régale, annonça-t-elle en posant mon verre.

— Merci beaucoup, lui dis-je.

Elle sourit (Amy Beckman me sourit ! couina bêtement mon moi intérieur d'ado) et posa devant Sully la bière qu'il avait commandée.

— Qu'est-ce qui vous ferait plaisir ce soir ? Vous voulez que je vous liste les plats du jour ?

Pour entendre ça, Sully allait devoir déployer de gros efforts, vu la foule.

— Non, ça va, déclarai-je. À moins que ça ne te tente, Sullivan.

— Non, c'est bon. Je t'en prie.

Je commandai le *lobster roll* (je me promis de faire un jogging le lendemain) et une salade pour contrebalancer les calories du homard et des petits pains revenus dans le beurre (ha). Sully opta pour des coquilles Saint-Jacques.

Lorsque Amy eut pris notre commande, je me penchai en avant, un peu déconcertée par nos discussions.

— Tu as des questions au sujet d'Audrey ?

— Non. Le médecin que tu nous avais recommandé… Patel ?

Je confirmai d'un signe de tête.

— Il a abordé tous les points possibles. Elle entre à l'hôpital la semaine prochaine.

— C'est un centre de soins extraordinaire, et Raj est le meilleur dans ce domaine. Je suis sûre que tout se passera bien.

— Amy et moi, on… on ne sait vraiment pas comment te remercier.

Je haussai les épaules, un peu embarrassée (et secrètement ravie).

— Je ne fais que mon boulot. Tu sais, comme un pompier qui se précipite dans un immeuble en flammes, et qui sauve des vies.

— Je suis désolé. Je n'ai rien saisi de ce que tu viens de dire.

C'est aussi bien, songeai-je.

— Hé, vous deux, nous interrompit alors Amy. Je vous ai préparé une autre table, dans un endroit plus calme. Il est sourd comme un pot, tu sais, ajouta-t-elle.

— J'ai entendu, grommela-t-il.

On déménagea donc dans une salle du fond où il n'y avait que trois tables, toutes vides.

— Mercy, Amy, lui dit-il.

— Je t'en prie, maugréa-t-elle. Ici, c'est Brian qui s'occupera de vous. Appelez, si vous avez besoin de quoi que ce soit.

Elle faisait demi-tour quand elle stoppa et se tourna de nouveau vers moi.

— Et ta sœur, comment elle va ?

— Euh… ça va.

— Passe-lui le bonjour de ma part.

— Entendu. Merci.

Elle s'éloigna, et un calme relatif se fit autour de nous.

— Comment va ta sœur ? me demanda Sullivan.

— Je ne sais pas. Elle ne me parle pas.

— Pourquoi donc ?

Ses yeux bruns ne me quittaient pas et, touchée par son attention, sa gentillesse, son calme, je sentis ma gorge se nouer. Je haussai les épaules.

— Toi et moi, on a des problèmes avec nos frères et sœurs, déclara-t-il.

— Comment va ton frère ?

Le visage empreint de tristesse, Sully jeta un coup d'œil vers la fenêtre.

— Eh bien, la semaine dernière, il a piqué environ mille dollars sur le chantier naval.

— Je suis désolée.

— Oui. Mais qu'est-ce que je peux y faire ?

— Appeler la police ?

— Non, impossible.

— Pourquoi pas ?

Il soupira.

— Tu devrais le savoir. Il a beaucoup perdu dans sa vie.

— On parle toujours de cette putain de bourse ?

Sully éclata de rire.

— Écoute-toi une minute ! Ce cher Dr Stuart en train de perdre son sang-froid !

Les joues brûlantes, je pris une gorgée de mon verre.

— Non, reprit-il. Pas de la bourse. Pas seulement de la bourse, devrais-je dire. Il a bousillé ses chances de faire quelque chose de sa vie.

Je roulai de grands yeux.

— Soit, mais il n'est pas encore mort, non ? Il y a beaucoup de choses qu'il pourrait entreprendre et qui lui seraient plus utiles que la drogue et la boisson. Quant à ce qu'il a pu perdre, et si on parlait de toi ? C'est toi qui as été blessé dans ce fameux accident, Sullivan. Et tout ça, parce que ton frère avait pris de la coke cette nuit-là. C'est toi qui as passé six mois à l'hôpital et qui as dû faire de la rééducation après. C'est toi dont l'ouïe baisse. Si quelqu'un a perdu quelque chose, moi, je dirais que c'est toi.

Il me regarda une longue minute.

— Certaines personnes supportent les difficultés mieux que d'autres.

— Donc, c'est à toi de veiller sur lui ?

— Oui. Tu ne veilles pas sur ta sœur ?

— Non. Elle est en prison en ce moment et refuse de répondre à mes lettres.

— Mais tu veilles sur sa fille.

Là, il me coinçait.

— Oui.

— Et, toi aussi, tu as affronté des épreuves, il me semble, mais tu les as mieux surmontées, voilà tout.

Je réfléchis à sa remarque.

— C'est un compliment ou une critique ? demandai-je.

— Les deux ?

Il afficha un grand sourire qui lui donna aussitôt un air extrêmement malicieux.

Sullivan Fletcher était… oui. Mes genoux tremblèrent à l'idée qu'il était peut-être tout ce que je recherchais.

— T'as quelqu'un dans ta vie ?

Pas terriblement subtil, mais bon, encore une fois on était dans le Maine.

— Pas vraiment.

— Tu es sûre ?

— On a rompu juste avant mon retour ici.

C'est le moment que choisit notre serveur pour nous apporter nos plats.

— Bonjour, je me présente, Brian ! s'écria-t-il, comme si on venait de lui attribuer ce prénom et qu'il en était encore tout chose. Nous avons un délicieux *lobster roll* pour madame, excellent choix, si vous me permettez, des frites de patate douce, un délice, et un *coleslaw* que notre chef relève avec une pointe de radis pour mieux rehausser les saveurs. Et pour monsieur, les saint-jacques, que j'adore d'ailleurs, la purée de pommes de terre aux oignons verts et une lichette de crème aigre, il faut bien profiter de la vie, pas vrai ? Et des choux de Bruxelles, mon légume préféré, c'est moi qui vous le dis. Bien entendu, ce sont des produits bio des environs que nous vous proposons. Souhaitez-vous autre chose ? Du poivre fraîchement moulu, du parmesan, davantage de pain, du ketchup, du beurre, du sel de mer, du sel rose, du sel de l'Himalaya, un massage des pieds ?

Il se peut que cette dernière option n'ait été que sous-entendue.

— Je crois que nous avons tout ce qu'il nous faut, murmurai-je.

— Fantastique ! Bonne dégustation ! roucoula Brian. Je reviens vous voir sous peu. *Mangia !*

— C'est parfois un avantage que d'être malentendant, commenta Sully.

— Personnellement, j'ai décroché au bout de dix secondes, lui avouai-je.

Il sourit.

Durant quelques minutes, on se contenta de manger. Je me rendis compte que j'étais affamée. Et ce homard nappé de beurre sur ses petits pains moelleux… oui, oui, je m'offrirais un bon jogging demain. Mais pour l'heure je dégustais mon homard. Point à la ligne. Enfin, en posant des questions indiscrètes.

— Comment ça se passe, ton apprentissage de la langue des signes ? m'enquis-je en me léchant les doigts fort inélégamment.

— Ça va. C'est un peu dur tout seul, donc c'est bien qu'Audrey m'accompagne dans cette démarche. Elle apprend bien plus vite que moi.

— Elle a l'air extrêmement vive, remarquai-je en souriant.

— Elle l'est.

Je pris une gorgée de ma boisson et l'observai un bref instant. Lorsqu'il releva les yeux de son assiette, il s'écria :

— Pardon ? J'ai raté quelque chose ?

Je hochai la tête.

— Mais en ce qui concerne ton audition… ça va ? Tu es triste, furieux… déprimé ?

Il sourit un peu.

— Pas vraiment. Pour être honnête, il y a longtemps que je sais que ça me pendait au nez.

Son sourire s'évanouit.

— J'essaie d'écouter davantage de choses, de les emmagasiner. Les oiseaux, le matin. Mes musiques préférées. Le rire d'Audrey. J'essaie de stocker les plus beaux sons dans ma tête. Et ces derniers temps j'ai regardé beaucoup de films à la maison.

Il haussa vaguement les épaules, puis se repencha vers son assiette.

J'espérais que mon intérêt n'était pas trop visible, mais pas moyen d'en être sûre.

— Quelle est ta musique préférée ? demandai-je.

— Les suites pour violoncelle de Bach. Et *Purple Rain*.

— Seigneur, j'adore cette chanson. Et c'était les suites pour violoncelle de Bach que j'écoutais en médecine quand il fallait que je bosse toute la nuit, lui confiai-je en souriant. On racontait que ça aidait à se concentrer.

— On dirait que ça a marché.

Lorsqu'il souriait, il découvrait ses incisives, un petit peu plus pointues que la moyenne, ce qui lui donnait un côté vampire.

J'imaginai ces dents sur mon cou, et ça me valut des sensations extrêmement fortes dans une partie de mon anatomie que je m'abstiendrai de nommer ici.

— Et pourquoi tu es revenue ici, Nora Stuart ? Toi qui n'as pas remis les pieds à Scupper depuis je ne sais combien de temps.

C'était sa voix. Sa voix douce et grave. J'espérais qu'il pouvait l'entendre, parce qu'elle était vraiment délicieuse, cette voix, avec son timbre et son soupçon de rugosité, qui évoquait des galets glissant les uns sur les autres après l'assaut d'une violente vague.

Je m'éclaircis la gorge.

— Qu'est-ce que tu viens de me demander ?

Nouveau sourire malicieux. Un terrible sourire de mauvais garçon pour ce père extraordinaire.

— Pourquoi es-tu revenue à Scupper ?

— Oh. Oui. J'ai été renversée par un van de désinsectisation. J'ai vu ma vie défiler devant mes yeux.

— C'est vrai ?

— Non. Je... je voulais passer un peu de temps avec ma mère. Et ma nièce.

— T'as eu vraiment peur, hein ?

Je hochai la tête.

— Et ce truc... ce truc pas sympa qui t'est arrivé. Ce que tu as mentionné la nuit où tu as manqué me tirer dessus. C'est quand tu as été renversée par le van ?

J'attrapai une patate douce et la rompis en deux.

— Non.

Il attendit.

— Un type s'est introduit dans mon appartement, m'a frappée et a essayé de me violer. Après, quand il a vu que ça ne marchait pas, il a... euh, il a tenté de me tuer. Avec un couteau. J'ai réussi à m'enfuir, et la police ne l'a jamais attrapé. C'était l'an dernier et, je t'en prie, n'en parle pas à ma mère.

J'inspirai profondément, saisis mon mojito et vidai mon verre d'un trait. Je n'avais pas eu l'intention de lui balancer à la figure la pire nuit de ma vie, mais c'était sorti tout seul.

— Comment ça se passe ? nous lança Brian avec un grand sourire. Vous adorez ce homard, non ? On les achète juste…

— Pas maintenant, l'interrompit Sullivan.

— Entendu ! s'écria Brian. Appelez-moi quand vous voulez.

Il s'éclipsa, et le calme revint.

— Sale histoire, hein ? marmonnai-je.

Je regrettais de ne pas avoir commandé un autre mojito.

— Comment t'es-tu enfuie ?

Je soupirai.

— Je suis… juste partie. J'ai eu de la chance. J'ai couru. Je ne… je ne savais même pas ce qu'il avait en tête.

— Si. Tu le savais.

Il avait raison. Je le savais. Le cerveau reptilien n'avait pas formulé les termes *couteau* ou *tuée*, mais il m'avait soufflé *maintenant*.

— Tu as eu une chance inouïe. Seigneur.

Il inspira à fond.

— Bravo, Nora. Bravo.

Je baissai les yeux vers la table.

— Merci.

Sully tendit la main et m'obligea à relever le menton et à le regarder.

— Merci, répétai-je.

Cette fois-ci, c'est un sourire gentil qu'il m'adressa.

— Tu es une femme impressionnante.

J'éclatai de rire.

— Tu veux un dessert ? Je trouve que tu ne l'as pas volé.

J'eus soudain terriblement envie de me retrouver nue et au lit avec l'homme en face de moi.

— Comment ça va, les enfants ? chantonna Brian.

Arrrrgh, je ne parlais pas de ce casse-pieds ! Mais de Sullivan.

— L'addition, s'il vous plaît ? dis-je.

— Tout de suite, répliqua Brian. Je reviens dans une seconde !

— Je déteste ce type, décréta Sullivan.

Le rire me secoua si fort et si longtemps que les larmes roulèrent sur mes joues.

Sully, tranquillement assis sur son siège, m'observait en souriant.

Malheureusement, quand on regagna le house-boat, j'étais une pile de nerfs et me sentais totalement idiote.

Pourquoi ? Parce que c'était Sullivan Fletcher, un garçon que je connaissais depuis toujours. Un homme aujourd'hui, un homme dont la fille m'admirait, un homme qui avait été marié à quelqu'un qui avait blessé mon âme d'adolescente, un homme dont la mère et le frère me détestaient…

Et puis il y avait Bobby. Enfin pas Bobby, pas vraiment, mais il m'avait de nouveau plongée dans la confusion en m'envoyant cette fois un mail très romantique, en détaillant par le menu tout ce qu'on avait coutume de faire ensemble avant le Sale Truc. Ma vie d'antan, mon moi Perez.

Je n'allais pas rester éternellement sur Scupper. Je ne savais pas trop si c'était bien raisonnable d'entamer quelque chose avec Sully, même s'il y avait des kilos de phéromones entre nous et, oui, c'était enfantin et idiot, mais je n'étais pas certaine de pouvoir être avec quelqu'un qui m'avait connue au lycée. Je me rendais bien compte que c'était stupide, mais je savais aussi que Sully méritait que j'y réfléchisse bien avant qu'on entame quoi que ce soit.

Il était vraiment trop parfait pour n'être qu'un flirt d'été.

Il coupa le moteur.

— Je te raccompagne, déclara-t-il.

Merde. Comment lui dire non maintenant ? Il était trop attirant, trop gentil, sa voix, ses yeux, son calme, sa fiabilité à toute épreuve, et puis je n'avais pas oublié la manière dont il m'avait serrée dans ses bras après que j'eus posé le diagnostic d'Audrey.

Boomer aboya furieusement.

— C'est moi, mon grand, lui criai-je.

Il aboya de nouveau, mécontent de la présence de Sullivan (ou mécontent de ne pas pouvoir se frotter contre la jambe de Sullivan).

Sullivan, avec lequel je restai plantée devant la porte, tandis que des papillons de nuit virevoltaient autour de la lampe.

Il allait maintenant falloir que je le repousse. Ce ne serait pas très agréable.

— Merci pour le dîner, dis-je. J'ai vraiment passé un bon moment.

— Moi aussi. Merci d'avoir accepté dans un délai aussi court.

Peut-être le laisserai-je m'embrasser ? Ce ne serait pas un problème, pas vrai ? Après, j'étais sûre que la suite serait inévitable.

— Bonne nuit, déclara-t-il à la seconde même où je disais :

— Tu veux entrer ?

— Pardon ?

Oui, je remerciai le ciel qu'il eût des problèmes d'ouïe. Traînez-moi en justice si ça vous chante.

— Rien. Bonne nuit, à toi aussi. Rentre bien. Où habites-tu d'ailleurs ?

— Sur Oak Street.

— Bon voyage alors.

Punaise, Nora, ferme-la.

Il me regarda encore une minute. Peut-être que l'idée du baiser était encore dans l'air.

Non. Il me salua du menton et redescendit le ponton.

Le rendez-vous galant était terminé.

Mais bon, ça n'avait pas été un rendez-vous galant, j'imagine.

Sauf que ça m'avait paru incroyablement romantique.

— Ça l'était, Nora, c'est sûr, déclarai-je en sortant ma clé. Qui n'aime pas parler de prison et de violation de domicile ? C'est du romantisme pur jus.

— Ah oui ? dit une voix.

Je faillis me pisser dessus.

Luke Fletcher était planté sur la terrasse du house-boat. Mon cœur fit un bond dans ma poitrine.

— Qu'est-ce que… qu'est-ce que tu fabriques ?

À l'intérieur du bateau, Boomer aboyait. Merde. Mon énorme chien était à l'intérieur. Mes mains se mirent à trembler.

— Je me suis juste dit que je passerais prendre un verre, tu vois. On est voisins.

— Ton frère vient de partir.

— C'est ce que j'ai vu.

Il s'exprimait d'un ton amical qui, je ne sais pourquoi, m'effraya. Puis je compris. L'autre type aussi m'avait parlé sur un ton amical par moments. Quand il ne me tabassait pas.

Je déglutis.

— Euh, je suis fatiguée, Luke. Une autre fois peut-être.

— Emmerde pas mon frère.

— Il n'en est pas question. Ne t'inquiète pas.

— Il n'en est pas question. Ne t'inquiète pas, répéta-t-il d'une voix de fausset pour se moquer de moi.

Boomer aboya de plus belle.

Puis Luke sauta de la terrasse et atterrit à côté de moi sur le ponton. Je reculai. Je m'en voulus, et pourtant je reculai. À l'intérieur, Boomer se déchaînait.

Mais Luke se borna à passer tout près de moi, en m'obligeant à lui céder le passage, et poursuivit sa route dans les pas de son frère avant de tourner à gauche dans Spruce Brook Road en direction du chantier naval.

Les jambes tremblantes, j'ouvris la porte et laissai sortir Boomer qui se précipita en hurlant à la poursuite de Luke. Très bien ! Qu'il le mette en pièces.

— Boomer ! criai-je au bout d'une minute (ce n'était pas le genre de chien à mettre qui que ce soit en pièces), et mon bon chien revint au galop.

En plus, allez savoir s'il se mettait à lécher Luke ? Mieux valait entretenir le mythe du chien de garde féroce avant qu'il ne révèle sa vraie nature.

En fermant ma porte, quelques instants plus tard, je ne pus m'empêcher de m'interroger sur ce qu'aurait fait Luke si Sullivan était entré avec moi. Serait-il resté sur la terrasse à nous épier ?

19

Chère Lily,

J'habite à Oberon Cove cet été. La nuit, j'entends le contre-courant de l'autre côté de l'île. Tu te rappelles la fois où on est allés pêcher par là et où tu as attrapé un bar rayé plus gros que toi ? Il frétillait au bout de la ligne, et papa l'a attrapé au vol.

Vendredi après-midi, j'ai emmené Poe pêcher, elle a remonté un merlan, mais on l'a rejeté à la mer. Maintenant, elle veut devenir végétarienne. Désolée. Elle laisse repousser ses cheveux noirs, mais je lui ai promis de l'aider à les garder bleus si elle veut.

Bisous,

Nora.

Le dimanche, je m'arrêtai chez ma mère avant d'entamer le long voyage en ferry jusqu'à Boston. C'était au tour de Bobby d'avoir le chien.

Elle était en train de fendre du bois derrière la maison, tâche qu'elle accomplissait à la hache et non avec une fendeuse de bûches. Tweety qui ne quittait pas ma mère, même dehors, me fondit dessus, et Boomer, effrayé, se réfugia derrière mes jambes. Je repoussai la perruche d'un geste, sans réussir à la frapper. Dommage. Maman leva la tête une seconde, puis se remit à l'ouvrage.

— Peut-être que Poe devrait s'occuper de ça, suggérai-je.

— Elle se trancherait le pouce, affirma ma mère. En plus, elle est encore au lit.

— Eh bien, savoir couper du bois, ça peut être utile. Tout le monde devrait être capable de se servir d'une hache. Et tu pourrais peut-être demander à un jeune de s'en charger ? Un des fils Bitterman ? Ils ne sont pas quatre garçons dans cette famille ?

Elle abattit sa hache et fendit nettement une autre bûche en deux.

— Ça t'ennuie que je coupe du bois, Nora ?

— Non, pas vraiment.

Ma mère, qui avait juste un peu plus de soixante ans, avait plus de force que la plupart des joueurs de football américain.

N'empêche qu'un de ces jours elle serait trop vieille pour ce genre d'activités. Et, moi, je repartais à Boston dans deux mois. Malgré les maigres efforts que j'avais déployés avec mon dîner, maman était toujours aussi seule. Néanmoins, je l'avais inscrite sur le site de rencontre LivelySeniors.com et j'avais reçu quelques propositions.

Elle vieillissait. Les mèches grises qui, d'aussi loin que je me souvenais, avaient parsemé sa chevelure, étaient aujourd'hui totalement blanches et devenaient plus nombreuses d'année en année.

Je m'assis un bref instant sur une bûche tandis que Boomer humait une dernière fois le tapis d'aiguilles de pin.

— Maman, j'ai peut-être un problème avec Luke Fletcher, lui dis-je.

Elle posa une bûche sur le billot, la coupa en deux, puis en quatre.

— Pourquoi ?

— Il était sur le house-boat l'autre soir. Je ne l'avais pas invité.

— Demande-lui de te ficher la paix.

— C'est fait.

— Tu veux que je lui parle ?

L'image de ma mère fendant en deux Luke Fletcher n'était pas pour me déplaire. Néanmoins, j'étais, moi aussi, très courageuse et très forte.

— Non, je peux gérer ça toute seule. C'est juste… je ne sais pas. Pourrais-tu m'en dire un peu plus sur lui, sur ce qu'il lui est arrivé depuis mon départ ?

— Eh bien, si on doit causer, rends-toi utile et fais-moi des piles avec ces bûches, me demanda-t-elle.

J'obéis sans lui faire remarquer que je n'étais pas vraiment habillée pour ce genre d'activités. Maman n'aurait pas apprécié que je fasse la chochotte.

Quand j'eus commencé, elle me dit :

— Eh bien, il est allé à l'université du Maine où il n'a rien fichu. Il est revenu ici et a aidé son père au chantier, mais Allan Fletcher est mort subitement, donc, c'est l'autre, Sullivan, qui a repris les rênes de l'entreprise. Il s'est très bien débrouillé, à ce que je me suis laissé dire. En revanche, Luke n'a pas été d'une grande aide. Ça a toujours été un buveur et un drogué.

Je ramassai quelques bouts de bois, et Tweety, furieux de me voir approcher sa bien-aimée de trop près, couina. Je lui flanquai une tape mentale.

— Quelles drogues il prenait ? Tu le sais ?

— Je vais te répéter ce que j'ai entendu : de l'héroïne, de la cocaïne, du sirop contre la toux, tout ce qui lui tombait sous la main.

— Comment est mort M. Fletcher ? poursuivis-je en lâchant mon lot de bois sur la pile.

Comme je ne lui avais jamais posé de questions sur ce sujet, maman ne m'avait rien dit, bien sûr.

— Un problème cardiaque, je crois. Ou une hémorragie cérébrale. L'un ou l'autre. C'est Sully qui l'a trouvé, mort, à côté de son pick-up. Toujours est-il que le Luke… Teeny lui a passé un peu d'argent, et il est parti à la ville ou quelque chose dans ce goût-là.

— New York ?

— Portland.

— Quand est-il revenu ?

Ma mère reprit sa hache.

— Oh ! il revient régulièrement, en général quand il a besoin de sous. Avant, il habitait chez Teeny, mais Sullivan y a mis le holà. Je crois que Luke a volé la bague de fiançailles de sa mère et l'a collée au clou. Du coup, Sully l'oblige à vivre au chantier naval.

Elle s'interrompit pour s'essuyer le front.

— La Teeny a toujours eu un faible pour la mauvaise graine. Ça me fait mal au cœur pour Sullivan.

Quelle ironie ! Ma mère n'était pas la dernière à avoir un faible pour la mauvaise graine.

— Les mères ne sont pas censées préférer un de leurs enfants ? ne pus-je m'empêcher de lâcher.

En dépit de ses méchancetés et de ses méfaits, Lily avait toujours été la petite chérie de maman et elle le restait.

Elle ne répondit pas.

— Luke a-t-il réussi à décrocher de la drogue et de l'alcool ? ajoutai-je en revenant à la charge.

— Oui, bien sûr. Des tas de fois. Comme ta sœur.

Elle flanqua la hache dans le billot et me regarda droit dans les yeux pour la première fois de la journée.

— À propos de Lily, elle m'a dit que tu lui écrivais.

— Oui.

— Elle aimerait que tu t'abstiennes.

— Pourquoi ? Elle est trop occupée à fabriquer des plaques minéralogiques ?

— Ne rabaisse pas ta sœur !

— Pourquoi ne veut-elle pas recevoir de courrier ?

— Je sais pas, Nora.

C'était typique de ma mère. Ne jamais prendre parti, du moins, pas ouvertement.

Je poussai un soupir.

— Il faut que j'aille à Boston. J'espérais un peu que Poe m'accompagne.

— Propose-le-lui.

J'entrai dans la maison, mais Poe avait revêtu son costume d'adolescente rebelle.

— Pourquoi tu me réveilles ? Il est que 10 h 30. Va-t'en !

— Tu veux aller à Boston ?

— Pourquoi aller à Boston ?

— Pour changer de décor ? Faire des courses ? Manger une soupe de palourdes ? Flâner sur le Freedom Trail ? Assister à un match des Red Sox ? Rien ? Non ?

— Je suis fatiguée !

— Entendu, ma puce, dis-je en m'armant de courage. Je te verrai demain ou après-demain.

Elle se fourra la tête sous l'oreiller, et j'eus comme le sentiment que notre conversation n'irait pas plus loin.

Je partis donc seule avec Boomer, son raton laveur en peluche, son os à mâcher et sa laisse, et embarquai sur le ferry.

Je pris un siège sur le pont, enfonçai ma casquette Red Sox sur mon crâne pour éviter que le vent n'emmêle mes cheveux et chaussai mes lunettes de soleil. Couché à mes pieds, Boomer rongeait son os. Je détestais l'emmener à Boston, je détestais être privée de lui. Et si Luke revenait, hein ? Je serais toute seule avec mon arme, or, la dernière fois, c'est tout juste si je n'avais pas flingué Sullivan.

J'avais peut-être besoin d'une séance de câlinothérapie. Xiaowen était occupée à sauver les mollusques quelque part au large de l'Oregon et ne reviendrait pas avant plusieurs jours. Roseline n'était pas libre cette fois-ci, elle avait un truc avec sa belle-famille. Gloria était allée rendre visite à sa famille et à son amoureux Serpentard, mais on avait convenu de reprendre le dernier ferry ensemble.

Des bruits de pas me poussèrent à lever la tête. Sullivan, Audrey et Amy arrivaient sur le quai, une valise dans leur sillage.

— Bonjour, leur criai-je.

— Bonjour, me lança Audrey qui sauta dans le bateau et m'embrassa. Demain, c'est le grand jour, alors on dort sur place. À l'hôtel.

— Waouh ! Génial. Et le petit frère ?

Je n'avais pas encore rencontré Rocco. Comme ce n'était pas le fils de Sullivan, il passait moins de temps qu'Audrey au chantier naval.

— Il est chez grand-mère. Il n'est pas content, mais je lui rapporterai du shampoing de l'hôtel.

— C'est gentil, reconnus-je.

Quelle adorable gamine !

Sully me salua d'un signe de tête et fit monter Amy à bord avant d'embarquer lui-même. Tous deux semblaient fatigués et soucieux, contrairement à leur fille qui dansait quasiment sur place.

— Des questions ? Je peux faire quelque chose ? demandai-je.

— T'as déjà été super, décréta Audrey.

Amy et Sullivan discutaient à voix basse. A priori, ils se disputaient. Malheureusement (et ce n'était sans doute pas plus mal), le vacarme du moteur m'empêchait d'entendre de quoi ils discutaient.

— Où vas-tu loger, Audrey ?

— Au Copley Square Plaza. Maman et papa m'ont laissé le choix.

— Tu as choisi le meilleur.

À l'évidence, c'était le sujet sur lequel elle voulait se focaliser.

— Ils proposent un super *afternoon tea*, je crois.

— Oui, on a prévu d'y aller. Hé, tu veux venir ?

Je répondis sans même regarder Amy et Sullivan :

— Non, merci. Je dois voir des amis.

— Zut.

Elle se pencha et caressa les oreilles de Boomer qui lui sourit et agita la queue avant de recommencer à ronger son os. Jake engagea le ferry sur la haute mer et accéléra.

Sullivan fixait le large. Amy écrivait un texto.

— Bon, vous avez mon numéro s'il se passe quoi que ce soit ou si vous avez des questions à me poser, dis-je à Audrey.

— Merci, murmura-t-elle.

— Oui, merci, renchérit Amy.

Sully nous tournait le dos, de sorte qu'il ne nous entendit pas. À moins qu'il n'eût été préoccupé par autre chose.

— Bien, si ça ne vous ennuie pas, je vais à l'intérieur. Il faut que je lise un truc.

C'était un mensonge, mais ils avaient besoin de temps ensemble.

Et puis, j'avais mon chien.

— Allez, viens, Boomerang, lui dis-je.

Et mon fidèle toutou me suivit dans la petite cabine.

Après avoir accosté à Boston, j'embrassai Audrey et leur souhaitai bonne chance à tous les trois. Amy et Sullivan étaient préoccupés, mais qui, dans leur cas, ne l'aurait pas été ? Même si Audrey était en de bonnes mains, ils ne pouvaient que redouter l'épreuve qui les attendait.

Je les regardai s'éloigner, puis calai mon sac sur mon épaule et mis le cap sur l'appartement de Bobby. Il travaillait et m'avait demandé si je pouvais déposer le chien chez lui. Et comme une buse, j'avais dit oui.

Il faisait beau et chaud, bien plus chaud que sur l'île. Je retirai ma veste en jean et la nouai autour de ma taille. Des tas de gens nous arrêtèrent pour s'extasier sur Boomer, et je laissai faire. Après tout, je n'avais rien de prévu. J'envisageai un programme courses. Peut-être qu'un peu de shopping thérapie chasserait mon cafard ?

Toujours curieuse de découvrir ce que les autres faisaient pour gagner leur vie, je m'amusai à regarder les panneaux accrochés aux deuxième et troisième étages des immeubles ici et là. Leçons de piano. Studio de yoga. Avocat. Aiguiseur de couteaux, 1938. Stupéfiant que cet artisan n'ait pas fermé boutique. École de ballet. Détective privé.

Je me figeai.

JAMES GILLESPIE,
DÉTECTIVE PRIVÉ.
DIPLÔMÉ. AGRÉÉ.

— Qu'est-ce que tu en penses, Boomer ?

— C'est une bonne idée, me répondit-il, en substance.

On gravit l'escalier, et je frappai à la porte. Quelques minutes plus tard, un vieux monsieur à l'air très solennel m'ouvrit.

— Bonjour, fit-il d'une belle voix à la Morgan Freeman.

— Bonjour, dis-je à mon tour. J'ai peut-être une affaire pour vous.

— Ah oui ? Et qui est ce monsieur ? ajouta-t-il en grattant les oreilles de Boomer, ce qui lui valut un gémissement satisfait.

Notre entretien ne dura que sept minutes. Après tout, que savais-je de mon père ? Pas grand-chose.

— S'il est quelque part, je le trouverai, affirma M. Gillespie. Je peux essayer des tas d'options.

Venant de lui, j'avais confiance.

Je réglai une avance, signai un papier et ce fut tout. M. Gillespie me salua, et je regagnai le soleil et l'humidité dehors de bien meilleure humeur.

C'était déjà un début. Je pourrais en parler à Lily lorsqu'elle viendrait chercher Poe. Je pourrais lui dire que j'avais essayé et que, même si c'était la troisième fois que je consultais un détective privé, ça m'avait fait du bien d'agir.

Je me dirigeai ensuite vers le Common, le jardin public. Ça ferait plaisir au Roi des Chiens. En plus, ça lui permettrait de conquérir davantage de cœurs et d'esprits.

Le petit parc de Boston grouillait de monde. Des gamins tiraient des adultes par la main, leur réclamaient une glace à grands cris, s'éclaboussaient dans l'étang aux grenouilles. Six frisbees au moins sillonnaient l'air, pourchassés par des collègues de Boomer qui, intrigué par toute cette agitation, penchait pensivement la tête. Installés sur une couverture déployée à même la pelouse, deux jeunes d'une petite vingtaine d'années se regardaient dans le blanc des yeux. Je détournai mon regard en souriant. Quoi de plus doux que ces jeunes amours ?

C'est là que je le vis.

Lui. Voldemort.

Mon cœur fit un bond et mes genoux cédèrent sous mon poids. Je m'effondrai sur le gazon et passai le bras autour de Boomer sans pouvoir détacher les yeux de cet homme qui m'avait terrorisée.

Au cours de l'année qui venait de s'écouler, j'avais cru le voir vingt fois et, chaque fois, j'avais tremblé de peur. Chaque fois, je m'étais trompée.

Aujourd'hui, mon cerveau reptilien n'avait pas le moindre doute.

Assis sur un banc, il mangeait quelque chose, une glace. Pantalon kaki, T-shirt bleu, traits d'une banalité absolue, il jetait à l'occasion un coup d'œil sur les gens qui passaient devant lui. Des gens qui n'avaient pas idée de ce dont il était capable. De ses perversions.

Il fallait que je trouve un policier. Que j'en appelle un. Je sortis mon téléphone et composai le 911 en essayant de ne pas le perdre de vue.

— Ici le 911, que puis-je faire pour vous ?

— Bonjour, j'ai été agressée l'an dernier et on n'a jamais retrouvé mon agresseur. Or, il est là devant moi. Je suis au Boston Common, juste en face de l'étang aux grenouilles, vous voyez ? Euh… au nord ? Au nord de l'étang ? Et il est assis sur un banc au bord du chemin.

— Entendu, calmez-vous, madame. Vous dites qu'il vous a agressée ?

— Oui, ça a fait l'objet d'un rapport de police. J'ai été hospitalisée. C'était… c'était sérieux.

— Comment vous appelez-vous, madame ?

L'espace d'une seconde, j'eus un trou noir. Honnêtement.

— Euh… Nora ? Stuart ? Nora Stuart. Avec un U. Merde, il se lève. Il se lève et il s'en va. Euh… vers l'est. Vers Park Street. Il s'en va. Il est passé devant les statues des grenouilles. Dépêchez-vous.

— Madame, j'ai mis la main sur votre dossier. J'envoie la police. Pourriez-vous décrire cet individu ?

— Euh… 1,75 mètre environ, 75 kilos. Cheveux blond-roux, yeux bleus. Il porte un pantalon kaki, un T-shirt bleu et une casquette des Red Sox.

Tous les mecs de Boston portaient une casquette des Red Sox. Je me levai aussi, attrapai la laisse de Boomer et m'élançai. Pronto.

— Je le suis.

— Madame, ne faites pas ça, je vous en prie.

Merde, merde, merde. Une foule de promeneurs arrivaient, tous avec un badge nominatif autour du cou, dans les pas d'un guide qui leur décrivait d'une voix tonitruante les stations passionnantes du Freedom Trail. Des touristes qui, brandissant leur iPad et leur téléphone, l'absorbèrent dans leurs rangs. Je me dépêchais de les contourner.

— Oh ! J'adore votre chien, s'écria une femme qui avait un fort accent du Sud.

— Pas maintenant, m'écriai-je en vraie Yankee.

Où était-il ? Où était-il ?

Là-bas. Je fonçai.

Peut-être avait-il un cerveau reptilien lui aussi, car il avait accéléré l'allure et dépassé les vendeurs de hot-dogs et le jongleur devant lequel Boomer pila dans l'espoir d'attraper les balles qui fusaient devant son museau. Je dus tirer vivement sur sa laisse, pas question de rigoler. Là-bas. Il était là-bas, près de la bouche de métro. Merde !

— Il va prendre le métro, criai-je à l'opérateur. Où sont les flics, bon sang ?

Je dévalai les marches, accompagnée par les braillements de mon interlocuteur et les halètements surexcités de Boomer. Le convoi était en gare, les passagers montaient et descendaient, et je ne voyais plus mon agresseur. En lâchant la laisse de Boomer, je pourrais sauter par-dessus le tourniquet.

Le train redémarra, et des larmes de fureur et de frustration me brûlèrent les yeux.

Disparu. Il avait disparu.

Lorsque j'ouvris la porte de l'appartement de Bobby (anciennement le nôtre), je m'aperçus avec stupeur que ce dernier était là.

— Je croyais que tu travaillais, m'exclamai-je.

— Salut ! brailla-t-il en émergeant de la cuisine pour m'embrasser. Comment vas-tu, Nora ? Boomer ! C'est qui, mon chien chéri ?

Il s'accroupit et laissa Boomer placer ses pattes sur ses épaules, puis leva la tête vers moi.

— Tu es splendide. C'est génial de te voir.

J'avais encore la nausée après cette décharge d'adrénaline, j'étais moite de sueur et de peur, et mes cheveux me faisaient comme un halo avec l'humidité de la ville. Il était impossible que je sois splendide, et ça m'irritait que cet idiot de Bobby ne s'en aperçoive pas.

La police s'était pointée une minute après le départ du métro. Ils avaient pris des notes, mais il était évident qu'ils ne retrouveraient pas ce sale type. J'avais dû marcher une heure pour que mon cœur reprenne son rythme normal.

— Assieds-toi, me suggéra Bobby. Fais comme chez toi. Je veux dire, c'est toujours chez toi, de toute manière.

— Pas vraiment, mais j'apprécie.

— Du vin ?

— De l'eau, s'il te plaît.

Durant la demi-heure qui suivit, Bobby parla et je l'écoutai plus ou moins tout en caressant la tête de Boomer.

C'était donc dans cet appartement que j'étais venue récupérer après l'agression. Or, je ne m'étais jamais vraiment sentie chez moi chez Bobby. C'était un endroit agréable, confortable, que je connaissais bien, et certains détails ici et là (les coussins sur le canapé, le porte-parapluie, tout le monde à Boston avait un porte-parapluie) témoignaient encore de mon passage. La jolie bouilloire jaune dans la cuisine. Mais je n'y étais pas très à l'aise.

Aujourd'hui que j'avais revu mon agresseur, j'avais de nouveau l'impression d'avoir réintégré un refuge, ce qui ne me plaisait pas. Je ne voulais pas du refuge de Bobby. Je voulais le mien.

J'avais envie de regagner le Maine. Avec Boomer, qui était mon chien, et pas le nôtre. D'après le contrat que nous avions passé, chacun d'entre nous devait prendre le ferry une fois sur deux. Or, jusqu'à présent, c'était toujours moi qui m'en étais chargée au prétexte que j'avais des horaires plus souples. Terminé.

— Qu'est-ce qui ne va pas, ma chérie ? me demanda Bobby.

Ma chérie. Non mais je rêve !

— Je suis un peu dans la lune, c'est tout. Il faut que j'y aille.

— Tu ne m'as pas dit comment tu allais, s'écria-t-il en se

rapprochant un peu de moi. Et tu sais, j'ai toujours des sentiments pour toi, ça ne fait aucun doute.

La sonnerie d'un SMS de Jake Ferriman coupa court à sa déclaration.

Ferry annulé à cause du mauvais temps. Pour prochain bateau, vérifier demain matin à 7 heures.

— Merde, grommelai-je.

— Qu'est-ce qu'il y a ?

— Mon ferry est annulé.

— Oui, on s'attend à de fortes pluies.

Il pencha la tête.

— Dînons ensemble. Et tu peux dormir ici, si tu veux.

Il tendit la main et me caressa la joue. Non, merci, ça me rappelait un peu trop mon visage meurtri, bouffi et douloureux l'an passé, quand il s'était occupé de moi. Il s'était bien occupé de moi, c'est vrai. Jusqu'à ce qu'il en ait marre.

— Non, merci, dis-je en embrassant mon chien sur la tête. Sois sage, Boomer. Tu vas me manquer.

Je regardai Bobby.

— À bientôt.

— Tu es sûre de ne pas vouloir rester ? insista-t-il en me lançant un regard éloquent.

— Oui. Merci.

Dehors, dans Beacon Street (Bobby avait vraiment insisté pour continuer à habiter Beacon Street, alors que ce quartier coûtait une fortune et que mon ancien appartement était plus grand, plus agréable et moins cher), j'envoyai un texto à Roseline pour lui annoncer que je passerais la nuit en ville. Elle me répondit aussitôt.

Magne-toi et déboule. C'est trop bien ! !

Je poussai un grand soupir de soulagement. Heureusement qu'il y avait les copines.

Roseline fit pour moi tout ce que j'aurais fait pour elle, prépara le dîner, m'offrit un verre de vin, me prêta un pyjama propre et moelleux, et me poussa à prendre un bon bain chaud dans l'énorme baignoire de la salle de bains pour invités. Quant à son mari, c'était une crème, le genre de mec qui discutait avec vous, mais savait également s'éclipser.

Je ne dis rien de Voldemort à Roseline. Ça ne me parut pas utile.

J'appelai la clinique pour les prévenir que j'étais coincée à Boston ; quelques minutes plus tard, Gloria m'appela et m'annonça qu'elle était passée par Portland afin de rendre visite à quelqu'un de sa famille qui venait d'avoir un bébé.

— Le Dr Larsen fera le nécessaire en cas d'urgence, déclara-t-elle en faisant allusion au praticien de nuit. Il adore qu'on ait besoin de lui. Ne te bile pas.

— Tu as passé du bon temps avec ton Serpentard ? poursuivis-je.

— Oui. Je lui ai donné le droit à trois essais pour deviner mon adresse, et il s'est trompé chaque fois. On s'est aussi un peu disputés, ce qui était assez marrant.

— J'en déduis que vous avez fait la paix.

— Oui. Il m'a texté il y a une heure pour me demander pardon.

— C'est une grande qualité chez un mec.

Bobby était spécialement casse-pieds pour ça, et c'était à peu près aussi sportif d'obtenir ses excuses que de lui ponctionner la moelle épinière.

— Amuse-toi bien avec Roseline, me lança-t-elle, et dis-lui que je l'embrasse.

Je dormis mal, mais sans crise de panique ni cauchemar. Je réfléchis, c'est tout.

Au matin, la pluie fouettait encore les carreaux.

— Tu veux que je prenne ma journée ? me proposa Roseline.

Elle était habillée et prête à partir ; et Amir avait déjà quitté la maison.

— On pourrait aller au musée, s'offrir une pédicure, ce que tu veux.

— Non, c'est bon. Je vais faire un saut à l'hôpital. La fille d'un ami doit être opérée aujourd'hui. Tumeur pituitaire. Maladie de Cushing.

— Bon, alors, allons-y, ma belle.

Le bureau de Rosie était à deux pas du Boston City Hospital.

En chemin, je reçus un message de Jake Ferriman m'annonçant que le ferry circulerait, pluie ou pas pluie. Je lui répondis que je prendrais un bateau un peu plus tard ou que je monterais à Portland pour rentrer à Scupper.

L'écart entre les équipements du plus grand hôpital de Nouvelle-Angleterre et ceux de la petite clinique de l'île était gigantesque. La clinique offrait le calme apaisant d'un studio de yoga. La semaine précédente, j'avais trouvé Amelia endormie en position du lotus dans son bureau.

Mais le travail à Scupper me plaisait beaucoup plus que je ne l'aurais imaginé. À Boston, je voyais plus d'une douzaine de patients par jour. Et six ou sept, lorsque j'avais à opérer. J'adorais ma spécialité, mais la clinique présentait plus de diversité. Jimmy McNulty avait eu besoin de huit points de suture après être tombé de la cage à poules dans le jardin public. Aaron James avait souffert d'une intoxication alimentaire (quand est-ce que les gens allaient commencer à regarder les dates mentionnées sur les emballages alimentaires ?). Ses vomissements et sa diarrhée l'avaient tellement déshydraté que j'avais dû le garder pour la nuit. J'étais restée aussi, parce que c'était un veuf (gay, cela dit, et donc malheureusement pas apte à assumer un rôle de beau-père). Étant donné qu'il n'avait aucune famille sur l'île, j'avais dormi dans une chambre voisine et étais passée le voir toutes les deux heures. On avait même bavardé quand il avait commencé à émerger.

Et j'adorais mes collaborateurs. Gloria et Timmy étaient des infirmiers formidables, qui arrivaient à rester de marbre, même si la patiente en face d'eux clamait s'être malencontreusement assise sur la bouteille de parfum coincée dans ses parties intimes. Elle avait beau jeu d'avancer ce prétexte, simplement, j'avais déjà rencontré une bonne demi-douzaine de cas de ce genre pendant mon internat. Juste après cet incident, Gloria et moi étions allées voir un film dans le minuscule cinéma de l'île et on avait gloussé bêtement durant toutes les bandes-annonces.

Le Boston City comptait plus d'employés que Scupper d'habitants. Je souris et saluai de la main les gens que je connaissais, m'arrêtai pour bavarder avec Del, mon infirmier préféré, puis mis le cap sur le service de chirurgie. Là, j'allai trouver l'infirmière de service, lui présentai mon badge et pris des nouvelles d'Audrey. Elle était entrée en salle d'opération environ une heure plus tôt. C'était M. Einstein (quel nom rassurant pour ce médecin très compétent, et très gentil) qui l'opérait.

— Puis-je entrer en salle sans trop déranger ? lui demandai-je.

— Je vous en prie.

Excitée d'avoir le privilège de m'introduire en coulisses, si je puis dire, je me faufilai vers l'entrée de la salle d'opération. Quoi que *Grey's Anatomy* puisse nous faire croire, il était impossible, pour des raisons évidentes, d'entrer là-dedans comme dans un moulin. Et, malgré la fenêtre, je ne pus voir Audrey, masquée derrière trois chirurgiens, l'anesthésiste, deux infirmières spécialisées et un médecin auxiliaire.

Je pressai le bouton de l'interphone.

— Bonjour, docteur Einstein, ici Nora Stuart, le médecin traitant d'Audrey. Je voulais juste savoir comment ça allait.

— Ça ne pourrait aller mieux. Les organes vitaux réagissent à merveille, et la tumeur est très bien placée.

En jargon médical, ça voulait dire qu'il n'aurait pas à trop farfouiller dans le cerveau de la petite. C'était une excellente nouvelle.

— Je vais transmettre cette information à ses parents. Merci beaucoup.

Je fis une brève prière pour que la suite de l'intervention se déroule sans problème, puis regagnai le couloir.

Je trouvai Sullivan dans la salle d'attente, les bras croisés, le regard rivé sur le sol, crispé et tendu comme pas possible.

Il était seul.

— Bonjour, dis-je.

Il ne leva pas la tête.

J'allais m'asseoir à côté de lui.

— Bonjour, répétai-je.

Il sursauta.

— Elle va bien ? me demanda-t-il.

— Très bien. Je viens de consulter le chirurgien. Tout se passe au mieux.

Il déglutit, hocha la tête, puis se passa la main sur les yeux.

— Je croyais que tu allais m'annoncer… autre chose. Qu'est-ce que tu fais là ?

— Le ferry d'hier soir a été annulé. J'ai dormi chez une amie.

Il hocha la tête.

— Sully, je sais que c'est très dur d'avoir un enfant au bloc, mais ce n'est pas une intervention compliquée.

Ce n'était pas du gâteau non plus, mais le taux de succès était très élevé.

— On en reparle quand ce sera ton enfant.

Je lui souris.

— Je n'imagine même pas.

Je jetai un coup d'œil autour de moi. Il y avait là une vieille dame accompagnée de sa fille relativement âgée et une femme qui dormait sur le canapé, la bouche grande ouverte.

— Où est Amy ?

— Elle a dû rentrer. Rocco a pris froid.

Il regarda ses mains, serra les dents.

— Je vois.

— De toute façon, à l'hôpital, elle flippe. Elle n'était pas follement utile ici, alors elle a repris le ferry ce matin.

— Pourquoi est-ce qu'elle flippe à l'hôpital ?

— Parce que j'y ai passé énormément de temps.

Oh ! Seigneur ! Bien sûr.

N'empêche. C'était sa fille qui était au bloc, où on lui retirait une tumeur du cerveau. Et Sully se retrouvait tout seul.

Une fois encore, j'effleurai son bras.

— Si tu veux bien, je vais rester avec toi.

Il me fixa, et ses beaux yeux bruns se mouillèrent de nouveau. Il accepta d'un signe de tête, puis se focalisa encore une fois sur le sol.

Et puis tant pis, songeai-je en glissant ma main dans la sienne. De sa grosse main calleuse, il serra la mienne en retour.

Il ne me lâcha pas.

20

Je passai les trois heures suivantes avec Sullivan, et lorsque le Dr Einstein vint nous prévenir que l'opération s'était parfaitement déroulée et qu'Audrey était en salle de réveil, Sully se tourna et me serra longuement dans ses bras.

— Est-ce que je peux la voir ? bredouilla-t-il en s'essuyant les yeux.

Dieu que c'était difficile de ne pas fondre devant tant d'émotion ! Le chirurgien répondit que c'était tout à fait possible, mais qu'elle était groggy.

— Je repasserai d'ici à quelques heures pour avoir des nouvelles, dis-je à Sullivan. Et embrasse-la pour moi.

— Merci, répondit-il.

Il faillit ajouter autre chose, mais se ravisa et se dirigea vers la sortie.

— Et, à propos, bravo pour votre diagnostic, me lança le Dr Einstein en tenant la porte pour Sully. Il y a beaucoup de collègues qui n'y auraient sans doute pas pensé.

Il m'adressa un clin d'œil, puis embarqua Sully dans le couloir.

Einstein m'avait dit, en gros, que j'étais intelligente. Peut-être que je pourrais me faire tatouer son compliment ? Là-dessus, je consultai mon téléphone : trois messages. Un de Roseline me pressant de passer une nuit de plus à Boston, un de Bobby avec une photo de Boomer sur notre (sur son) lit et le dernier de Poe :

C'est aujourd'hui qu'Audrey se fait opérer ? Souhaite-lui bonne chance de ma part et dis-lui que je la verrai à son retour.

Que c'était gentil de sa part. Je lui répondis aussitôt qu'Audrey allait bien et lui proposai de dîner avec moi le lendemain soir. Elle réagit illico par un :

D'ac. Merci.

Derrière sa façade désagréable se cachait une fille adorable qui attendait de se révéler. J'en étais certaine.

Notez, j'avais pensé la même chose de Lily, pas vrai ?

Non. Peut-être que je traversais une phase cynique à l'époque, mais je n'avais jamais pensé qu'il existait une meilleure version de ma sœur. Celle-là s'était évanouie avec le départ de notre père.

Le prochain ferry ne partait pas avant 18 heures. J'en profitai pour appeler mon bureau, leur annonçai que j'étais en ville et voulus savoir s'ils avaient besoin de moi.

— Tu veux pas te charger de deux coloscopies ? me demanda Angela. Waterman a eu une urgence, et tu me tirerais d'un méchant pétrin. Et les patients aussi !

Et elle partit d'un rire joyeux.

Après avoir descendu la rue, je bavardai avec les médecins et les infirmières du bureau, sans oublier Angela qui gérait la clientèle, et m'occupai des coloscopies, lesquelles ne sont pas aussi épouvantables qu'on pourrait le croire, en particulier parce qu'on utilise des produits de première qualité. Je retirai deux polypes que j'envoyai au labo et abattis un peu de paperasserie.

Vers 15 heures, mon téléphone sonna. C'était Sullivan.

— Audrey me fiche à la porte pendant deux heures, me confia-t-il. Je ne comprends pas pourquoi, vu que je suis le meilleur des pères.

Une voix s'éleva en fond sonore.

— Elle veut te parler, m'expliqua-t-il.

— Bonjour, fit Audrey de la voix nasillarde de quelqu'un qui a un rhume.

— Bonjour, Audrey.

— Mon Dieu, papa, le volume de ce téléphone me tue. Tu me préviens la prochaine fois ? Bonjour, Nora.

— Comment te sens-tu, mon poussin ?

— Pas au top, mais super heureuse que ce soit derrière moi. Est-ce que tu sais quand je commencerai à… tu vois ce que je veux dire ? À aller mieux ?

Je voyais très bien. Quand elle allait commencer à perdre du poids, à grandir un peu peut-être, à perdre ses poils disgracieux et ses marques mauves… Moi aussi, j'avais été une adolescente en surpoids.

— C'est ton endocrinologue qui sera le plus à même de t'apporter ces réponses, mais je pense que, d'ici à deux mois, tu verras et tu sentiras déjà une différence.

— Je crève d'impatience.

Je souris.

— Je te comprends.

— Et puis, l'infirmière doit m'aider à prendre ma douche, mais papa veut pas s'en aller. Il est comme un chien extrêmement collant.

Elle énonça cette dernière phrase très clairement, sans doute pour que Sullivan n'en perde pas une miette.

— Je suis dans mon bureau, un peu plus loin dans la rue. Tu aimerais que je l'incite à sortir de ta chambre un moment ?

— Oh ! oui ! Ce serait fantastique. Papa, Nora vient te chercher pour aller faire une balade avec toi. Tu veux pas aller faire une balade ? Une balade ?

— Arrête ça, maintenant, répondit-il du fond de la chambre.

J'entendais néanmoins le sourire dans sa voix.

— Dis-lui que je serai là dans un quart d'heure, poursuivis-je. Tu as besoin de quelque chose ?

— J'ai tout ce qu'il me faut. Merci, Nora. T'es la meilleure !

Le mauvais temps s'était dissipé, le soleil brillait, la pluie avait migré vers l'océan.

— On peut se contenter de faire le tour du pâté de maisons, suggéra Sully quand je l'eus traîné dehors.

Il leva la tête vers l'hôpital comme s'il pouvait distinguer quelque chose dans la chambre d'Audrey.

— Je lui ai promis de te monopoliser deux bonnes heures, lui confiai-je. Ne m'oblige pas à mentir à une enfant.

Je glissai mon bras sous le sien et l'entraînai dans la rue. Ce n'était pas simple : on aurait juré un gamin de quatre ans agressif et têtu comme un âne.

— Deux heures ? C'est beaucoup trop long.

— Sully, elle a quinze ans. Elle veut pouvoir aller aux toilettes sans avoir à subir la présence de son père. Elle veut pouvoir prendre une douche, enfiler son pyjama et envoyer un texto à une copine. Ça va très bien se passer.

— Moi, je ne suis pas d'accord. J'estime que je devrais être à ses côtés. Elle est malade.

— Non, elle l'a été et maintenant elle est en convalescence. Et elle est très heureuse, non ?

Ma dernière remarque lui arracha un sourire, et son regard s'éclaira.

— Je n'avais vraiment pas compris à quel point ses… ses.. tu vois ce que je veux dire ? À quel point ses rondeurs la rendaient malheureuse.

Je ne connaissais pas beaucoup Audrey, mais j'étais prête à parier qu'elle avait caché ses complexes et sa honte pour protéger son père. L'admiration que j'éprouvais pour elle n'en fut qu'amplifiée. Moi, à sa place, je me serais plainte. Il ne me serait jamais venu à l'idée de cacher mon chagrin.

— Elle t'adore, m'écriai-je. La meilleure chose qui puisse arriver à une petite fille, c'est d'avoir un père sur lequel compter.

Mon Dieu. C'était une déclaration digne d'un post Facebook ! Je sentis le visage me brûler et fixai le trottoir. Mais Sully me poussa gentiment de l'épaule.

— Merci, me dit-il avec un sourire discret. À propos, tu as des nouvelles du tien ?

Je hochai la tête.

— Ça fait combien de temps ?

— Plus de vingt ans.

— Nom d'un chien !

Comme toujours à Boston, la circulation devenait de plus en plus dense, de sorte que le dialogue était très difficile pour un malentendant. On continua un moment sans rien dire, jusqu'à ce que je m'aperçoive, une fois sur Thoreau Path, que mes pas me portaient vers mon ancien domicile.

Mon vieil appartement du North End.

— Et où va-t-on au juste ? me lança Sully en me fixant pour saisir ma réponse.

— Euh... je ne sais pas. J'étais sur pilotage automatique, je suppose.

Je pliai mes doigts qui me picotaient.

— Tu veux voir l'endroit où j'habitais avant ?

— Avec plaisir. Si tu souhaites me le montrer.

— Je n'y suis pas retournée depuis... depuis que j'en suis partie.

Sully me prit la main. Sans faire de commentaires.

— Bon, dis-je. Allons-y alors.

J'étais courageuse. J'étais forte. Et cette fois-ci en compagnie d'un mec qui avait passé la matinée à se montrer fort et courageux aussi. Je pouvais affronter ça.

Avec les innombrables chantiers un peu partout, les grossièretés des conducteurs, les klaxons bruyants, la structure grise et massive de la salle multisport du Boston Garden, ce n'était pas la balade la plus paisible qui soit. Mais les choses s'améliorèrent dès qu'on se fut engagés dans le North End.

Je bifurquai vers ma rue sans trop réussir à définir ce que je ressentais. Nostalgie du bonheur que j'y avais connu, de la vie simple que j'y avais menée quand je ne pensais qu'à mon boulot et à mes amis. De Tyrese, le gardien adorable qui évacuait les araignées avec un bout de papier plutôt que de les écraser.

— C'est ici, dis-je en m'arrêtant devant l'immeuble moderne.

— Sympa.

— Oui.

— Tu veux entrer ?

— Volontiers.

Là, mon cœur se mit à battre la chamade. La dernière fois que j'avais pénétré dans ce hall d'entrée, c'était ce fameux jour. J'eus soudain du mal à respirer. Sully me pressa la main. On franchit les portes vitrées menant à la réception avec ses sols dallés et son décor élégant.

Tyrese était assis au bureau. Il fit un bond en me voyant.

— Docteur Nora ! Seigneur ! Quelle joie de vous revoir !

Il se leva, contourna son poste de travail et me serra dans ses bras, si fort qu'il manqua de m'écraser.

Lorsqu'il desserra son étreinte, il avait les yeux humides.

— Regardez-moi ça ! Un plaisir des yeux.

La dernière fois qu'il m'avait vue, quand les brancardiers m'avaient emmenée, je portais le peignoir de Jim Amberson et empestais l'urine.

— Bonjour, Tyrese, dis-je d'une voix rauque. Je vous présente mon ami, Sullivan Fletcher.

— Content de faire votre connaissance, oui, content de faire votre connaissance ! s'écria-t-il en serrant vigoureusement la main de Sully. Cette dame, moi, je vous le dis, c'est la meilleure.

Sullivan sourit.

— On était dans le coin, poursuivis-je, alors j'ai pensé qu'on pourrait peut-être vous dire bonjour. Comment vont les jumelles ?

— Elles vont très bien. Elles grandissent rudement vite. Quel bonheur de vous revoir, docteur.

— Pareil pour moi, Tyrese.

Je m'interrompis, hésitai une seconde, puis demandai :

— Mon appartement est occupé ?

Il acquiesça d'un petit signe.

— Ils l'ont repeint et ont installé des caméras à l'extérieur, si bien que ça ne se reproduira plus. Il y a un couple dedans. Gentil.

— Très bien. J'ai adoré cet endroit, dis-je en reprenant mon souffle. Vous saluerez les Amberson de ma part ?

— Entendu. Et bonne chance, docteur. Bonne chance.

Il m'étreignit une fois encore, puis on repartit.

— Allez, je te ramène à l'hôpital, décrétai-je.

Sullivan me regarda une longue minute, puis hocha la tête, reprit ma main et observa un silence élégant tandis que les larmes coulaient le long de mes joues.

De retour au Boston City, j'accompagnai Sully vers l'ascenseur.

— Je vais essayer d'attraper le ferry de 18 heures, lui confiai-je.

Il était 17 heures.

— D'accord.

Il n'était pas bavard. Arrivés à l'étage de la chirurgie, on se dirigea vers la chambre d'Audrey.

— Coucou, papa ! s'écria-t-elle.

Elle paraissait reposée (personne n'est au mieux de sa forme après une intervention), s'était fait une queue-de-cheval et semblait prête à attaquer son dîner posé sur un plateau devant elle.

— Coucou, ma chérie, répondit-il en l'embrassant sur le front.

— Comment te sens-tu, Audrey ? demandai-je.

— Très bien. Super.

Elle affichait un sourire rayonnant.

— Poe m'a demandé de te passer le bonjour. Elle viendra te voir dès que tu seras rentrée.

Le sourire d'Audrey se fit encore plus rayonnant.

— Je sais. Elle m'a envoyé un texto.

— Peut-être qu'on s'offrira une autre soirée pyjama quand tu te sentiras suffisamment en forme ?

— Oh oui ! Ce serait génial.

Son enthousiasme m'émut. J'adorais cette gamine.

— Bon, il faut que j'y aille, annonçai-je. Appelle-moi si tu as besoin, d'accord ? Toi aussi, Sullivan.

Il hocha la tête et m'escorta jusqu'au couloir.

— On passera une soirée ensemble quand on sera rentrés et qu'Audrey sera requinquée ?

— Un rendez-vous ?

— Un rendez-vous.

Je vis les coins de sa bouche se relever.

Bizarrement, toutes les bonnes raisons que j'avais eues pour ne pas vouloir d'un rendez-vous avec Sullivan Fletcher semblaient s'être évaporées. La bouche sèche, je bredouillai :

— D'accord. Oui. Bien sûr. Oui.

Je repris mon souffle, me calmai tant bien que mal et ajoutai :

— Maintenant que je t'ai donné quatre réponses affirmatives, je devrais pouvoir partir.

Son sourire s'élargit.

— Au revoir, Sully. Merci pour cette journée.

— Au revoir, Nora. Merci à toi pour cette journée.

Je regagnai l'embarcadère en souriant. Et, sur le ferry, je souriais encore.

21

Le jeudi, je réussis à convaincre Gloria et Xiaowen de m'accompagner à la câlinothérapie. L'autre matin en buvant un café chez Lala's, j'étais tombée sur un prospectus et j'avais failli avaler de travers.

CÂLINOTHÉRAPIE PAR LA CÂLINOTHÉRAPEUTE
SHARON STUART.
TOUT LE MONDE EST BIENVENU.
CÂLINS SEULEMENT, TRIPOTAGE EXCLU, 19 HEURES.

Ça tombait pile à l'heure de *La Roue de la fortune*, ce devait donc être du sérieux.

Le petit business de maman (dont elle refusait de discuter avec moi) se portait si bien qu'elle avait dû réquisitionner le sous-sol de l'église catholique, St. Mary of the Sea, où nous étions un certain nombre maintenant à attendre que les anciens toxicomanes et leur groupe de soutien (dont Luke ne faisait pas partie) veuillent bien vider les lieux.

Poe était là aussi. À en juger par ses gros soupirs et l'ardeur féroce avec laquelle elle se rongeait les ongles, elle souffrait le martyre.

— Pourquoi t'es là ? me demanda-t-elle. Moi, je suis obligée de collecter des sous, alors que toi t'es majeure et libre. Tu devrais être en train de te siffler un cocktail quelque part.

— Bien dit, murmura Xiaowen. Après, faut dire que c'est tendance la câlinothérapie…

— Ta mère, elle est sur un gros coup, c'est clair, affirma Gloria. Il doit bien y avoir une trentaine de personnes.

C'était vrai. Non seulement il y avait Bob Dobbins toujours à la recherche de sensations excitantes, mais il y avait aussi Mme Krazinski, Mme Downs à la tronche de peste ainsi qu'un lot d'envahisseurs en mal d'émotions d'un genre particulier.

Il y avait également Amy (une habituée, semblait-il), qui m'adressa un petit salut de la main, mais resta de son côté du sous-sol. Je savais qu'Audrey était revenue, car Sully l'avait amenée le jour même à la clinique pour un check-up. Il était reparti avec un « Je t'appelle très vite » et un de ces demi-sourires qui me faisaient frémir de la tête aux pieds.

Il me plaisait. Il me plaisait beaucoup.

Maman passa devant moi en fronçant les sourcils.

— Qu'est-ce que tu fabriques ici ? me lança-t-elle.

— J'ai besoin d'un câlin.

— Vingt-cinq dollars.

— Tu as augmenté tes tarifs.

— Chaque câlin dure vingt secondes, donc, je ne les vole pas. Et baisse d'un ton, pendant que tu y es.

— Moi aussi, je t'adore.

Elle roula de grands yeux et frappa dans ses mains.

— Bien. On pose son café et on s'assied. Allez, on commence. Qui veut passer en premier ?

— Moi ! s'écria Xiaowen.

— Tu as donné tes sous à Poe ?

— Oui, affirma-t-elle en allant se planter devant maman à la manière d'un pénitent.

Je récupérai mon porte-monnaie et en tirai un billet de vingt et un de dix que je tendis à Poe.

— C'est le tarif famille, murmurai-je. On paye plus cher.

Ma nièce ricana sous cape.

— Bien, ma chérie, dit ma mère à Xiaowen. Approche-toi.

Elle ouvrit les bras à mon amie et la serra longuement, fermement. Puis elle lui caressa les cheveux. Ensuite de quoi, elle s'écarta et dit :

— Tu es une belle personne, Xiaowen.

À ma grande surprise, Xiaowen s'essuya les yeux.

— Merci, madame Stuart.

Et quand elle revint à côté de moi, elle me glissa :

— Putain, ta mère, elle est douée, elle a dû faire Poudlard.

Elle pêcha un Kleenex dans son sac et se moucha.

À présent, c'était au tour de Bob Dobbins de recevoir son câlin.

— Tu es un mec bien, Bob, dit ma mère après ses vingt secondes réglementaires.

Ensuite, ce fut Mme Krazinski qui se présenta, et maman lui sourit. Ce câlin me parut plus naturel. Après tout, c'étaient des amies de longue date et, contrairement à Bob, Mme Krazinski ne cherchait pas à se frotter contre ma mère.

Amy s'avança ensuite.

— Tu as vécu un moment difficile, ma chérie, déclara maman. Mais les choses s'arrangent. Tiens bon. Tu es une belle personne.

Suivit un estivant, en short rose à motifs de baleines et polo blanc. Maman exerça une telle magie sur lui qu'il demanda s'il pouvait prendre un selfie avec elle.

— Oui, ce sera cinq dollars de plus, lui répondit maman.

Je me glissai dans la queue. Maman soupira en me voyant.

— Je paye, affirmai-je.

— Ça va pas la tête ? Bon, viens ici.

Elle referma les bras sur moi et me serra fort.

Xiaowen avait raison.

Ça faisait bien longtemps que je n'avais pas eu droit à plus qu'un petit bisou sec sur la joue. Et là, je la retrouvai, avec ses épaules solides, l'odeur de son shampoing Head & Shoulders. La gorge serrée, j'essayai de lui retourner le câlin.

— Tu es une belle personne, Nora. Maintenant, sors d'ici et laisse-moi travailler.

Ah, les mères ! Réduite à l'état de marshmallow, je rejoignis mes copines.

— Gloria ? Tu n'y vas pas ?

— Moi, c'est bon. Ma mère aimerait tellement que je réintègre son utérus que je dois la repousser chaque fois que je repars de chez elle.

— Allons chez moi, alors. Nos cocktails nous attendent.

— Qu'est-ce que j'aimerais être adulte ! soupira Poe.

— Je te propose un truc, lui glissai-je. Passe après, je te préparerai un cocktail sans alcool et tu pourras traîner avec nous.

Son visage s'illumina, ce dont elle dut avoir conscience, parce qu'elle s'empressa de reprendre une mine ennuyée.

— OK. Peut-être.

Vingt minutes plus tard, les trois plus belles nanas de Scupper Island étaient installées sur la terrasse de mon house-boat devant une table garnie de fromage, crackers et raisins, et s'enfilaient un mojito préparé avec ma propre menthe. J'avais même ramassé des fleurs auxquelles j'avais ajouté quelques tiges de romarin pour l'odeur. Le soleil brillait encore, et l'air était pur et clair.

— Grande nouvelle, mesdames, déclarai-je. J'ai rendez-vous, je ne sais ni où ni quand, avec Sullivan Fletcher.

— C'est lequel déjà ? s'enquit Xiaowen.

— Pas ton partenaire de labo. L'autre.

— Il est craquant, remarqua Gloria. J'adore ses dents de vampire.

Xiaowen pouffa de rire.

— J'ai des pensées très très cochonnes présentement. Alors, Nora, tu vas te le faire ?

Je sentis le feu me monter aux joues.

— C'est juste un rendez-vous. Il est vraiment adorable.

— Mais son frère est super sexy, poursuivit Xiaowen.

— Sauf que c'est un connard, précisai-je.

— Oui. Personnellement, je déteste quand ils bavassent et te bousillent tes fantasmes. Mon ex était comme ça, dit-elle tandis qu'un voile de tristesse ombrait son visage. Qu'est-ce que tu vas faire ?

— Pourquoi vous avez rompu ? demanda Gloria.

— Il m'a trompée. Me tromper moi, t'imagines ? s'indigna Xiaowen, le doigt balayant de haut en bas son corps.

— Quel idiot, déclarai-je.

Je tendis le bras, lui pressai la main, et elle me jeta un regard reconnaissant.

— Tu as envie d'en parler ? ajoutai-je.

— Pas du tout. Gloria, comment va le Serpentard ?

— Je pense que le Serpentard et moi allons passer à l'étape suivante.

— Il compte serpenter vers ta chambre des secrets ? m'enquis-je.

— C'était une baguette magique qu'il avait dans sa poche ou il était juste content de te voir ? lança Xiaowen.

— Viens par ici, ma chérie, et je te montrerai mon patronus.

— Vous êtes marrantes, vous deux, dans un style juvénile et crétin, décréta Gloria.

Elle but une gorgée de son verre avant d'ajouter :

— En fait, on a un peu joué au Quidditch, si vous voyez ce que je veux dire. Mon Dieu, dire que je m'abaisse à votre niveau !

— Il a réussi à attraper ton vif d'or ?

Xiaowen et moi avions posé la question d'une même voix. On se tapa dans les mains en pouffant comme des préados.

— Pas vraiment. C'est encore le tout début, vous voyez. Mais je lui ai donné mon nom de famille et j'envisage de lui communiquer mon adresse.

— C'est ça qu'on appelle les préliminaires maintenant ? ironisa Xiaowen.

Gloria sourit.

— Écoute, après avoir découvert que mon ex-copain m'épiait, oui. Mais le Serpentard est bien. Je lui ai même raconté comment on le surnommait et il a trouvé ça génial.

— Donc, il a lu *Harry Potter*, m'écriai-je. Coup de bol, voilà une case qu'on peut cocher. Et qu'est-ce qu'il fait comme boulot ?

— Il est médecin au Boston City.

— C'est là que je bosse ! Comment il s'appelle ? Peut-être que je le connais.

— Robert Byrne.

Dans ma stupéfaction, j'inspirai un bout de menthe que ma trachée n'apprécia pas du tout. Je m'étouffai, suffoquai et toussai un bon moment.

— Fais-lui la manœuvre de Heimlich, ordonna Xiaowen à Gloria.

— Si elle tousse, c'est qu'elle respire, répliqua Gloria.

Elle n'avait pas tort, n'empêche, c'était dur, d'autant que les larmes ruisselaient sur ma figure.

En plus, elle sortait avec mon ex.

Je réussis à récupérer ce fichu bout de menthe (délicat, classieux) et m'essuyai sur mon jean.

— Robert Byrne, répétai-je d'une voix sifflante.

J'attrapai une serviette en papier et me tamponnai les yeux.

— C'est un urgentiste ? Yeux bleus, grand, qui vit sur Beacon Street.

— C'est ça ! Tu le connais alors.

J'inspirai un grand coup.

— On était ensemble. Euh… on a rompu juste avant que je vienne ici.

Un silence s'abattit. Le regard de Xiaowen faisait des allers-retours entre moi et Gloria.

— Merde alors, grommela Gloria.

— Écoute, ce n'est pas grave, mais… comment se fait-il que tu ne l'aies pas su ? Comment se fait-il qu'il n'ait pas su qu'on bossait ensemble, toi et moi ?

Avais-je dit à Bobby que je travaillais avec une infirmière nommée Gloria ? Il me semblait que non.

Gloria ferma les yeux.

— J'ai été vraiment très floue avec lui. Sincèrement. Ce n'est que vendredi dernier que je lui ai donné mon nom de famille. Il sait que je suis infirmière, que j'habite près de Portland et que ma famille vit dans la banlieue de Boston.

— J'en déduis qu'il ne t'a jamais parlé de moi. Ni de Boomer.

Il y a encore peu de temps, il avait une photo de Boomer et de moi sur son réfrigérateur.

— Il a dit…

Elle s'interrompit.

— Il a dit que son ancienne copine s'était barrée avec leur chien et qu'il envisageait d'en reprendre un autre. On est allés à la fourrière ensemble samedi pour voir des chiots.

— On partage Boomer, poursuivis-je. C'est là qu'il est en ce moment. Avec Bobby.

— Il se fait appeler Robert maintenant.

— Ah oui !

J'étais vraiment en rogne. Pas parce qu'il sortait avec Gloria… mais parce qu'il ne lui avait pas parlé de moi.

Pourquoi m'avait-il proposé de dormir chez lui l'autre nuit quand le ferry avait été annulé ? J'étais assez certaine qu'il ne comptait pas s'installer sur le canapé. Et pourquoi me dire qu'il avait encore des sentiments pour moi ? Et ses allusions au fait qu'il voulait qu'on se remette ensemble ?

Il n'avait pas dit un mot sur moi à Gloria, c'était clair. Pourtant, il y a des choses à raconter sur moi, et pas des moindres. Victime d'une agression à mon domicile. Renversée par Beantown Bug Killers.

— Je ferais mieux d'y aller, marmonna Gloria.

— Non, non, protestai-je automatiquement en me rendant compte que j'étais restée silencieuse depuis un petit moment. C'est juste une surprise, rien de plus.

— Je… je pense que je vais y aller quand même. Ça fait beaucoup pour toi comme pour moi, donc… oui. Je suis désolée.

— Tu n'y es pour rien. À demain à la clinique alors.

— Oui, à demain.

Elle était assez perturbée, ça se voyait.

— Bon, merci. Salut, Xiaowen.

— Salut.

Xiaowen attendit que Gloria ait démarré, puis me resservit un verre.

— Le monde est petit ?

— Il ne lui a pas parlé de moi.

— Oui, j'ai remarqué.

J'étais quoi alors ? La femme invisible ? D'abord au lycée. Non, d'abord, pour mon père. Puis au lycée, puis à Seattle quand j'allais voir Lily et que pas mal de gens s'écriaient : « Je ne savais pas que Lily avait une sœur ! » Puis ici, où la moitié de la ville commençait par me prendre pour ma sœur, puisque apparemment ma mère ne parlait que d'une seule de ses filles.

Et, maintenant, Bobby m'avait effacée de sa vie et racontait, en prime, que j'avais embarqué son chien alors que c'était moi qui me coltinais des allers et retours depuis que j'étais venue me retaper à Scupper.

Xiaowen farfouilla dans son sac et en sortit un iPad.
— C'est quoi son deuxième prénom ?
— Kennedy, répondis-je machinalement.
— Bien entendu. Très original.
Elle tapota sur quelques touches.
— Bingo, c'est là. Il a mis en ligne une photo de Gloria et lui.
Elle brandit l'iPad pour me les montrer, souriants, lunettes de soleil sur les yeux, sur Instagram, où je ne m'étais pas encore inscrite.
— Merci, marmonnai-je.
— Alors, contre qui es-tu fâchée ? Lui ou elle ?
— C'est sûr que ça aurait été plus simple si elle nous avait donné son nom, comme tout adulte normalement constitué, dis-je en prenant une gorgée de ma boisson.
— Je crois que c'est nous qui lui avons collé un surnom d'emblée.
— Merde. Tu as raison.
J'inspirai à fond et portai les yeux vers la baie.
— Xiaowen, rien que le week-end dernier, il m'a fait des avances, m'a proposé de rester dormir chez lui.
— Tu te fous de moi ?
— Non, répondis-je en fermant les yeux. Je le dis à Gloria ?
— À mon avis, il va devoir lui fournir quelques explications. Je te parie qu'elle est déjà au téléphone avec lui et pas franchement ravie.
Elle se leva.
— Viens, allons nager.
— Pourquoi ?
— Pour te débarrasser de l'image de ton ex qui te pollue la tête.
— L'eau doit être à 11 ou 12 °C.
— Tu as grandi ici et, moi, je suis biologiste marin. On s'en remettra.
— Tu as un maillot de bain ?

— Non. Je peux t'en emprunter un ?

— Un qui t'aille ? Non. Un qui ne glissera peut-être pas si je te l'attache avec une ficelle ? Oui.

Xiaowen avait raison. Dix minutes plus tard, on riait en descendant vers la baie d'où on grimpa sur un rocher saillant. C'était marée haute, et l'eau paraissait noire et profonde.

— On compte jusqu'à trois, dit-elle en me prenant la main. Un… deux… et trois !

On sauta, et les dents glacées de l'eau nous pincèrent méchamment. Je remontai illico, la peau brûlée par le froid. Xiaowen poursuivit sous l'eau, puis émergea, pareille à un phoque avec sa belle tête brune.

— Oh là là ! Sans combinaison, c'est glacial ! s'exclama-t-elle.

J'éclatai de rire tandis que les rochers renvoyaient nos voix, que le ciel s'empourprait. Je replongeai sous l'eau, la tête serrée dans l'étau du froid, mais c'était une douleur qui apaisait ma colère. J'en avais terminé avec Bobby. Ce n'était pas quelqu'un de bien… cela dit, je le savais déjà. J'avais juste mis ce détail de côté, non ?

Subitement, Poe apparut. Debout sur le rocher d'où nous venions de sauter, elle ressemblait au fantôme de Lily.

— Nora ? Vous nagez, toutes les deux ? Vous êtes dingues ?

— Allez, viens, Poe, lui criai-je.

— Compte pas sur moi, me répondit-elle.

— Fais pas ta chochotte, brailla Xiaowen, alors qu'elle commençait à claquer des dents.

Je regagnai la berge et sortis prudemment, car je n'avais aucune envie de glisser et de me retrouver à l'hôpital pour la troisième fois de l'année.

Poe s'approcha pour m'aider.

— Tu es gelée, constata-t-elle.

— Fais un câlin à tata Nora, lui suggérai-je en nouant les bras autour d'elle.

Elle hurla et sauta en arrière.

Elle portait un short, un débardeur et des tongs.

— Allez, viens, ma puce, insistai-je. L'eau est bonne. Je suis médecin. Je ne te laisserai pas mourir.

— Super rassurant.

— Allez. Il faut bien s'amuser.

Elle me fixa un instant.

— C'est ce que dit ma mère.

C'était la première fois qu'elle mentionnait ma sœur sans que je l'y ai incitée. Elle retira son téléphone de sa poche et le posa sur le rocher.

— On compte jusqu'à trois, fis-je en imitant Xiaowen.

Et on sauta en se tenant par la main. Et pour remonter elle s'accrocha solidement à moi.

— Bon sang, qu'est-ce que c'est glacé ! s'écria-t-elle avant de pousser ma tête sous l'eau.

Je la chatouillai, puis remontai à la surface, totalement engourdie à présent. Avec son eye-liner qui avait coulé, elle avait tout d'un vampire, mais elle riait.

J'en eus chaud au cœur et en profitai pour lui coller une grosse bise sur la joue avant de lui enfoncer la tête sous l'eau. Xiaowen s'approcha, nous éclaboussa, et on rigola de plus belle en frissonnant.

Il faisait pratiquement nuit quand on sortit en tremblant de froid.

— Une douche chaude et un petit quelque chose à manger chez moi, décrétai-je. Et vous pouvez dormir ici toutes les deux. D'ailleurs, j'insiste.

— Tu imagines que je vais retourner à Cape Elizabeth, trempée comme une soupe, riposta Xiaowen en glissant son bras sous le mien.

— Je vais appeler mamie, dit Poe. Ça lui fera sûrement du bien d'être un peu seule après tous ces câlins.

On atteignait le quai quand quelque chose dans le bois attira mon attention.

Au milieu de la pénombre des pins, un minuscule point orange brillait : Luke Fletcher tirait sur une cigarette.

S'il croyait me faire peur, il se trompait.

— Rentre chez toi, Luke, braillai-je. Et lâche-moi les baskets, hein, qu'en dis-tu ?

Mais la lueur orange ne s'éteignit pas.

22

Chère Lily,

Tu serais surprise de voir combien l'île est belle en ce moment. Je suis impatiente de te revoir en août. Maman et Poe vont très bien. Et Poe aime vraiment beaucoup mon chien. Je parie qu'il te plaira aussi. C'est un amour.
Bisous,

Nora.

Grâce à Xiaowen, Poe ainsi qu'à l'eau glaciale et purifiante du Maine, j'allai au travail le lendemain, le cœur léger. D'accord, j'étais toujours furieuse contre Bobby (pardon, Robert), mais dès que je me serais un peu calmée, il allait m'entendre. Et en plus je reprendrais Boomer une fois pour toutes. Aux chiottes cette connerie de garde partagée.

Paradoxalement, ce qui me fâchait le plus, c'était qu'il n'ait même pas parlé de Boomer. Je me fichais du bobard style « mon ex était cinglée, mais je l'aimais ». Boomer n'était qu'amour. Boomer était parfait. Si Bobby avait envie de sortir avec Gloria, eh bien, il avait du goût en matière de femmes. Elle était intelligente, superbe, drôle. Sans oublier le fait que sa réticence à se dévoiler avait dû piquer le chasseur en lui. De même que je l'avais fait patienter plusieurs mois avant de lui céder.

Mais Boomer… fallait-il être tordu pour ne pas mentionner le nom du chien qu'on prétendait aimer ?

Je saluai Mme Behring, qui avait surmonté ses premières réserves à mon égard, et m'appréciait même un peu, surtout depuis que je lui apportais, le mercredi, de délicieux biscuits à l'avoine faits maison et nourrissants. Amelia passa la tête par la porte de son bureau.

— Bonjour, ma chère Nora, s'écria-t-elle.

Elle respirait toujours la joie de vivre, ça, je devais le lui accorder. Et ce rouge à lèvres mat… j'aurais été incapable de le porter aussi bien qu'elle.

— Comment ça va, Amelia ?

— Merveilleusement bien ! Ma chérie, entrez une minute, voulez-vous ?

Je la suivis dans son bureau, une pièce superbe dotée d'un mobilier élégant et confortable et égayée par un beau tableau tout en taches et tourbillons de couleurs.

— Que puis-je pour vous ? demandai-je en m'asseyant.

— Ma chérie, combien de temps envisagez-vous de rester sur notre belle petite île ? Jusqu'en septembre ?

— Jusqu'à la mi-août. Jusqu'à ce que ma sœur revienne.

— Elle est en prison, c'est ça ?

Je tressaillis. Je n'avais pas pensé qu'Amelia puisse être au courant.

— Oui.

— Y aurait-il moyen de vous convaincre de prolonger votre séjour jusqu'à Noël ? Le médecin censé arriver à l'automne nous a lâchés, si bien que notre petit navire risque de se retrouver sans capitaine pour l'aider à franchir le cap d'une saison orageuse à coup sûr.

Vu le calme effrayant de la morte-saison, elle forçait le trait, c'était certain.

— Je suis désolée, Amelia. Mon congé ne court que jusqu'au 13 août.

— Bien. Naturellement, vous avez une splendide carrière à Boston. C'est merveilleux pour vous. Soit. Bonne continuation.

— Merci de votre proposition.

— Et si vous changez d'avis, tenez-moi au courant. Vous représentez une précieuse addition à l'équipe Amel !

— Amelia…

Je m'interrompis.

— Qu'y a-t-il, ma jolie ?

— Si vous me permettez…

— Allez-y, voyons, ma chérie !

— C'est à propos de votre consommation d'alcool.

Son sourire se figea, et un voile de tristesse ombra brièvement son visage. Elle baissa le nez vers son bureau, puis releva la tête.

— J'ai suivi plusieurs traitements. Et, là, c'est à peu près le maximum dont je suis capable.

Elle se tut une seconde.

— Je suis navrée de m'être comportée ainsi à votre dîner. J'ai été mortifiée de vomir sur ce jeune homme.

— Oh ! ne vous tracassez pas pour ça. Je crois que j'ai dérapé avec le beurre. C'est juste que je m'inquiète pour vous, Amelia.

— Merci, me répondit-elle en souriant. Vous êtes adorable.

— Si je peux vous aider en quoi que ce soit…

— Merci, répéta-t-elle, d'une voix plus posée.

Je me sentis soudain partagée entre compassion et respect. Dieu sait que ce n'était pas facile d'être alcoolique. Surtout si on était suffisamment intelligent et brillant pour mesurer tout ce qu'on risquait de perdre. Il lui fallait du cran pour se présenter ici tous les jours, débordante de bonne humeur alors qu'elle savait qu'elle ne pourrait plus jamais exercer.

— Je ferais mieux de me mettre au travail, déclarai-je.

— Merveilleux, s'écria-t-elle en reprenant son grand sourire. Appelez-moi si vous avez besoin de quelque chose.

— Merci, dis-je. Et si on déjeunait ensemble un jour de cette semaine ?

— J'en serais ravie.

Je me dirigeai alors vers le centre névralgique de la clinique pour voir ce qui se passait.

— Diarrhée explosive dans la chambre 1, me lança Gloria en me remettant un dossier.

— Bonjour, lui dis-je avec un sourire.

— Bonjour.

Pas de sourire en retour.

Mon propre sourire s'effaça.

— Gloria, tu ne crois pas qu'on devrait discuter ? De Bobby ?

— Robert et moi avons discuté hier soir. Je pense que c'est bon.

Oula. Je refermai la bouche.

— Si tu le dis. Mais non. À mon avis, il y a plusieurs choses que je devrais te dire.

— Ce n'est pas la peine. Merci quand même.

Elle tourna les talons et s'éloigna.

Message reçu. Mais inattendu.

Je gagnai la chambre 1 et me mis au travail. Pour être explosive, elle était explosive, cette diarrhée. La pauvre dame avait mangé du homard pas assez cuit, lequel cherchait désespérément une sortie rapide.

Jusqu'à présent, c'était toujours Gloria qui avait assuré le tri des patients, d'une part parce qu'elle était là depuis plus longtemps que moi et d'autre part parce que je ne travaillais à la clinique que pour une durée limitée. Lorsqu'elle pouvait se charger d'une tâche, un prélèvement pharyngé par exemple, elle le faisait et me prévenait. Si on avait une journée calme, je passais la voir et on bavardait. Si le cas était plus compliqué, elle me le confiait ou bien on s'en occupait ensemble.

Ce jour-là, en revanche, elle m'attribua tous les malades. Et en plus ce fut une journée chargée.

Insolation d'un adolescent qui n'aimait pas l'écran solaire, entorse de la cheville chez un enfant de sept ans, piqûre de vitamine B pour une dame âgée, mononucléose et ordonnance de pilule contraceptive pour une jeune serveuse, accompagnée d'un vigoureux sermon sur la nécessité impérieuse d'utiliser des préservatifs. Deux points de suture sur le menton d'un gamin tombé de bicyclette.

— Problème de locomotion, me lança sèchement Gloria. La 4.

— Pigé.

J'entrai dans la pièce où m'attendait un vieil homme très miteux assis sur une chaise. Ernest Banks, indiquait sa fiche. Ce nom ne me disait rien, et il avait l'odeur caractéristique des gens qui ne se lavent pas régulièrement. Quant à ses cheveux et sa barbe, ils étaient tellement poisseux et gras qu'ils en paraissaient gris.

— Bonjour, monsieur Banks, Nora Stuart.

Je lui tendis la main, et il me la serra. À voir l'expression de ses yeux bleus, il était un peu perdu.

— Quel est le problème aujourd'hui ?

— J'ai mal en marchant.

Je me lavai les mains et lui posai quelques questions sur son quotidien : vivait-il seul (oui), mangeait-il régulièrement (oui, me dit-il, mais sa maigreur clamait le contraire), était-il en bonne santé sinon (oui… sauf que, là aussi, c'était un mensonge).

Ses chaussures étaient dans un état pitoyable, ses chaussettes grises et humides. Il tressaillit quand je les lui retirai, ce que je fis lentement, précautionneusement.

Il n'était pas rare que les personnes âgées négligent leurs pieds.

Ils avaient souvent du mal à les atteindre et répugnaient aussi à courir le risque de se doucher ou de prendre un bain.

Mais je n'avais encore jamais vu quelque chose d'aussi horrible que ceux de M. Banks. Ses ongles étaient si longs qu'ils lui rentraient dans la plante des pieds.

Et l'odeur. Il avait une infection et des suintements verdâtres.

— On va s'occuper de vous, monsieur, lui promis-je en lui adressant un sourire. Je suis certaine qu'on peut vous soulager. Attendez-moi une seconde, je vais chercher de quoi vous soigner.

Gloria n'était pas dans les parages. Ce dont M. Banks avait besoin, c'était d'une douche, d'une pédicurie, d'antibiotiques par voie orale et d'un antibiotique topique.

— Où est Gloria ? demandai-je à Mme Behring.

— Elle est partie déjeuner.

— Super.

J'allai frapper à la porte d'Amelia.

— Pourriez-vous me donner un coup de main, Amelia ? Nous avons là un vieux monsieur qui a besoin d'assistance.

Durant l'heure qui suivit, on fit, Amelia et moi, un boulot que je n'aurais jamais fait dans un grand hôpital urbain. On trempa les pieds de M. Banks dans un mélange d'eau chaude et d'eau oxygénée, et je lui coupai les ongles petit bout par petit bout. Ils étaient épais et durs comme une coquille de patelle. On le conduisit ensuite à la douche où on lui retira avec douceur une épaisseur après l'autre avant de le savonner à plusieurs reprises. Il comptait encore d'autres coupures et meurtrissures et était d'une maigreur effrayante.

On lui fit ensuite enfiler une blouse d'hôpital, puis on lui administra une piqûre de B12 et d'antibiotiques, on lui pansa les pieds et on le mit au lit.

— Monsieur Banks, déclara Amelia, je vais vous demander de passer quelques jours ici.

— Je n'ai pas d'argent, bredouilla-t-il.

— Ce n'est pas la peine, dit Amelia. Tout est pris en charge.

— Ce serait bien, murmura-t-il, le visage empreint de soulagement.

— Vous avez faim ? avançai-je.

— Un peu, admit-il tandis que son regard s'éclairait.

— Je m'en occupe, décréta Amelia. C'est le moins que je puisse faire, Nora, et vous avez d'autres patients. Comme ça, on fera plus amplement connaissance, M. Banks et moi-même.

Et elle lui adressa un sourire bienveillant.

— Entendu, répondis-je. Je reviens vous voir dans un petit moment, monsieur Banks. Mettez-vous à l'aise.

Il me sourit. Il paraissait tellement mieux qu'à son arrivée à la clinique.

Dans ma joie, j'avais l'impression d'avoir le cœur dilaté. Pauvre M. Banks ! Il allait falloir qu'on appelle les services sociaux pour qu'ils inspectent sa maison et évaluent ses conditions de vie.

Ma bonne humeur se révéla de courte durée.

— Abcès du périnée en 2, me lança Gloria de retour de déjeuner. Très grosse inflammation.

D'accord. Elle m'envoyait un message, c'était certain. Je poussai un soupir et allai voir ma nouvelle patiente en me préparant à drainer un paquet de pus.

Je réussis à ne rien ajouter ce jour-là à propos d'un certain Robert Kennedy Byrne. Lequel ne m'avait envoyé ni mail ni texto, et m'avait encore moins appelée. Le lâche.

Quant à Gloria, si elle ne voulait pas discuter, c'était son problème.

Elle changea d'avis.

À 17 h 07, elle entra dans mon bureau et referma la porte.

— Salut, fis-je.

— Je connais toute l'histoire, lâcha-t-elle en s'asseyant.

— Avant qu'on ne commence, l'interrompis-je, laisse-moi te dire que j'ai beaucoup d'amitié pour toi et que je ne veux pas que cette affaire crée un problème entre nous. Bobby ne m'avait pas dit qu'il voyait quelqu'un, ça m'a donc surprise. Le monde est vraiment petit. Mais toi et moi, on bosse ensemble et on est amies. Je ne tiens pas à ce que ça change.

— Eh bien, ça a changé, s'écria-t-elle. Il m'a tout raconté.

— Ah oui ?

Rien que ça, et j'avais déjà de sérieux doutes.

— On a beaucoup parlé de nos ex, poursuivit-elle. C'est vraiment une des choses qui nous a rapprochés. Robert m'a tout dit sur toi, même s'il ne t'a pas nommée explicitement.

Vraiment ? Il n'avait jamais prononcé mon nom ? Et Gloria ne trouvait pas ça plutôt curieux ? En prime, sa manie de l'appeler Robert me tapait sur le système, de même que l'arrogance avec laquelle elle haussait le sourcil.

— C'est marrant, dis-je. Je n'ai jamais entendu personne l'appeler Robert, même pas sa mère.

Elle ne broncha pas.

— Alors, de quoi voudrais-tu parler, Gloria ?

— Je suis plutôt choquée par ta malhonnêteté envers moi.

— Moi ? Je n'ai pas été malhonnête.

— Tu ne m'as jamais raconté comment tu l'avais planté en lui brisant le cœur.

— C'est ce qu'il t'a dit ? m'exclamai-je en rigolant.

— Tu l'as plaqué pour retourner chez ta mère alors qu'il traversait une période vraiment difficile.

— D'accord, mais pour commencer, c'est moi qui traversais une période vraiment difficile, à savoir que je me suis fait renverser par un van, que je suis restée inconsciente, avec plusieurs fractures et autres joyeusetés. Ça n'a pas été très simple non plus quand, à mon réveil aux urgences, je l'ai vu qui flirtait avec…

— Il m'a raconté que tu avais pris son chien…

— Boomer est à moi.

— … et même que tu avais totalement changé dès que vous vous êtes mis ensemble, à être toujours en demande et dépressive au point qu'il devait faire gaffe à ce que tu ne te suicides pas. Et quand c'est lui qui était au plus bas, tu l'as largué.

Je pris le temps d'inspirer à fond avant de répondre :

— Je n'ai jamais eu de tendances suicidaires. Seigneur ! Je ne sais pas où il a été pêché ça. Quant à sa prétendue dépression…

Je levai les mains au ciel en signe d'impuissance.

— Pour moi, c'est nouveau. Tu veux entendre ma version des faits ? J'ai l'impression que Bobby a oublié de mentionner pas mal de détails.

— Non, c'est bon.

Elle croisa les bras et se rejeta au fond de son siège en me mettant au défi d'attaquer ses convictions.

— Soit. Tu crois ce que tu veux et bonne chance avec lui.

— Je n'ai pas besoin de chance. Ça ne fait peut-être qu'un mois qu'on s'est rencontrés, Robert et moi, mais je peux te garantir que c'est l'homme que j'attendais. Il m'aime, il me l'a dit.

— Même s'il ne connaît toujours pas ton nom ni l'endroit où tu vis.

— Maintenant, c'est le cas, répliqua-t-elle en haussant le menton.

Merde. Il fallait que j'essaie. La solidarité féminine m'y obligeait.

— Gloria, dimanche dernier, il m'a proposé de rester dormir chez lui. Je n'ai pas eu l'impression qu'il proposait de passer la nuit sur le canapé.

— Oui, c'est ça. Naturellement. Il m'a raconté ce qui s'était passé, tu t'es pointée, tu lui as demandé si tu pouvais rester, tu lui as dit que tu l'aimais encore…

Le lâche ! Quelle saleté de menteur !

— Bon, là, on arrête.

— J'espère qu'on pourra continuer à bosser ensemble, toi et moi, ajouta-t-elle. Ce serait dommage que tu doives t'en aller. Cela dit, c'est peut-être moi qui repartirai bientôt à Boston.

Sur cette dernière pique, elle se leva et quitta la pièce.

Bouillante de rage, je restai là, à effacer de ma mémoire tout le bien que j'avais pu penser de Gloria. Si elle voulait continuer à s'entêter (si elle y tenait absolument), grand bien lui fasse.

J'attrapai mon téléphone pour appeler Xiaowen, mais me ravisai. Après tout, elles étaient amies aussi. À la place, je consultai la page Facebook de Gloria.

Postées la veille seulement, il y avait quinze photos de Bobby et elle. Et sa situation amoureuse venait de passer de *Célibataire* à *En couple avec Robert Kennedy Byrne, Médecin*.

Il n'y avait que Bobby pour mentionner sa profession sur Facebook.

Il était temps que je l'appelle. Mon coup de fil bascula direct sur sa messagerie. Le lâche.

— Allô, c'est ta lamentable ex-copine aux tendances suicidaires qui t'a brisé le cœur et supplié de la reprendre. Je t'appelle pour te dire que je récupérerai Boomer vendredi et que cette histoire de garde partagée est terminée. Et aussi que tu es un foutu menteur.

Puis je raccrochai, appelai Poe et lui demandai si elle était libre pour le dîner et si ça ne l'ennuyait pas qu'Audrey se joigne à nous. « Quand tu as envie de pleurnicher sur ton sort, disait ma mère, fais plaisir à quelqu'un d'autre. »

Du coup, je descendis le couloir pour aller voir M. Banks. Amelia avait quitté la clinique, de sorte qu'il était seul. Il dormait et paraissait très serein. Je jetai un coup d'œil sur sa fiche : Amelia avait déjà contacté les services sociaux, c'était noté, et il avait pris un bon repas.

J'allai à son chevet et remontai sa couverture sur son épaule.

Cet homme aurait pu être mon père. Seul, ayant à peine de quoi vivre, sale et malade.

Je fondis en larmes. Si mon père était toujours en vie, je serais heureuse de le prendre chez moi, de lui montrer qu'il était aimé.

Que j'aurais aimé savoir ! Que j'aurais aimé le retrouver !

Audrey vint à pied du chantier naval, Poe déboula sur sa bicyclette, et je nous préparai une belle salade aux saint-jacques et aux noix de pécan pendant que les filles me racontaient leur journée. Audrey avait lavé trois bateaux au jet, Poe avait dormi jusqu'à midi.

— Tu as un boulot pour cet été, ma chérie ? lui demandai-je.

— Non. Mamie a insisté pour que je cherche quelque chose et j'ai envoyé une candidature à quatre boîtes, mais personne ne m'a rappelée.

— Tu peux travailler au chantier, proposa Audrey.

— À quoi faire ?

— Tout ce qui vient. Nettoyer les bateaux, vernir les ponts, pomper les tuyaux…

— C'est quoi ça ?

— Tu sais, vider les chiottes.

— C'est dégueulasse.

— M'en parle pas, rétorqua-t-elle en souriant.

Ça faisait dix jours qu'elle avait été opérée, et elle avait déjà l'air en meilleure forme, en meilleure santé, moins fatiguée. Et, grâce à son travail en plein air, elle avait un léger hâle, très joli.

— Tu crois que je pourrais ? s'enquit Poe. Ça me ferait super plaisir de sortir de la maison.

— Je vais demander à mon père, mais, oui, dit-elle en reprenant une bouchée de salade. Et j'adore ton haut, tu sais. Et ça veut dire quoi, ça ?

Poe portait une brassière sur laquelle étaient écrits en cursive quelques mots français.

— La tête pleine d'étoiles, répondit-elle.

— C'est trop mignon. C'est toi qui l'as faite ?

Poe acquiesça.

— C'est vrai ? m'exclamai-je.

— Mamie m'apprend à coudre.

— Il faut que tu intègres le club de couture à l'automne, décréta Audrey. C'est vraiment marrant, on a de super machines à coudre et tout.

— Je ne m'y connais pas tant que ça, bredouilla Poe.

— C'est pas grave. On est là pour apprendre. Moi, je me débrouille pas mal. Je pourrais te montrer. Ma mère est géniale en couture.

— Pourquoi tu ne vis pas avec elle ? demanda Poe.

Je tressaillis intérieurement. Mais, après tout, moi aussi, j'avais envie de savoir.

— Elle s'est remariée et elle a eu un autre enfant, expliqua Audrey. Et son mari ne m'aimait pas trop.

— Quel connard, grommela Poe.

— Mais qui peut ne pas t'aimer ? m'écriai-je, outrée. Je suis d'accord avec Poe. C'est un connard.

Légèrement rougissante, elle haussa les épaules.

— De toute façon, j'ai été vivre chez papa et voilà. Mais je passe aussi beaucoup de temps avec ma mère. Rocco est super. Bon, il est écœurant aussi. C'est un garçon. Il passe ses journées à balancer des blagues pipi-caca et il est toujours pas capable de faire pipi sans en coller la moitié à côté de la cuvette. Je suis contente qu'on n'ait pas à partager la même salle de bains. Et maintenant ma mère a divorcé du connard.

— Tu es tellement cool, Audrey, remarqua Poe. Rien ne te démonte.

— C'est juste une façade, répondit Audrey en reprenant un peu de salade. Des fois, je fais semblant que tout va bien parce que vous savez comment c'est. Si on montre la moindre faiblesse, les autres filles en profitent pour vous attaquer.

— Si quelqu'un t'embête, dis-le-moi. Je suis une terreur, déclara Poe.

Audrey éclata de rire.

— Une sacrée terreur !

Les deux filles éclatèrent de rire. Il devait s'agir d'une blague entre elles que je ne pouvais pas saisir. Après tout, il m'arrivait encore de trouver que Poe était assez effrayante.

Je me levai pour aller préparer un café… en réalité pour laisser aux filles un peu d'espace pour bavarder sans la présence de la vieille tata. N'étais-je pas censée avoir ma vie, moi aussi ?

Je consultai mon téléphone et, ô miracle, ma vie sociale reprenait des couleurs sous la forme d'un message de Sullivan Fletcher.

Libre pour dîner samedi soir ?

Je m'empourprai. J'avais coupé le son de mon portable, si bien que le délai requis pour ne pas avoir l'air trop enthousiaste était déjà passé.

Bien sûr, qu'est-ce que tu proposes ?

Les trois petits points s'agitèrent.

Chez moi. Audrey sera chez Amy. 19 heures ?

Je comptai jusqu'à soixante (franchement, un rendez-vous à cette époque, c'était ridicule), avant de répondre :

Très bien. Merci.

J'avais rendez-vous avec Sullivan Fletcher.
Il allait vraiment falloir que je recommence à m'épiler.

23

Mon rendez-vous avec Sullivan vira à la catastrophe avant même d'avoir commencé.

Un bon conseil : N'essayez pas de recourir aux rapports sexuels dans l'espoir de couper court à un désastre d'ordre national. Ça ne rattrapera rien du tout.

La première chose qui dérapa, c'est que ma mère insista lourdement pour que j'aille dîner chez elle ce soir-là, précisément. C'était carrément dingue, on est d'accord, vu qu'elle ne m'avait jamais invitée (compte tenu de ses talents culinaires, je n'y tenais pas trop non plus).

— Nora, tu m'avais dit que tu viendrais, et Poe est impatiente de te voir.

Sa voix était d'une dureté incroyable. Et, en fond sonore, Tweety piaillait tant et plus pour soutenir sa bien-aimée.

— J'ai prévu quelque chose, maman.

— Oui. Avec nous. J'ai fait un jambon.

Ooooh, un jambon ! Splendide apport de sodium et de cholestérol. Et en prime elle le ferait cuire jusqu'à dessèchement quasi total.

— Je suis vraiment désolée.

Pieux mensonge.

— Je n'ai pas passé ma journée à cuisiner pour que tu décrètes avoir mieux à faire, Nora Louise.

Merde. Mes deux prénoms d'un coup.

— Entendu, entendu, laisse-moi passer un coup de fil.

Je m'interrompis une seconde avant d'ajouter :

— Je peux inviter quelqu'un ?

— Très bien.

Et elle raccrocha, furieuse que j'ai oublié une invitation dont elle ne m'avait jamais parlé. Si Sully le voulait bien, on pourrait dîner chez maman (après tout, ça ne durait jamais plus de dix-sept minutes, montre en main) et aller ensuite se balader dans un coin sympa, peut-être prendre un verre chez lui et voir où ça nous menait. Peut-être au lit. Allez savoir. On n'était plus des enfants.

À présent que je n'avais absolument plus envie de donner une nouvelle chance à Bobby, pourquoi pas ?

Bobby. Le simple fait de penser à lui me hérissait. Robert, pardon. Il ne m'avait pas rappelée et, hier, quand j'étais montée à Boston, il travaillait. Pratique. Mon chien m'attendait à l'appartement, heureux de me revoir. Un mot sur la table disait juste :

Rends-moi ta clé, stp.

Je m'étais exécutée avec joie. J'en avais profité pour récupérer mes dernières affaires, merci bien, et, avec mon sac, mon chien et ma bouilloire jaune Le Creuset qui me battait les mollets à chaque pas, je devais avoir l'air un peu fêlée.

Je n'enviais pas Gloria.

En fait, c'était elle, la grosse déception dans cette histoire. Qu'un mec soit superficiel et égoïste ne m'étonnait qu'à moitié, mais qu'une femme se conduise en idiote de première, c'était toujours une très vilaine surprise. Même si je ne connaissais vraiment Xiaowen que depuis deux mois, j'étais sûre et certaine que ça ne se serait jamais passé comme ça avec elle. Quant à Roseline, on n'en parlait même pas. Même avec un flingue sur la tempe, elle ne m'aurait jamais laissée tomber.

Quoi qu'il en soit, j'appelai Sullivan.

— Bonjour, lui dis-je. Ma mère a décrété que j'étais censée aller dîner chez elle ce soir, et elle est furieuse que j'ai oublié alors qu'elle ne m'a jamais invitée. Est-ce que ça t'ennuierait si on y allait ensemble ?

— Pas de problème. Je n'ai pas commencé à cuisiner.

— Bon, parfait alors. Merci.

— À quelle heure je passe te chercher ?

— À 17 heures. Tu connais les gens âgés. Ils aiment manger de bonne heure.

Si elle m'avait entendue, ma mère m'aurait collé un méchant coup de pied.

— Hé, je pourrais te retrouver au chantier, non ? Ça me permettrait de voir Poe à l'œuvre ?

Oui, il lui avait offert un petit boulot. La veille, Audrey avait envoyé un texto à Poe, qui avait commencé ce matin même.

Bref, ma mère qui me tombe dessus avec son invitation à dîner fantaisiste : première difficulté.

La deuxième : Luke Fletcher, ce connard de Luke, comme je le surnommais maintenant.

Je m'étais choisi une mignonne petite robe d'été jaune vif et des talons compensés qui se révélèrent moyennement pratiques pour couvrir un kilomètre et demi sur un chemin de terre. Ma cheville ne cessa de tourner, et il faisait plus chaud que je ne l'avais pensé. La sueur me dégoulinait dans le dos, et j'eus subitement l'impression que tous les moustiques du Maine s'étaient donné le mot pour s'offrir un festin de mon sang.

Je battais des bras, tapais, frappais en m'efforçant de presser l'allure, et mon talon me picotait et me brûlait à l'endroit précis où se formait une ampoule opiniâtre. Bien sûr, j'aurais pu retirer mes chaussures… sauf que le sable était très chaud.

Oh non ! Un insecte s'enfonça dans mes cheveux très frisés à cause de l'humidité et y élut domicile. Un gros insecte. Je tentai de le retirer (on aurait dit une libellule) et, oh, merde, me retrouvai avec une moitié de quelque chose dans la main.

— Charmant, marmonnai-je en extrayant l'autre moitié. Vraiment charmant. Désolée, libellule.

Il fallait naturellement que ce soit un bel insecte plutôt qu'une de ces saletés de moustiques assoiffés de sang !

Quand j'atteignis enfin le chantier naval, j'étais en sueur, mes cheveux frisaient de plus belle, la peau me démangeait, et je boitais. Je m'obligeai à bien respirer et cherchai à afficher un air serein et gracieux. Peine perdue. Je me placardai donc un sourire convenu sur la figure, dans l'espoir de donner le change.

Environ six mètres au-dessus de ma tête, Audrey était en train de poncer le pont d'un voilier en cale sèche.

— Salut ! lui criai-je.

— Salut, me répondit-elle.

— Dis, tu y vas doucement, la demoiselle ? N'oublie pas que tu viens d'être opérée.

— Je ne viens pratiquement plus ici. Papa m'a dit que je pouvais travailler une demi-heure.

Une autre tête surgit au-dessus de moi.

— Coucou, Nora, dit Poe en souriant.

Elle souriait !

— Coucou, ma chérie. Comment s'est passée ta première journée ?

— Super. Hé, tu savais qu'Audrey était capable de piloter un bateau ?

— Ça ne m'étonne pas. Je me suis laissé dire qu'on dînait chez mamie ce soir.

— Ouey, fit-elle en accentuant l'accent de la région de telle façon qu'on pouffa de rire, Audrey et moi.

— Qu'est-ce que tu fabriques ici ? dit alors une voix grave derrière moi.

Je pivotai.

— Salut, Luke. Je vais dîner avec Sully. Et ma nièce.

Le soleil avait décoloré ses cheveux qui s'éclairaient de mèches blond pâle ici et là. Il était séduisant. Bronzé et mince.

— Oui. Ta nièce bosse ici maintenant.

Il se gratta le bras machinalement.

— C'est une jolie fille.

— C'est une enfant mineure, déclarai-je pour être bien claire.

— Dans le Maine, l'âge de consentement est fixé à seize ans.

Je n'eus pas le temps de réfléchir que je lui avais planté l'index dans la pomme d'Adam. Il émit un gargouillis étouffé assez satisfaisant et recula.

— Si tu poses un doigt sur elle, je te démolis, Luke Fletcher.

— Je blaguais, protesta-t-il d'une voix sifflante.

— Pas moi. Et ne lève pas les yeux sur elle.

— Hé. Qu'est-ce qui se passe ?

C'était Sullivan.

Je me tournai pour être sûre qu'il saisisse toutes mes paroles.

— Ton frère vient de lâcher une prétendue plaisanterie à propos de ma nièce et de l'âge de consentement dans le Maine.

Sully l'attrapa par le col de sa chemise et le secoua.

— Je vais te massacrer, Luke. Et je suis sérieux.

Luke leva les mains au ciel.

— Allez, frérot ! Tu penses que je ferais un truc pareil ? J'essayais juste d'emmerder le Dr Supérieur. C'était une blague. Merde.

— On ne blague pas comme ça avec une adolescente, connard ! s'écria Sully en le repoussant. Fais tes bagages et barre-toi.

— Sully, arrête. C'était de mauvais goût, d'accord ? Je suis désolé. Je suis désolé, Nora. Je ne ferais jamais ça. D'accord ? Je suis vraiment désolé.

Il m'adressa un regard contrit.

— Vous vous disputez ? s'enquit Audrey.

— On a une discussion assez animée, lui concéda Luke, souriant.

— Fais pas le loser, oncle Luke, répliqua-t-elle, l'air contrarié.

— J'essaie. Tu me sers de modèle.

Audrey sourit, puis chuchota à l'oreille de Poe.

— Je peux rester, Sully ? demanda Luke. Je te jure, sur tout ce que j'ai de plus cher, que je n'ai jamais posé la main sur quelqu'un de moins de vingt-cinq ans. Allez, vingt-trois, minimum.

Il s'interrompit une seconde avant de poursuivre :

— Je n'ai nulle part où aller. Tu m'interdis d'habiter chez maman, et je travaille pour rien ici.

— Pour rembourser ce que tu as volé.

— D'accord. Ce que je veux dire, c'est que, pour moi, c'est une bonne chose d'être proche de toi et de bosser dur, ça m'aide à ne pas recommencer à déraper. Allez, Sully, j'ai dit un truc stupide et je le regrette vraiment.

Je le crus presque.

Après avoir inspiré un bon coup, Sully marmonna :

— On en discutera demain.

— OK. Merci, mon vieux. Et bonne nuit à vous tous.

Il sourit, mais ses yeux reflétaient une dureté qui ne me plut pas du tout. Il soutint mon regard un petit moment, serra les mâchoires, puis disparut dans un des bâtiments.

— Est-ce qu'il est stabilisé ? m'enquis-je sans détour. Sobre ? Il ne prend pas de drogues ?

— Pour autant que je puisse en juger, ça va, me répondit Sullivan. Je suis vraiment désolé, Nora. Il aime emmerder les gens et il y parvient plutôt bien.

— Et Poe ? Elle risque d'avoir un problème ?

— Pardon ?

Ma question m'était sortie avec plus de brutalité que je ne l'aurais souhaité.

— Poe risque-t-elle d'avoir un problème avec lui ?

— Non. J'y veillerai. Tu n'as pas besoin de crier. Parle clairement, et c'est tout, d'accord ?

— Oui, d'accord. Pardon.

Sullivan passa la main dans ses cheveux sombres et j'entrevis son appareil.

— Sincèrement, je ne crois pas qu'il franchirait cette limite. En fait, c'est avec toi que Luke a ce… problème. Il t'en veut.

— Oui. Eh bien, il faut qu'il surmonte ça.

— Oui, surtout s'il doit se passer quelque chose entre nous.

Sa remarque me fit sursauter, et mon cœur se mit à battre avec une violence presque douloureuse.

— On verra s'il doit se passer quelque chose entre nous, monsieur Fletcher. Quel charmeur ! Mais il va d'abord falloir que tu subisses le dîner chez ma mère.

Maman nous accueillit avec un « Vous êtes en retard » et envoya Poe se doucher.

— Qu'est-ce que tu as fabriqué aujourd'hui, Nora ? Tu transpires plus qu'un cheval de course.

— Merci, maman. Ta franchise me va droit au cœur.

Tweety criailla, puis piqua vers mon crâne.

— Sullivan, je te présente Tweety, le chéri de ma mère.

— Mignon, remarqua-t-il.

— J'espère que vous aimez le jambon, lança ma mère.

De nouveau, la perruche me fonça dessus. Je l'esquivai.

— Seigneur, maman. Tu ne peux pas l'enfermer ?

— Il est gentil. Pas vrai, mon Tweety ? Viens ici maintenant.

Elle tendit le doigt, et la perruche s'y posa docilement.

— Tu donnes un bisou à maman ?

— Maman, je t'en prie. La grippe aviaire. L'histoplasmose. La cryptococcose.

— Qu'est-ce que tu racontes ? Tweety n'est pas malade. N'est-ce pas, mon bébé ?

Elle l'embrassa sur le bec. Le bébé poussa un cri et s'envola vers des territoires inconnus, sans doute pour y vénérer Satan.

Je regardai Sullivan et murmurai un « Désolée ».

— Alors, tu sors avec ma fille ? demanda ma mère à Sullivan.

— Pas encore.

— Et tu es sourd, c'est ça ?

— Plus ou moins.

— Tu gagnes bien ta vie avec le chantier naval ?

— Oui, se borna-t-il à répondre.

Tiens, pour ce qui était des conversations succinctes, maman avait peut-être trouvé son maître.

— Maman, je t'en prie. On peut pas se contenter de manger ton jambon ?

— Va voir. À mon avis, il a besoin de quelques minutes supplémentaires.

— Il est déjà cuit, maman. Il n'y avait qu'à le réchauffer.

— Fais ce que je dis et c'est tout, Nora. Je veux passer quelques minutes avec Sullivan. Point.

— On rigole bien, hein ? lançai-je à Sullivan en lui pressant le bras.

Il me sourit, et je sentis de nouveau combien il m'attirait.

Peut-être parviendrions-nous à sauver cette soirée quand même ? Je grattai une piqûre de moustique et me pliai aux ordres de ma mère. J'ouvris la porte du four, le jambon répandait une odeur délicieuse. Autour, maman avait placé des tranches d'ananas au centre desquelles elle avait mis une cerise au marasquin, de sorte qu'on aurait cru voir un semis de mamelons extraterrestres. Sur la grille inférieure, des pommes de terre se desséchaient avec sérénité. Maman n'utilisait jamais ni papier alu ni huile d'olive. Et pas de beurre non plus.

Bon, tant pis, songeai-je en refermant.

À sa façon toujours un brin surprenante, maman tentait quelque chose de nouveau. En général, elle réservait le jambon à Noël.

— Je meurs de faim, déclara Poe en déboulant dans la cuisine.

Ses cheveux bleus étaient encore mouillés.

— Hé, je voulais te dire un truc, ma puce. Je suis ravie que tu aies un job au chantier naval. Mais Luke Fletcher… tu gardes tes distances avec lui, d'accord ?

— Parce que c'est un drogué qui risquerait de souiller mon âme pure ?

— Exactement. En plus, c'est peut-être un sale vieux cochon.

— Dégueulasse.

— Ouais.

— S'il le faut, je lui collerai un bon coup de genou à l'entrejambe.

Un geste à l'appui illustra son propos.

— Prends ça, salopard.

— Surveille ton langage. On est chez ta grand-mère. Mais, oui, bravo. Je suis fière de toi.

À ma grande surprise, ses yeux se remplirent de larmes. Gênée, elle détourna la tête et s'éloigna de la cuisine. Je la rattrapai par le bras et l'obligeai à me faire face.

— C'est vrai, tu sais. Je suis très fière de toi.

Elle me serra longuement et fort dans ses bras.

Ce fut un beau moment (ma nièce tout en bras et en jambes !). Je sentis mon cœur déborder d'amour devant sa peau douce et délicieusement odorante. Oui, c'était bien pour elle que j'étais là, c'était bien pour ça que j'étais revenue.

C'est alors que je sentis quelque chose qui n'avait qu'un lointain rapport avec le shampoing de Poe.

Une odeur épouvantable. Sur laquelle on ne pouvait se tromper.

Une odeur de plumes.

— Oh ! mon Dieu, non. Non, non, murmurai-je en lâchant ma nièce.

— Qu'est-ce qu'il y a ?

— Chut… Euh…

J'ouvris la porte du four.

Tweety était bien là. Mort. Ses petites serres ramenées contre sa poitrine, juste à côté de la dernière pomme de terre sur la droite.

Je refermai brutalement.

— Merde alors, c'est Tweety ? marmonna Poe qui pouffa, la main plaquée sur la bouche. Je déteste cette perruche.

— Qu'est-ce qu'il faut que je fasse ? lançai-je à mi-voix.

— Un bouche-à-bec ?

— Trop tard. Va chercher Sully, tu veux bien ? Et ne laisse pas ta grand-mère entrer ici.

— Nora, fit ma mère dans la pièce voisine. Qu'est-ce que tu fabriques ? Et c'est quoi, cette odeur ?

— Rien, j'ai juste laissé tomber un truc sur le brûleur.

Puis, baissant la voix, je poussai Poe :

— Vas-y.

— Mamie, fit-elle. J'ai eu un B à mon devoir. Tu veux y jeter un coup d'œil ? Monsieur Fletcher, pourquoi ne pas aller… aider Nora ? Aidez Nora. Elle a besoin… d'aide.

Elle s'étouffait de rire à présent, la chipie.

— Pourquoi ? questionna ma mère. Elle a brûlé mon jambon ?

Non, j'ai tué ta perruche chérie.

— C'est juste que j'ai pensé que Sully pourrait m'aider à mettre la table.

Quand elle s'encadra sur le seuil de la cuisine, je me plantai devant la porte du four, comme si j'y cachais Edward Snowden.

— Coucou, dis-je d'un ton enjoué. Qu'est-ce qu'il y a ?

— Sullivan est un invité, Nora. On ne lui demande rien.

— Maman, monte donc lire le devoir de Poe, d'accord ?

Elle me fixa d'un air renfrogné, mais par bonheur elle obtempéra.

L'odeur était encore plus forte à présent.

— Pourquoi as-tu besoin de moi ? s'enquit Sullivan.

J'ouvris le four en guise d'explication.

— C'est… oh, merde !

— Il a dû entrer pendant que je jetais un coup d'œil sur le jambon.

De l'étage, maman brailla :

— Cette odeur est épouvantable, Nora. Qu'est-ce que tu fais ?

— Je me suis un peu brûlé la manche. C'est pas grave.

— Que veux-tu que je fasse ? me demanda Sully.

— Sors-le, lui soufflai-je en lui balançant deux maniques. Je le détestais vivant et, maintenant qu'il est mort, je flippe comme une malade.

Sully plongea la main dans le four. Oh ! le pauvre Tweety ! Il avait roussi, et ses plumes jaunes avaient désormais une couleur de marshmallow grillé. Dans *Les Boules et les Chocottes*, ils l'auraient mangé. Je fermai les paupières.

— On va prévenir ta mère ?

— Tu te fiches de moi ? Non ! Juste… balance-la dans le bois ou je ne sais quoi !

Il prit un air choqué.

— Nora. Tweety ne mérite-t-il pas un enterrement chrétien ?

— C'est pas drôle.

— C'est très drôle.

— Sors-le d'ici.

Je me réjouis que Sully puisse lire sur les lèvres : la maison était mal isolée.

— Tu as une boîte ou quelque chose ? Un Tupperware ?

— Non. Balance-le dans le bois et basta.

— Les renards vont le bouffer.

Je songeai à toutes les fois où Tweety m'avait collé un coup de bec, à toutes les fois où il avait plongé en piqué sur mon chien.

— C'est le cycle de la vie, Sullivan. Vas-y.

Je baissai les yeux vers Tweety.

— Encore désolée.

— Je dirai une prière en le jetant dehors, me dit Sullivan.

— T'inquiète pas. Satan lui a déjà ouvert les bras.

Mais Sully avait tourné les talons, il ne m'entendit pas.

J'allai à l'évier et me lavai les mains, alors que je n'avais même pas touché Tweety, mais beurk. Sullivan revint et fit de même tandis que je fourrais les maniques à la poubelle, puis me frottais de nouveau les mains. Je répandis un peu de muscade sur le tapis de sol devant l'évier pour masquer l'odeur.

— Ce jambon n'a pas une odeur normale, déclara ma mère en descendant l'escalier d'un pas lourd.

Oh ! Seigneur. Il allait falloir qu'on mange ce jambon. Et si Tweety l'avait touché ? Pourquoi ma mère avait-elle habitué ce fichu oiseau à manger comme nous ?

Je montai discrètement la température à 250, pour exterminer toutes les bactéries un tant soit peu coriaces.

— Bon, qu'est-ce qu'on attend ? Asseyez-vous, Nora, Poe. Sullivan, on commence maintenant.

On obéit. Sully s'assit en face de moi, souriant, et je m'efforçai de lui retourner son sourire.

— Où est Tweety ? s'écria ma mère.

Incapable de retenir son fou rire, Poe fit semblant de tousser. Je la regardai en plissant les yeux d'un air menaçant.

— Tweety ! cria ma mère. À table ! Allez, viens, Tweety chéri. Où a-t-il pu aller ?

— En enfer ? suggéra Poe à mi-voix.

Sullivan réprima un sourire, mais il riait tellement qu'il ne parvenait pas à maîtriser le tremblement qui lui secouait les épaules. Ravie par la réaction de son public, Poe afficha un large sourire.

— Maman, fis-je d'une voix tendue, Tweety est sûrement en train de se reposer.

— Un repos éternel, murmura Poe. Il s'est défait de son enveloppe mortelle, s'est libéré des peines et des difficultés de ce bas monde.

— Chut, Poe ! m'écriai-je. Allez, maman, viens ! On a de la compagnie.

— Il adore manger avec moi, tu le sais bien, insista maman.

— Oui, mais ce n'est pas sain. (Surtout que la décomposition a déjà démarré.) Commençons.

— Bien, soupira maman. Ah, zut, Nora, tu as saboté ce jambon. Tous les ananas sont calcinés. Qu'est-ce que tu as fait ?

— Désolée. Tu sais quoi ? Allons plutôt manger dehors, déclarai-je en me levant.

— Je ne vais pas gâcher un bon jambon. Sully, sois gentil et découpe juste les parties noircies, d'accord ?

— Je suis végétarienne, annonça Poe. J'ai oublié de le signaler.

Ma mère posa le plat de pommes de terre sur la table.

— Et je ne mange plus de féculents.

— Mais qu'est-ce qui t'arrive ce soir ? s'exclama maman. Mange ton dîner et laisse tomber ce régime stupide.

Il nous fallut donc avaler ce jambon dur comme de la semelle, ces patates proches du caillou, ces haricots verts bouillis depuis si longtemps qu'ils avaient viré au grisâtre et crissaient sous la dent.

— Nora, vu que tu as amené ce monsieur à dîner, tu pourras me consacrer un peu de temps dans la semaine ? Histoire qu'on cause.

— Oh ! oui, bien sûr.

De mon côté, je ne pensais qu'à Tweety et aux renards. Il y en avait des tonnes sur Scupper Island, et Sully pouvait très bien avoir raison. Or, même si j'avais détesté cette perruche, je frissonnais à l'idée qu'une bête sauvage lui arrache la tête d'un coup de dents.

— Excusez-moi une seconde, marmonnai-je. J'ai un appel. C'est peut-être une urgence. Sully, tu peux venir avec moi ?

— Pourquoi ? intervint Poe. Il est pas médecin.

— Il… euh.

— Va donner ton coup de fil, Nora, mais reviens. Tu n'as quasiment rien mangé. Tweety ! Tweety, on mange des haricots verts. Où a-t-il disparu ?

Seigneur. Je me levai de table et me dirigeai vers la porte de derrière, sortis et repérai une pelle en appui contre le mur de façade. Je la pris et, ne sachant pas où Sullivan avait flanqué Tweety, me mis à chercher quelque chose de jaune-brun. Je scrutai le pied de plusieurs arbres. En vain. Pas de Tweety, nulle part.

Zut. Il allait falloir attendre la fin du dîner. Le bois était trop grand, et je n'avais aucune idée de l'endroit où Sully avait pu balancer son corps. Je le lui demanderais, et peut-être que Poe enterrerait ce vieux Tweety si je la payais. Cher.

Je revenais vers la maison quand un truc me fonça dessus. D'instinct, je brandis la pelle et frappai, bam.

C'était Tweety.

Bordel de merde !

Je l'avais tué deux fois en une nuit. Affalé sur le sol, il esquissa un battement d'ailes, en me fixant d'un œil accusateur, je le jure. Peut-être que je pouvais lui mettre une attelle, s'il n'était que blessé, lui bricoler une miniminerve… non. Il était mort. Sa petite poitrine ne se soulevait plus.

Merde.

— Nora ?

Ma mère apparut sur le seuil de la maison.

— Est-ce que… oh, Tweety !

— Maman, je suis vraiment désolée.

Sous le coup de la culpabilité, je transpirai de la tête aux pieds.

— Vraiment vraiment désolée.

— Qu'est-ce qui s'est passé ?

— Il m'a foncé dessus et…

— Et il a percuté le carreau, déclara Poe avec force. J'ai tout vu, moi aussi. C'est tellement triste, mamie.

Pétrifiée et livide, maman laissa s'écouler quelques secondes avant de hausser les épaules.

— Soit. Il était vieux. Je suis contente qu'il n'ait pas souffert. Merci de l'enterrer pour moi, Nora. C'est très gentil de ta part.

Et elle rentra. Poe lui tapota l'épaule au passage, puis me regarda avec de grands yeux.

— Meurtrière ! Elle ne t'avait rien fait, cette perruche ! murmura-t-elle.

— Ce n'est pas drôle, protestai-je.

Bon, un jour, ça le serait peut-être. Dans trente ou quarante ans.

Sully sortit de la maison.

— On dirait que j'ai raté quelque chose, déclara-t-il.

— Lazare, que tu vois là par terre, a encore une fois tenté de m'agresser.

— On ne peut pas lui en vouloir.

— Et je lui ai flanqué un coup de pelle.

— Tu veux dire qu'on ne devrait pas s'en prendre à un pauvre oiseau, c'est ça ?

Il m'enleva la pelle des mains et ramassa le malheureux Tweety.

— Tu veux vérifier son pouls ?

— Non. Cette fois, il est vraiment mort. Désolé, Tweety.

— Allez, rentre, m'ordonna Sullivan. Je m'occupe de lui.

***

Il n'y eut pas de dessert, bien entendu. Maman me redemanda de passer un soir de la semaine, refusa que je l'aide à ranger et m'invita à lever le camp.

— Encore désolée pour Tweety, maman. Je sais combien tu l'aimais.

— Que veux-tu ! Les animaux, ça meurt. On n'y peut rien.

J'essayai de la prendre dans mes bras, comme elle l'avait fait avec moi l'autre soir à St. Mary's of the Sea.

— Oui, bon, Nora, ne sombrons pas dans l'hystérie, grommela-t-elle en s'écartant. À bientôt, Sullivan. Et sois gentil avec ma fille.

Et ce fut tout. On embrassa Poe, qui était de bien trop bonne humeur, et on monta dans le pick-up de Sully. Comme il fallait qu'il regarde la route plutôt que ma tête, on n'échangea pas un mot durant les dix minutes qui suivirent.

Je n'arrivais pas à chasser la vision de cet pauvre Tweety rôti, les ailes déployées à même le sol.

— Super soirée, déclara Sully quand on s'engagea dans une allée étroite.

Sa maison était petite, mais pleine de charme (c'était un bungalow rehaussé d'un étage, bardeaux gris de rigueur, volets blancs impeccables). Un peu de gazon, quelques lys tigrés plantés à côté d'une palissade blanche. Et un porche où trônaient deux gros pots plantés de fleurs pourpres.

Campée sur la dernière marche, Teeny Fletcher attendait, bras croisés.

— Bonjour, mam, s'écria Sully.

— Ah, toi, tais-toi. Pas de Bonjour, mam, s'il te plaît. Lukie m'a rapporté que tu sortais avec celle-là.

Lukie. Trente-cinq ans et continuer à se faire appeler Lukie par sa maman !

— Oui, j'étais avec celle-là, comme tu dis, et notre soirée n'est pas terminée.

— Bonjour, Teeny, dis-je alors.

— Toi, tu sors pas avec mon fils.

— Pourtant, on jurerait que oui, répliquai-je. Allez comprendre.

— Tu te prends pas pour de la merde, hein ? La petite doctoresse, tu penses que t'es trop bien pour nous.

— Quelle belle nuit, n'est-ce pas ? déclarai-je.

— Maman, rentre chez toi, d'accord ? fit Sullivan avec un soupir. Je suis suffisamment grand pour choisir la…

— Et Amy ? Qu'est-ce qu'elle dit de tout ça ?

Sullivan s'approcha de sa mère, passa le bras autour de son épaule et l'obligea gentiment à descendre les marches.

— Bonne nuit, maman. À demain.

— Tu n'es pas assez bien pour mon fils, me cria Teeny en passant devant moi.

— À bientôt, me contentai-je de répondre.

Elle m'adressa un doigt d'honneur et monta dans sa voiture.

— Quelle charmante dame, marmonnai-je tandis que Sullivan revenait vers moi.

— Désolé. Allez, entre et mets-toi à l'aise. Je vais nous chercher quelque chose à boire.

— Quelque chose de fort.

Malheureusement, il me tournait le dos. Il allait falloir que je m'habitue à cette façon de parler. Ou pas. Je n'étais pas là pour longtemps après tout.

Peut-être qu'on pourrait avoir une relation à distance ? On verrait, j'imagine.

La maison de Sully me plut d'emblée. La porte principale s'ouvrait sur une pièce spacieuse équipée d'un vieux canapé confortable pour regarder la télé. Je me le figurais bien, en compagnie d'Audrey, en train de suivre un match ou un film. Il y avait aussi un large fauteuil, un tapis rouge et crème, et une bibliothèque bourrée de livres de poche et de DVD. Plus une bonne demi-douzaine de photos d'Audrey, d'Audrey avec lui, et même d'Audrey avec Amy et lui.

Et une d'Audrey et Luke, prise quelque temps auparavant déjà. L'été dernier peut-être ? Audrey, à peu près de la même taille que maintenant, en short et débardeur. Ils s'arrosaient avec des pistolets à eau, riaient, et le soleil créait de petits arcs-en-ciel dans les jets d'eau.

Donc, Luke aimait sa nièce. Laquelle l'aimait aussi. C'était rassurant.

Sully revint avec deux verres de vin blanc.

— Plutôt ratée, notre soirée, jusqu'à présent, dit-il en s'asseyant à côté de moi.

— Je ne dirai pas le contraire, fis-je en prenant une gorgée de vin. J'aime beaucoup ta maison.

— Merci.

— Comment va Audrey ? Est-ce qu'elle est en forme ? Des problèmes ?

— Elle va très bien. Tu as vu.

J'acquiesçai, cherchai un sujet de conversation. Le bide.

C'était pareil pour lui. On se regarda en même temps et on échangea un sourire chagriné avant de détourner les yeux.

Apparemment, assassiner un oiseau, ça flingue l'ambiance.

— Bien, fit-il encore en inspirant un grand coup.

— Oui.

— J'ai entendu dire que l'infirmière sortait avec ton ex.

Je sursautai et, puisqu'on y était, renversai mon vin sur ma robe.

— Ah oui ? C'est vrai. Ils se sont rencontrés au Starbucks de Boston à côté de l'embarcadère des ferries.

— Désolé, je ne peux pas t'entendre si tu ne me regardes pas.

— Merde. Désolée.

Je le regardai droit dans les yeux et me répétai.

— Le monde est petit. Ça ne te dérange pas trop ?

— Non, pas du tout, répondis-je car je n'avais pas envie de parler de mes sentiments. Enfin, je crois. Sauf que je ne crois pas qu'il soit totalement honnête avec elle. En fait, je sais qu'il ne l'est pas. Il lui a menti à mon sujet, et elle, ça lui est égal. C'est là que tu te dis que c'est difficile d'être une femme. Les mecs ont l'air de bien mieux gérer ce genre de choses.

Il acquiesça.

J'acquiesçai aussi.

— On s'embrasse ? lui proposai-je, la conversation ne semblant pas vouloir nous mener bien loin.

Il éclata de rire et, troublée, je sentis mon ventre frémir. Là-dessus, on se pencha en même temps pour reposer notre verre sur la table et, bing, on se cogna la tête. Méchamment.

— Aïe, fit-il.

Ne manquait plus que ça ! Une autre commotion cérébrale signée par votre serviteur ici présente.

— Je t'en prie, c'est juste un bout de ma danse de séduction, lançai-je. Tu pourrais jouer les Tweety.

— Dis donc, que s'est-il passé exactement avec cette fichue perruche ?

— Je lui ai flanqué un coup de pelle. Bon. Revenons-en au bisou. Qu'en dis-tu ?

En principe, je ne suis pas comme ça. Ce n'est pas pour me vanter, mais, en temps normal, je suis plutôt adorable.

Super, il se pencha en avant, prit mon visage dans la coupe de ses mains, puis regarda ma bouche une seconde, l'étudia. Mon cœur palpita et frémit comme… eh bien, comme Tweety à l'agonie.

Un rire m'échappa juste au moment où Sully m'embrassait. Je me reculai.

— Désolée, désolée. Recommence.

Il s'exécuta. Il n'embrassait pas mal, je pense, mais ça ne me faisait rien. Ses lèvres étaient douces, ses mains glissaient dans mes cheveux. Oups, mauvaise idée, vu que mes cheveux s'enroulèrent illico autour de ses doigts, tels des buissons d'épineux malveillants dans un conte de fées.

— Aïe, m'écriai-je lorsqu'il chercha à retirer sa main.

— Désolé.

— Non, ce sont mes cheveux. Ils sont vivants et diaboliques. Attends.

Je m'écartai un peu et l'aidai à dégager sa main.

À la fin, par la seule force de notre volonté, on réussit à gagner sa chambre. Je vous épargnerai les détails. Techniquement, oui, on fit l'amour. Et ce ne fut pas dramatique. Il y eut même quelques moments où on se retrouva vraiment en phase. Simplement… ça ne fut pas… voilà.

Après, on eut du mal à se regarder dans les yeux et, pas de chance, pour discuter avec cet homme, il fallait le regarder en face. Je m'appuyai sur le coude et m'armai de courage.

— Je t'ai fait mal ? lui demandai-je.

Il éclata de rire. C'était déjà ça. Puis, en passant la main dans ses cheveux, je lui arrachai son appareil. Une super soirée, je vous dis !

Je le lui rendis avec un soupir et déclarai :

— Peut-être qu'on ferait mieux de rester amis. Je veux dire, je pars en août et… bon.

Il effleura le bout de mon nez avec son doigt, puis me dis :

— Tu n'as pas été épouvantable.

— Toi non plus. Peut-être qu'on devrait quitter notre boulot et écrire des cartes pour la Saint-Valentin.

Je l'embrassai sur la joue :

— Amis ?

— Bien sûr.

— Quel chic type tu fais, Sullivan Fletcher.

Une demi-heure plus tard, j'étais de retour au house-boat. Je pris une douche, enfilai mon pyjama et me lovai sur le canapé avec

Boomer. Envoyai un texto à Sully pour le remercier d'avoir enterré Tweety, mangé le repas de ma mère et avoir couché avec moi.

En réponse, il me remercia d'avoir supporté Teeny sans trop me fâcher et me présenta des excuses au nom de son frère. À un de ces jours, ajouta-t-il en guise de conclusion.

Voilà. Ce n'était pas ce que j'avais espéré ni attendu. Et pas vraiment une soirée enchanteresse.

N'empêche, j'eus du mal à trouver le sommeil. Il y avait eu deux ou trois moments au lit avec Sully où… enfin. Où j'avais eu l'impression qu'il allait se produire quelque chose de spécial.

— Tu pars dans six semaines, me rappelai-je. C'est mieux comme ça.

Pourtant, je n'en étais pas convaincue.

24

Quelques jours après cette soirée ratée, Poe vint dîner avec moi en sortant du boulot.

Elle ne travaillait que depuis une semaine, mais avait déjà pris un peu de couleur, malgré les tartines d'écran solaire avec lesquelles elle protégeait sa peau blanc bleuté. Et ce soir elle n'arrêtait pas de jacasser : Audrey était tellement cool, Audrey connaissait tellement de trucs (elle savait placer les casiers à homards, anticiper les marées et les tempêtes, toutes ces choses familières aux enfants de l'île).

— Cette semaine, elle veut que j'aille dormir chez elle un soir, poursuivit Poe. Comme ça, on pourra préparer des affiches et d'autres trucs pour *Go Far, Be Strong*.

Je songeai à cette ravissante petite maison et à la stabilité dont Audrey jouissait. Même si ses parents étaient divorcés, il était clair qu'Amy jouait un grand rôle dans sa vie et, en dépit de tout le mal que je pouvais penser de Luke et de Teeny, ils aimaient beaucoup Audrey eux aussi. Quant à Sullivan, j'étais prête à parier un bras qu'il n'y avait pas meilleur père sur terre.

Est-ce qu'il faisait avec elle les dingueries que mon père avait faites avec Lily et moi ? Les descentes à bicyclette en pleine nuit quand on dévalait Pine Tree Hill, les bains de printemps, le défi de la grotte ?

J'espérais que non. Pour moi, la tâche d'un père, c'était d'ancrer un sentiment de sécurité chez ses enfants.

Poe n'avait jamais connu le sien. Elle n'avait que Lily et une grand-mère qui se faisait un devoir d'aller la voir une fois par an… et aussi une tante qui acceptait les « non » un peu trop facilement.

— C'est sympa, m'exclamai-je en m'arrachant à mon coup de blues. Enfin… ça te tente ?

Poe haussa les épaules.

— Je crois. Oui. Elle est tellement positive. Rien ne la démonte, mais ça ne veut pas dire qu'elle ne se rend compte de rien.

Elle s'interrompit une seconde.

— Au fait, si tu te poses la question, non je ne suis pas lesbienne.

— Non, je ne me posais pas la question, mais ça ne me dérangerait pas que tu le sois.

— Tout le monde le pense, à cause de mes cheveux, de mes tatouages et je ne sais quoi. Mais je crois que j'aime les mecs. Seulement… pas encore.

— Tu n'as même pas seize ans. « Pas encore » reflète une grande maturité.

— Tu avais beaucoup de petits copains ? me demanda-t-elle en piquant une asperge.

J'avais préparé un dîner ultra-sain : salade de quinoa aux asperges, pois chiches, poivrons rouges, concombres et saumon. Et, pour nous récompenser de ces efforts, une tarte trônait sur le plan de travail.

— Au lycée, je n'ai pas eu de copains du tout. À l'époque, la séduction, ce n'était pas mon fort.

Poe ricana.

— Mais à l'université et après en médecine, oui, j'ai commencé à plaire.

— Tu as rencontré de chouettes mecs ?

— Oui, fis-je en prenant une bonne gorgée d'eau. Et ta mère, elle a beaucoup de copains ?

La réponse de Poe ne se fit pas attendre.

— Oui. Il y a un turnover pas possible, même si elle prétend que ce ne sont que des amis.

— Et comment tu vis ça ?

Elle haussa les épaules.

— Ça va. Le truc, c'est qu'on n'est jamais seules. Il y a pratiquement toujours quelqu'un à la maison ou bien nous on est chez quelqu'un. En général, un copain de maman.

Elle piqua un pois chiche avec sa fourchette.

— Je n'ai encore jamais vécu aussi longtemps au même endroit que depuis que je suis chez mamie.

Mon cœur se serra. J'eus terriblement envie de lui dire qu'elle pouvait rester sur Scupper aussi longtemps qu'elle le voudrait. J'eus envie de secouer ma sœur, de lui dire que les enfants avaient besoin de stabilité, de constance, d'adultes solides sur lesquels s'appuyer, et de la pousser à réfléchir au message qu'elle transmettait à sa fille en lui infligeant ce défilé de petits amis.

J'avais par le passé avancé quelques suggestions en douceur. Quand Poe était encore tout bébé, j'avais fait remarquer qu'elle avait peut-être besoin de davantage de sommeil et de moins de fast-food. « Et t'as élevé combien de gamins ? », m'avait lancé Lily, l'œil froid et dur. Le lendemain, elle m'avait refusé l'entrée et j'avais erré dans Seattle, seule et furieuse, inutile.

J'avais proposé à ma sœur de lui donner de l'argent, de lui en prêter, de me porter garante de son loyer, d'acheter des affaires pour Poe. La seule réponse que j'obtins jamais se résuma à « Tout va bien ».

En d'autres termes, pour ce qui concernait Poe, je n'avais pas voix au chapitre. Tout ce que je pouvais faire pour l'instant, c'était profiter de cet été avec elle et, avec un peu de chance, ces moments partagés représenteraient un petit plus dans son existence.

— Je cherche un copain pour ta grand-mère, tu veux m'aider à lui en dénicher un ?

Elle esquissa une grimace en même temps que son visage s'éclairait.

— Sans blague ? C'est énorme. Pourquoi ça ?

— Je me tracasse pour elle. Ça fait longtemps qu'elle est seule.

D'autant que Poe et moi n'allions pas tarder à partir.

— Allez, fis-je en me relevant pour débarrasser nos assiettes. Je me suis inscrite sur un site de rencontres. Je filtre les mecs avant de les lui présenter.

— Elle m'a dit que tu essayais sûrement de jouer les marieuses, me confia Poe en rangeant son verre dans le lave-vaisselle. Tu sais, quand tu avais organisé ce fameux dîner ?

— C'est vrai. Ça ne s'est pas bien passé. Et il y en a un qui a percuté un daim.

— C'est quoi ton problème avec les bêtes ? Boomer, attention à tes fesses, mon vieux.

Elle se pencha et le frotta derrière les oreilles. C'était la première fois qu'elle l'appelait par son nom.

J'essuyai la table, puis sortis mon ordinateur. Poe se servit une part de tartes aux myrtilles (pas de sucre, très sain, à part la graisse pour la pâte), puis s'assit à côté de moi.

Subitement, je sentis une boule dans ma gorge. Elle allait me manquer. Lily sortirait dans cinq semaines. Pour ce qui était du temps qu'il me restait à passer avec Poe, le compte à rebours avait commencé. L'été, qui au début m'avait paru si long, défilait maintenant à toute vitesse.

Mais Poe avait grandi et, à présent qu'elle me connaissait, elle maintiendrait le contact.

Disons que je l'espérais.

— Bon, grommelai-je en m'éclaircissant la gorge. Allons-y.

Je cliquai sur le site de rencontres et me rendis sur le profil que j'avais créé pour ma mère. Je l'avais surnommée SuperMaineGirl.

— « Femme divorcée, lut Poe, la soixantaine, adore les animaux (bon, c'était vrai jusqu'à ce que tu lui butes sa perruche), la lecture, la satisfaction d'une bonne journée de travail. Je suis du genre pragmatique, honnête et directe. Attirante et en super forme physique. Un grand sens de l'humour. »

Poe me regarda avec stupeur.

— Un grand sens de l'humour ? Mamie ?

— On est un peu obligés de mettre ce genre de trucs, me justifiai-je.

— Et qui a mordu à l'hameçon ?

— Voyons voir ! Il y en a trois. Génial.

Je cliquai sur le premier : Servus.

— « Bonjour, SuperMaineGirl. On sent vraiment que tu contrôles sacrément ta vie. Tu pourrais me contrôler, moi. »

Bingo.

— « Je suis un homme très soumit (non, mais regarde son orthographe, Poe) qui cherche une femme très dominatrice. J'accepte mon infériorité et je sais où est ma place. Je vis avec ma maman qui a cent trois ans et c'est elle qui a instillé en moi cet amour de l'obéissance. Si ça ne t'ennuie pas de m'aider à changer ses couches et à lui donner son bain, acoquinons-nous. »

— Il m'a l'air parfait, murmura Poe.

— Elle aime bien mener les gens à la baguette, chuchotai-je. On continue.

Je cliquai sur GotLove2offer.

— À moi de lire maintenant, décréta Poe en tournant l'ordinateur vers elle. « Bonjour, SuperMaineGirl, je suis heureux de constater que tu disposes de nombreux talents. Je vais être très franc. Je suis pauvre. Je n'ai pas de voiture, je suis dans une situation financière épouvantable et je vis toujours avec mes cinq sœurs qui sont toutes de méchantes salopes. Je recherche quelqu'un qui m'aiderait financièrement, aimant faire la cuisine (pour mes sœurs aussi), les longues balades, mais pas nécessairement porté sur le sexe. »

Poe se mit à ricaner.

— « Je ferai de nouveau vibrer ton cœur. Mes centres d'intérêt comprennent le catch, les armes militaires et… et les câlins. »

Elle hurla de rire.

— Mon Dieu ! m'écriai-je. Tu vois ce qu'on peut espérer ? Bon, le suivant.

Je cliquai sur MusicalFisherman.

— « Bonjour ! Tu m'as l'air très sympa et peu compliquée. »

Je jetai un coup d'œil à Poe.

— Moi, je lui accorde qu'elle est peu compliquée, non ?

— Tout à fait.

— « Je suis veuf, sans enfants et professeur de musique à la retraite. J'aime énormément la pêche et les documentaires sur History. J'ai quitté la Floride il y a quatre ans pour venir m'installer dans le Maine où je me plais beaucoup. Si ça te tente qu'on se retrouve autour d'un café, je peux venir vers chez toi. J'habite à Kennebunkport, et ça ne me dérange pas de conduire. »

On échangea un regard surpris devant tant de normalité.

— Mettons ça en place, décrétai-je.

— Tu vas te faire passer pour mamie ?

— Non, je vais dire la vérité. Tiens.

Je lui lus à voix haute ce que j'écrivais :

— « Cher Fisherman, je suis en réalité la fille de SuperMaineGirl. J'aide ma mère à se débrouiller sur un site de rencontres. Vous me semblez vraiment sympa. Y a-t-il d'autres choses à savoir à votre sujet avant d'organiser un rendez-vous ? »

— Oh ! tu es douée.

— Et dès que j'aurai son nom, je vérifierai ses antécédents.

— Tu vois ? C'est pour ça que c'est toi l'adulte.

Puisqu'on parlait de vérifier des antécédents…

— Et Luke Fletcher ? Comment se comporte-t-il avec toi ?

Elle haussa les épaules.

— Il est correct. Il ne me parle pas beaucoup. Il bosse sur les moteurs, alors que moi j'ai des tâches subalternes, donc, je ne le vois pratiquement pas.

C'était aussi ce que Sullivan m'avait dit, en réponse à mon texto deux jours plus tôt.

L'ordi bipa.

— C'est notre prétendant ! m'exclamai-je. On lui plaît.

— Pauvre mamie, soupira Poe. Tu sais qu'elle va pas être contente.

— Oui, oui, mais peut-être qu'elle va tomber sous le charme.

— Tu y crois vraiment ?

— Non. Mais il n'est pas interdit de rêver.

Deux jours plus tard, Richard Hemmings dit MusicalFisherman me retrouva au Jitters, le café qui venait d'ouvrir. Le décor était très mignon ; contrairement à Lala's qui était une authentique boulangerie, c'était un café, doté d'un plafond en fer-blanc, d'un sol dallé noir et blanc et d'une superbe vieille porte en chêne. Il y avait une machine à torréfier dans le fond, et une riche et puissante odeur de café flottait dans les lieux. Ils vendaient des pâtisseries (fournies par Lala's, ce qui limitait les animosités sur le marché local, initiative futée s'il en est). Ils avaient également installé des tables sur le trottoir où des très beaux chiens pouvaient s'allonger et boire de l'eau (ou bien, pour Boomer, un décaféiné glacé).

Xiaowen déboula environ cinq minutes après Boomer et moi, et fila se commander une boisson au comptoir. Elle voulait voir l'éventuel prétendant de ma mère et on avait aussi des trucs à régler pour *Go Far, Be Strong* qui, grande cause mise à part, se révélait être très galère à organiser.

C'était la saison touristique, et Jitters se remplissait rapidement.

Xiaowen revint, un café à la main.

— J'ai la liste de tous les sponsors que je nous ai dégotés, m'annonça-t-elle d'un ton suffisant avant de prendre une gorgée de sa boisson, laquelle était surmontée d'une montagne de crème fouettée.

— Youpi ! m'écriai-je. Et ma clinique va aussi financer en partie l'événement.

Elle sortit son iPad de son sac et me montra les résultats.

Tous les commerces de la ville ou presque finançaient *Go Far, Be Strong*, de sorte que non seulement tous nos frais étaient couverts (autorisations, assurances, sécurité, etc.), mais qu'il nous restait pas mal de bénéfices. On avait commandé des T-shirts, et je bossais sur une brochure destinée à expliquer la nouvelle pyramide alimentaire et les étiquettes nutritionnelles ainsi que sur un site web qui renverrait à d'autres sites pleins d'informations en matière de santé, d'exercices et de nutrition.

Le message que je tenais absolument à faire passer était notre slogan : « La santé n'est pas une question de taille. »

Personnellement, j'avais pris un peu de poids cet été et, à la vérité, ça m'allait bien. Peut-être ma minceur bostonienne était-elle liée au stress que j'avais vécu après le Sale Truc, peut-être au fait que je m'efforçais tout le temps d'être parfaite, au boulot, avec Bobby, à l'hôpital. Ici, je m'étais décrispée sur mes standards. Je mangeais des tartes, avec de la glace parfois. Pas tous les soirs, mais de temps en temps, alors qu'avant je me l'interdisais formellement. Il n'empêche que je continuais à courir et à faire du vélo chaque fois que j'en avais la possibilité, accompagnée par le Roi des Chiens qui galopait majestueusement à côté de moi.

— Il faudrait renouveler notre slogan tous les ans, déclara Xiaowen. L'année prochaine, ça pourrait être un truc du genre : « On peut tout accomplir et plus encore. »

— J'adore ! m'écriai-je.

Mais aurais-je la possibilité de continuer ? Je serais à Boston. Et cet événement demandait une sacrée implication.

Enfin, on pouvait toujours constituer un comité, me dis-je.

— Et je suis vraiment obligée de participer à la course ? me redemanda Xiaowen pour la énième fois.

— Oui. Il faut motiver les troupes.

— Comme Lady Godiva. Est-ce qu'il faut que je coure à poil ?

— Non, on ne veut pas d'émeutes. Oh ! regarde, il est là. Richard, bonjour !

Il m'avait envoyé une photo. Il était grand, plutôt élancé, avec une belle chevelure, et portait des lunettes. Il avait accepté avec beaucoup de bienveillance que je joue les intermédiaires. Il était un peu plus jeune que maman, mais ça ne me paraissait pas rédhibitoire.

Il était vêtu d'un polo, d'un treillis, de chaussures bateau. Pas de casquette de base-ball, Dieu merci. Je ne sais pas pourquoi, mais les hommes affublés d'une casquette de base-ball perdent automatiquement la moitié de leur sex-appeal à mes yeux.

— Bonjour, dit-il en rougissant. Très heureux de faire votre connaissance, Nora.

Il me serra la main, puis serra celle de Xiaowen.

— Xiaowen Liu, dit-elle. J'admire beaucoup Sharon Stuart.

— Je suis heureux de vous rencontrer toutes les deux.

— Et je vous présente mon chien, Boomer.

Bien que concentré sur une sieste énergisante, Boomer remua la queue en entendant son nom.

— Il est très beau.

À cette remarque, la queue de Boomer remua plus fort.

— Puis-je aller vous chercher un café ?

Courtois, bien de sa personne, un peu timide.

— Moi, ça va, répondis-je.

— Personnellement, je ne refuserais pas une part de gâteau au chocolat, déclara Xiaowen.

— J'arrive, nous lança Richard, souriant, en se dirigeant vers le comptoir.

— C'est un test, me souffla Xiaowen. S'il ne me fait pas payer, c'est dans la poche.

Une minute plus tard, il revenait avec une assiette qu'il posa devant mon amie en spécifiant :

— C'est pour moi.

Xiaowen et moi échangeâmes un regard entendu.

— Xiaowen, enchaîna Richard d'un ton pensif. Ça signifie couleur des nuages du matin, non ?

Stupéfaite, elle se figea et sa fourchette demeura un instant à mi-chemin de sa bouche.

— Euh… oui. Plus ou moins.

— J'ai passé quelques années en Chine. C'est un beau prénom.

— Merci.

Elle me regarda avant de poursuivre :

— Et Richard, qu'est-ce que ça signifie ?

Il éclata de rire.

— Dirigeant puissant. Je crois que mes parents ont raté le coche. Je suis prof de musique. Enfin, à la retraite après une blessure au dos. Les élèves me manquent, c'est certain, mais je fais un peu de bénévolat à Portland.

— C'est chouette, murmura Xiaowen en mordant dans son gâteau.

— Bon, m'écriai-je avec animation. Richard, je voulais juste vous avertir que ma mère est… c'est quelqu'un de merveilleux, mais elle n'aime pas l'idée qu'on puisse chercher à la… caser, donc…

— J'ai pigé. On est amis, et elle tombe sur nous.

— Top. On s'est rencontrés… à votre avis, qu'est-ce qu'on peut dire ?

— Dans une roseraie un soir de pleine lune, suggéra Xiaowen, ce qui fit rire Richard.

— Sur le ferry ? avança-t-il.

— Parfait. Et on se tutoie.

Pendant que Richard et Xiaowen discutaient de Portland, d'huîtres et de voile, j'envoyai un message à ma mère.

Maman, passe donc chez Jitters pendant ta pause. J'y suis et le café est super bon.

Si elle résistait (ce qu'elle allait faire), je lui dirais que je voulais lui présenter quelqu'un.

Une seconde plus tard, la réponse, inattendue, tombait sur mon écran.

D'accord. J'y serai dans cinq minutes.

L'Excelsior Pines était juste au bout de la rue.

Je montrai mon téléphone à Xiaowen.

— Ça ne lui ressemble pas d'être aussi réactive, murmurai-je.

— Elle a dû sentir le café.

— Il est excellent, dit Richard en prenant une gorgée du sien. Xiaowen, tu es déjà allée au Bard ? C'est leur café que je préfère.

— Non, non, non. Il faut que tu essaies le Speckled Axe. Le Bard, c'est pour les débutants.

— On croirait qu'on joue au concours du meilleur café, remarqua Richard en souriant.

Quelques minutes plus tard, maman apparut, vêtue de l'uniforme de l'hôtel, chemisier blanc, pantalon noir.

— Coucou, maman ! m'écriai-je.

— Bonjour. Comment vas-tu, Xiaowen ? lança-t-elle à Xiaowen.

Puis, avisant Richard :

— Je suis la mère de Nora. Et vous-même ?

— Richard Hemmings.

Il se leva et lui tendit une main, qu'elle serra avec méfiance.

— Ravi de vous rencontrer, Sharon.

Elle se rembrunit.

— Appelez-moi Mme Stuart. Comment connaissez-vous ma fille ?

— On a fait connaissance sur le ferry, répondit-il en m'adressant un clin d'œil. Elle m'a invité à prendre un café avec elle et sa charmante amie. Puis-je vous offrir quelque chose à boire ?

— Non, ça va, répliqua-t-elle en s'asseyant.

— Xiaowen et moi étions justement en train de nous disputer à propos du meilleur café, poursuivit Richard. Y a-t-il un endroit que vous préférez ?

— Je le prépare moi-même.

— C'est toujours le meilleur.

— Oui.

Maman croisa les bras et me lança un regard sombre. Elle n'était pas contente.

— Nora m'a dit que vous aimiez les animaux, Sharon. Vous en avez ?

— Ma perruche vient de mourir.

Amusée par les histoires que je lui avais racontées sur Tweety, Xiaowen manqua de s'étouffer de rire.

— Excusez-moi une seconde, bredouilla-t-elle en filant vers les toilettes afin de laisser aux deux tourtereaux présumés le temps de faire connaissance.

— Je vais redemander une tasse, déclarai-je. Quelqu'un veut quelque chose ?

Ma mère me parut prête à me mordre, mais Richard me répondit en souriant que tout allait bien pour lui.

Pendant que je patientais derrière six autres personnes, j'observai ma mère.

Déride-toi un peu, songeai-je en lui prodiguant des conseils imaginaires. *Ne te coupe pas ainsi des autres.*

Cela étant, peut-être n'était-ce que ma perception ? Tout le monde semblait l'apprécier énormément. Son groupe de câlinothérapie par exemple.

— Nora Stuart ? C'est bien toi ?

Je levai la tête et découvris M. Abernathy, mon ancien prof d'anglais, une tasse de café à la main.

— Monsieur Abernathy ! m'écriai-je en l'embrassant. Comment allez-vous ?

— Très bien. Dis donc ! Quel plaisir de te revoir ! me répondit-il avec un large sourire.

— Vous avez une minute pour bavarder ?

— Bien sûr, me répondit-il de sa bonne voix familière.

On s'assit à une table proche de la caisse.

— Vous habitez toujours ici ? demandai-je. Je ne vous ai pas vu dans le coin.

— Non, mais on a gardé notre maison et, tous les ans, on revient passer quelques semaines ici. Et, le reste du temps, on la loue. Comment vas-tu ? J'ai toujours espéré te revoir à l'occasion d'une réunion d'anciens élèves.

Un peu honteuse, je hochai la tête.

— Eh bien, comme vous le savez, je suis entrée à Tufts, puis j'ai suivi des études de médecine.

— Magnifique. Ta mère doit être très fière de toi.

— Euh, oui. Quand avez-vous pris votre retraite ?

— À peu près huit ans après ton départ. Ou bien dix.

Il but une gorgée de café.

— Tu sais, tu es la seule élève à avoir accompli le projet 12 grandes œuvres.

On y était.

— Oui. À ce propos…

Mal à l'aise, je me tordis les mains sous la table.

— Monsieur Abernathy, j'ai une question à laquelle vous pourrez peut-être répondre. Est-ce ce devoir qui m'a permis de décrocher la bourse Perez ?

Il pencha la tête.

— Que veux-tu dire au juste ?

— Est-ce que c'est ce qui m'a permis de l'emporter ? Parce que…

Je fermai les yeux.

— J'avais un peu effacé l'intitulé du projet pour que Luke Fletcher ne risque pas de le voir.

— Vous avez tous eu quatre mois pour voir le sujet du devoir.

— Je sais, mais… j'aimerais être sûre.

M. Abernathy hocha la tête.

— D'après ce que je sais, tu as remué ciel et terre pour faire ce devoir et, en plus, en pleine période d'examens. Je doute fort que le jeune M. Fletcher ait eu cette force de travail. Mais ça n'a aucune importance, mon petit. Tu avais déjà un A+ dans ma classe, de sorte que ton devoir n'a rien changé à ta note. C'est pour ça que j'ai été vraiment très étonné que tu le fasses quand même.

— Mais si Luke l'avait fait et qu'il ait décroché un A, lui aussi…

— Ah, je vois la cause de ta culpabilité. Oublie ça, mon petit. Luke a terminé son semestre avec un B-. Ses notes n'avaient cessé de baisser au cours des derniers mois, et pas seulement avec moi. On en avait tous discuté entre profs. La nuit de son accident de voiture… Ce n'était apparemment pas la première fois qu'il prenait de la drogue.

Je cillai. Cillai de plus belle.

— Oh ! balbutiai-je. Je ne savais pas.

M. Abernathy me tapota la main.

— Tu as remporté cette bourse haut la main, Nora. Et à la loyale. Personne n'était en mesure de rivaliser avec toi. Et de loin.

Sur ce, il sortit son téléphone de sa poche.

— Ah, Mme Abernathy se demande où j'ai disparu. Il faut que j'y aille, mon petit. Je suis ravi de t'avoir revue. Félicitations pour tout.

Et il s'en alla.

Je n'avais pas obtenu cette bourse malhonnêtement.

Un peu sonnée, je me levai pour recommencer la queue. Sullivan était là et sentait le soleil, le sel marin et l'huile de moteur. Avec son teint hâlé, ses yeux avaient des reflets de caramel au chocolat.

Je n'avais pas truandé Luke. Et je n'étais pas responsable de ce fichu accident.

Sully ne m'avait jamais rien reproché… je pouvais maintenant arrêter de me faire des reproches.

— Salut, beau gosse, lui lançai-je.

Le coin de sa bouche se releva et je me sentis fondre en me rappelant que j'avais fait l'amour avec cet homme. De manière assez médiocre, c'est sûr, mais on avait eu aussi quelques moments assez géniaux.

Peut-être qu'il fallait retenter la chose.

Il était tout proche de moi, suffisamment proche pour que je sente la chaleur de sa peau. Waouh. Et il ne portait pas de casquette de base-ball, Dieu soit loué.

— Je peux t'offrir un café ? me proposa-t-il.

— Quoi ? Pardon ? Tu peux répéter ?

Son sourire s'élargit. Il me dit quelque chose : *Et si on faisait l'amour, là, sur la table ?* Non, non, je me faisais un film dans ma tête.

— Pardon, quoi ? dis-je en m'éclaircissant la gorge.

Il éclata de rire.

— En général, c'est moi qui n'entends pas.

— Euh… on dirait que le désir m'étourdit.

Il me regarda des pieds à la tête.

— C'est vrai ?

— Hum…

Seigneur. J'avais les jambes en coton. Je chancelai. Pour me retenir, je posai la main sur son torse, sur son T-shirt chaud de soleil et sentis les solides battements de son cœur.

— Hé, salut, beau mec, lui lança Xiaowen en venant vers nous.

— Salut, Xiaowen.

— On cherche à marier la mère de Nora avec le type sexy là-bas.

— Je vois.

— À en juger par la manière dont elle fusille sa chère fille du regard, tout roule, c'est évident, déclara Xiaowen.

Je repris mes esprits.

— Oui. J'ai intérêt… j'ai intérêt à y retourner.

— Tu es libre ce week-end ? me demanda Sully.

— Oui.

— Bien.

— Dites donc, vous deux, enchaîna Xiaowen. Va falloir travailler vos conversations sur l'oreiller. Sully, à bientôt. Tu participes à *Go Far*, pas vrai ?

— Je ne voudrais pas rater cet événement.

Il posa de nouveau les yeux sur moi.

— À très vite.

— D'accord.

— Ferme ta bouche, Nora. Salut, Sully, décréta Xiaowen en me prenant par le bras pour me ramener à la table. J'espère que tu te le tapes, sinon c'est moi qui vais m'en charger.

— OK, OK, bredouillai-je, quasiment incapable de formuler une pensée.

— Nora, lâcha ma mère d'un ton qui se situait à mi-chemin entre « Tu es privée de sortie, ma fille » et « Je viens de te proposer à l'adoption ». Ce pauvre homme pensait que je cherchais un compagnon. Il est venu jusqu'ici pour faire ma connaissance.

Elle se tourna vers lui :

— Désolée que vous ayez perdu votre temps, cher monsieur. Et demandez donc à ma fille de vous rembourser votre ferry.

Elle se leva et, les mains fermement posées sur les hanches, enchaîna :

— Et débrouille-toi pour venir dîner à la maison ce soir.

— Ça promet d'être rigolo, dis-je.

Devant son regard furieux, je m'empressai de moduler ma réponse.

— Certainement, maman.

— Encore désolée, lança-t-elle à Richard. Xiaowen, ça fait toujours plaisir de te voir.

Mon téléphone sonna. C'était la clinique. Je n'étais pas de service, vu qu'on était vendredi, ce qui voulait dire méga-problème.

— Il faut que j'y aille, balbutiai-je. Je suis vraiment navrée, Richard.

— Je t'en prie, me répondit-il de bonne grâce. J'ai toujours eu envie de découvrir Scupper Island.

— Je te raccompagne au ferry, décréta Xiaowen. Et ne te fais pas de fausses idées. Je raconte beaucoup de conneries, mais j'ai vraiment tiré une croix sur les mecs.

— Tu pourrais au moins m'expliquer pourquoi devant un verre.

Ils s'en allèrent, mi-flirtant, mi-discutant. Ma mère, elle, ne décolérait pas.

— Pourquoi tout ce cirque ?

— Il faut que j'aille à la clinique.

— Bien essayé. De toute façon, tu peux faire ce que tu veux, soit ils mourront, soit ils se remettront.

— En tant que médecin, je vois les choses un peu différemment. On y va et on discute en route, d'accord ?

Elle sortit d'un pas lourd devant moi. Je n'étais qu'à cinq minutes de la clinique, je le savais, j'étais venue à pied.

— J'avoue, maman. J'aimerais que tu aies quelqu'un dans ta vie. Lily ne va pas tarder à sortir, Poe repartira à Seattle, moi à Boston, or la vie ici n'est pas facile. J'ai tort de m'inquiéter pour toi ?

— Inquiète-toi autant que tu veux ! répliqua-t-elle sèchement. Mais arrête de vouloir me caser. Je suis très bien comme je suis. Et n'arrive pas en retard pour le dîner.

Je laissai Boomer avec Amelia, qui l'adorait, et vis le patient, un petit touriste qui s'était égratigné la cornée. Du gâteau, franchement, Gloria aurait pu s'en charger, mais elle était résolue à me compliquer la vie. Je remis à la maman le gel antibiotique, conseillai au garçon de ne pas s'en faire et me rendis près du guichet où Gloria, assise, les yeux rivés sur l'écran de l'ordinateur, fit mine de ne pas me voir.

— Voilà la paperasse concernant le dernier patient. Je suis étonnée que tu aies eu besoin de moi, mais touchée que tu n'aies pas hésité à m'appeler à l'aide. N'hésite surtout pas chaque fois que tu te sentiras débordée.

Et fais-toi les dents là-dessus, ajoutai-je mentalement.

C'était la fin d'une longue journée, et j'en avais sérieusement marre de son comportement infect.

J'étais venue bosser à vélo, ce que j'avais trouvé génial. Il y a quelque chose d'intime et de tonifiant dans le fait de traverser une ville à bicyclette, même si on la connaît bien. On va suffisamment vite pour ne pas se retrouver piégé dans une conversation et suffisamment lentement pour apprécier les délicieux effluves de hamburgers, de gâteaux, de tabac pour pipe, odeurs que l'air marin aiguisait d'autant plus. Boomer adorait ça aussi, car, lorsqu'on courait ensemble, je me traînais beaucoup trop pour lui, ce qui l'obligeait à trottiner. Avec le vélo, il pouvait courir à toutes pattes.

Je m'arrêtai au magasin de vins et de spiritueux, un ancien bar sordide aux fenêtres jaunies où des alcolos professionnels s'enfilaient verre sur verre, aujourd'hui transformé en une boutique charmante, et achetai pour ma mère une bouteille de pinot noir, que je fourrai dans mon panier, avant de poursuivre ma route.

Je tournai sur Oak Street, la rue de Sullivan. Quoi ? C'était sur mon chemin ! Je ralentis un peu à hauteur de son bungalow. Son pick-up n'était pas visible (une bonne chose dans la mesure où j'étais en train de l'épier), mais je ne savais pas si Audrey était là, au chantier naval ou chez Amy.

Le cadre de vie de quelqu'un en dit long sur sa personnalité. Bien entretenue et relativement sobre, la maison de Sully avait un charme discret. Comme son propriétaire.

Ce constat m'arracha un sourire.

Décidée à repasser par chez moi et peut-être (je dis bien peut-être) à piquer une tête avant de me doucher, je continuai à pédaler. Il faisait de plus en plus chaud, et d'impressionnants nuages gris envahissaient le ciel, encore très bleu deux heures auparavant. L'orage menaçait. J'espérais être rentrée avant que ça n'éclate. À présent, j'adorais ces moments où le house-boat ballottait et tanguait, où les éclairs illuminaient la baie et zébraient le ciel, où les roulements de tonnerre m'arrachaient un hurlement et me décollaient de mon siège.

J'étais à une bonne centaine de mètres du haut de la colline, à l'endroit où la route décrivait un virage avant de devenir plus pentue quand mon portable sonna.

Flûte ! J'avais espéré atteindre le sommet sans m'arrêter, histoire de faire un peu de cardio et brûler le café glacé que je m'étais offert. Oui, oui, je surveillais mon cholestérol.

Je m'arrêtai sous un pin et repêchai mon téléphone dans mon sac.

— Docteur Stuart, ici James Gillespie.

L'espace d'une minute, j'eus du mal à situer mon interlocuteur, mais ce timbre de voix à la Morgan Freeman m'éclaira. C'était le détective privé que j'avais consulté à Boston, le jour où j'avais revu Voldemort.

— Bonjour, comment allez-vous ?

— Bien. Et vous-même ?

— Ça va. Avez-vous… trouvé quelque chose ?

Un silence. Ce n'est jamais bon signe.

— Eh bien, oui et non. Comme vous l'aviez souligné l'autre fois dans mon bureau, votre père a un nom extrêmement banal. Sans son numéro de sécurité sociale, c'est assez difficile.

— C'est vrai.

— Néanmoins, j'ai mis la main sur deux avis de décès d'hommes répondant au nom de William Stuart. L'un comme l'autre ayant la même date de naissance que votre père, l'un comme l'autre nés à New York.

La panique me traversa et réveilla chacune de mes blessures, ma clavicule, mon genou, mon tibia que j'avais méchamment heurté contre les marches de la bibliothèque de l'université, et tous les coups que Voldemort m'avait portés.

Pourvu que tu ne sois pas mort, papa, pourvu que tu ne sois pas mort.

— Le premier a eu lieu il y a dix-sept ans. Dans un accident de voiture à El Paso, au Texas.

Il y eut un bref silence, puis James Gillespie poursuivit :

— L'autre, je suis désolé, est un suicide. Il y a onze ans, à Buffalo, dans l'État de New York.

Une mésange se posa sur une branche voisine. Qu'ils sont jolis, ces petits oiseaux, tellement besogneux, tellement malins. Une vague faiblesse me saisit, des taches grisâtres voilèrent l'oiseau, et j'inspirai profondément.

— Docteur Stuart ?

— Je suis toujours là, marmonnai-je.

Quelle drôle de voix j'avais. J'inspirai de nouveau, et les taches grisâtres s'estompèrent.

— Dans un cas comme dans l'autre, il n'y a pas eu de notice nécrologique et je n'ai pas vu de noms de proches ni de conjoints. Pas de numéro de sécurité sociale non plus.

Il toussota.

— L'un ou l'autre des lieux que je vous ai cités évoque-t-il quelque chose pour vous ?

— Euh… non. Pas vraiment. Je veux dire, il a pu aller n'importe où.

— Si vous aviez son numéro de sécurité sociale…

— Oui.

— Ce doit être sur l'acte de mariage de vos parents, si vous pouvez y avoir accès. Sans cela, je crains que nous ne puissions aller plus loin.

— Merci, monsieur Gillespie. Je reviens vers vous si je trouve quoi que ce soit.

Je raccrochai et remontai sur mon vélo.

C'est le souffle du vent sur mon visage qui me fit prendre conscience que des larmes coulaient le long de mes joues.

Finalement, plutôt que de rentrer chez moi, j'allai tout droit chez ma mère et garai mon vélo contre la porte de derrière, habitude héritée de mon enfance. Poe était au travail, ma mère aussi, je pouvais donc fouiner jusqu'à l'heure du dîner.

Si mon père était mort, je voulais le savoir. Je n'imaginais pas ma mère jeter un document tel que son acte de mariage ou son jugement de divorce.

Seigneur. Je ne savais même pas si mes parents étaient légalement divorcés.

Quand je venais d'arriver à Scupper, je n'avais pas songé à fouiller les papiers de ma mère, et de toute façon, dans l'état où j'étais, ça m'aurait été difficile. Tiens, l'époque des béquilles et attelle me paraissait remonter à une éternité.

La maison sentait le pain de viande. Maman les préparait à la cocotte-minute, et c'était une de ses spécialités relativement mangeables.

Cette fois, je n'aurai pas à affronter Tweety, me dis-je avec un soulagement qui me déclencha un sentiment de culpabilité immédiat.

Boomer s'affala devant le poêle à bois, en haletant de joie. J'allai lui chercher de l'eau, respirai un bon coup et décidai de commencer par le bureau.

Sans surprise, il était parfaitement rangé et bien organisé. En proie à un nouvel accès de culpabilité (on était bien au-delà de la pointe ou du soupçon), j'ouvris ses tiroirs. Il y avait là des paquets de factures clairement référencées, des reçus, les documents comptables des sociétés locales qui avaient recours à ses services. Son dossier santé (Seigneur, aurais-je ce culot ? Oui, bien sûr). Il renfermait un exemplaire de ses examens sanguins, tous parfaitement normaux, et une ordonnance pour ses lunettes.

Il y avait également une chemise pour Poe, avec son dossier scolaire de Seattle, un rapport de l'Aide sociale à l'enfance du Grand Seattle. « Pas la moindre suspicion d'abus ou de négligence. »

Compte tenu de ses démêlés avec la justice, ma sœur avait dû faire l'objet d'une enquête.

Oh ! Lily.

Il n'y avait rien concernant mon père.

Je montai à la chambre de ma mère, seulement séparée de la mienne par un étroit couloir. Un souvenir me revint : moi, en train de le traverser, en chemise de nuit, effrayée par je ne sais plus quoi. Je voulais voir mes parents, mais n'avais pas envie de les réveiller. La main de mon père sur ma tête ; il était allé me chercher un verre, avait fait couler l'eau pour qu'elle soit plus fraîche, puis m'avait remise au lit en m'assurant que M. Bowie, mon nounours, me protégerait.

Non. Ce n'était pas papa, mais maman qui avait pris une voix grave pour imiter M. Bowie. « Il faudra me passer sur le corps avant d'atteindre Nora ! »

Et on avait ri au clair de lune, dans le lit jumeau, Lily dormait à poings fermés.

Sa chambre n'avait pas beaucoup changé.

J'ouvris le tiroir de sa table de nuit et le refermai aussi vite. Bon. Maman avait encore des besoins. Tant mieux pour elle. J'allais me verser de l'eau de Javel dans les yeux et effacer tout ça de ma mémoire au plus vite.

L'autre table de nuit renfermait un roman de Stephen King. Marrant. J'ignorais qu'il plaisait à ma mère. Avant, elle ne l'appréciait pas et me demandait pourquoi je lisais une histoire d'horreur avant de dormir. Elle avait dû tomber dans le piège, elle aussi.

Sa commode contenait des affaires on ne peut plus normales : chaussettes, sous-vêtements, cols roulés, jeans. Dans son placard, peu de choses intéressantes. Un manteau d'hiver, des bottes, des pulls, une robe.

Attendez une seconde.

Là, derrière son gros manteau, il y avait une boîte. Je la sortis.

Il y avait des photos. Des photos de mon père. De nous. Notre famille.

Revoir son visage après tant d'années m'atteignit en plein cœur.

Il était tellement jeune ! Comment avait-il pu s'écouler autant de temps sans lui ? Comment avions-nous survécu à sa disparition ?

Il était là, en train de rire dans le canoë, le visage juvénile, les cheveux très noirs. Peut-être cette photo datait-elle de l'époque des premiers rendez-vous de mes parents ? Tous les deux sur un sentier de randonnée, en veste et chapeau au milieu d'un feuillage brillant.

Papa à l'hôpital juste après ma naissance, me serrant dans ses bras. Ma mère avait écrit au dos :

Bill avec Nora, deux jours.

Il y en avait des douzaines. Certaines étaient encadrées et je me rappelai les avoir vues posées sur l'étagère au-dessus du canapé du salon. Certaines avaient jauni, certaines étaient de meilleure qualité, mais toutes me renvoyaient à une foule de souvenirs. Lily, à près de trois ans, à califourchon sur un poney. Papa, le licou à la main. Papa et moi, dans son fauteuil et lisant un bouquin. Nous quatre, les yeux plissés face au soleil. Maman et papa en train de manger de la barbe à papa. C'était quand ça ? Papa en train de préparer des burgers sur le petit barbecue de notre enfance. Lily, à cheval sur ses épaules et tentant d'attraper des flocons de neige.

Les photos dataient de notre âge d'or, les sept ou huit premières années de ma vie. Après, il y en avait moins.

Pourquoi maman nous les avait-elle cachées ?

Quand est-ce qu'elle était censée te les remettre, Nora ? dit une petite voix dans ma tête. *Tu as passé la moitié de ta vie loin de la maison.*

Et Lily pareil.

Boomer poussa doucement ma tête avec son museau et je me retournai. Il me lécha les joues, car je pleurais pour la deuxième fois de la journée.

L'amour que mon père avait pour nous (pour nous trois) irradiait de ces photos avec la force du soleil.

Comment avait-il pu vivre sans nous ?

Je me laissai aller contre le solide cou de mon chien, et mes larmes roulèrent dans sa fourrure.

25

J'étais tellement perdue dans mes souvenirs et ma tristesse que je n'entendis pas la voiture de ma mère. Quand un rire me tira de ma mélancolie, je n'aurais su dire depuis combien de temps elle était rentrée. Boomer gémit pour aller voir sa grand-mère, mais je le retins par son collier.

Maman n'était pas seule. Poe était-elle là ? Non, c'était le jour où elle dormait chez Audrey. À moins qu'elle ne soit repassée prendre des affaires.

Non. Ce n'était pas la voix de ma nièce. Et maman ne riait pas si souvent… du moins pas avec nous.

Je me relevai dans un craquement de genoux. J'avais les jambes raides, ça faisait un bon moment que j'étais par terre.

J'avais envie de parler de cette boîte avec maman. De papa aussi. Elle avait forcément des réponses à me fournir. C'était peut-être pour ça qu'elle avait préparé ce dîner et insisté autant pour que je vienne.

J'allai vers l'escalier. Croyant que je voulais faire une sieste, Boomer fila vers ma chambre et sauta sur le lit de Poe.

— Bon, je te fiche la paix, dit une voix de femme. Bonne chance pour ce soir.

— Oui, j'en ai besoin, répondit ma mère. Je t'appelle après.

— Tu as intérêt.

Un nouveau rire. C'était Donna Krazinski. Je me demandai pourquoi elle souhaitait bonne chance à ma mère.

Je descendis, tournai vers la cuisine et vis alors ma mère et Donna qui s'embrassaient.

Je répète. Ma mère et Donna s'embrassaient.

— Oh ! la vache ! m'écriai-je.

Elles sursautèrent et s'écartèrent.

— Merde, grommela ma mère, cramoisie.

— Donna, balbutiai-je. Comment ça va ?

Elle sourit.

— Bien, mon petit. Assieds-toi. Ta mère a quelque chose à te dire.

— Maintenant que vous le dites, je crois savoir ce dont il s'agit.

N'empêche que la chaise s'avéra la bienvenue, j'avais les jambes en coton.

— J'ai une bouteille de vin dans le panier de mon vélo, déclarai-je. Je propose vivement qu'on l'ouvre. Tout de suite. J'ai rangé mon vélo à l'arrière.

Donna sortit.

Ma mère, bras croisés, s'appuya contre le plan de travail en évitant de me regarder. Une pendule sonna. Au loin, un corbeau croassa (peut-être pas, mais c'est ainsi que je revois la scène).

— La voilà, proclama Donna en revenant.

Lorsqu'on eut chacune un verre, je vidai le mien, puis le tendis pour que Donna me le remplisse de nouveau, ce qu'elle fit de bonne grâce.

— À l'amour, proposai-je.

Maman jeta un coup d'œil à Donna, qui souriait.

— À l'amour, répéta-t-elle.

Ma mère semblait frappée de mutisme.

— Depuis combien de temps êtes-vous ensemble ? demandai-je.

— Presque dix ans, répondit maman.

J'en crachai mon vin et dus m'essuyer la bouche avec une serviette.

— Et vous n'avez jamais rien dit parce que…

Maman haussa les épaules.

— Ça ne te regardait pas.

— Dans les faits, j'ai une belle-mère ou tout comme. Ça me regarde quand même.

Elle soupira.

— Les gens sont au courant ou c'est un secret ?

— Dans l'ensemble, ils savent, me répondit Donna alors que ma mère se taisait. À mon avis, presque tout le monde le sait.

— Pas Bob Dobbins, objectai-je.

— Oui, bon, je parle des gens qui ont quelque chose dans le crâne.

— Ce n'est pas très gentil pour moi.

Maman remit en place les serviettes de table, toujours rangées dans la corbeille à fruits de mon enfance.

— On… on a un peu calmé le jeu quand Poe a débarqué. On n'avait pas envie qu'elle se sente… je ne sais pas.

— Qu'elle ait l'impression de déranger, intervint Donna. Il fallait qu'elle soit la priorité de ta mère.

J'opinai.

— Donc, ma mère est lesbienne. Bon, c'est comme ça. Cela dit, maman, tu n'aurais pas pu trouver quelqu'un de plus sympa que Mme Krazinski. Bravo.

Donna afficha un sourire radieux et me pressa l'épaule. Maman se contenta de battre des cils.

— C'est tout ? me demanda-t-elle.

— Euh… il faudrait autre chose ?

Elle réfléchit une minute.

— Non.

— Bien. Et si on dînait ? Je meurs de faim.

*
* *

Le dîner dura plus longtemps que le maigre quart d'heure qu'elle consacrait d'habitude à nos repas. Avec Donna, c'était quasiment la fête.

Elles formaient un vieux couple, c'était clair (facile à affirmer, avec le recul). Donna apporta à maman son eau sans glaçon, comme elle l'aimait, et maman sortit un pot de crème aigre pour la pomme de terre cuite au four de Donna, faveur qui m'était refusée depuis toujours. Amour et crème aigre... Allez savoir, ça pouvait faire une jolie chanson.

La maison de Donna était à louer parce qu'elles avaient décidé de vivre ensemble. Quand avait-elle compris que Donna était son âme sœur ? demandai-je à maman. Écarlate, elle me confia que ça remontait au jour où elle avait raccompagné Donna en pleine tempête de neige et où elles s'étaient retrouvées coincées une heure dans la voiture en attendant que Jake Ferriman vienne les dépanner.

Comment lui reprocher son silence ? Ça m'était franchement impossible.

— Tu devrais le dire à Poe, remarquai-je.

— Oui. Mais je voulais t'en parler en premier. J'ai essayé désespérément de trouver un moment seule avec toi.

Ah. Le dîner où j'avais tué Tweety, son empressement à répondre à mon invitation chez Jitters aujourd'hui.

— Je présume qu'il faut que j'arrête de te chercher un compagnon, marmonnai-je.

— Dieu soit loué ! s'écria maman qui raconta à Donna sa rencontre avec Richard.

Cette histoire fit tellement rire Donna qu'elle en pleura.

— Tu as bon cœur, Nora, me dit-elle en me pressant la main.

Subitement, mes yeux se mouillèrent.

— Je suis heureuse que tu aies quelqu'un, maman, certifiai-je, le nez dans une serviette en papier. Vraiment heureuse.

Mais ces fameuses photos… Seigneur, dire que j'étais là, à trente-cinq ans, à essayer d'accepter le fait que mes parents ne se remettraient jamais ensemble, alors qu'ils étaient séparés depuis vingt-trois ans.

— Donna, j'ai besoin d'un peu de temps avec ma fille, déclara maman, parce que, oui, je pleurais maintenant à chaudes larmes.

— On se voit demain. Merci de ta réaction merveilleuse, Nora, me lança Donna en se penchant pour m'embrasser.

— Je suis vraiment ravie. Ne vous méprenez pas sur mes larmes. Hé, Lizzy est au courant ?

— Bien sûr. Elle le sait depuis le début.

Naturellement. C'était une famille normale.

Donna s'éclipsa, et on se mit à ranger la cuisine. En silence. Maman se prépara son café bourbeux, puis on s'installa à la table où avaient lieu toutes les discussions sérieuses.

— Pourquoi ces larmes ? me demanda maman.

Je pris une grande inspiration.

— J'ai trouvé les photos de papa aujourd'hui.

Elle hocha la tête sans même me reprocher d'avoir fouillé dans son placard.

— Qu'est-ce qui s'est passé, maman ? Qu'est-ce qui s'est passé avec papa ?

— J'imagine qu'il est temps que tu saches, murmura-t-elle d'un ton las.

Non, pas las.

Triste.

— Dès le premier jour, Bill Stuart a été pour moi l'homme le plus merveilleux que j'aie jamais connu, me confia maman. Un boute-en-train. Débordant d'énergie. Il était capable de charmer n'importe qui jusqu'à son lit. En tout cas, moi, j'étais totalement sous le charme, c'est sûr.

— Pas de détails, s'il te plaît.

— On s'est mariés cinq ans avant ta naissance, et Lily t'a suivie de peu. On a vécu cinq bonnes années. Pas parfaites, mais ça allait.

Elle inspira profondément.

— Seulement, ton père avait parfois des coups de déprime très durs. Il restait assis sans… sans rien faire. Refusait de me parler, de se lever de son siège, de se doucher même. Je laissai un sandwich à côté de lui avant d'aller me coucher et, le lendemain matin, je retrouvais le sandwich et ton père, à la même place, lui pareil à une statue, comme s'il n'avait pas bougé d'un pouce.

J'imaginai sans mal combien un tel comportement avait pu chambouler quelqu'un d'aussi pragmatique que ma mère.

— Puis ça lui passait, poursuivit-elle. Il redevenait normal et, si je cherchais à comprendre, il se bornait à dire qu'il avait eu une crise, et rien de plus. Le revers, c'était qu'il traversait aussi des phases d'excitation extrême. C'est ainsi que je voyais les choses. Il était surexcité, n'arrêtait pas de parler, me faisait rire. Au début, ça m'a paru amusant, il restait debout deux jours d'affilée, repeignait le salon (deux jours de suite sans dormir). J'imaginais qu'il avait de l'énergie à revendre.

— Trouble bipolaire.

— Oui. Seulement, il refusait de consulter.

Encore une fois, elle prit une grande inspiration.

— La plupart du temps, il était fantastique. Tu t'en souviens, n'est-ce pas ?

La gorge nouée, je répondis :

— Oui.

— Votre arrivée a été pour lui le plus beau des cadeaux. Qu'est-ce qu'il vous aimait, toutes les deux ! Pendant longtemps après votre naissance, il n'a pas eu de problèmes. Peut-être qu'il prenait ses médicaments ? Il n'en parlait pas. Puis, quand vous avez eu cinq ou six ans, il a recommencé à avoir des crises. Il a quitté son boulot sous prétexte d'écrire son fameux roman. Personnellement, j'étais plus ou moins d'accord avec sa décision. Là-dessus, il s'est mis à vous entraîner dans des activités dangereuses, à vous faire sortir à n'importe quelle heure du jour ou de la nuit, à vous embarquer dans des tas de folies...

Elle hocha la tête.

Nos prises de risques. Les folles balades à vélo, les baignades dans l'océan glacé, les sensations fortes, l'absence de discipline, de règles.

Une foule d'autres souvenirs me revint, les grandioses idées de mon père sûr de son futur succès d'auteur, qui nous garantirait de vivre dans un manoir au milieu d'une kyrielle de domestiques ; le jour où il nous emmena à Portland, Lily et moi, et où il nous acheta une telle garde-robe qu'il en bloqua sa carte de crédit. Maman avait rapporté le tout le lendemain, et Lily et moi avions pleuré comme des Madeleine. Et papa qui rageait contre maman quand elle n'adhérait pas à ses lubies (démolir la maison et construire une cabane dans les arbres où on se serait installés, ou bien vendre et partir en Afrique).

Quant à toutes nos prises de risque... mon Dieu. C'était un miracle que nous n'ayons pas fini à l'hôpital ou pire.

Je repensai au jour où on avait nagé jusqu'à une petite île (rien de plus qu'un tas de rochers et un pin), à quelque huit cents mètres de Scupper. J'étais épuisée et glacée, j'avais les membres engourdis, je buvais la tasse de plus en plus souvent, et mes mouvements de petit chien ne me permettaient guère d'avancer. Je claquais des dents, la tête m'élançait quand soudain ma mère surgit à bord de notre petit bateau. Ô, ce merveilleux bruit de moteur ! Mon père avait hurlé que je n'apprendrais jamais rien si elle me couvait comme ça, qu'il avait des filles exceptionnelles et qu'elle allait nous bousiller.

Sauf qu'elle ne nous avait pas bousillées. Elle nous avait sauvées.

Enfin, elle m'avait sauvée, moi.

— Lily a le même problème, hein ? demandai-je.

Ce n'était pas vraiment une question.

Ma mère acquiesça, et ses yeux s'emplirent de larmes. Si j'avais vu ma sœur un peu plus souvent au cours de ces quinze dernières années, peut-être l'aurais-je compris plus tôt.

— Et que s'est-il passé pour qu'il s'en aille ? poursuivis-je dans un filet de voix.

Sans me regarder, maman tapota sa tasse avec son ongle.

— Je lui ai donné un ultimatum. Un médecin et un traitement ou bien un divorce. Il est parti.

Elle inspira profondément.

— Au bout de plusieurs semaines, je l'ai retrouvé à Portsmouth. Il s'était servi de nos cartes de crédit, s'en était procuré de nouvelles aussi, si bien qu'on a pu remonter jusqu'à lui, les services bancaires et moi. Je l'ai supplié de ne pas vous infliger ça, à vous ses filles, je voulais qu'il vous appelle, qu'il se fasse soigner. Il a refusé. Il était trop remonté. Je ne pouvais plus l'atteindre. Il me détestait.

Une larme s'écrasa sur la table. Jamais je n'avais vu ma mère pleurer.

— Avant votre naissance, c'était différent. On s'adorait. Mais toutes les deux, vous l'aimiez tant, il était le centre de votre univers, mon opinion ne comptait plus. C'était toujours vous trois contre moi.

— Maman !

J'attrapai deux serviettes pour qu'on puisse se tamponner les yeux.

— Pourquoi ne nous as-tu jamais rien dit ?

Elle balaya ma remarque d'un geste de la main.

— J'aurais peut-être dû. J'espérais qu'il allait revenir. Au bout d'un an, j'ai commencé à penser que non, mais Lily et toi souffriez horriblement. Vous étiez tellement tristes, et Lily était folle de rage. De mon côté, j'avais peur de vous révéler que votre père était malade. J'avais peur que ça vous anéantisse. J'ai cru qu'il valait mieux que vous pensiez que c'était juste un problème entre lui et moi.

— Je n'ai pas pensé à ça. Enfin, si, mais je savais que si papa avait voulu nous revoir il aurait pu.

Elle acquiesça.

— J'admets que je n'ai pas été à la hauteur, Nora. J'aurais dû vous envoyer en thérapie. Je me disais qu'une vie stable vous aiderait à surmonter ces difficultés. Tu réussissais tellement bien en classe, et Lily avait des tas d'amis. Je suppose que j'ai voulu croire que vous alliez bien, l'une et l'autre.

— J'allais bien. Je vais bien. Maman, ça va.

— Oui, toi oui. Ta sœur, en revanche…

Sa voix se brisa.

— Tu ne peux pas faire plus que ce que tu as déjà fait pour elle, maman.

Elle hocha la tête et s'essuya encore une fois les yeux.

Je me levai pour remplir sa tasse et plaçai son café devant elle. Boomer, dérangé dans son sommeil par toute cette détresse humaine, s'approcha et cala sa tête sur les genoux de ma mère qui lui caressa les oreilles.

— Sais-tu si papa est toujours en vie ?

Elle baissa les yeux.

J'avais ma réponse.

— Il s'est suicidé ?

— Non, il a été victime d'un accident de voiture un jour de grosse pluie quelque part au Texas. Un semi-remorque a franchi la ligne jaune et l'a heurté de plein fouet. Il était seul.

Finalement, M. Gillespie l'avait bel et bien retrouvé. Un accident de voiture à El Paso, au Texas, il y a dix-sept ans.

Dix-sept ans.

Mon père. Il était vraiment mort, et, malgré le temps écoulé depuis qu'on ne s'était vus, j'eus l'impression qu'on m'avait arraché le cœur.

Mon père, qui donnait au quotidien un relief tellement extraordinaire (et tellement dangereux), était mort sans personne auprès de lui.

Papa...

Je posai la tête sur la table pour sangloter.

— Je regrette sincèrement de ne vous avoir rien dit, murmura ma mère en me caressant la nuque. Je ne voulais pas raviver votre souffrance.

Pendant qu'elle continuait à me tapoter la tête, Boomer, incapable de supporter le chagrin de sa bien-aimée, glissa son museau sous mon bras et m'arracha un rire.

— Ce chien est très attaché à toi, remarqua ma mère.

Je levai les yeux vers elle. Sa bouche tremblotait sous le poids de toutes ces années où elle avait étouffé sa peine.

La pluie, qui avait menacé tout l'après-midi, s'abattit subitement et, durant plusieurs minutes, on écouta son vacarme, ma mère et moi.

— Lily sait qu'elle est bipolaire ?

— Oui. Je lui avais fait prendre un traitement, mais une fois enceinte elle a arrêté les médicaments. Après, je ne pense pas qu'elle ait continué. Du moins, régulièrement.

Ce n'était pas rare. Quand ils étaient traités, les troubles bipolaires se géraient dans l'ensemble assez bien. Durant mes études de médecine, deux de mes professeurs avaient ouvertement reconnu en être atteints. Cependant, la plupart des patients sous médicaments se sentent déprimés. Anesthésiés. Or, une existence haute en couleur a un prix : de brusques changements d'humeur et une euphorie débridée.

Peut-être pouvais-je encore aider ma sœur ? Après tout, j'étais médecin.

Maman tordit sa serviette au point d'en faire un petit nœud dur.

— Tu crois que Poe traverse la même chose que lui ?

— Non, m'écriai-je. Je pense juste que Poe a vécu des choses trop difficiles, trop longtemps.

— J'ai essayé d'aider. J'y suis allée tous les ans, parfois même plus souvent.

— Tu es une bonne mère. Et une bonne grand-mère aussi.

Maman ricana, puis se moucha.

— J'en doute.

— Eh bien, pas moi.

J'agrippai sa main et, une seconde plus tard, elle la pressa en retour, et l'espace d'une minute on se regarda longuement, les yeux humides, les mains entrelacées.

— Tu as tué Tweety, pas vrai ?

— Oh ! Oui. Je suis vraiment désolée. Je ne l'ai pas fait exprès, je t'assure.

Elle sourit.

— Au moins, il n'aura pas souffert.

Je ne cherchai pas à la détromper. Elle avait déjà encaissé bien assez de choses comme ça. Longtemps, on se tint simplement par la main en écoutant la pluie.

26

Sullivan m'appela à 14 heures le samedi.

— Tu es libre ce soir ?

— Eh bien, répondis-je en caressant les oreilles de Boomer. Tu aurais dû te manifester plus tôt. Je suis très occupée, j'ai des tas d'amis et de responsabilités.

En réalité, j'avais passé la journée précédente à pleurer sur le canapé, le lit et la chaise longue de la terrasse. Avec un peu de chance, j'avais évacué le gros de mon chagrin.

— Donc, tu es libre ?

— Oui.

— Je passe te chercher à 20 heures ?

— Ça me paraît super.

J'étais heureuse de le revoir. La mort de mon père me pesait horriblement. Je me répétais que ça ne changeait pas grand-chose, sauf que c'était totalement faux bien sûr.

Rien n'arrivait à me soulager.

Au moins, il n'a pas souffert, me répétais-je. *Maintenant tu sais. C'est mieux que de te dire qu'il est quelque part et se fiche totalement de toi et de Lily, que c'est un SDF ou un drogué.*

Mais la petite fille en moi était affreusement triste.

Sully me ferait du bien.

À 20 heures pétantes, alors que la grosse boule rouge du soleil descendait dans le ciel clair et rose, j'entendis un bruit de moteur.

Un moteur de bateau. Puis, j'aperçus ce beau mec à bord d'un hors-bord, qui arrivait vers mon ponton. Boomer remua la queue.

— Salut, m'écriai-je lorsque Sully me jeta le bout. C'est marrant de te retrouver ici.

J'enroulai le bout autour du taquet.

— Je me suis dit que j'allais t'emmener faire un tour, me confia-t-il.

— Et tu me nourriras en prime ?

D'un signe de tête, il m'indiqua un panier de pique-nique.

Furieusement romantique.

Je fis rentrer Boomer, lui présentai des excuses pour ne pas l'emmener avec moi, attrapai une bouteille de vin dans le réfrigérateur et deux verres, puis ressortis. Sully me tendit la main pour m'aider à monter à bord, défit le bout et sauta dans l'embarcation.

— Chouette bateau, m'exclamai-je.

C'était vrai. Boiseries vernissées, deux sièges derrière le volant, un banc à l'arrière et deux moteurs hors-bord. Entre le volant et le banc, suffisamment d'espace pour accueillir des passagers supplémentaires, stocker du matériel de pêche ou même s'étaler et contempler les étoiles tout en flirtant avec un mec mignon, si tant est qu'on fût porté sur la chose. Et en effet il y avait une couverture sous le panier de pique-nique.

Je m'installai sur le siège passager, et Sully derrière le volant.

— C'est le bateau de mon grand-père, m'expliqua-t-il. Un Penn Yan Angler de 1959. Mon grand-père le prenait quand il nous emmenait pêcher ou mouiller à Portland ou à Bar Harbor pour la journée. Il n'est pas génial par mauvais temps, mais ce soir il sera très bien.

Il me jeta un coup d'œil, et je lui souris.

On quitta la baie dans un doux bruit de moteur et on mit le cap à l'est. Le ciel, qui s'obscurcissait de minute en minute, affichait une couleur de framboise.

On passa devant le chantier naval, ses quais, ses amarrages. J'effleurai le bras de Sully.

— Audrey sait-elle qu'on passe la soirée ensemble ?

— Oui. C'est elle qui a eu l'idée du bateau. Elle m'a dit que ça nous éviterait les moustiques.

— Remercie-la pour moi.

Une lumière s'alluma dans un des bâtiments du chantier naval. Encore une fois, j'effleurai le bras de Sullivan pour qu'il se tourne vers moi.

— Et Luke ? Il est au courant ?

Il hocha la tête et n'en dit pas plus.

On contourna l'extrémité occidentale de l'île et on doubla Osprey Point. J'aperçus la falaise d'où papa, Lily et moi sautions dans l'eau. J'imaginai alors Poe en train de faire la même chose, et mon cœur se serra. D'accord, nous, on ne s'était jamais blessés, mais ce n'aurait jamais été qu'une question de temps.

Le ciel était à présent d'un rouge intense et l'île incroyablement belle, avec ses dalles rocheuses dorées de soleil et ses pins majestueux. Scupper était magnifique.

Curieux que Scupper ne m'ait jamais manqué. Aujourd'hui, je n'imaginais pas me priver d'elle, de l'odeur de ses aiguilles de pin chauffées au soleil, de son sel, de son air pur, de ses eaux froides, des cris de ses plongeons huards la nuit.

J'espère que tu reposes en paix, papa.

On prit la direction du large. Le rougeoiement de l'astre solaire se dilua à l'horizon, et les étoiles surgirent comme par magie : l'étoile du Nord d'abord, puis la Grande Ourse, puis une multitude d'autres qui apparurent en même temps, tandis que le ciel passait du bleu marine au pourpre. La Voie lactée dans son infinie et mystérieuse splendeur.

Sully coupa les moteurs, se leva de son siège et jeta l'ancre. Puis il déploya la couverture et se passa la main dans les cheveux.

Il ne prononça pas un mot. Peut-être était-il intimidé ?

Je me levai aussi, ouvris le vin (un bouchon vissable, malin) et nous servis.

— Assieds-toi, me dit-il.

On s'installa sur la couverture, l'un en face de l'autre, les jambes tendues sur le plancher du bateau. Audrey avait vu juste. Il n'y avait pas de moustiques.

— Tu as faim ?

Je hochai la tête.

— Je peux allumer une lumière si tu veux.

— Non, ça va. C'est beau.

Après un bref silence, il me lança :

— Je vais avoir du mal à comprendre ce que tu dis si je ne vois pas ton visage.

J'allai me placer à sa gauche, car il entendait mieux de ce côté-là.

— Et comme ça ? lui demandai-je en lui prenant la main.

— C'est très bien, me répondit-il en s'éclaircissant la gorge. Alors, quelles nouvelles par chez toi ?

— Voyons. Ma mère est amoureuse de Donna Krazinski, et mon père est mort il y a dix-sept ans.

Il me regarda une seconde, puis m'embrassa sur la tempe et m'attira plus près de lui, pour que ma tête repose sur son épaule solide.

— Je suis désolé d'entendre ça. Je parle de la seconde chose. Pour la première, j'étais déjà au courant.

Je souris alors que les larmes emperlaient mes yeux.

L'espace d'un moment, on resta juste assis, à profiter du roulement du bateau, roulement que je connaissais bien à présent grâce au house-boat, mais qui était plus prononcé au large que dans la baie. Puis mes larmes s'arrêtèrent, et je plaçai la main sur le cœur de Sullivan pour en apprécier les battements paisibles et réguliers. De petites vagues frappaient la coque et faisaient danser l'embarcation. Les étoiles flamboyaient.

Lorsque j'eus terminé mon vin et Sully le sien, j'allai poser nos verres sur le banc proche de la poupe. Après quoi, je revins m'installer sur les genoux de Sully et l'embrassai.

Il glissa les mains dans mes cheveux, inclina mon visage. Ce fut un long baiser chaleureux, parfait, où sa bouche savoura doucement la mienne. Il avait le goût du vin, et je nouai les bras autour de son cou pour l'embrasser plus intimement, tandis qu'un lourd et merveilleux frisson me bouleversait jusqu'aux tréfonds de mon être.

Lorsqu'on s'écarta l'un de l'autre, on se regarda une minute. Puis, il me sourit de ce demi-sourire irrésistible qu'il avait, et je me surpris à lui sourire en retour.

— Je suis heureux que nous ne soyons pas qu'amis, me confia-t-il.

— Maintenant que tu le dis, moi aussi.

Il me tapota gentiment le bout du nez avec son doigt.

On s'allongea en se tenant par la main et on admira le ciel. Le bateau était dur sous mon dos, mais je m'en moquais. J'étais complètement, totalement heureuse. Ce n'est pas souvent qu'on a des moments comme ça.

— C'est vraiment fini avec ton ancien copain ? me demanda Sullivan.

— Oui.

— Tu es sûre ?

— Tout à fait. Il est un peu…

Je m'interrompis.

— Con ?

J'éclatai de rire.

— Oui, ça aussi.

Une fois encore, je me tus une seconde.

— Arrogant. Je pense que, dans un sens, il a vraiment été content de prendre les choses en main après l'agression dont j'ai été victime. Le preux chevalier qui sait se rendre utile et dont tout le monde vante les mérites extraordinaires. Mais il a fini par en avoir marre de tout ça…

Je m'interrompis un instant.

— Et de moi aussi. Je ne vais pas le lui reprocher. Moi aussi, je ne me supportais plus.

— Qu'est-ce qui a changé alors ?

— Je me suis fait renverser par un van.

— Nom de Dieu.

Il éclata de rire, et je fis de même.

— Eh oui. Beantown Bug Killers. L'entreprise de désinsectisation. Bravo la métaphore.

Inutile de lui parler de la grisaille, de mon envie de réparer, de me rapprocher de ma mère. J'avais l'impression qu'il le savait déjà.

— Donc, je suis revenue ici.

— Bien.

— Tu n'es pas follement bavard, Sullivan Fletcher.

— Ça nourrit le mystère et le sex-appeal.

— En effet. Et toi ? Tu as dû avoir des copines après Amy.

Il noua ses doigts dans les miens et, d'un doigt, me caressa doucement le bras, ce qui me fit frissonner de la tête aux pieds. D'un seul doigt, mesdames et messieurs. Notre nuit médiocre relevait de la pure malchance, il n'y avait pas à en douter.

— Oui, j'ai eu quelques histoires. Mais, à partir du moment où Audrey est venue vivre avec moi, pas tant que ça.

— Je peux te demander un truc qui m'intrigue depuis nos quinze ans ?

Son sourire étincela dans la pénombre.

— Oui, bien sûr.

— Pourquoi elle ?

Son doigt continua à jouer sur mon bras.

— Elle est assez différente de l'image qu'elle projette. Il y a beaucoup de gentillesse chez elle.

Il se tut un instant.

— Toi non plus, tu ne correspondais pas tant que ça à l'image que tu renvoyais.

— Si. J'étais malheureuse, très seule et exclue.

— Oui, d'accord. Je m'en souviens. Mais tu étais aussi intelligente, drôle et tu avais le contact facile avec les autres.

— J'avais le contact facile avec les autres... tu veux dire quand on me bousculait dans les couloirs, quand on me crachait dans les cheveux ou quand je me retrouvais dernière à être choisie à chaque cours de sport ?

Il me pressa la main.

— Tu avais le contact facile avec les profs. Et au Clam Shack avec les touristes. On bossait ensemble. Je t'ai vue à l'œuvre.

— Ah, le Clam Shack ! Rien de tel qu'une bonne odeur de graisse pour me mettre encore plus en valeur.

— Tu te souviens à peine de moi, pas vrai ? fit-il en souriant, comme s'il flirtait. Tu étais trop absorbée par ton amour pour mon frère.

Je plaquai ma main libre devant mes yeux.

— J'aimerais invoquer mon droit au 5e amendement. Et je me souviens de toi, c'est certain.

Il se remit à rire, d'un rire excitant, sexy, comme s'il connaissait tous mes secrets. Ce qui était sans doute le cas.

— Parfois, dis-je en suivant la courbe de sa joue, parfois, il faut des années avant qu'on comprenne ce qu'on vaut vraiment. Et qui mérite qu'on lui accorde son temps.

On s'embrassa de nouveau, à pleine bouche, et sa main s'aventura sur mon flanc, sur mon dos. Mes doigts plongèrent dans ses cheveux, caressèrent sa nuque. Qu'il était fort, chaud, délicieux.

Le bruit de l'océan, de nos baisers et de nous deux collés l'un à l'autre. Je me pris à espérer que Sully ait entendu. Je me pris à espérer qu'il en garderait le souvenir le jour où il n'entendrait plus du tout.

Je n'ai aucune idée de l'heure qu'il était lorsqu'on arrêta. Ça faisait longtemps, bien trop longtemps, que je n'avais pas vécu une séance de pelotage de cette qualité-là.

— J'ai dit à Audrey que je rentrais, m'expliqua Sully en m'embrassant sur le menton.

— Bien sûr.

On se regarda une minute.

— Je crois que tu es sans doute la personne la plus merveilleuse que je connaisse, Sullivan Fletcher.

— Est-ce que ça veut dire qu'on est ensemble ?

— Oui. On est ensemble.

Il sourit, et mon cœur fit un bond. Puis il s'écarta de moi (hélas !), démarra les moteurs et me raccompagna à la clarté des cieux majestueux.

27

À la clinique, bizarrement, soit on croulait sous le boulot, soit on se tournait les pouces. Le mercredi était un jour creux et, pour l'instant, je n'avais eu qu'un seul patient, un bambin de quatre ans victime d'une crise d'urticaire provoquée selon lui par les piqûres de neuf cent quatre-vingt-dix-neuf méduses invisibles. Plus prosaïque, j'y voyais plutôt une allergie à une nouvelle lessive.

— Ça se peut, dis-je néanmoins d'un ton grave. Il est assez rare de tomber sur des méduses dans une piscine, surtout des méduses invisibles, mais, si c'est le cas, cette crème t'aidera.

Sa mère sourit et me remercia tandis que j'ébouriffais les cheveux du petit gars. Je le félicitai aussi pour son courage et lui offris un autocollant de dauphin. Encore un patient de satisfait.

J'allai remplir les formules au comptoir où Gloria fit mine de ne pas remarquer ma présence.

Bon, parfois, trop, c'est trop.

— Gloria ! m'écriai-je, ça ne te dérange pas de voir une super amitié bousillée à cause d'un mec ?

Il lui fallut cinq bonnes secondes pour me regarder.

— Je suis désolée. C'est juste que je trouve que tu as été vraiment horrible avec Robert.

— Qu'est-ce que j'ai fait ?

— Lui, il a été là pour toi quand tu as traversé (elle fit mine d'ouvrir des guillemets) une *période difficile*, mais quand il a eu besoin de ton soutien tu l'as planté.

— Il t'a expliqué les causes de ma *période difficile* ? répliquai-je en recourant aussi à de similiguillemets.

— Non. Il continue à respecter ton intimité. Il m'a juste dit que tu étais mal dans ta peau.

— C'est une façon de formuler les choses. Un type s'est introduit chez moi, m'a frappée, a essayé de me violer et a voulu me tuer. Avec un couteau.

Elle blêmit, me regarda, la mâchoire décrochée, ce qui me fit assez plaisir, je l'avoue.

— Donc, oui, après ça, j'ai sûrement été en demande d'attention. Après être sortie de l'hôpital. Et j'étais sûrement un peu perturbée parce que le mec n'a jamais été arrêté. Quant à notre rupture, c'est Bobby qui en porte la responsabilité. Interroge-le sur une de nos collègues, une certaine Jabrielle.

Gloria fronçait les sourcils à présent. Elle attaqua un de ses ongles, puis se ravisa.

— Un dernier point, Gloria. Je suis contente de ne plus être avec Bobby. Sincèrement. Je suis très heureuse à présent. Si vous vivez de bons moments ensemble, tant mieux. Honnêtement, ça ne m'affecte pas. Mais arrête les vacheries. Ne joue pas les garces.

Mon portable vibra dans ma poche et m'offrit une belle sortie.

— Excuse-moi, marmonnai-je en me dirigeant vers la salle d'attente.

C'était Audrey.

— Allô, tu sais où est Poe ?

— Non. Elle n'est pas au chantier ?

— On était en train de travailler. Puis elle a reçu un coup de téléphone et elle est partie comme une fusée. Elle a sauté sur son vélo. Elle avait l'air vraiment mal.

— Elle a dit de qui ça venait ?

— Non. Elle s'est mise à pleurer et elle a filé. Elle était vraiment mal.

Je serrai le poing.

— Entendu, ma puce. Si tu la vois, si elle se manifeste, préviens-moi, d'accord ? Merci de ton appel.

Il n'y avait qu'une seule personne pour bouleverser pareillement Poe.

Lily.

J'appelai ma mère à l'hôtel, mais c'est Donna qui me répondit.

— Elle vient de partir, mon petit. Elle a dit qu'il fallait qu'elle parle à Poe.

Ma mère ne décrocha pas son portable. J'appelai la maison. En vain.

Il s'était passé quelque chose de grave. Quelque chose qui concernait Lily. Je fermai les paupières et adressai une prière muette à notre père. *Pourvu qu'il ne lui soit rien arrivé. Veille sur Poe.*

Encore qu'il n'eût jamais été très doué pour veiller sur qui que ce soit.

Je devais avoir l'air assez perturbée lorsque je passai la tête par la porte du bureau d'Amelia, car elle s'écria :

— Oh ! non. Ça va ?

— Il faut que je m'en aille. Une urgence familiale.

— Appelez-moi si vous avez besoin de quoi que ce soit.

— Merci, Amelia.

Je m'élançai sous la pluie et sautai dans ma voiture, heureuse de ne pas avoir pris mon vélo aujourd'hui. Le cœur battant, je conduisis aussi vite que je le pus en m'efforçant de chasser de mon esprit toutes les idées noires qui m'assaillaient.

J'arrivai chez ma mère en un temps record. Elle était à la table de la cuisine, devant son carnet d'adresses et le vieux téléphone.

— C'est Lily, m'expliqua-t-elle sans préambule. Il y a eu une bagarre à la prison. Elle a poignardé une autre détenue.

— Mon Dieu, balbutiai-je en m'effondrant sur la chaise voisine. Elle va comment ?

— Il a fallu hospitaliser l'autre fille. Ça devrait aller. Mais…

Ma mère inclina la tête et porta son regard vers la fenêtre. Il s'écoula plusieurs secondes avant qu'elle ne reprenne la parole d'une voix affermie :

— Elle est à l'isolement. Cette bagarre va rallonger sa peine de plusieurs années. Au moins cinq, d'après son avocat.

Je fermai les yeux.

Ma sœur allait rater ce qui restait de la fragile enfance de Poe. Elle allait rater son premier rendez-vous, son premier bal du lycée, son entrée à l'université, ses dix-huit ans, ses vingt et un ans peut-être. Elle ne serait pas là quand Poe décrocherait son permis, quand elle tomberait amoureuse.

— Qu'as-tu dit à Poe ?

— Je n'ai pas pu lui parler. L'avocat l'a appelée en premier. J'ai essayé de la joindre, mais elle ne décroche pas.

— Audrey Fletcher m'a dit qu'elle avait quitté le chantier naval précipitamment, qu'elle était vraiment mal.

— Oui, je viens de parler à Sullivan. À mon avis, elle va chercher à regagner Seattle pour voir sa mère.

— On est sur une île, maman. Elle ne peut pas aller loin.

Je pris une grande inspiration. Dehors, le tonnerre claqua.

— Appelle Jake Ferriman et demande-lui de ne pas prendre Poe à bord.

— Bonne idée.

— Appelle aussi la police. Pour qu'ils soient au courant. Ils pourraient prévenir la marina qu'une toute jeune fille aux cheveux bleus va peut-être tenter de trouver un bateau pour rejoindre Portland.

— Malin.

Elle m'agrippa la main.

— Merci, Nora. Je suis heureuse que tu sois là.

— Je vais aller voir si elle n'est pas chez moi, d'accord ?

Je m'efforçais de garder mon calme, mais luttais en réalité contre une terrible envie de vomir.

Oh ! Lily. Tu étais si près de sortir. Il ne te restait que trois semaines ! Qu'as-tu fait ?

Ma mère se leva et appela Jake. De mon côté, j'appelai Poe, mais basculai aussitôt sur sa messagerie. Je lui laissai donc un message avant de lui envoyer la même chose par SMS.

Je sais que tu vas mal. Appelle-moi, ma puce. Je t'aime.

— Tiens-moi au courant si tu apprends quoi que ce soit, maman, dis-je.

Elle acquiesça, et je regagnai ma voiture pour filer vers Oberon Cove. Je me garai sur ma petite place de parking et remontai le ponton en courant. Boomer, couché sur la terrasse, se releva d'un bond avec des aboiements joyeux.

— Poe ? m'écriai-je en entrant dans le house-boat. Poe, ma chérie ?

Je fis le tour de ma chambre, de la sienne. Je lui avais acheté des fleurs trois jours plus tôt, quand elle avait dormi chez moi (des dahlias et des feuilles de géranium orange) et elles étaient toujours belles.

La pluie se mit à tomber, drue, violente.

Qu'as-tu fait à ma puce, Lily ? Comment as-tu pu ?

Poe n'était pas sur la terrasse non plus.

— Viens, Boomer.

Il descendit l'escalier et gagna la voiture dans mes pas.

J'appelai ma mère pour la prévenir que j'allais faire le tour de la ville et des commerçants pour demander s'ils n'avaient pas vu Poe.

Attendez une minute.

J'appelai Sullivan.

— Où est Luke ? demandai-je d'une voix sévère.

— En train de nettoyer le voilier des Donovan. Je le vois d'ici.

On savait l'un comme l'autre pourquoi je posais cette question.

— Tu as trouvé quelque chose ?

— Non. Désolée, Sullivan.

— Pas de problème. Il fallait bien. Je l'ai à l'œil.

— Je te rappelle.

— Bonne chance, ma chérie.

Ces mots tendres me firent monter les larmes aux yeux.

Au ferry, je montrai à Jake une photo de Poe que j'avais sur mon téléphone (avec Audrey, quand elles avaient dormi chez moi) pour m'assurer qu'il voyait bien de qui nous parlions.

— J'vais veiller au grain, me promit-il tout en remontant son pantalon.

— Merci, Jake.

J'allai à la librairie, chez Lala's, dans les restaurants en posant chaque fois la même question. « Avez-vous vu cette jeune fille ? Elle ne va pas bien. Elle s'appelle Poe. Cheveux bleus. Si vous la voyez, demandez-lui d'appeler sa tante ou sa grand-mère. »

Mon dernier arrêt sur la grand-rue correspondait à l'épicerie-bazar et à la poste. Je rassemblai tout mon courage pour affronter la perfidie de Teeny Fletcher.

— Teeny, ma nièce…

— Je suis au courant. Audrey vient de m'appeler.

Elle me regarda, la mine aigrie comme toujours.

— Bonne chance. Et dis-nous si on peut t'aider.

Je battis des paupières.

— Merci.

Je remontai dans ma petite voiture et cramponnai le volant. Où pouvais-je encore la chercher ? Au lycée ? Peut-être y était-elle ? Au terrain de jeux de l'école élémentaire ? Boomer agita la queue et me souffla dans l'oreille.

— Pas maintenant, mon grand, lui dis-je en repoussant sa bonne grosse tête.

Je jetai un coup d'œil vers le port. La mer était basse, mais ça n'allait pas tarder à changer. Et avec la pleine lune la marée serait très forte ce soir.

C'est là que je compris. Je savais où elle était.

Je traversai la ville, pied au plancher, descendis Perez Avenue, passai devant le lycée, fonçai sur la Route 12, dont le nom m'avait toujours paru absurde, vu que l'île n'avait même pas onze autres routes.

Je passai devant la maison de ma mère. La voiture de Donna était là. Parfait. J'allai jusqu'au bout de la rue, quelques centaines de mètres plus loin, à la limite de la forêt domaniale, sortis de ma voiture et m'élançai. Boomer gambadait joyeusement derrière moi, bajoues au vent, la queue dressée. Mon chemisier, trempé de pluie, me collait aux côtes.

J'aurais dû dire à quelqu'un où j'allais, mais il n'y avait pas de réseau et je n'avais aucune envie de perdre du temps en revenant sur mes pas.

Je traversai ma vieille amie la forêt, où un geai bleu alerta puissamment ses collègues de ma présence. J'aperçus un éclair de couleur devant moi, un renard peut-être ou un lapin. À la sortie du bois, je me retrouvai sur les rochers, le pied sûr et agile, le Roi des Chiens à mes côtés. Devant moi, les vagues, tonitruantes, l'eau gris sombre.

Elle était là. Notre grotte.

Je hurlai :

— Poe ! Tu es là ?

Pas de réponse. Si elle n'était pas là, je n'avais pas idée de l'endroit où la chercher. Ce qui ne m'empêcherait pas de continuer à me démener.

— Poe ?

Boomer aboya.

Je descendis les rochers et m'engouffrai dans la grotte où l'odeur froide et minérale de la roche se mêlait aux senteurs âpres de l'océan.

Elle était couchée, en fœtus, sur le petit escarpement au fond, à l'endroit où autrefois Lily et moi nous racontions des histoires.

— Oh ! ma chérie, m'écriai-je en l'approchant dans le crissement des galets. Je suis tellement désolée.

Je refermai les bras sur elle et la pressai contre moi. Elle sanglotait violemment. Qu'elle était frêle ! On aurait cru Lily.

— Je suis tellement désolée, répétai-je.

— Comment a-t-elle pu faire ça ?

— Je ne sais pas, ma chérie. Je n'ai aucun détail.

— Elle a poignardé quelqu'un ! Elle ne sortira jamais maintenant.

Pour toute réponse, je berçai Poe et lui embrassai le haut du crâne. Trop méfiant pour descendre de son perchoir sur les rochers, Boomer aboyait. Les vagues léchaient l'entrée à présent. Il allait falloir patauger dans l'eau.

— Il faut qu'on sorte d'ici, ma puce, dis-je. La marée monte.

— Je m'en fiche, riposta Poe. Je me fiche de tout.

Toujours secouée de sanglots, elle se recroquevilla contre moi comme pour se protéger d'un coup éventuel.

— Je suis tellement désolée, ma chérie, répétai-je. J'aimerais pouvoir te dire autre chose, mais je suis sincère. Je sais qu'elle te manque.

Un faible gémissement lui échappa.

— Oui et… non, Nora, avoua-t-elle en levant vers moi son visage trempé de larmes et déformé par le chagrin. La dernière fois qu'on s'est parlé, je lui ai dit que je voulais rester ici. Que ce serait bien qu'elle revienne vivre chez mamie, qu'on serait toutes ensemble. Elle m'a répondu qu'il n'en était pas question, mais… mais, moi, je ne voulais pas repartir à Seattle. Je le lui ai dit. Je voulais rester ici, et maintenant elle ne sortira jamais et une partie de moi est… contente.

Sa voix grimpa dans les aigus, puis elle se tut et éclata en sanglots.

— Ma puce, murmurai-je en la serrant plus fort.

Je fermai les paupières pour faire barrage à mes propres larmes et cherchai quelque chose à dire, des mots susceptibles de l'apaiser.

Il n'y avait malheureusement rien à dire. Tout ce que je pouvais faire, c'était être là. La marée avait encore monté, de sorte que l'eau battait l'entrée de la grotte. On allait se mouiller le pantalon. Mais quelle importance ? Je caressai les cheveux de Poe, son oreille avec son piercing et lui frictionnai le dos.

— Au début, je détestais l'île, poursuivit Poe en s'écartant de moi.

Elle s'essuya les yeux, se barbouilla d'eye-liner.

— On s'ennuie tellement. Mais, en même temps, on est tellement en sécurité ici.

Elle hoqueta et frissonna tout à la fois.

— Je ne veux pas vivre avec ma mère. Je l'aime très fort, mais je suis contente qu'elle ne puisse pas me remmener. Je suis une mauvaise fille. Elle doit me détester. C'est pour ça qu'elle a poignardé l'autre. Elle est furieuse contre moi et, comme ça, elle est pas obligée de me supporter.

Et de nouveau elle fondit en larmes.

— Non, ma puce, non. Tu es ce qui lui est arrivé de mieux. Elle le sait. Elle t'a toujours aimée très fort.

Il y avait pourtant du vrai dans ce que disait Poe. Lily ne détestait pas sa fille… même si elle s'y prenait mal, en un sens, elle offrait à Poe l'existence dont elle avait besoin tout en s'interdisant la possibilité de revenir en arrière. En restant en prison, elle protégeait Poe de l'influence qu'elle pouvait avoir sur sa vie.

De la même façon que mon père nous avait quittées pour toujours. Pas pour nous punir… mais peut-être pour éviter de nous faire du mal.

Oh ! Lily.

Si je pensais avoir le cœur brisé, j'en avais la confirmation à présent.

Quand l'eau s'infiltra dans ma chaussure, je compris qu'il fallait vraiment partir. Je pris une grande inspiration et relevai la tête.

Les mots ! J'ouvris la bouche, stupéfaite.

Ils étaient toujours là malgré les années écoulées.

Le souvenir me traversa comme un éclair. La main d'une petite fille traçant ces fameux mots sur le plafond de la grotte, encore et encore. Nos rires résonnant contre les parois. La main de Lily dans la mienne, ses tresses lui battant le dos quand on avait couru à travers bois pour regagner la maison.

— Poe, murmurai-je, je pense que tu devrais venir vivre avec moi au lieu de rester chez grand-mère.

Ses pleurs s'interrompirent subitement.

— Oui, poursuivis-je. Je crois que c'est une très bonne idée.

— À Boston ? me demanda-t-elle d'une toute petite voix.

— Non. Ici. Sur l'île.

Ça pouvait fonctionner. Je travaillerais à plein temps à la clinique. J'avais de quoi avancer une solide mise de fonds pour l'achat d'une maison. Mon mobilier, au garde-meuble, attendait juste que je m'installe.

Poe avait déjà fait un sacré bout de chemin. Elle avait des amis (une en tout cas). Elle était déjà inscrite au lycée.

— Oui. Viens vivre avec moi. On continuera à voir ta grand-mère très souvent, mais c'est avec moi que tu dois vivre, mon poussin. Ici, sur l'île.

Je ne voulais plus être la fille qui avait quitté Scupper. Celle qui avait dû fuir pour mieux se retrouver. Celle qui (il était temps de regarder les choses en face) jouait un rôle depuis si longtemps. Pas totalement, il y avait des trucs authentiques dans mon moi Perez. Mais, Seigneur, quel boulot pour camper la fille de Boston ! La copine de Bobby, l'organisatrice des sorties, la plus heureuse, la plus bosseuse. Ça faisait trop longtemps que je me démenais à faire semblant.

Ici, je n'étais pas parfaite à plein temps, je n'étais pas aussi élégante, pas aussi soucieuse d'être aimée de tous.

Ici, sur Scupper, on me connaissait.

Après bien longtemps, j'étais enfin moi-même.

Et Poe aussi. Elle ne souffrait plus à longueur de temps, elle s'était délestée d'une grande part de sa colère, elle échangeait avec des gens, avait un travail, une amie et commençait à montrer sa vraie nature, celle d'une jeune fille douce pleine de gentillesse.

C'était ici qu'on devait vivre.

— Tu es sûre ? bégaya-t-elle.

L'espoir éclairait ses yeux couleur de bleuet.

— Totalement. Je t'aime, tu sais.

— C'est vrai ?

— C'est vrai.

Elle se jeta dans mes bras, mon pauvre petit oiseau, et je la serrai fort et longtemps en retour.

— Allez, viens. Mamie est morte d'inquiétude. Il faut qu'on rentre.

L'eau m'arrivait aux genoux à présent, et l'entrée de la grotte était à moitié entravée par les flots.

— On dirait qu'il va falloir nager, déclarai-je.

C'était la mort garantie pour nos téléphones, mais on s'en moquait, n'est-ce pas ?

— Je ne crois pas pouvoir, affirma Poe.

— Soit on nage, soit on se noie, commentai-je en souriant. Tu peux y arriver. Je serai à côté de toi.

On se prit par la main et on s'élança en pataugeant dans les vagues, le souffle coupé par l'eau glacée et, à trois, on plongea en jouant des pieds et des mains pour franchir la barre. Malgré le sel qui me piquait les yeux, je m'assurai que Poe était bien là.

Et, l'espace d'une seconde, je revis Lily, ma sœur perdue, aujourd'hui réincarnée à travers sa fille, baptisée de frais dans le courant mordant de l'océan froid et pur du Maine.

Même si ses yeux se remplirent de larmes quand je lui annonçai notre décision, ma mère ne vit aucune objection à ce que Poe aille vivre avec moi.

— Je pense que c'est une bonne idée, dit-elle.

— Je passerai quand même t'embrasser tous les jours, mamie, déclara Poe en s'emmitouflant dans sa couverture.

Ma mère avait insisté pour nous en donner une chacune.

Donna, elle, préparait un café.

— Tu n'es pas obligée de passer tous les jours.

— Mais je le ferai. Je te promets.

— À propos, ta mamie a quelqu'un dans sa vie, déclarai-je en tournant la tête vers Donna. Mme Krazinski et elle sont en couple.

Poe ouvrit de grands yeux.

— J'ai une grand-mère lesbienne ? Oh là là, je suis vraiment trop cool !

On éclata toutes de rire, et je décoiffai les cheveux mouillés de Poe. Quant à Boomer, il remua la queue, ravi d'entendre rire toutes ses amies.

Durant les jours qui suivirent, je m'organisai.

Amelia se déclara plus qu'heureuse d'apprendre que je restais. On discuta prestations, avantages et horaires, et je retournai voir

Jim Ivansky, l'agent immobilier qui m'avait déniché le house-boat. Je n'avais malheureusement pas les moyens d'acheter ce bijou et demandai à Jim de me chercher une petite maison en ville. Par ailleurs, j'appelai l'hôpital pour leur annoncer ma démission en précisant, bien sûr, que je retournerais saluer tout le monde. Roseline pleura en apprenant la nouvelle, puis m'apprit qu'elle attendait un bébé, c'était tout nouveau, et ce n'était pas parce que j'allais vivre dans le Maine qu'il fallait que je m'imagine dégagée de mes obligations de marraine.

Lorsque je lui dis que je ne partais plus, Sully… Sully me décocha ce sourire qui me faisait fondre à tous les coups.

— Pas la peine de te faire des films, lui lançai-je. Ça n'a rien à voir avec toi.

— Non, non. Je ne suis qu'un petit plus.

Il m'embrassa.

— Très heureux.

Nous n'avions toujours pas couché ensemble (enfin, pas de façon concluante, s'entend). Mais les filles allaient dormir chez ma mère durant le week-end, donc avec un peu de chance cet état de fait serait amené à changer.

Cinq nuits après avoir retrouvé Poe dans la grotte, je reçus un appel d'un numéro que je ne reconnus pas. Le code était 206.

Seattle.

— Vous avez un appel d'une détenue de l'établissement pénitentiaire pour femmes de Washington, me dit une voix de synthèse. Appuyez sur la touche 1 si vous acceptez l'appel.

J'obtempérai d'un doigt tremblant.

— Lily ? murmurai-je.

L'espace d'une minute, seul le silence me fit écho.

— Dis-lui que je suis désolée.

La voix de ma sœur, que je n'avais pas entendue depuis des années, me fendit le cœur.

— Je regrette tellement. Prends soin de ma petite, Nora. Prends soin d'elle mieux que je ne l'ai fait. Je n'avais pas le droit de devenir mère, mais je l'aime et je regrette profondément de n'avoir pas pu faire mieux.

— Je veillerai sur elle, répondis-je dans un souffle. Je te le jure, Lily. Je prendrai bien soin d'elle.

— Je le sais, dit-elle dans un sanglot. Je le sais.

Les larmes jaillirent de mes yeux, et je serrai les lèvres.

— Elle t'aime aussi, poursuivis-je. Elle t'aime tant.

Les pleurs de ma sœur m'avaient toujours anéantie.

Ça n'avait pas changé.

J'essuyai mes yeux sur ma manche.

— Ça va, Lily ?

Aucune réponse. Bien entendu que ça n'allait pas.

— Hé, fis-je dans un chevrotement, devine ce que j'ai vu ? Dans la grotte ? Tu te souviens ? Tu te souviens de ce que tu avais écrit ?

Pas de réponse.

— Tu avais écrit : Nora et Lily, ensemble pour toujours. Tu t'en souviens ? Je vais t'envoyer une photo.

— Je n'ai... je n'ai jamais montré notre grotte à personne. Jamais.

J'étouffai un sanglot.

— Je t'aime, Lily. Je t'aime. Je t'aime. Je t'aime.

Je me répétai jusqu'à ce qu'elle raccroche si doucement que je ne m'en aperçus pas. Et même quand j'en pris conscience, je continuai.

— Je t'aime. Je t'aime. Je t'aime.

28

L'aube du jour de *Go Far, Be Strong* se leva sur un ciel clair et bleu, une brise cinglante venant de l'océan.

En tant qu'organisatrices, on courait ensemble, Xiaowen et moi. Forcément. On avait demandé aux équipes de course de fond du lycée, chargées de gérer les plus jeunes, de couvrir une distance plus modeste que les dix kilomètres prévus pour nous autres, les plus vieux. Audrey avait suggéré qu'on arbore tous un T-shirt de super héros, de sorte que la pelouse fourmillait d'Avengers, de Batman et de Superman. Une rouquine s'était déguisée en Veuve Noire (avec tout ce cuir, elle n'allait pas rigoler, mais elle avait un look d'enfer).

Audrey, pas encore suffisamment rétablie pour participer à la course, s'était déjà inscrite pour l'année suivante. En revanche, elle allait parcourir trois kilomètres à pied et portait un T-shirt proclamant *La santé n'est pas une question de taille.* Poe avait choisi de l'accompagner tout en brandissant la bannière *Go Far.*

— Moi, je soutiens mon amie, avait-elle déclaré.

J'étais tellement fière de ces deux-là. En fait, je ne pouvais pas les regarder sans que mes yeux se mouillent. Poe, qui s'en était aperçue, hochait la tête sans pouvoir réprimer un sourire.

Maman et Donna s'occupaient du poste de ravitaillement en eau et remettaient leurs numéros de course aux amateurs de dernière minute. Un grand nombre de fidèles des sessions de câlinothérapie participaient aussi : M. Carver, notre veuf éploré, Jake, Bob Dobbins qui ne cessait de jeter des regards perplexes sur ma mère.

— Tout va bien ?

En entendant cette voix, je me tournai en souriant.

Sullivan Fletcher.

— Salut, beau gosse, lui lançai-je.

— Salut, toi.

On échangea un sourire stupide propre aux gens qui ont fait l'amour contre un mur. Bon, on avait commencé comme ça, mais on avait continué dans un lit, tranquillement, et après on avait remis le couvert dans la cuisine. Oui, merci, on aurait mérité une médaille, c'est vrai.

Il se pencha et m'embrassa.

— Attention, s'écria Poe, il y a des vieux qui s'embrassent. Regardez pas, regardez pas !

Audrey gloussa.

L'autre nuit, il était venu dîner au house-boat. Poe habitait encore chez ma mère, mais, si mon offre était acceptée, on s'installerait dans notre nouvelle maison à la fin de l'été. Assis sur la terrasse, Sully et moi avions bu du vin en regardant Boomer lécher des feuilles de menthe. J'avais éclaté de rire devant une remarque de Sully, qui avait alors appuyé sur une touche de son téléphone.

— Je l'ai ! s'était-il exclamé.

— Quoi donc ?

— Ton rire. Je l'ai enregistré. Je le classerai dans le dossier de mes sons préférés.

Mon cœur, mon corps, tout chez moi s'était mué en une boule de désir. On avait eu du mal à atteindre la chambre.

— Bonjour, dit Amy.

Elle portait un T-shirt avec un numéro de course épinglé dessus. Boomer se dressa pour l'accueillir et lui lécha le genou.

— Bonjour, Amy.

Apparemment, ça ne la dérangeait pas que je sorte avec le père de son enfant. Il est vrai que ça faisait un moment qu'elle était passée à autre chose.

Pour être honnête, Amy n'était pas désagréable. C'était, je l'avais constaté, une femme normale qui n'avait plus rien à voir avec la reine des Cheetos. Une maman avec deux enfants qui essayait de gagner sa vie. Elle n'avait pas été la seule à juger les gens à l'époque. Quelle ironie que la bouboule et la reine du bal soient aujourd'hui presque amies.

— Tu cours les dix kilomètres ou les cinq ? lui demanda Sully.

— Les dix. Forcément. Ça ne fait jamais que six miles. Et toi, mon gros ?

— Désolé, je n'ai pas saisi, répondit-il.

— J'ai dit : Et toi, mon gros ? répéta-t-elle d'une voix forte en détachant bien les syllabes.

— Désolé, je n'ai pas compris.

— J'ai dit… Oh ! je vois. Tu blagues. Il blague, Nora. C'est rare, profites-en alors.

Sully sourit.

Moi, je l'aimais, bien sûr.

Marrant, comme c'était facile. Quand on avait trouvé la bonne personne, on n'avait pas à cacher ses défauts… on essayait juste de faire mieux, de composer avec ses faiblesses et de chercher à les dépasser. Et quel confort que de savoir que l'autre n'avait pas besoin que vous soyez toujours au top, amusante, dynamique, attentive… qu'il voulait juste que vous soyez vous-même. Quelle sécurité que de savoir qu'il aimait être avec vous, simplement.

Je m'étais inscrite à un cours de langue des signes avec lui et Audrey, cet automne à Portland. A priori, ça me serait utile.

Je pressai sa main.

— Il faut que j'aille me mettre sur la ligne de départ avec Xiaowen, lui dis-je.

— Bonne chance, me répondit-il.

— On se retrouve à l'arrivée, me lança Amy. Mais, moi, déjà à l'école, je courais, donc… je serai peut-être rentrée quand tu termineras. Oh ! dur !

J'éclatai de rire, moi aussi.

Comme elle passait bien mieux au micro que la plupart des participants, Xiaowen avait été promue maître de cérémonie. Elle accueillait les uns et les autres, hélait certains par leur prénom, vantait la force physique et la bonne santé auxquelles chacun devait aspirer, invitait tout le monde à faire de l'exercice avec elle et ne jura grossièrement que quatre fois.

Les gens l'adoraient (bien sûr), riaient et l'applaudissaient. J'aperçus Richard Hemmings, le gars de chez Jitters, au milieu de la foule. Tiens, tiens. Même si elle faisait celle qui ne comprenait pas, j'avais tendance à penser qu'il était là pour mon amie.

— Et maintenant allons-y, déclara Xiaowen. *Go Far* ! *Be Strong* ! On se bouge !

Le coup de pistolet claqua, et une grande acclamation monta de la foule. Fini la grisaille… il n'y avait plus que des couleurs partout, le bleu du ciel et de l'océan, les caisses de fleurs et les pots, les portes superbement colorées de la grand-rue, le mélange tumultueux des T-shirts tandis qu'on s'élançait dans un même élan.

Tous ensemble.

On récolta plus de quinze mille dollars pour améliorer la santé des enfants de la sixième à la terminale par le biais de cours de cuisine et de diététique, d'équipements de sport modernes et de mesures préventives contre l'obésité. En bref, un large éventail d'initiatives positives.

Le pique-nique sur la pelouse comprenait des burgers et des hot-dogs, mais aussi des burgers végétariens, des petits pains complets, des salades et des fruits. De la modération en toute chose, pour reprendre la devise de mon prof préféré en médecine.

— C'est bon si je dors chez Audrey ? me demanda Poe.

— Pas d'objection de ma part si ta grand-mère est d'accord, répondis-je.

Ma mère se dit d'accord.

— J'imagine que je ne te verrai pas ce soir, me lança Sullivan. Je me ferai du pop-corn et je regarderai *Nos étoiles contraires*.

— Veinard. Pas de problème. De toute façon, Xiaowen est censée dormir chez moi.

— C'est exact, Sully, intervint Xiaowen en lui collant un coup de poing dans le bras pour attirer son attention. Et tu sais combien on est pestes. Nous d'abord, pas vrai, Nora ?

— Exact.

— S'il vous plaît, arrêtez de jouer les filles cool, s'écria Poe.

— Désolée, fis-je en me levant.

Finement, je m'étais mise dans l'équipe chargée de la mise en place afin de ne pas avoir à ranger. Et moi qui d'habitude ne courais que six kilomètres, je sentais les crampes arriver après ces dix kilomètres.

— Je rentre me doucher et sans doute faire une petite sieste. À tout à l'heure, les amis. On a fait du bon boulot aujourd'hui. Je suis fière de nous tous.

— Oh ! la voilà qui recommence à pleurer, annonça Poe.

— J'ai un truc dans l'œil, c'est tout, lui répondis-je avec un sourire.

Elle me tapota l'épaule.

Quand on fendit la foule, Boomer et moi, je fus un peu surprise du nombre de gens que je connaissais finalement, aussi bien parmi les estivants que parmi les locaux. Amelia, qui avait largement contribué à notre projet, me salua d'un grand geste. Avec son beau chapeau beige orné d'un énorme nœud ivoire, elle avait l'air d'avoir assisté à une course de chevaux. Je lui retournais son salut quand je bousculai quelqu'un.

Bobby.

— Bonjour, marmonna-t-il.

Gloria le suivait, mains sur les hanches.

Fidèle à lui-même, Boomer gémit et frétilla.

— Hé, Boomer, dit Bobby d'un ton un peu radouci.

— Quelle surprise ! m'écriai-je.

— Comment ça va ? me demanda-t-il.

— Bien.

À voir sa mine constipée, je devinai qu'il y avait quelque chose. Gloria me le confirma aussitôt en lui flanquant un bon coup dans le dos.

— Euh, Nora, bredouilla-t-il, je suis vraiment désolé de t'avoir présentée sous un faux jour.

— Tu peux, déclarai-je, les bras croisés.

Il poussa un long soupir. Il ne semblait pas trop apprécier qu'on lui force la main.

— Et pourquoi tu as menti, Robert ? insista Gloria.

Nouveau soupir.

— J'essayais de me rendre intéressant.

— Oh là là, m'exclamai-je pleine d'admiration. Bravo, Gloria. Bien joué.

— Merci, dit-elle.

Bobby roula de grands yeux.

Difficile de croire que j'avais pu me sentir chanceuse de sortir avec un type aussi nombriliste.

— Attention, Bobby, elle est trop bien pour toi. Bonne chance pour la garder.

Je m'éloignai quand Gloria me retint par le bras.

— Moi aussi, je suis désolée, m'avoua-t-elle. J'ai eu d'assez mauvaises expériences avec les mecs et j'ai cru que l'idiot ici présent était différent. Du coup, je m'obstinais à défendre ses mensonges.

— Merci pour l'idiot, grommela Bobby.

— Tais-toi, l'interrompit Gloria en haussant les épaules. En tout cas, j'espère qu'on pourra… on verra bien. Déjà, je souhaite qu'on puisse retravailler ensemble comme avant.

— Bien sûr, lui dis-je. Allez, on y va Boomer.

Bobby ne me faisait plus rien, et cette indifférence me donnait un sentiment de liberté extraordinaire.

Je rentrai à la maison, fis descendre Boomer de la voiture et le regardai s'élancer vers le bois, le nez au ras du sol.

Quel bonheur que de respirer ce bon air aux senteurs de pin et de sel. La marée était haute, la mer paisible, de petites vagues venaient lécher le bord de la baie tandis que les hautes herbes alentour bruissaient sous le vent. Quelque part au milieu des arbres, Boomer poussa deux aboiements.

Le house-boat allait me manquer, c'était certain. Mais Poe avait été bien assez isolée comme ça et, même si j'avais pu acheter le bateau, il était trop à l'écart pour ma nièce. Jim Ivansky, l'agent immobilier, m'avait déniché une agréable maison dans le centre-ville. Un logement permanent. Mes meubles, choisis avec soin et bonheur, m'attendaient. Par ailleurs, Poe et moi pourrions en acheter d'autres. Nous allions avoir notre maison. Notre foyer.

Seigneur. Mes muscles endoloris me faisaient vraiment souffrir à présent. J'entrai, posai mon sac et me retrouvai nez à nez avec Luke Fletcher.

Il était défoncé. Les pupilles dilatées et le bas du visage déformé par des contractions musculaires. Il se grattait le bras.

Son autre main, en revanche, serrait un couteau. Un grand couteau de cuisine.

L'espace d'une seconde, je ne vis plus rien et mon esprit se vida totalement. Emportée par une vague de peur absolue, je n'arrivai plus à penser.

Puis, subitement, je redevins moi-même, en tenue de sport dans ma cuisine, sensible au doux balancement du house-boat.

Face à un drogué armé d'un couteau.

— Je peux t'aider, Luke ? lui demandai-je d'une voix calme.

— Où tu ranges ton carnet d'ordonnances ?

— À la clinique. Qu'est-ce que tu as pris ?

Sous l'adrénaline, mes jambes tremblaient.

— J'ai besoin de quelque chose. Du Vicodin. T'as du Vicodin ?

— Je n'ai pas de médicaments ici. Tu vas bien ? Tu veux que j'appelle Sully ?

Je n'aurais pas dû dire ça. Il se mit à frapper le plan de travail avec la pointe de son couteau.

— Tu veux que j'appelle Sully ? répéta-t-il en m'imitant. Tu te crois spéciale, hein ? Tu me prends pour un demeuré. Tu crois que tu peux me piquer ma famille comme tu m'as piqué la bourse ?

— Oh ! ne recommence pas avec ça, merde !

— Va te faire foutre.

Il s'avança un peu, le couteau pointé sur moi, et ma peur flamba en ranimant toutes mes vieilles blessures. Je dus sans doute reculer, en tout cas, je tremblais.

— Je pourrais te tuer, tu sais, poursuivit-il avec un sourire mauvais. Je te cogne la tête, je te jette par-dessus bord, et tout le monde croira que t'es tombée à l'eau, comme la grosse salope que t'es.

— C'est une possibilité, j'imagine.

Ironie du sort, j'éprouvai une pointe de pitié pour Luke, ce garçon béni des dieux qui avait tout gâché.

— Tu vas pas rester ici. Tu vas pas infliger un lavage de cerveau à mon frère et à Audrey. Tu m'as assez volé de choses comme ça. Descends sur le ponton, espèce de grosse salope. Il est temps que tu te barres.

Subitement, quelque chose en moi se décoinça.

La peur s'était envolée, ne restait qu'une fureur brute.

— Je ne t'ai rien volé. Je l'ai méritée, cette bourse. Et j'en ai fait quelque chose. Je suis médecin, connard. J'aide les gens. Tu avais déjà choisi de te détruire bien avant d'avoir perdu cette fichue bourse. Et tu as raison. Tu avais tout pour toi, mais tu as tout saboté. Tu aurais pu t'inscrire dans un autre établissement, mais tu as choisi de te défoncer et de planter ta bagnole, et bilan : c'est Sully qui a payé. Regarde un peu ce que tu as fait, Luke. Tu es un malheureux drogué qui vit de la générosité de son frère. Arrête de t'apitoyer sur ton sort et dégage de mon bateau.

Cette fois, il plongea bel et bien. Je fis un saut de côté, mais pas assez vite pour feinter un toxico défoncé à la méthamphétamine. Il passa le bras autour de mon cou et me bloqua, le couteau à deux doigts de mon oreille. Il avait une haleine de chacal.

Poe. Maman. Lily. Sullivan. Audrey. Xiaowen.

Puis il m'entraîna à l'extérieur, sans doute pour m'assommer contre le ponton. Mais ça n'allait pas se passer comme ça.

À la seconde où on se retrouva sur le ponton, je lui collai mon coude dans l'estomac, lui mordis le bras de toutes mes forces et plaquai sèchement la paume de la main contre son visage, geste qui s'accompagna d'un vilain bruit de cartilage écrasé quand je lui percutai le nez. Il hurla et s'effondra pendant que je lui décochais quelques solides coups de pied à l'entrejambe.

Mes cours d'autodéfense se révélaient utiles.

Là-dessus, dans un grognement féroce qui me fit croire une seconde à l'intervention d'un ours, un éclair brun et noir planta furieusement ses crocs dans le bras de Luke, soudain métamorphosé en poupée de chiffons. Boomer.

Le Roi des Chiens. J'observai la scène un bref instant avant d'intervenir :

— Boomer ! On arrête !

Il obéit sans cesser pour autant de grogner, de montrer les crocs.

— Bouge pas, ordonnai-je à Luke.

Il avait la manche trempée de sang. Pourtant, j'avais du mal à le plaindre.

— Boomer, sois gentil. Sois gentil. Au pied.

Je rentrai dans le house-boat, sortis mon portable de mon sac et composai le 911 pour appeler la police et une ambulance. Ensuite de quoi, je pris ma trousse d'urgence.

Après tout, j'étais médecin.

Épilogue

Un an plus tard, Poe décrocha son permis de conduire et on fit la fête, vu que ce succès faisait suite à deux essais moins concluants. Maman et Donna, Sullivan et Audrey, Xiaowen et Richard (en fin de compte, Georgie, le propriétaire de l'hôtel était gay).

On avait choisi des décorations or et rouge (les couleurs de Gryffondor, bien entendu). Des banderoles ornaient le porche, et nous avions des assiettes et des serviettes en papier Harry Potter. Avant qu'elle ne vienne vivre avec moi, j'avais exigé de Poe qu'elle lise *Harry Potter.* Elle avait ouvert un premier livre de mauvaise grâce, mais était tombée sous le charme immédiatement. Comme le reste du monde, merci beaucoup.

Les autres amies de Poe étaient là aussi, Bella Hurly, la fille de l'ancienne Cheeto, Carmella Hurly, ainsi que Henry McShane, qui avait un sacré béguin pour ma nièce, et aussi six ou sept jeunes de l'équipe d'athlétisme, car Poe s'était mise à la course à pied. Et Audrey aussi. Maintenant qu'elle était guérie de sa maladie de Cushing, elle avait pris dix centimètres et perdu beaucoup de poids. Elle était heureuse, charmante, et je l'adorais. Et je n'aurais pas été surprise qu'elle décroche la bourse Perez, car elle avait de très bonnes notes.

Même Teeny Fletcher était des nôtres. Elle avait fini par admettre que Luke avait franchi une ligne rouge. Et en plus, oui, elle n'allait pas tarder à devenir ma belle-mère. Nous ne deviendrions jamais les meilleures amies du monde, mais on arrivait à s'entendre.

J'avais bien cru que Sully allait tuer Luke, ce fameux jour, l'an dernier. Allez savoir comment, il avait déboulé avant tout le monde et infligé une sacrée correction à son frère, au point que j'avais dû les séparer. Entre Sullivan et Boomer (et moi aussi), Luke ne faisait pas le poids.

Il était en prison maintenant et ne se droguait plus. Sully affirmait que si jamais son frère remettait les pieds sur l'île il le noierait de ses propres mains.

Une nuit que j'étais assise sur la terrasse, je pris soudain conscience d'un truc : si Luke m'avait tuée, je ne serais pas morte seule dans une vilaine rue de Boston en me demandant qui allait s'occuper de mon chien, mais je serais partie, le cœur plein d'amour pour Poe, ma mère et Scupper. Je serais morte entourée de couleurs (le ciel bleu, le vert profond des pins, les nuances changeantes de l'océan, les couchers de soleil roses et abricot) et non de grisaille. Je serais morte en sachant ce que c'était que d'être aimée par un homme vraiment bon.

— Tu es la personne la plus courageuse que je connaisse, m'avait dit Sully après l'incident avec Luke en me serrant longuement dans ses bras.

En s'écartant, il avait les yeux humides.

La personne la plus courageuse. J'acceptai volontiers le compliment.

Un rire tonitruant monta du porche où les ados s'étaient installés. Ma nièce avait les cheveux roses à présent, et ça lui allait bien. Nos regards se croisèrent, elle me lança un sourire qui en disait long.

Lily était toujours en prison. Poe lui parlait presque toutes les semaines : Lily s'était assouplie pour ce qui était des conversations téléphoniques, même si elle refusait toujours de me parler. Je ne m'en formalisais pas. J'avais discuté de ma sœur avec le médecin de l'établissement pénitentiaire qui m'avait promis de réfléchir à un juste équilibre entre médicaments et thérapie. Je préférais me tenir à distance, car j'avais compris que Lily avait besoin de se débrouiller seule.

Je lui avais envoyé une photo de l'inscription gravée sur la paroi de la grotte.

NORA ET LILY,
ENSEMBLE POUR TOUJOURS.

On était ensemble aujourd'hui, plus qu'on ne l'avait été au cours des vingt dernières années, parce que Lily était avec moi à travers sa fille. Que se passerait-il à sa sortie ? Je n'en avais aucune idée… mais sait-on jamais ce que la vie nous réserve ? Après tout, je n'avais jamais pensé revenir ici.

Sur le flanc de notre petite maison, les roses épanouies embaumaient. Je levai les yeux vers le ciel, si bleu, si clair.

Quelque part là-haut, il y avait mon père. *Veille sur nous, papa*, songeai-je. *Prends soin de Lily.*

— Heureuse ? me demanda Sully.

— Heureuse, lui répondis-je en langue des signes.

Il lisait parfaitement sur les lèvres, mais j'estimais qu'il n'y avait pas de raisons qu'il soit seul à constamment faire des efforts. Et puis, c'était sympa de s'exprimer en signes. L'audition de Sully avait beaucoup baissé durant l'année écoulée. Il ne se plaignait pas, il ne se plaignait jamais.

Et le signe correspondant à *heureux* consistait à placer les mains devant la poitrine, puis à les ouvrir sur l'extérieur en souriant. Un cœur heureux, débordant d'amour.

Exactement ce que je ressentais.

Chère Lily,

Poe réussit extrêmement bien en classe. À l'épreuve d'endurance, elle a terminé à l'avant-avant-dernière place. À la fin, elle a sprinté pour franchir la ligne d'arrivée, et tu aurais dû nous entendre l'encourager. Maman a manqué de faire une attaque. Moi, j'avais l'impression qu'elle avait remporté les jeux Olympiques.

Il est tard à présent, je sens l'odeur de la fumée de bois. Les vagues se brisent sur les rochers, sifflent contre les galets en repartant vers l'océan. D'ici peu, il fera trop froid pour traîner dehors une fois la nuit tombée.

Les étoiles brillent énormément ce soir. En attendant que tu reviennes les voir, je les regarderai pour toi.

Bisous,

Nora.

Remerciements

Un grand merci à Julia Kristan, médecin (qui est aussi ma filleule bien-aimée) pour toute l'aide qu'elle m'a apportée tant au niveau des procédures que sur la terminologie, en particulier pour tout ce qui touchait aux urgences. Merci aussi au merveilleux Jeff Pinco, docteur en médecine, toujours disposé à me fournir des conseils médicaux sur l'urticaire comme sur la vitesse nécessaire à un véhicule pour me tuer si je traverse une rue sans regarder pour aller chercher une pizza. Dr J, tu es le meilleur ! S'il y a des erreurs, elles sont de mon fait, de mon seul fait.

Merci aussi à : Kori Kelly, pompier, qui a bien voulu partager ses expériences sur la perte d'audition et les troubles du traitement auditif ; à mes stagiaires : Jessica Hoops et Lillie Johnson, qui ont tellement bien travaillé pour moi ces deux derniers étés ; à Jennifer Schulten, fondatrice du programme *Go Far, Be Strong*, lequel a poussé des milliers d'enfants à faire du sport, à apprécier les joies du travail d'équipe et à repousser leurs limites au maximum ; à Wendy Xu, créatrice de la BD *Angry Girl* et éditrice spécialisée dans le respect des sensibilités sociales et communautaires, merci de l'aide apportée pour le personnage de Xiaowen qui, de ce fait, est encore plus géniale ; à mon amie, la grande auteur Sherry Thomas pour m'avoir autorisée à emprunter son nom ; aux PlotMonkeys qui me font rire à en avoir mal et dont les conseils merveilleusement littéraires améliorent tous les livres. Huntley, Shaunee, Karen et Jen, merci. Et merci à mon club de lecture, qui a insisté pour que Tweety fasse partie de mon récit.

Je serai éternellement reconnaissante à la merveilleuse équipe Harlequin, que dirige mon éditeur Susan Swinwood, avec d'énormes remerciements à Diane Moggy, Michelle Renaud et tous ceux qui ont tant travaillé sur mes textes. À Sarah Burningham chez

Little Bird Publicity dont l'enthousiasme m'éblouit. Et merci à l'extraordinaire Mel Jolly qui se rappelle tout ce que j'oublie et réalise tout ce que je ne parviens pas à faire.

Maria Carvainis, mon agent, me tient la main depuis plus de trois ans à présent. Merci, madame, d'avoir cru en cette fille cadette. Merci aussi à la chaleureuse et merveilleuse Elizabeth Copps et à Martha Guzman de la Maria Carvainis Agency, Inc.

Le conjoint d'un écrivain se doit de subir de longs silences lorsque ledit écrivain réfléchit, des raisonnements effilochés à chaque discussion ou presque, des distractions, une curiosité mal placée, le découragement et beaucoup de bavardages inconséquents. Je sais parfaitement que le mien assume tout cela comme personne. Merci, chéri.

Merci à ma fille et à mon fils, lumières de ma vie, pour être tels que vous êtes. Je vous aime plus que je ne pourrais jamais le dire.

Et merci à vous, mes lecteurs, lectrices. Merci pour le temps que vous me consacrez. C'est pour moi un cadeau inestimable.

Composé et édité par HarperCollins France.

Achevé d'imprimer en septembre 2018.

CPI

FIRMIN-DIDOT

à Mesnil-sur-l'Estrée (Eure)

Dépôt légal : octobre 2018.

Pour limiter l'empreinte environnementale de ses livres, HarperCollins France s'engage à n'utiliser que du papier fabriqué à partir de bois provenant de forêts gérées durablement et de manière responsable.

Imprimé en France